JANET CHAPMAN

Mein gefährlicher Beschützer

Buch

Als Willow Foster heimlich von einem alten Freund darüber informiert wird, dass mit dem Wasser in ihrer Heimatstadt etwas nicht stimmt, beschließt sie als Assistentin des Justizministers auf eigenen Faust in der Angelegenheit zu ermitteln – selbst wenn sie dadurch Gefahr läuft, ihrer verflossenen Liebe Duncan Ross zu begegnen.

Jeder in der Stadt weiß, dass Duncan längst ein Auge auf Willow geworfen hat, es werden sogar Wetten abgeschlossen. Während sie mit allen Mitteln versucht, ihm aus dem Weg zu gehen, stellt Willow fest, dass irgendjemand giftige Substanzen in der Nähe von Thunder Island ablädt. Um jeden Preis will sie herausfinden, wer dafür verantwortlich ist, und diese Umweltsünder stoppen. Und ob sie will oder nicht, ist Duncan auf einmal in die Sache verwickelt – denn niemand hat das Recht, seine zukünftige Braut zu bedrohen …

Autorin

Seit sie denken kann, hat Janet Chapman sich Geschichten ausgemalt, und daher ist das Schreiben von Romanen – viele davon wurden bereits mit Preisen ausgezeichnet – ihre größte Leidenschaft. Mit ihrer Zeitreise-Saga schrieb sie sich direkt auf die Spitzenplätze der *New York Times*-Bestsellerliste. Janet Chapman lebt mit ihrem Mann, ihren zwei Söhnen, drei Katzen und einem Elchbullen, der sie regelmäßig im Garten besucht, in Maine.

Von Janet Chapman bei Blanvalet lieferbar:

In den Armen des Schotten (37096)
An den Klippen der Sehnsucht (0185)

Von Janet Chapman bei Blanvalet als eBook lieferbar:

Das Herz des Highlanders, Mit der Liebe eines Highlanders, Der Ring des Highlanders, Der Traum des Highlanders, Küss niemals einen Highlander, Lockruf der Highlands, Zärtliche Brandung, Wogen der Leidenschaft, Zur Liebe verführt, Mein verräterisches Herz

Janet Chapman

Mein gefährlicher Beschützer

Roman

Deutsch
von Christiane Meyer

blanvalet

Die Originalausgabe erschien 2005 unter dem Titel
»The Dangerous Protector« bei POCKET BOOKS,
a division of Simon & Schuster, Inc., New York.

FSC
www.fsc.org
MIX
Papier aus verantwortungsvollen Quellen
FSC® C014496

Verlagsgruppe Random House FSC® N001967

1. Auflage

Redaktion: Margit von Cossart
Umschlaggestaltung und -motiv: © Johannes Wiebel | punchdesign,
unter Verwendung von Motiven von Chris Cocozza
und Shutterstock.com
JvN · Herstellung: kw
Satz: DTP Service Apel, Hannover
Druck und Bindung: GGP Media GmbH, Pößneck
Printed in Germany
ISBN 978-3-7341-0184-7

Besuchen Sie uns auch auf www.facebook.com/blanvalet
und www.twitter.com/BlanvaletVerlag.
www.blanvalet.de

Für Maine und für alle Menschen,
die diese wunderschöne Region
in Neuengland ihre Heimat nennen.

Kapitel 1

»Ich bin mir noch nicht sicher, ob du der geduldigste Mann bist, den ich je getroffen habe, oder einfach nur der dümmste.«

Duncan Ross stellte sein Glas auf den Tresen und folgte Keenan Oakes' Blick zu einer Sitzecke im hinteren Teil des Pubs. »Ich ziehe den Begriff ›ausgefuchst‹ dem Ausdruck ›geduldig‹ vor«, sagte Duncan, während sie die beiden Frauen beobachteten, die sich unterhielten. »›Geduld‹ impliziert, dass ich ruhig warte, bis irgendetwas passiert, und ›ausgefuchst‹ bedeutet, dass ich einen Plan habe.«

Kee kniff die Augen zusammen. »Beinhaltet dieser Plan auch das eine oder andere Date, oder sparst du dir deine Energie für die Flitterwochen auf?«

Duncan grinste, nahm seinen Drink und sah über den Rand des Glases hinweg wieder zu der Sitznische. Willow Foster und Rachel Oakes saßen sich an einem breiten Eichentisch gegenüber und sprachen gedämpft miteinander. Plötzlich lehnte Rachel sich zurück und lachte ausgelassen. Willow verschränkte die Arme vor der Brust und schnaubte so laut, dass man es über die Unterhaltungen der anderen Gäste hinweg hören konnte.

Duncan grinste. »Das werden unglaubliche Flitterwochen.«

Kee schob Duncan sein leeres Glas zu und bedeutete ihm mit einem Kopfnicken, dass er noch mehr vertragen könnte. »Halb Puffin Harbor zur Hochzeit einzuladen, noch *bevor* man die Braut überhaupt für sich gewonnen hat, ist einfach keine gute Idee.«

Duncan spürte, wie er sich anspannte. Falls er jemals herausfinden sollte, wer dieses Gerücht in die Welt gesetzt hatte, konnte derjenige ein blaues Wunder erleben. Dass sein Liebesleben in aller Öffentlichkeit diskutiert wurde, war nicht nur kein Teil seines Plans, sondern möglicherweise sogar sein Ende. Er nahm die Flasche, die er erst einige Minuten zuvor geöffnet hatte, und strich abwesend mit dem Daumen über das erhabene Wappen auf dem Verschluss.

»Hast du jemals erlebt, dass ich ein Ziel, das ich mir in den Kopf gesetzt habe, nicht erreicht hätte?«, fragte er ruhig.

»Nein«, antwortete Kee. »Andererseits gehört die Jagd nach einer Ehefrau auch nicht zu den Zielen, die du für gewöhnlich verfolgst. Und Willow Foster ist nicht gerade … leichte Beute.«

Duncan hatte angefangen, Kees Glas wieder aufzufüllen, hielt nun jedoch unvermittelt inne und stellte die Flasche ab. »Willow hat nur Angst, das ist alles. Es ist ein Überbleibsel aus der Zeit, als sie glaubte, ihr Vater hätte ihre Mutter und Thaddeus Lakeman umgebracht. Anders als Rachel, die dachte, Leidenschaft sei die Wurzel allen Übels, findet Willow noch immer, dass ›Bindung‹ und ›Hingabe‹ Schimpfwörter sind. Ich muss Willow jetzt einfach nur davon überzeugen, dass eine Ehe mit mir nicht das Ende ihres bisherigen Lebens bedeuten würde, sondern dass dieser Schritt ein Anfang wäre.«

Kee stöhnte. »Das wird dir bestimmt gelingen«, erwiderte er und nahm sein Glas. »Zumindest wenn du aufhörst, dich wie ein Höhlenmensch zu benehmen.«

»Troglodyt«, sagte Duncan, atmete durch und strich sich das Hemd glatt. »Sie nennt mich einen Troglodyten.«

Kee zog die Augenbrauen hoch. »Das sagt sie dir mitten ins Gesicht?«

Duncan ignorierte Kees Worte und blickte wieder zu der Nische, in der die beiden Frauen saßen. Willow funkelte ihre Schwester aufgebracht an. Als sie sich nun über den Tisch beugte und leise auf sie einsprach, spiegelte sich in ihren braunen Augen das Feuer wider, das im gemauerten Kamin prasselte. Rachel lachte nur erneut.

»Willow weiß übrigens, dass die Leute Wetten darüber abschließen, ob die Hochzeit stattfinden wird«, sagte Kee. »Mikaela hat es ihr erzählt.«

»Diese kleine Petze«, entgegnete Duncan, und sein Lächeln verriet, wie sehr er Kees siebenjährige Tochter liebte. »Sie sollte eigentlich ein Teil meines Plans sein und ihn nicht ruinieren.«

Kee zuckte mit den Achseln, doch auch er lächelte.

»Meine Tochter ist, was dich betrifft, eben genauso ungeduldig wie wir anderen.« Er beugte sich zu Duncan hinüber. »Sie möchte, dass du Willows Herz im Sturm eroberst und dass ihr bis ans Ende eurer Tage glücklich zusammenlebt.«

»Anscheinend hat irgendjemand unserer Kleinen wieder Märchen vorgelesen«, sagte Duncan vorwurfsvoll und schüttelte den Kopf. »Ist Luke der Schuldige? Ich hab dem Mann schon tausendmal gesagt, dass er damit unweigerlich eine Katastrophe heraufbeschwört. Du weißt ja, wie Mikaela mit diesen Geschichten umgeht: Sie möchte, dass das, was sie hört, Realität wird. Deshalb nennt sie unseren Wolf ja auch Mickey Mouse und Jonathan Captain Ahab … Das war, nachdem irgendjemand ihr *Moby Dick* vorgelesen hat, richtig?«

Kee hob die Hand. »Willow ist schuld an alldem: An mindestens vier Abenden in der Woche liest sie Mikaela am Telefon Gutenachtgeschichten vor.«

Duncan verschränkte die Beine und lehnte sich an den Tresen. Er versteckte sein Grinsen hinter dem Glas in seiner Hand und sah wieder zu der Sitzecke hinüber. Es überraschte keinen von ihnen, dass Willow ihre Telefonrechnungen bereitwillig in astronomische Höhen jagte, um Mikaela vorlesen zu können. Was Willow betraf, konnte ganz besonders ihn nichts überraschen.

Vor allem nicht seine Gefühle für sie.

Seit nunmehr fast zwei Jahren, als Duncan Willow zum ersten Mal gesehen hatte, war er dieser erstaunlichen Frau hoffnungslos verfallen. Die Männer und er hatten sie und ihre Schwester eines Nachts beim Steinweitwurf beobachtet. Die beiden hatten diskutiert und gekichert und waren immer wieder gefährlich ins Wanken geraten, wenn sie einen weiteren Stein in das nebelverhangene Meer geworfen hatten. Auf ihrer Veranda hatte Kee sieben leere Erdbeerschalen und eine leere Flasche Rum entdeckt. Rachel und Willow waren so betrunken gewesen wie zwei Matrosen auf Landgang. Am nächsten Abend, als er und Kee den beiden geholfen hatten, möglichst unentdeckt eine riesige Papageientaucherskulptur im Stadtpark aufzustellen, hatte Willow Foster sein Herz endgültig erobert.

Sie war eine rechthaberische, impulsive kleine Tyrannin mit einem frechen Mundwerk. Die Bedeutung des Begriffes »nachgeben« war ihr nicht bekannt. Doch sie war auch wunderschön, intelligent und unglaublich weiblich. Wenn sie einen Raum betrat, drehten alle Anwesenden den Kopf nach ihr um, und die Herzen der Männer schmolzen nur so dahin.

Willow arbeitete im Büro des Generalstaatsanwalts von Maine. In ihre Rolle als Verteidigerin hatte sie sich schnell eingefunden – genauso schnell, wie Duncan nun seinen Drink leerte.

Und sie hielt ihn für einen Troglodyten.

Nicht dass er bisher irgendetwas getan hätte, um sie von ihrer Meinung abzubringen.

»Hast du keine Angst, dass ein aufstrebender Politiker in Augusta sich Willow schnappt?«, fragte Kee.

Duncan wandte sich wieder seinem Freund zu. »Eigentlich nicht«, gab er ruhig zu. »Willow ist in mich verliebt.«

Kee zog erneut die Augenbrauen hoch. »Eine ziemlich anmaßende Vermutung, findest du nicht?«, erwiderte er leise.

Duncan drängte erneut die Verärgerung zurück, die sich in ihm breitmachen wollte. »Nicht anmaßend. Selbstsicher. Das ist ein Riesenunterschied.«

Kee musterte Duncan skeptisch. »Weshalb bist du dir so sicher, dass sie verliebt in dich ist?«, fragte er. »Sie bemüht sich stets, dir aus dem Weg zu gehen.« Er wollte einen Schluck von seinem Drink nehmen, hielt jedoch inne. »Das klingt für mich jedenfalls nicht danach, als wäre sie total verliebt in dich.«

Duncan grinste und schüttelte den Kopf. »Nein? Warum, glaubst du, gibt sie sich solche Mühe, mich zu meiden? Weil Willow Angst vor ihren Gefühlen für mich hat«, beantwortete Duncan die Frage selbst, bevor Kee etwas sagen konnte. »Und warum hat sie sich noch für keinen dieser Anzugträger in Augusta erwärmt? Angeblich sieht sie sich um, aber laut Rachel kann Willow sich für niemanden so richtig entscheiden.« Er wurde ernst. »Ich habe mir das, was vor eineinhalb Jahren zwischen uns passiert ist, nicht nur eingebildet. Willow Foster war definitiv verliebt, als sie die Nacht in meinem Bett verbracht hat. Und das ist sie noch immer. Es ist ihr nur eben selbst noch nicht bewusst, dass es so ist.«

»Verdammt, Ross«, versetzte Kee scharf und stützte sich auf der Bar ab. »Dann hör auf, irgendwelche Spielchen zu spielen. Warte nicht darauf, dass sie zur Vernunft kommt. Zeig ihr, dass du kein Höhlenmensch bist, und erobere ihr Herz im Sturm, verflucht noch mal!«

Duncan holte wortlos eine abgegriffene kleine Lederschatulle aus seiner Jackentasche, öffnete den silbernen Verschluss und nahm ein wie eine Tulpe geformtes Glas aus dem mit Samt ausgekleideten Inneren. Er schenkte es halb voll.

»Es heißt Troglodyt«, korrigierte er Kee ruhig. »Und das Spiel hört auf, sobald Willow beschließt, dass es vorbei ist.«

Willow wartete darauf, dass ihre Schwester aufhörte zu lachen. Doch weil das in absehbarer Zeit nicht zu passieren schien, beugte sie sich über den Tisch und sah sie finster an.

»Das ist mein Ernst, Rae«, zischte sie. »Jedes Mal, wenn ich glaube, dass die Chemie zwischen mir und dem Mann, mit dem ich mich treffe, stimmen könnte, geht meine Libido den Bach runter. Ich stecke mitten in einer sexuellen Flaute.« Sie ballte die Hände auf dem Tisch zu Fäusten. »Und wenn es so weitergeht, läuft demnächst die Verjährungsfrist ab. Dann werde ich ganz offiziell wieder zur Jungfrau erklärt.« Rachels Augen funkelten, als sie versuchte, sich zu beruhigen. Willow beugte sich noch weiter vor. »Ich bin so frustriert, dass ich drauf und dran bin, mich dem ersten männlichen Wesen an den Hals zu werfen, das meinen Weg kreuzt. Ich kann nicht …«

Willow klappte den Mund zu, als sie die Veränderung an ihrer Schwester bemerkte. Rachel lachte nicht mehr, vielmehr war in ihren Augen ein verschmitzter Ausdruck zu lesen. »Dann ist das jetzt deine Chance, Willow«, sagte sie und blickte über die Schulter ihrer Schwester hinweg.

Willow ließ stöhnend den Kopf sinken. »Sag mir nicht, dass er gerade hierherkommt«, murmelte sie.

»Es ist definitiv ein männliches Wesen, das da kommt.«

»Verdammt.«

»Und ich glaube, die Chemie hier macht ihm keine Angst.«

»Verdammt.«

»Genau genommen glaube ich nicht, dass ihm überhaupt irgendetwas Angst macht«, sagte Rachel und legte den Kopf schräg. »Nicht einmal du.« Ihre Augen funkelten, und sie rutschte ein Stück auf ihrer Sitzbank zur Seite. »Komm zu mir, Kee«, sagte sie. »Hi, Duncan. Wo steckt Ahab? Meine Schwester ist auf der Suche nach einem männlichen Wesen, über das sie herfallen kann, und ich dachte, er hätte vielleicht Interesse.«

»Ahab hat der Frauenwelt noch für mindestens einen Monat abgeschworen«, entgegnete Duncan, setzte sich zu Willow auf die Bank und stellte ihr ein Glas mit einer bernsteinfarbenen Flüssigkeit hin. »Ich hätte allerdings

Interesse«, fuhr er fort. »Wenn sie verspricht, lieb zu mir zu sein.«

Willow fand sich gefangen zwischen einer eichengetäfelten Wand und einem gestählten männlichen Körper. Die Luft war erfüllt von einem berauschenden männlichen Duft und von Wärme – wie immer, wenn Duncan Ross in ihre Nähe kam. Willow musste sich beherrschen, um nicht zu erzittern.

Sofort tauchte die Erinnerung an ihre gemeinsame Nacht wieder auf. Vor ihrem inneren Auge sah sie Bilder ihrer nackt miteinander verschlungenen Körper, sah Duncans starke Hände, die erwartungsvoll über ihre Haut strichen, sah seine eindringlichen waldgrünen Augen. Sie erinnerte sich an das Gefühl seines muskulösen Körpers, der auf ihr lag, und an die Höhepunkte, die er ihr im Laufe des nächtlichen wundervoll sinnlichen Tanzes geschenkt hatte.

Diese sexuelle Durststrecke war die Hölle. Willow war ernsthaft versucht, auf das Angebot des Mannes, der für jeden ihrer schlüpfrigen Träume verantwortlich war, zurückzukommen.

Lächelnd wandte sie sich ihm zu. »Danke, Dunky, aber ich fürchte, meine Absichten sind alles andere als ehrenhaft, und ich bringe es nicht über mich, dein … Zartgefühl zu verletzen.«

Ein teuflisches Funkeln stand in den grünen Augen, die sie musterten. »Wie nett von dir, Willow Foster«, sagte Duncan, legte seinen Arm auf die Rückenlehne der Sitzbank und ließ seine Hand auf Willows Schulter gleiten, »dass du mich nicht ausnutzt.« Mit der anderen Hand schob er ihr das Glas mit der bernsteinfarbenen Flüssigkeit entgegen.

Willow erinnerte sich noch gut an das letzte Mal, als sie mit Duncan Ross etwas getrunken hatte. Er hatte damals gerade die Papiere unterzeichnet, um die heruntergekommene Bar Drop Anchor zu kaufen. Die anschließende Feier hatte damit geendet, dass sie am nächsten Morgen in einem ähnlich heruntergekommenen Farmhaus in Duncans Bett aufgewacht war – wundervoll befriedigt und angemessen entsetzt. Von da an war es ziemlich schnell ziemlich steil bergab gegangen.

Bevor sie ihre Kleider hatte finden, geschweige denn hineinschlüpfen können, hatte Duncan schon angefangen, ihren Einzug bei ihm zu planen. Offenbar war ihm ihr schockiertes Schweigen entgangen, während er darüber philosophiert hatte, wie sie es logistisch lösen könnten, dass ihr täglicher Arbeitsweg zwei Stunden betragen würde.

»Es freut mich, dass du das bemerkst«, sagte Willow, tätschelte ihm den Arm und schlang dann die Finger um das Glas, das vor ihr stand, »denn unsere Freundschaft ist mir sehr wichtig.« Sie hob das Glas, sog den Duft der Flüssigkeit ein und blickte Duncan an. »Single Malt«, vermutete sie. »Fünfzehn oder zwanzig Jahre alt.«

»Dreißig«, korrigierte er sie leise und hob sacht ihre Hand mit dem Glas an, um sie zu ermutigen, davon zu kosten. »Ich habe lange darauf gewartet, diese Flasche endlich in den Händen zu halten. Sag mir, kleine Anwältin, ob sich meine Geduld ausgezahlt hat.«

Willow nahm einen Schluck. Wie Duncan es ihr beigebracht hatte, nahm sie den vollmundigen, leicht torfig schmeckenden Alkohol mit all ihren Sinnen auf, ehe sie ihn die Kehle hinunterrinnen ließ.

»Mhmmm«, machte sie und schloss die Augen, während sich der Whisky in ihrem Magen ausbreitete wie die warme Sommersonne. »Das Warten hat sich auf jeden Fall gelohnt.« Sie sah Duncan an und lächelte. »So schmeckt also ein dreißig Jahre alter Scotch.«

Er nahm ihr das Glas ab und wiederholte das Verkostungsritual, das sie gerade vollzogen hatte. Dann hob er das Glas, hielt es gegen das Licht und betrachtete die gelbbraune Flüssigkeit. »Yep. Es ist schwer zu glauben, dass ich ein fünfjähriger Junge war, als dieses schottische Gold abgefüllt wurde.« Er reichte Willow noch einmal das Glas und bedeutete ihr, einen zweiten Schluck zu nehmen. »Und es ist nicht nur ein Single Malt«, fuhr er fort, während sie erneut nippte. »Es ist ein Single Barrel, also ein Scotch aus einem Einzelfass, der nicht mit dem aus anderen Fässern derselben Brennerei gemischt worden ist.«

Willow genoss die zweite Welle der Hitze, die sie durchströmte, wandte sich dann Duncan zu, der nun lässig den Arm um sie legte, und zog fragend eine Augenbraue hoch. »Für einen Troglodyten weißt du ziemlich viel über exklusiven Whisky.«

Willow hörte Rachel keuchen. Kee hätte sich beinahe beim Trinken verschluckt. Verdammt. Sie hatte glatt vergessen, dass sie Zuhörer hatten.

Duncan zog sie an sich, sodass sie in seine Augen blicken musste, in denen Belustigung aufblitzte. »Ich weiß über einige Dinge Bescheid, meine kleine Anwältin«, flüsterte er. »Unter anderem, wie man einen Frontalangriff übersteht.« Er beugte sich vor, bis sein Mund nur noch Zentimeter von ihren Lippen entfernt war. »Und es braucht weit mehr als eine freche kleine Göre wie dich, um mein Zartgefühl zu verletzen.«

»Mann«, knurrte Kee. »Ihr seid wie zwei Teenager, die eher von ihren Hormonen als von ihrem Verstand geleitet werden. Willow, erlös den Mann und schlaf endlich mit ihm.«

Willow blinzelte. Sie war sich nicht sicher, ob sie über Kees Aufforderung schockiert war oder eher über die Eindringlichkeit, mit der er die Aufforderung ausgesprochen hatte. Ihr Schwager sollte sie eigentlich verteidigen und nicht verkuppeln. Plötzlich verengte sie die Augen zu schmalen Schlitzen.

»Wie hoch ist dein Wetteinsatz?« Kee wurde rot. Willow nickte. »Tja, ich habe fünfhundert auf mich selbst gesetzt und habe vor, meinen Gewinn für einen hübschen kleinen Urlaub auf den Bermudainseln zu verwenden.«

»Fünfhundert?«, krächzte Rachel. »Du hast *fünfhundert Dollar* verwettet?«

»Fast jeder aus Puffin Harbor hat schon auf diese imaginäre Hochzeit gewettet«, erwiderte Willow und hob das Kinn an. »Warum sollte ich nicht auch mitmischen?«

»Weil es um *dich* geht?«, sagte Rachel und warf Duncan einen kurzen Blick zu, ehe sie wieder Willow ansah. »Ist das nicht unmoralisch? Bist du nicht befangen?«

»Nein«, antwortete Duncan und lachte leise. »Willow sorgt nur dafür, dass wir unsere Flitterwochen auf Tahiti verbringen können, statt mit den Bermudainseln vorliebnehmen zu müssen.«

Wenn sich in ihrem Glas nicht gerade dreißig Jahre alter Scotch befunden hätte, hätte Willow ihm das Getränk in diesem Moment ins Gesicht geschüttet.

Natürlich wusste Duncan, was ihr durch den Kopf ging. Lachend zog er sie an seine breite Brust, und ganz plötzlich wurde Willow von knisternder Hitze verzehrt. Sie konnte den Schauer, der über ihren Körper rieselte, weil sie sich Duncans Nähe mit einem Mal so bewusst war, nicht leugnen. Duncans Arm schloss sich fester um sie, und sie verfluchte ihren verräterischen Körper.

Warum gerade *dieser* Mann?

Warum musste sie sich, obwohl es auf der Welt so viele nette, anständige Männer gab, ausgerechnet zu Duncan Ross hingezogen fühlen? Er war ein Abenteurer, der jetzt als Barkeeper arbeitete. Er war ein großer, sehr männlicher Kerl mit blonden Haaren, und er verkörperte die Rückkehr in eine Zeit, als Muskeln noch nützlicher waren als Verstand, wenn es darum ging, eine naive junge Frau zu umwerben.

Willow löste sich aus seiner Umarmung, lehnte sich an die holzgetäfelte Wand und verschränkte die Arme, um ihre Erregung zu überspielen. Entweder geisterten einige vernachlässigte Gene in ihrem Körper herum, oder der sexuelle Entzug machte ihr doch mehr zu schaffen, als ihr klar gewesen war.

Um die Dürrezeit zu beenden, war es definitiv an der Zeit für einen Regentanz. Und sie war allmählich so verzweifelt, dass sie sogar bereit war, ihn auf den Stufen vor dem Verwaltungsgebäude in Augusta stattfinden zu lassen.

»Also«, sagte sie ein bisschen zu fröhlich und sah ihre Schwester an. »Hast du eigentlich wieder ein paar Briefkästen fertig, die wir aufstellen könnten?«

Rachel blinzelte verwirrt, als Willow so abrupt das Thema wechselte. »Ich … äh … Zwei sind fertig«, sagte Rachel schließlich und lächelte schief. »Mikaela hat sie dekoriert.«

»Oh …«

Willow zuckte zusammen, als sie sich vorstellte, wie die von ihrer Schwester so liebevoll gestalteten Briefkästen aussahen, nachdem eine Siebenjährige sie »dekoriert« hatte. Seit ein paar Jahren ersetzten Rachel und Willow den ahnungslosen Einwohnern von Puffin Harbor nun schon anonym ihre alten, verbeulten Briefkästen durch neue. Im Schutz der Nacht gruben sie Löcher in die Erde und stellten die kleinen Kunstwerke vor den Häusern auf. Die Hausbesitzer entdeckten sie am nächsten Morgen in der Regel sprachlos. Doch das Beste war mitzuerleben, wie der gesamte Ort rätselte, wer der geheimnisvolle »Briefkastenspender« sein mochte.

Vor zwei Jahren hatten sie ihren Wirkungskreis vergrößert, indem sie die zweieinhalb Meter hohe Statue in Form eines Papageientauchers im Stadtpark aufgestellt hatten. Es gab noch immer Spekulationen darüber, wer der Wohltäter von Puffy, wie alle den Vogel liebevoll nannten, sein könnte.

Und Kees Tochter Mikaela, die Rachel und Willow in ihr Herz geschlossen hatten, bestand darauf, sowohl bei der Dekoration der Kästen als auch beim Aufstellen zu helfen. Selbst der kleine Nicholas, Rachels und Kees vierzehn Monate alter Sohn, zeigte schon Interesse am heimlichen Hobby von Rachel und Willow, auch wenn er eher das Sägemehl verspeiste, als zu helfen.

»Du bist nur übers Wochenende in der Stadt, also sollten wir heute Abend einen Briefkasten aufstellen«, schlug Rachel vor und wollte nach Willows Drink greifen.

Sofort nahm Willow ihr das Glas wieder aus der Hand. »Das darfst du nicht trinken. Du könntest schwanger sein.«

Einige Sekunden lang herrschte erstauntes Schweigen, dann wandte Keenan Oakes sich seiner Frau zu. Der Ausdruck in seinen Augen war so eindringlich, dass es ein Wunder war, dass Rachel nicht in Flammen aufging.

Sie errötete, funkelte Willow an und drehte dann den Kopf, um ihren Mann anzulächeln. »Ich … äh … Es ist nur eine Vermutung. Ich habe nichts gesagt, weil ich nicht … Es ist nicht …«

Willow stieß Duncan in die Seite und schob ihn von der Bank. »Ich kann heute Abend keine Briefkästen aufstellen, Schwesterherz«, sagte sie, stand auf und blickte ihre aufgebrachte Schwester an. »Ich bin in einer Stunde verabredet. Wahrscheinlich bin ich erst morgen Vormittag wieder zurück.«

Abermals herrschte Schweigen, so drückend dieses Mal, dass das Gemurmel der anderen Gäste ebenfalls zu verstummen schien.

Willow verspürte das Bedürfnis, sich mit der flachen Hand gegen die Stirn zu schlagen. Sie entfachte an diesem Abend ein Feuer nach dem anderen, und wenn sie nicht schnell verschwand, würde sie sich verbrennen.

»Ich muss jetzt los«, murmelte sie und machte auf dem Absatz kehrt.

Auch Duncan sah sie nicht an. Sie war zu feige oder, besser gesagt, zu intelligent, um sich dem Blick zu stellen, den sie im Rücken spürte.

Willow ging an dem Feuer im Kamin vorbei und nickte einigen Freunden zu. Unwillkürlich hielt sie die Luft an, denn sie rechnete damit, dass sich jeden Augenblick eine große starke Hand auf ihre Schulter legte.

Sie wollte Duncan Ross nicht heiraten, ihn aber auch nicht provozieren. Einen Troglodyten am Schwanz zu ziehen, war nicht gerade das Klügste, was eine Frau während einer sexuellen Dürreperiode tun konnte.

Sie erreichte die Damentoilette, ohne aufgehalten zu werden. Willow schloss die massive Eichentür hinter sich, lehnte sich mit dem Rücken dagegen und stöhnte auf. Endlich gab sie dem Bedürfnis nach, sich mit der flachen Hand gegen die Stirn zu schlagen.

»Dämlich. Dämlich«, zischte sie und schloss die Augen, als ihr klar wurde, dass sie den Pub besser verlassen hätte, anstatt sich hinter der nächstbesten Tür zu verstecken.

Ganze fünf Minuten stand sie da und schimpfte mit sich selbst. Sie wusste genau, dass Duncan auf sie wartete. Missmutig beäugte sie das schmale Toilettenfenster und dachte darüber nach, ob sie hindurchpasste. Schließlich seufzte sie resigniert, drückte das Fenster auf und kletterte hinaus in die kühle Juninacht.

Kapitel 2

Mit der Geduld eines Raubtiers, das auf seine Beute wartete, lehnte Duncan auf dem nur spärlich beleuchteten Parkplatz an seinem bonbonroten Geländewagen. Er hatte die Arme vor der Brust verschränkt und die Beine gekreuzt. Jeder, der ihn nicht kannte, würde denken, dass es eine lässige Pose war.

Schon bald wurde er durch den Anblick Willows belohnt, die aus dem Toilettenfenster seines Pubs kletterte. Zuerst tauchte ein Bein auf, dann der kleine Po, der in der engen Jeans besonders gut zur Geltung kam, und danach das zweite Bein. So hing sie über dem Sims. Ihr Pullover blieb an einem vorstehenden Nagel hängen, während sie mit dem Fuß nach Halt suchte. Plötzlich rutschte sie ab, fiel in einen Stapel Feuerholz und fluchte so laut, dass es bis zum Parkplatz zu hören war.

Duncan konnte sich ein Grinsen nicht verkneifen. Es war ein Wunder, dass sie noch so tadellos aussah, nachdem sie gerade noch von einem Fettnäpfchen ins andere gehüpft war. Sie hatte Rachels Geheimnis verraten und dann erzählt, dass sie die Nacht nicht zu Hause verbringen und erst spät am nächsten Vormittag zurück sein würde.

Dass Rachel Duncan anvertraut hatte, dass sie Willow mit einem alten Freund von der Highschool hatte telefonieren hören, verhieß auch nichts Gutes für das freche kleine Ding.

Duncan stand kurz davor, Willow zu sich nach Hause zu entführen, auch wenn sie sich heftig wehren sollte. Dann würde er sie an sein Bett fesseln und nicht eher gehen lassen, bis sie eingewilligt hätte, ihn zu heiraten. Erneut grinsend, stellte er sich die Szene vor und beobachtete, wie Willow in die Freiheit schlich. Immer wieder sah sie über die Schulter zum Pub zurück. Eine kühle Meeresbrise wehte ihr das lange Haar ins Gesicht. Sie kramte in ihrer Tasche nach ihrem Autoschlüssel, hatte offensichtlich ganz vergessen, dass sie dieselbe schlechte Angewohnheit wie die meisten anderen Bewohner von Puffin Harbor besaß: Sie ließen ihre Schlüssel einfach im Fußraum ihres Autos liegen. Die Schlüssel zu Willows Wagen steckten sicher in Duncans Hosentasche.

Willow war anscheinend zufrieden, dass ihr die Flucht unbemerkt und unbeschadet gelungen war. Sie rannte auf ihren Pick-up zu. In diesem Moment erblickte sie Duncan, keuchte hörbar auf und blieb ein paar Meter von ihm entfernt stehen.

Duncan sah sie weiter an, beobachtete, wie sie unwillkürlich das Kinn hob und die Schultern straffte. Ein kämpferischer Ausdruck trat in ihre Augen. Er hatte sich noch immer nicht von der Stelle gerührt. Gespannt wartete er darauf, wie einfallsreich ihre Ausrede sein würde.

Gott, er liebte ihre Spielchen.

Plötzlich hielt sie ihre Armbanduhr in das schummrige Licht der Straßenlaterne und tat so, als wäre ihr soeben ein wichtiger Termin eingefallen.

»Ich komme zu spät, Dunky«, sagte sie. Ungeduld schwang in ihrer Stimme mit. Sie zog eine Augenbraue hoch und blickte wieder zu ihm. »Wolltest du irgendetwas Bestimmtes?«

»Yep. Dich.«

Sie zupfte ihren Pullover zurecht, stemmte die Hände in die Hüften und schüttelte den Kopf. »Wir wissen beide, dass das nicht passieren wird. Niemals.«

»Sag niemals nie, kleine Anwältin. Es ist ein Wort, das dich möglicherweise dein Leben lang verfolgen wird. Wohin willst du, Willow?«

»Es geht dich zwar nichts an, aber ich treffe mich mit einem alten Freund, den ich seit der Highschool nicht mehr gesehen habe.«

»Und du bleibst über Nacht?«

Sie hob ihr Kinn noch etwas weiter an und ballte die Hände zu Fäusten. »Wir werden wahrscheinlich etwas trinken, also werde ich nicht mehr nach Hause fahren können, sondern bei ihm übernachten. Und so, wie ich seine Frau kenne, wird sie ein Frühstück zubereiten, das so verführerisch ist, dass ich nicht einfach so verschwinden kann.«

»Ray und Patty Cobb haben sich vor drei Monaten getrennt.«

Willow ließ die Arme sinken. »Sie haben sich getrennt?«

Ihre Überraschung war nicht gespielt. Duncan wurde klar, dass sie es tatsächlich nicht gewusst hatte. »Yep«, sagte er ruhig. »Hast du Cobb angerufen, oder hat er sich bei dir gemeldet?«

Unwillkürlich machte sie einen Schritt zurück und erstarrte. »Woher weißt du, dass ich mich mit Ray treffe?« Sie verengte die Augen zu schmalen Schlitzen. »Und wer hat dir erzählt, dass er und Patty sich getrennt haben?«

»Deine Schwester hat es mir gesagt, als du dich auf der Damentoilette versteckt hast«, erklärte er mit einem gleichgültigen Achselzucken. »Vermutlich aus Rache, weil du Kee so gedankenlos verraten hast, dass sie schwanger ist.«

Duncan sah, wie Willow zusammenzuckte. »Rachel ist sich ja noch nicht sicher«, murmelte sie und drehte sich in Richtung ihres Wagens um.

Duncan war bei ihr, noch ehe sie irgendetwas unternehmen konnte. Er packte sie an der Taille, hob sie hoch, setzte sie auf der Motorhaube ab und stellte sich zwischen ihre Knie – und das alles ging so schnell, dass Willow sich an seinen Schultern festhalten musste, um nicht das Gleichgewicht zu verlieren.

Er fuhr mit den Fingern durch ihr Haar, nahm dann ihr Gesicht in die Hände und hielt sie fest genug, um ihr klarzumachen, dass sie sich besser nicht widersetzte. Sie erstarrte und blickte ihn mit vor Angst geweiteten Augen an.

Oder war es einfach das Bewusstsein, wie nahe er ihr war?

»Komm heute Nacht mit zu mir.«

»Das kann ich nicht, Duncan. Und du weißt auch, warum.« Ärger schwang in ihrer geflüsterten Antwort mit. Und Bedauern.

»Dann bleib und hilf mir, die Flasche Scotch zu leeren.«

Langsam schüttelte sie in seiner Umarmung den Kopf. »Ich würde nur wieder in deinem Bett aufwachen.«

»Eineinhalb Jahre Enthaltsamkeit, das ist …«

Die Röte schoss ihr in die Wangen, in ihre Augen trat ein trotziger Ausdruck. »Wie kommst du darauf, dass ich enthaltsam gelebt habe? Ich hatte viele Dates. Um nicht zu sagen mehr als hundert«, sagte sie und fuchtelte zornig mit den Händen.

»Aber mit keinem dieser Männer hattest du am Ende Sex.«

»Woher weißt du …?« Sie wand sich, um sich aus seinem Griff zu lösen und schob ihn von sich. »Lass mich los. Ich muss meine Schwester umbringen!«

Er ignorierte ihren Widerstand und gab ihr einen Kuss, der längst überfällig war. Er hielt sie fest, während er das torfig schmeckende Gerstenmalz kostete, das sich mit ihrem süßen Geschmack vermischte.

Willow sog den Atem ein, erstarrte und vergrub die Finger in seiner Lederjacke. Duncan fuhr mit der Hand über ihren Rücken und zog sie näher zu sich heran. Er stöhnte auf, ließ die Lippen nicht von ihren, bis sie erschauerte.

»Himmel«, knurrte er und löste sich dann widerwillig von ihr, um Luft zu holen. »Willow, tu uns das nicht an. Du willst es genauso sehr wie ich.«

Sie legte ihre zitternden Hände an seine Wangen und lächelte ihn traurig an, auch wenn in ihren Augen Leidenschaft aufblitzte. »Damals hast du jede Chance auf eine gemeinsame Zukunft vermasselt, Duncan. Du hast mich mit zu dir genommen, hast eine wundervolle Nacht mit mir verbracht und bist am nächsten Morgen völlig unvermutet zu einem Höhlenmenschen mutiert.«

»Troglodyt ist der richtige Ausdruck«, flüsterte er und presste sie an sich.

»Ja, das stimmt«, erwiderte sie leise. »Du bist besitzergreifend, mehr als fürsorglich und unglaublich körperlich, und du lebst in einem längst vergangenen Jahrhundert. Wenn ich nicht aufpasse, wenn ich auch nur eine Sekunde lang unaufmerksam bin, habe ich am Ende mehr Schwierigkeiten, als ich verkraften kann.«

Er löste ihre Hände von seinem Gesicht und hielt sie an seine Brust gedrückt. »Das ist doch wunderbar, meine Kleine. Deine Kraft harmoniert mit meiner und das auf eine Art, die lebenslängliche Leidenschaft verspricht.«

»Ich kann eine solche Verpflichtung nicht eingehen, Duncan. Kannst du das nicht verstehen?«

»Doch«, sagte er und seufzte. Er beugte sich vor und gab ihr noch einen zärtlichen Kuss, dann zog er sich zurück und sah ihr in die Augen. »Ich habe das von Anfang an verstanden. Sag deine Verabredung mit Cobb ab.«

»Das kann ich nicht.« Sie seufzte ebenfalls. »Es ist keine richtige Verabredung. Ich treffe mich heute Abend mit Ray, weil er mir etwas zeigen will.«

Duncan wollte darauf wetten, dass Ray Cobb ihr »etwas zeigen« wollte. »Dann komme ich mit.«

Sie schüttelte den Kopf. »Das geht nicht. Es ist etwas Berufliches.«

»Etwas Berufliches? Du bist stellvertretende Generalstaatsanwältin!« Er legte den Kopf schräg. »Deine Schwester meinte, Cobb sei ein Hummerfischer. Was sollte er mit dir zu besprechen haben?« Duncan drückte ihre Hände. »Und warum musstest du hierherkommen, um dich mit ihm zu treffen? Abends? Die ganze Nacht, um genau zu sein?«

Sie wand sich, um sich aus seiner Umarmung zu befreien, und Duncan trat zurück, damit sie von der Kühlerhaube des Pick-ups springen konnte. Mit einem Schnauben wandte sie sich um und öffnete die Fahrertür.

»Genau aus diesem Grund können wir nicht zusammen sein. Ich kann mich nicht einmal mit jemandem treffen, ohne dass du deine Besitzansprüche geltend machst und überfürsorglich reagierst. Ich mache den Job jetzt schon seit einiger Zeit, und ich bin bisher sehr gut ohne deine Hilfe zurechtgekommen. Geh und kümmere dich um deine Bar.«

»Ich hab Leute dafür. Ich nehme mir heute Abend frei.«

»Du kannst nicht mitkommen …« Sie verstummte mitten im Satz, griff in ihren Wagen, holte die Flasche hervor, die er auf den Sitz gelegt hatte, bevor sie gekommen war, und blickte ihn fragend an. »Du bist dir deiner Sache ziemlich sicher, oder?« Sie nahm die Flasche und hielt das Etikett ins Licht der Straßenlaterne. »Rosach Distillery«, las sie vor. »So heißt deine Bar heute, Rosach Pub.«

Er nahm ihr die Flasche ab. »Das sind meine stillen Teilhaber.«

»Aber ich dachte, du hättest die Bar mit dem Anteil der Belohnung gekauft und renoviert, die du, Kee und die anderen bekommen habt, als ihr Thaddeus Lakemans gestohlene Kunstgegenstände wiederbeschafft habt.«

»Yep, das habe ich. Ich hab die Rosach Distillery trotzdem als Partner mit ins Boot geholt.«

Willow sah ihn nachdenklich an, bückte sich dann noch mal in den Wagen und holte die Lederschatulle heraus, die neben der Flasche gelegen hatte.

»Was ist das?«, fragte sie und strich mit den Fingerspitzen über die verblassten goldenen Buchstaben auf dem Deckel. »Wer ist Galen Ross?«, wollte sie wissen und öffnete die kleine Box.

Willow warf ihm einen überraschten Blick zu, nahm das Glas aus der mit Samt ausgeschlagenen Schatulle und hielt es hoch, um sich die Gravur anzusehen. »Das ist das Glas, aus dem ich gerade im Pub getrunken habe«, sagte sie und blickte ihn erneut an. »Auf dem Glas ist das gleiche Wappen wie auf der Flasche. Wer ist Galen Ross?«, wiederholte sie.

»Mein Vater.«

»Du hast einen Vater?«, platzte sie heraus, schüttelte dann den Kopf und lächelte. »Ich meine, ich weiß natürlich, dass du nicht elternlos aus einer Höhle gekrochen bist, aber ich hab nie darüber nachgedacht, dass du eine Familie haben könntest. Du sprichst nie über sie.«

Er klemmte sich die Flasche unter den Arm und nahm ihr die Schatulle und das Glas ab. Behutsam legte er das Glas zurück in die Box und klappte vorsichtig den Deckel zu. »Mein Vater und ich wollten den Scotch eigentlich zusammen probieren, wenn der Tropfen lange genug gereift und alt genug gewesen wäre. Aber er ist vor sechs Jahren gestorben.«

»Das tut mir leid, Duncan«, sagte sie leise.

Er nahm die Schatulle und die Flasche unter den Arm. »So ist das Leben«, war alles, was ihm dazu einfiel.

»Deshalb weißt du so viel über Whisky«, fuhr sie fort. »Dein Vater hat für die Rosach Distillery gearbeitet. Er war einer dieser … Wie nennt man diese Leute? Whiskysommelier?«

»Yep. Galen Ross hatte eine legendäre Nase, was Whisky betraf.«

»Und das ist sein Verkostungsglas«, sagte sie, stellte sich auf die Zehenspitzen und zog am Ärmel von Duncans Jacke. »Danke, dass du diesen besonderen Scotch mit mir geteilt hast, Duncan«, flüsterte sie. »Und dafür, dass du mich aus dem Glas deines Vaters hast trinken lassen.«

Sie gab ihm einen flüchtigen Kuss auf die Wange,

drehte sich dann um und stieg in ihren Wagen. Duncan sah zu, wie sie im Fußraum nach ihrem Schlüssel suchte, sich kurz darauf fluchend zur Seite lehnte und ihre Suche im Fußraum des Beifahrersitzes fortsetzte.

Duncan zog die Schlüssel aus seiner Tasche, sagte jedoch nichts. Er wollte, dass Willows Frust wuchs – denn er war sicher, dass ihr Frust seinem nicht annähernd gleichkam. Er lächelte, als Willow mit einem Mal innehielt. Sein Lächeln wurde noch breiter, als sie sich abrupt aufrichtete, ihn anfunkelte und wortlos die Hand ausstreckte.

Er ließ die Schlüssel unerreichbar für sie an seinem Finger baumeln. »Nimm mich mit, und ich verspreche dir, keinen Pieps zu sagen. Ich werde dich nicht bei deiner Arbeit stören.«

Sie stieg wieder aus, baute sich vor Duncan auf und blickte ihn mit einer Grimmigkeit an, die selbst dem Teufel Angst gemacht hätte. »Vertraust du mir, Duncan?«

Er verlagerte das Gewicht auf ein Bein, schloss die Hand um die Schlüssel und schob sie unter den Arm, unter den er auch die Schatulle und die Flasche geklemmt hatte. »Ich glaube, dass du mich in wirklich wichtigen Fragen nicht anlügen würdest«, sagte er ruhig. »Und ich glaube, dass du weißt, was du tust, wenn es um deine Arbeit geht. Aber ich glaube, dass dein ehemaliger Freund ganz bestimmte Absichten hat.«

»Ray und ich waren gerade mal drei Monate zusammen«, blaffte sie. Offensichtlich war sie mit ihrer Geduld am Ende – und anscheinend beeindruckte es sie überhaupt nicht zu hören, dass er ihr traute. »Ich bin nicht an Ray Cobb interessiert. Also jedenfalls nicht als Mann.«

»Dann solltest du kein Problem damit haben, dass ich mitkomme.«

Wieder streckte sie die Hand aus. »Du kommst nicht mit.«

Er legte seine Hand auf ihre, die Schlüssel noch immer in der Faust verborgen. »Wenn ich darauf eingehen soll, musst du wenigstens morgen Abend mit mir essen gehen.«

Willow stampfte tatsächlich mit dem Fuß auf, und Duncan wurde klar, dass sie sich gerade sehr zusammenreißen musste, um ihn nicht zu treten. »Ich möchte mich nicht bei einem Date in der Öffentlichkeit mit dir sehen lassen, das würde das Gerede über uns nur noch weiter anheizen.«

»Kein Problem. Wir können bei mir zu Hause essen.«

Sie sah hinunter auf sein Bein – genauer gesagt auf sein Schienbein. Ganz offensichtlich überlegte sie, ob ein Tritt dorthin genügend Wirkung haben würde. Doch im nächsten Moment blickte sie wieder hoch, denn sie hörte die Schlüssel klimpern. Fassungslos sah sie zu, wie Duncan sie in die Brusttasche seiner Jacke steckte, beobachtete, wie er kurz darauf einen Stift hervorholte.

Er griff nach ihrer Hand, die sie noch immer ausgestreckt hatte. Wie vermutet, hielt Willow still. Zu groß war ihre Neugier. Sie versuchte zu entziffern, was er in kleinen blauen Lettern darauf schrieb.

»Was bedeutet das?«, wollte sie wissen, hielt ihre Handfläche ins Licht und blinzelte. »*Potes currere …*« Sie sah ihn stirnrunzelnd an. »Entweder kannst du nicht richtig schreiben, Dunky, oder das ist irgendeine andere Sprache.« Sie sah wieder auf ihre Hand und las die Wörter vor. »*Potes currere sed te occulere non potes*.«

Duncan zuckte zusammen. »Das ist ein echter Anschlag auf die Sprache.«

»Welche Sprache ist es denn? Französisch? Latein? Steinzeitkauderwelsch? Und was bedeutet es?«

Er steckte den Stift wieder in die Tasche. »Du bist doch gebildet. Tu das, was ich getan habe, als du mir damals das Wort ›Troglodyt‹ auf die Hand geschrieben hast. Schlag es nach.«

Willows Augen funkelten im Licht der Straßenlaterne. Sie ballte die Hand zur Faust, stieg fluchend in ihren Wagen, knallte die Tür zu und verriegelte sie. Dann klappte sie die Sonnenblende herunter und nahm den Ersatzschlüssel, der dort hinter einer Lasche steckte. Mit einem triumphierenden Lächeln steckte sie den Schlüssel ins Zündschloss und ließ den Motor an.

Duncan machte einen Schritt zurück. Als Willow mit quietschenden Reifen und dem Selbstvertrauen, das junge Anwältinnen anscheinend besaßen, vom Parkplatz fuhr, wandte er sich ab, um der Wolke von Staub, die sie mit ihrem Wagen aufwirbelte, zu entfliehen.

An ihrer Leichtsinnigkeit werde ich noch arbeiten müssen, dachte Duncan, als er zu seinem eigenen Wagen eilte. Er stieg ein, verstaute den Scotch und die Lederschatulle sicher unter dem Sitz und zog dann seine Schlüssel aus der Hosentasche, um den fünfzehn Jahre alten Jaguar zu starten.

Mit einem satten Dröhnen sprang der Motor an, und Duncan fuhr langsam vom Parkplatz. Sobald er auf der Straße war, beschleunigte er. Er ging erst wieder vom Gas, als er die Rücklichter von Willows Pick-up sehen konnte.

Yep, dachte er und seufzte. Das Spielchen ging weiter.

Ihr Spielchen ging nicht nur noch weiter, sondern wurde merkwürdiger und merkwürdiger.

Das Drama, das Duncan durch das Fernglas beobachten konnte, erinnerte ihn an einen schlechten Film: ein alter Fischereianleger, der ins Wasser der Bucht ragte, in der dichter Nebel hing, der schummrige Schein einer einzelnen Lampe, die an einem Schuppen hing, in dem die Fänge der Fischer gewogen wurden, im Licht dieser Laterne die beiden Menschen, die sich über eine Holzkiste beugten, die drückende Stille, die nur ab und an von einem Nebelhorn in der Ferne durchbrochen wurde.

Solche Szenen hat er schon öfter mit angesehen, als ihm lieb war. Duncans Innerstes zog sich zusammen – dieses Mal war Willow daran beteiligt. Roy Cobbs persönliches Interesse an Willow war nicht länger das Problem, es war vielmehr die Situation, in die dieser Mann Willow brachte. Duncan brach der kalte Schweiß aus. Wenn stellvertretende Generalstaatsanwälte sich mit Männern trafen, die ihnen mitten in der Nacht an einem verlassenen Pier etwas zeigen wollten, bedeutete das immer Ärger.

Großen Ärger.

Für gewöhnlich mehr Ärger, als eine zierliche Frau verkraften konnte.

Duncan zog noch einmal seinen Plan in Betracht, Willow mit zu sich zu nehmen und sie an sein Bett zu fesseln. Er richtete sich auf, warf das Fernglas auf den Vordersitz, schloss leise die Wagentür und machte sich auf den Weg den steilen Hügel hinunter zu dem geheimen Treffen am Pier. Es war nicht schwierig, sich im Schatten zu halten. Aufmerksam lauschte Duncan den Geräuschen um sich herum, als er zum Anleger schlich. Jetzt vernahm er auch leise Stimmen. Er hielt inne.

»Wie lange geht das schon so, Ray?«, hörte Duncan Willow flüstern.

»Vor ungefähr acht, neun Wochen sind die ersten aufgetaucht«, antwortete Cobb leise. »Zuerst nur ein paar in meinen Fallen in der Nähe der Insel. Und es waren nicht nur Hummer. Auch die Krabben sahen so aus.«

Duncan huschte vorsichtig bis zu dem Schuppen und lugte um die Ecke. Cobb hielt etwas in der Hand, doch es war nicht zu erkennen, was es war, er stand mit dem Rücken zu ihm.

»Warum hast du mich angerufen?«, fragte Willow. »Du hättest die Küstenwache kontaktieren können.«

»Das habe ich. George White ist für diesen Küstenabschnitt zuständig, und ich habe ihm genau das erzählt, was ich dir gerade gesagt habe. Ich habe ihm sogar einige gefangene Tiere zur Verfügung gestellt.«

»Und?«

»Er meinte, er werde sich darum kümmern. Aber das ist schon sechs Wochen her. Ich habe ein paarmal in seinem Büro angerufen. Man hat mir gesagt, dass er im Urlaub sei.«

»Das ist ein langer Urlaub für einen Beamten«, hörte Duncan Willow murmeln, als sie sich nun noch einmal ansah, was Cobb ihr entgegenhielt. »Was ist mit den anderen Hummerfischern? Haben sie auch solche Fänge gemacht?«

Cobb warf das, was Duncan für einen Hummer hielt, in die Kiste und wischte sich die Hände an der Hose ab. »Ja«, sagte Cobb, verschloss die Kiste und hob sie hoch. »Es gibt noch sieben weitere Hummerfischer, die ihre Fallen normalerweise in der Nähe der Insel auslegen. Aber wir haben sie alle umgesetzt, sind in andere Gebiete ausgewichen, weil wir es uns nicht leisten können, den Fang ins Wasser zurückzuwerfen.« Cobb ging den Pier entlang, Willow lief neben ihm her. Duncan folgte den beiden unauffällig. »Das bedeutet, dass wir einander ins Gehege kommen«, fuhr Cobb fort und blieb neben einem Fischerboot stehen, das sich leicht in der Dünung bewegte. »Wir stehen kurz vor einem Krieg um die Fanggebiete.«

»Einem Krieg?«

Cobb schnaubte. »Du weißt doch um die territorialen

Ansprüche der Fischer«, erklärte er und stellte die Kiste ab. »Nachdem ich angerufen und dich gebeten habe herzukommen, habe ich ein paar Fallen um die Insel herum verteilt, damit du mit eigenen Augen sehen kannst, wovon ich spreche.«

»Und die kranken Hummer kommen nur aus diesem Gebiet?«, erkundigte sich Willow. »Sie sind nirgends sonst aufgetaucht?«

»Nein. Bis auf die eine oder andere Abart, die immer mal vorkommt, die vielfarbige oder Harlekinlanguste ist alles normal.«

Es war Ebbe. Cobb kletterte die Leiter zu seinem Boot hinunter, stellte die Kiste auf dem Deck ab, drehte sich um und sah zu Willow. »Von Juni bis Oktober hole ich fast neunhundert Reusen mit Hummern ein und im Winter noch mal dreihundert. Ich fische seit über zehn Jahren. So etwas habe ich noch nie gesehen.«

Duncan konnte Cobbs Lächeln erkennen, als er nun die Hand ausstreckte. »Komm, Willow. Es wird so wie in der Highschool, als ich das Boot von meinem Alten genommen hab, und ein paar von uns zu einer der Inseln gefahren sind, um Party zu machen.«

Verdammt, schoss es Duncan durch den Kopf, ich werde nicht zulassen, dass Willow auf dieses Boot geht. Leise pirschte er sich näher an Cobbs Boot heran. Er wollte gerade Willow packen, als ein helles Licht vom Wasser aus den Nebel durchdrang und in einem Bogen das Ufer erleuchtete.

Duncan versteckte sich hinter ein paar Kisten, die am Anleger gestapelt waren, und lauschte dem gedämpften Tuckern eines Bootes, das langsam näher kam. Der Suchscheinwerfer blieb auf Willow gerichtet, die am Pier stand, er erfasste auch Cobbs Silhouette.

»Hey«, rief ein Mann. »Bist du das, Ray Cobb?«

Duncan beobachtete, wie Cobb Willow schnell an Deck seines Bootes half und sie ins Ruderhaus schob. Dann kletterte er die Leiter hinauf und ging eilig den Anleger entlang, dem sich nähernden Boot entgegen.

»Du bist noch spät unterwegs, Gramps«, sagte Cobb, fing das Tau auf, das ihm zugeworfen wurde, und machte es an einem der großen Poller fest. »Hast du Probleme mit dem Motor?« Er half einem alten Mann die Leiter hinauf.

»Nein. Ich hab vor Pregnant Island geankert und ein Nickerchen gemacht«, sagte er und lachte leise. »Irgendwann bin ich aufgewacht und hab festgestellt, dass es schon dunkel ist. Ich hab meine Frau angefunkt, damit sie sich keine Sorgen macht.« Cecil Fox, von allen nur Gramps genannt, blickte an Cobb vorbei und sah zu Rays Boot. »Wen hast du da an Bord, Ray? Sie kam mir irgendwie bekannt vor.«

Cobb versperrte Cecil die Sicht. »Nur … nur eine Freundin«, stammelte er.

Der alte Mann blinzelte ihn an. »Du solltest lieber versuchen, Patty zurückzugewinnen, und nichts Neues anfangen.« Mit einem Mal erstarrte er. »Willow Foster«, sagte er und ging auf Cobbs Boot zu. »Ich hab doch gleich gesagt, dass sie mir bekannt vorkam. Hol mich der Teufel, wenn ich mich irre.«

»Geh nach Hause, Gramps«, sagte Cobb und drängte ihn sanft, aber bestimmt von seinem Boot weg. »Das ist nicht Willow Foster.«

»Das will ich auch hoffen«, sagte der alte Mann, blieb stehen und sah Cobb an. Duncan drückte sich an die Kisten, die Männer waren nur noch wenige Meter von ihm entfernt. »Ich hab nämlich gehört, dass dieser riesige Schotte aus Puffin Harbor schon Ansprüche angemeldet hat«, fuhr Cecil fort. »Ihm gehört der Rosach Pub. Er soll … Wie nennt man diese Leute? Glücksritter? Ja, so was soll er sein«, sagte er und nickte. »Gerüchte besagen jedenfalls, dass er etwas mit dem Foster-Mädchen anfangen will. Aber unsere Kleine macht es ihm nicht gerade leicht«, schloss er mit einem Lachen. Er wies auf Cobbs Brust. »Du musst aufpassen, aus wessen Fallen du dich bedienst. Mit diesem Schotten sollte man sich nicht anlegen. Geh zurück zu Patty.«

»Das versuche ich ja«, knurrte Cobb. »Aber sie ist so stur. Sie sagt, ich würde sie als selbstverständlich betrachten.«

Cecil Fox sah zu Cobbs Boot und blickte dann den jungen Mann mit schräg gelegtem Kopf an. »Vielleicht solltest du mehr Geld in dein Haus als in dein Boot investieren, Junge. Ein Zuhause ist wichtig für eine Frau.« Er warf sich in die Brust. »Ich hab seit fast sechsundvierzig Jahren dieselbe Frau und dasselbe Boot, weil ich mein Erspartes immer in diejenige investiert habe, die es am nötigsten hatte. Mal war es Mildred, mal meine *Pretty Woman.*«

»Vielleicht sollte ich das auch tun«, entgegnete Cobb und schob den alten Mann weiter. »Und du solltest jetzt nach Hause gehen. Nicht, dass Mildred dich noch aussperrt.«

Damit lief Cobb zurück zu seinem Boot, löste schnell die Taue, sprang aufs Deck und hatte den Motor gestartet, bevor Cecil reagieren konnte.

Duncan biss frustriert die Zähne zusammen und ging in Deckung, als der alte Seebär an ihm vorbeischlurfte. Er schüttelte den Kopf und murmelte irgendetwas von der Dummheit junger Draufgänger.

Als die Luft schließlich rein war, verschwand Cobbs Boot langsam im Nebel. Das Letzte, was Duncan sah, war Willow, die ihm vom Deck aus zuwinkte.

Kapitel 3

Willow saß mit angezogenen Knien auf einer großen Kiste neben dem Ruderhaus der *Corncobb Lady* und beobachtete die Gischt, die in die Dunkelheit spritzte.

»Ist dir warm genug?«, rief Ray über das Dröhnen des Dieselmotors hinweg, zog seine dicke Jacke aus und warf sie Willow zu, noch ehe diese geantwortet hatte.

»Jetzt wirst du dich totfrieren«, sagte sie.

»Nein, ich bin an Feuchtigkeit und Kälte gewöhnt«, erwiderte er und wandte seine Aufmerksamkeit wieder der dunklen See zu.

Nachdem sie den Küstennebel hinter sich gelassen hatten, hatte Ray Vollgas gegeben. Willow machte sich keine Sorgen, dass sie irgendwo auf Grund laufen oder mit einem Felsen kollidieren könnten. Sie hatte während der Highschool genug Ausflüge mit Schnellbooten gemacht, um zu wissen, dass die Sicht auf dem Meer bei Nacht ziemlich gut war. Sie war nur sauer auf sich, weil sie nicht daran gedacht hatte, wie rau und kühl es auf dem offenen Meer werden konnte. Anders als beim Kajakfahren, wo man ins Schwitzen kam, war es auf einer Fahrt über den Golf von Maine mit fünfundzwanzig Knoten – was ungefähr einer Geschwindigkeit von fünfundvierzig Kilometern pro Stunde entsprach – doch verdammt kalt.

Willow schlüpfte in Rays Jacke. Als sie die viel zu langen Ärmel hochkrempelte, um ihre Hände zu befreien, sah sie die Buchstaben auf ihrer rechten Handfläche, auch wenn es zu dunkel war, um die Wörter entziffern zu können.

Sie war sich ziemlich sicher, dass es Latein war.

Woher konnte Duncan Ross so gut Latein, dass er einen vollständigen Satz auf ihre Handfläche zu schreiben in der Lage war?

Willow legte das Kinn auf ihre angezogenen Knie und schlang wieder die Arme um ihre Beine. Sie rief sich den Abend vor zwei Jahren ins Gedächtnis. Duncan hatte zusammen mit Kee, Ahab, Jason, Matt und Peter im ehemaligen Drop Anchor etwas getrunken. Vier Tage zuvor hatten sie Willow und Rachel aus den Fängen von Raoul Vegas und seinen Komplizen befreit. Luke hatte noch im Krankenhaus gelegen und sich von den Schussverletzungen erholt, die er erlitten hatte. An Willows Körper und in ihrem Gesicht hatten langsam verblassende Blutergüsse noch an das schreckliche Martyrium erinnert.

Bevor sie zu ihrer Arbeit in Augusta hatte zurückkehren müssen, hatte sie die Männer noch einmal aufsuchen wollen, um sich für die Rettung zu bedanken. Vor allem bei Duncan, weil er in das Haus gestürmt war, in dem man sie gefangen gehalten hatte. Bei der Befreiung hatte er ausgesehen wie Zeus höchstpersönlich.

Also hatte sie eine Runde Drinks spendiert. Duncan hatte sie anschließend zu ihrem Wagen begleitet. Und dann hatte ihr Held sie in die Arme geschlossen und sie leidenschaftlich geküsst – mitten auf dem Parkplatz, vor Gott und dem Rest der Welt.

Dass sie seinen Kuss erwidert hatte und sich nicht bewusst gewesen war, in welche Schwierigkeiten sie sich möglicherweise damit bringen würde, hatte nur bewiesen, dass Intelligenz nichts mit gesundem Menschenverstand zu tun hatte. Denn direkt nach dem unglaublichen Kuss hatte Willow unwissentlich die erste Salve in ihrem bevorstehenden Krieg abgefeuert. Eher wütend auf sich selbst als auf Duncan, hatte sie ihren Stift hervorgeholt, »Troglodyt« in seine Handfläche geschrieben und ihm erklärt, dass er es im Wörterbuch nachschlagen könne. Dann war sie in ihren Wagen gestiegen, hatte sich darüber geärgert, dass er entweder zu dumm oder zu amüsiert war, um die Beleidigung zu erkennen, und war davongefahren.

Und so hatte ihr zwei Jahre andauernder, leidenschaftlicher Wettstreit begonnen. Jedes Mal, wenn sie zu Besuch nach Hause kam, gelang es diesem Schotten, sie langsam, aber sicher in den Wahnsinn zu treiben, indem er küsste, bis sie einer Ohnmacht nahe war.

Es gab unzählige Arten, Duncan Ross zu beschreiben, doch nur einen Ausdruck dafür, wie Willow ihre Gefühle für ihn umschreiben konnte: gefährlich. Was sie für Duncan empfand, war nicht nur gefährlich für sie, sondern auch für ihn. Männer wie Duncan hatten die Neigung, in einfachen Strukturen zu denken, und wenn etwas ihr Interesse weckte, verfolgten sie ihr Ziel mit der Entschlossenheit eines hungrigen Raubtiers.

Dass sie die Beute eines solchen Raubtiers sein sollte, war zugleich beängstigend und beglückend. Und manchmal – wie am heutigen Abend – so frustrierend.

Ein paar Monate später hatte sie dann den größten Fehler ihres Lebens begangen. Mit Duncan zu schlafen hatte nur Hoffnungen in ihm geweckt. Es spielte keine Rolle, dass es die unglaublichste Nacht ihres Lebens gewesen war. Sie hatte ein schlafendes Raubtier geweckt, das sich bis dahin mit gestohlenen Küssen und kleinen Tritten gegen das Schienbein, mit Lachen und Beleidigungen und gegenseitigen Neckereien zufriedengegeben hatte. Seit jenem Tag fühlte Willow sich gejagt. Statt an einem oder zwei Wochenenden im Monat nach Puffin Harbor zu kommen, um ihre Schwester und deren kleine Familie zu besuchen, stürzte sie sich in die Arbeit und mied ihren Heimatort.

Und jetzt schien plötzlich alles auf den Kopf gestellt. Ray Cobb hatte sie am vergangenen Montag in ihrem Büro angerufen, sein Problem geschildert und ihr erklärt, dass er nicht wisse, an wen sonst er sich wenden solle. Er kannte sie persönlich, er wusste, dass sie sich auf Umweltvergehen gegen den Staat spezialisiert hatte – Fälle, die von höchstem öffentlichen Interesse waren –, und er konnte sich sicher sein, dass sie unauffällig herausfinden würde, was an diesem Ort hier passierte.

Willow fragte sich, was sie in diesem Moment lieber täte, als in einem Hummerfänger zu sitzen und über den Golf von Maine zu fahren. In Duncan Ross' Bett liegen? In sich hineinlächelnd, dachte sie daran, wie er breitbeinig am Anleger gestanden hatte, die Fäuste erbost in die Hüften gestemmt. Tatenlos hatte er zusehen müssen, wie sie mit Ray davongebraust war.

Ja, »besitzergreifend« und »überfürsorglich« waren Begriffe, die Duncan sehr gut beschrieben – genau wie »leidenschaftlich«, und »perfekt« in jeder Hinsicht ... In fast jeder Hinsicht.

Duncan war nicht gewillt, eine Affäre mit ihr zu beginnen – er wollte sie heiraten. Er wolle lebenslängliche Leidenschaft, hatte er ihr gesagt. Willow wusste, dass sie es sich nicht leisten konnte, diesen Krieg zu verlieren, denn sie konnte ihm die Art der Bindung, die er forderte, nicht versprechen.

Was bewies, dass Intelligenz auch nichts mit irrationalen Ängsten zu tun hatte.

»Wir sind da«, sagte Ray, drosselte den Motor und drückte einige Knöpfe an einem der Navigationsinstrumente über seinem Kopf.

Willow erhob sich und blickte auf den Monitor mit der Karte. »Wie weit sind wir von Thunder Island entfernt?«, wollte sie wissen.

»Gute drei Kilometer. Dort hinten«, antwortete Ray und wies über ihre Schulter.

Willow sah in Richtung Horizont. Sie konnte in der

Dunkelheit die Umrisse der Insel ausmachen, die sich in die nun sternenklare Nacht erhob.

»Und auf der Insel lebt niemand?«, fragte sie und wandte sich wieder zu Ray um. »Ist es immer noch nur ein verlassener Granitsteinbruch? Wenn ich mich recht entsinne, brauchte man mehr Mut als Verstand, wenn man die Insel anfuhr, weil das Ufer so felsig und die Brandung so stark ist.«

»Niemand lebt dort«, sagte er und schüttelte den Kopf. Er lächelte, als er sich die Erinnerungen ins Gedächtnis rief. »Wir hatten jede Menge Spaß, oder? Damals, als wir mit den anderen in dem alten gefluteten Steinbruch geschwommen sind?«

»Es war die einzige Stelle, an der man schwimmen konnte«, entgegnete sie und sah wieder zur Insel. »Die Sonne wärmte das Wasser gerade genug auf, um es erträglich zu machen. Warst du mit Patty in letzter Zeit mal wieder da?«, fragte sie, ohne den Blick von der Insel zu wenden.

»Nein. Wozu?«

Willow wandte sich erneut Ray zu. »Na, um schwimmen zu gehen.«

Im schummrigen Licht der Instrumente erahnte sie mehr, als sie sah, dass er errötete. »Warum sollte Patty in dem alten Steinbruch schwimmen wollen?«

»Vielleicht … um alte Erinnerungen aufzufrischen?«, entgegnete Willow ruhig. »Erinnerungen an jugendliche Leidenschaft und an eine Zeit, in der nichts anderes eine Rolle spielte, als jede Sekunde des Tages auszukosten?«

Ray schnaubte verächtlich, drehte sich wieder zu seinem Monitor um. »Ich schätze, du hast gehört, was Gramps gesagt hat. Patty hat mich verlassen.«

»Hat sie schon die Scheidung eingereicht?«

»Nein«, antwortete er leise und hielt das Boot an. »Noch nicht.«

»Ist dir mal der Gedanke gekommen, dass sie die Scheidung gar nicht will?«, gab Willow zu bedenken. »Dass sie vielleicht nur ihren Schwarm von der Highschool zurückhaben möchte?« Sie ergriff seinen Ärmel und zwang Ray dazu, sie anzusehen. »Vielleicht wünscht sich Patty nichts sehnlicher, als den sorglosen jungen Mann von damals zurückzubekommen.«

»Ich habe drei Kinder, zwei Hypotheken und irrsinnige Fixkosten. Die Einnahmen reichen gerade für das Nötigste«, erwiderte er und wies mit einer ausholenden Handbewegung über das Boot. »Ich kann es mir nicht erlauben, Patty auf eine Reise in die Vergangenheit mitzunehmen.«

»Du kannst es dir nicht erlauben, es *nicht* zu tun, Ray. Was bringt einem die ganze harte Arbeit, wenn man abends nach Hause kommt und niemand da ist, der einen erwartet?«

»Ich wüsste nicht, dass auf dich jemand wartet«, versetzte er scharf und zog sich ein Paar Handschuhe an. Er hob den Bootshaken auf und hielt ihn hoch. »Wenn ich mich recht entsinne, hast du während der Highschool keine Beziehung gehabt, die länger als vier Monate gehalten hat. Und du bist … Wie alt bist du? Ende zwanzig? Dreißig? Und du bist noch immer nicht sesshaft geworden.«

»Hier geht es nicht um mich.«

»Nein, es geht um die Hummer«, sagte er, wandte sich ab und betrachtete den Monitor seines GPS-Geräts. »Und um das, was auch immer das Wasser verseucht und mir meine Lebensgrundlage raubt.«

Er legte wieder einen Gang ein und fuhr langsam weiter, den Monitor ließ er nicht aus den Augen. »Halt Ausschau nach einer blau-pinkfarbenen Boje«, sagte er zu ihr, schaltete einen Scheinwerfer ein und ließ den Lichtstrahl übers Wasser gleiten.

Willow konnte außer dem schwarzen Ozean, der um sie herum war, nichts erkennen. Einige Minuten lang kreiste Ray mit der *Corncobb Lady* übers Wasser, dann riss er das Steuer herum, nahm das Gas weg und den Gang raus. Er beugte sich über die Seite und zog mithilfe des Bootshakens die Boje aufs Deck. Das Tau, das an der Boje befestigt war, warf er über den Flaschenzug über seinem Kopf.

Willow machte einen Schritt zurück, als die Winde sich quietschend in Gang setzte und die schwere Reuse aus dem Wasser zog.

Ray beugte sich wieder über die Reling und hievte den Hummerfangkorb aufs Deck. Er schaltete das Licht im Ruderhaus an.

Willow hielt sich die Nase zu, als ihr der fischige Geruch des Fangs in die Nase stieg. Sie beobachtete, wie Ray die Klappe an der Reuse öffnete, mit seiner behandschuhten Hand hineingriff und einen Hummer herausholte.

Das Tier bewegte sich nicht auf natürliche Art, wurde nur immer wieder von Krämpfen geschüttelt. Es reagierte genau wie der Lobster, den Ray Willow ihr am Pier gezeigt hatte. Ray legte den Hummer neben die Reuse und griff abermals hinein, um eine Krabbe hervorzuholen. Die Krabbe war offenbar tot. Er warf sie aufs Deck und griff ein drittes Mal in den Fangkorb. Dieses Mal zog er einen gesund aussehenden, vielleicht zwei Pfund schweren Hummer heraus, der mit den Zangen schnappte und den Schwanz wild bewegte.

»Es scheint so, als würde die Kontamination bis hierher reichen«, sagte Ray, nahm schnell ein zangenähnliches Werkzeug zur Hand und schlang damit ein breites Gummiband über die Hummerscheren. »Ich habe ein paar Reusen näher an der Insel ausgelegt, einige etwas weiter entfernt und südlich und östlich von hier, sodass wir vielleicht erkennen können, wie weit die Verseuchung reicht ... Welches Ausmaß das Problem inzwischen angenommen hat.«

Willow betrachtete die tote Krabbe und dann die Boje. »Ich dachte, deine Farben wären Orange und Weiß«, sagte sie.

Ray wies mit einer ausholenden Handbewegung über den Ozean, der sie umgab. »In diesen Gewässern befinden sich für gewöhnlich Hunderte von Bojen. Jetzt sind hier nur die sieben, die ich Dienstag ausgebracht habe.

Ich wollte nicht, dass jeder sofort mein Interesse an dieser Gegend erkennen kann, also habe ich die sieben Bojen in Farben gestrichen, die an diesem Küstenabschnitt sonst nicht zu finden sind.«

Willow wusste, dass jeder Hummerfischer Bojen in eigenen Farben benutzte, um damit seine Reusen zu markieren. So konnte man die Fangkörbe auch in Gebieten, die von vielen Fischern genutzt wurden, unterscheiden. Die Tatsache, dass Ray nicht wollte, dass man diese Reusen als seine identifizierte, ließ bei Willow die Alarmglocken schrillen.

»Warum wolltest du unbedingt mitten in der Nacht raus?«, fragte sie. »Und warum hast du mich gebeten, mit niemandem über unser Treffen zu sprechen?«

Ray warf den nun kampfunfähig gemachten Hummer in einen Plastikbehälter, hob die tote Krabbe und den kraftlosen Lobster auf und legte sie ebenfalls in den Behälter. Dann trug er den Fangkorb zum Spiegelheck, das senkrecht ins Wasser abfiel, und beförderte den stinkenden Beifang zurück ins Meer. Er löste das lange Seil von der Reuse.

»In letzter Zeit sind hier seltsame Dinge vorgefallen«, sagte er, während er im Schatten des Lichts aus dem Ruderhaus arbeitete. Er kannte seine Ausrüstung offenbar sehr genau. »Seile wurden durchtrennt, Frank Porters Boot wurde am Anleger versenkt.«

»Ein Krieg um die Fanggebiete?«

Ray ließ das gelöste Ende des Seils fallen, drehte sich

mit in die Hüften gestemmten Händen zu Willow um und schüttelte den Kopf. »Ein Krieg um die Fanggebiete beginnt immer mit harmlosen, aber deutlichen Warnungen. Ein Hummerfischer holt zum Beispiel einen Fangkorb hoch und merkt, dass alle Klappen offen stehen. Oder seine Takelage ist halb gelöst, seine Taue sind zerschnitten.« Wieder schüttelte er den Kopf. »Hier gab es keine Vorwarnung. Und das bedeutet, dass die Taten jemand begangen hat, der auf keinen Fall möchte, dass bekannt wird, was hier nicht stimmt. Nur die Fischer, die darüber gesprochen haben, sind Opfer der Angriffe geworden.« Er machte einen Schritt auf Willow zu und sah sie an. Frust stand in seinem Blick geschrieben. »Ich vertraue darauf, dass du Stillschweigen darüber bewahrst, Willow. Lass niemanden wissen, dass die Geschichte schon bis zu dir durchgedrungen ist. Und halt meinen Namen aus der Sache heraus.«

Die Alarmglocken in ihrem Kopf schrillten lauter. »Meinst du, dass es jemand auf dich abgesehen hat?«

»Du hast es erfasst«, knurrte er. »Kurz nachdem ich mich an die Küstenwache gewandt habe, hat mir jemand Zucker in den Tank geschüttet.« Willow starrte ihn wortlos an. »Einige von uns haben sich im letzten Monat immer wieder draußen auf See getroffen, um möglichst nicht beobachtet zu werden«, fuhr er fort. »Und wir haben unsere Optionen besprochen und beschlossen, dass du der einzige Mensch bist, dem wir vertrauen können.« Seine Miene wurde weicher, und er lächelte. »Na ja, bis auf Frank Porter. Er erinnert sich noch zu gut daran, wie wild du auf der Highschool warst und was für Streiche du gespielt hast.« Hitze schoss Willow ins Gesicht. Frank Porter war der Leidtragende eines dieser Streiche gewesen. Damals hatten sie und ihre Freundin Jenny den Namen am Heck von Franks Hummerfänger von *Kiss the Lazy Sun* in *Kiss the Lady's Bum* geändert und aus dem Ortsnamen Trunk Harbor kurzerhand Skunk Harbor gemacht. Willow wandte sich vom schummrigen Licht ab, das die Lampe im Ruderhaus verbreitete, und blickte schweigend in Richtung Thunder Island. Ray lachte leise. »Frank sagte, er habe gewusst, dass du und Jenny, dass ihr zwei sein Boot umbenannt hättet, als ihr am nächsten Morgen zum Pier gekommen wärt, um euch das Resultat eures Streiches anzusehen. Die rote Farbe an euren Fingern hat euch verraten.«

»Es war Jennys Idee«, sagte Willow. »Und wir haben es nur gemacht, weil Frank unseren Vätern gesteckt hatte, dass wir im Kajak geraucht hätten.« Jetzt musste auch sie lachen. »Wer gehört denn noch zu eurer geheimen Gruppe?«, fragte sie dann und wurde wieder ernst.

Ray griff in die Brusttasche seines Wollpullovers und holte ein Stück Papier hervor. »Ich habe dir eine Liste mit Namen und Telefonnummern gemacht, damit du weißt, mit wem du es zu tun hast. Du kennst sie alle«, sagte er, als Willow nun das Blatt Papier auseinanderfaltete. »Wir haben zugestimmt, Stillschweigen über all das zu bewahren, was hier passiert, und beschlossen, dich zu engagieren. Du wirst mal richtig was verdienen können.«

Willow überflog die Liste und sah Ray finster an. »Ich arbeite genauso hart wie ihr, was denkst du, wovon ich lebe?«

Er tätschelte ihre Wange. »Das weiß ich doch, Willow. Wir alle sind so stolz auf dich. Sogar Frank hat zugegeben, dass er immer gewusst habe, dass einmal was aus dir werden würde«, fügte er hinzu und legte den Gang ein. »Aber er sagte auch, ich solle dir ausrichten, dass er nicht zu alt sei, um dich übers Knie zu legen, falls er dich je wieder in der Nähe seines Bootes erwischen würde.«

»Ich habe die Warnung verstanden«, erwiderte Willow und schob die Liste in ihre Hosentasche. »Ist dir im letzten Jahr etwas Ungewöhnliches aufgefallen, Ray? Ungewöhnlicher Schiffsverkehr? Hast du Boote gesehen, die du nicht kanntest?«

»Nichts«, antwortete er und fuhr langsam Richtung Insel. »Glaub mir, das war das Hauptthema bei unseren kleinen geheimen Treffen.«

»Thunder Island ist … wie weit vom Festland entfernt? Fünfzehn, sechzehn Kilometer?«

»Fast zwanzig«, korrigierte er sie und sah auf dem Monitor nach den exakten Koordinaten der nächsten Reuse. »Bis zu den vier Pilot Islands sind es noch weitere acht Kilometer.«

Selbst über das Tuckern des Motors hinweg glaubte Willow die Wellen hören zu können, die sich am Ufer von Thunder Island brachen. Die dreieinhalb Kilometer lange und eineinhalb Kilometer breite Insel war nicht viel mehr als ein riesiger Granitfelsen, der aus dem Wasser ragte. Sie hatte ihren Namen wahrscheinlich dem Geräusch zu verdanken, das die Wellen machten, wenn sie an das zerklüftete Ufer schlugen.

Zu ihren besten Zeiten hatte Thunder Island einen der unzähligen Steinbrüche beheimatet, aus denen der wunderschöne Granit stammte, mit dem die Stadt Boston errichtet worden war. Segelschiffe hatten an einem massiven Anleger festgemacht, der weit ins Meer geragt hatte, und waren mit den schweren Steinblöcken beladen worden, um sie gen Süden zu bringen. Doch fünfzig Jahre zuvor hatte ein vierspuriger Highway den Ozean als Transportweg für den zwischenstaatlichen Handel ersetzt, und Sattelschlepper waren an die Stelle der Segelschoner getreten. Stahl war als günstigeres Baumaterial aufgekommen und hatte den Granit verdrängt, viele der Steinbrüche an der Küste von Maine lagen nun verlassen da. Highschool-Kids hatten sie als Abenteuerspielplätze für sich entdeckt, weil sie dort vor den Blicken ihrer Eltern geschützt waren.

»Du hast vorhin von Kontamination und von Verseuchung gesprochen«, sagte Willow und trat zu Ray ans Steuer. »Glaubst du, das ist der Grund für die Krämpfe bei den Tieren? Könnte es nicht doch eine Krankheit sein?«

»Was Krankheiten betrifft, die eine Auswirkung auf unsere Industrie haben könnten, sind wir immer auf dem Laufenden«, entgegnete Ray und sah wieder auf seinen Monitor. »Und in den Berichten steht nichts darüber. Es ist irgendeine Verseuchung, eine Verschmutzung, Willow«, fügte er finster hinzu. »Die Kontamination beschränkt sich auf das Gebiet rund um Thunder Island.«

»Wart ihr auf der Insel, um euch dort umzuschauen?«

»Klar. Frank Porter und ich waren allein in diesem Monat dreimal dort, und wir konnten nichts finden.« Er sah zu ihr und runzelte die Stirn. »Der Wasserstand im Steinbruch ist viel höher als zu der Zeit, in der wir dort schwimmen waren. Aber sonst hat sich nichts verändert. Die Insel sieht aus wie jede andere in der Gegend – man findet verkrüppelte Strauchkiefern, wilde Rosen und ein paar verfallene Gebäude.«

»Es befindet sich mehr Wasser im alten Steinbruch? Wie tief ist es?«

»Früher stand das Wasser knapp zwölf Meter unterhalb des oberen Randes, oder?«, sagte er. »Jetzt sind es nicht einmal mehr sechs Meter. Das Wasser hat beinahe Meeresspiegelniveau erreicht.«

»Das wäre nicht ungewöhnlich, oder? Granit ist oft von Rissen durchzogen, durch die das Meerwasser dringen kann. Es war nur eine Frage der Zeit, bis der Ozean den Steinbruch erobern würde.«

»Ja. Aber inzwischen kann man eine Gezeitenzone erkennen, und das bedeutet, dass diese Risse groß genug sind, um außergewöhnlich viel Wasser hinein- und wieder herauszulassen.«

»Haben wir in der Highschool nicht herausgefunden, dass das Wasser ungefähr neun Meter tief ist? Also muss es inzwischen über fünfzehn Meter tief sein«, rechnete Willow aus. »Glaubst du, dass jemand irgendetwas in den Steinbruch geworfen hat, Ray?«, fragte sie und zupfte an seinem Ärmel, um seine Aufmerksamkeit auf sich zu lenken, als er sich nun wieder über die Reling beugte und eine Boje einholen wollte.

»Ja«, antwortete er über die Schulter. »Das nehmen wir an.«

»Aber das heißt, dass sie vor der Insel ankern und dass die Boote groß genug sein müssen, um Fässer oder Kisten oder so etwas transportieren zu können«, fuhr sie fort. »Es ist eine Menge giftiger Abfall nötig, um einen Schaden anzurichten, der noch über drei Kilometer von der Insel entfernt Folgen zeigt.«

Ray zuckte die Achseln und schaltete wieder in den Leerlauf. »Das ist dein Fachgebiet, Willow. Ich bin nur der Überbringer der schlechten Nachrichten.«

Er nahm den Bootshaken, beugte sich hinunter und zog eine weitere Boje an Bord. Willow ging aus dem Weg und beobachtete Ray bei der Arbeit, während sie den Wellen lauschte, die sich an der Küste von Thunder Island brachen. Jetzt hörte man es tatsächlich.

Das satte Geräusch der Brandung jagte ihr Schauer über den Rücken, und Willow kuschelte sich in Rays Jacke. Die Krankheitszeichen der Hummer mussten von giftigem Müll stammen. Wenn die Toxine nicht von der Insel kamen, woher kamen sie dann?

Es war durchaus möglich, dass jemand in der Nähe der

Insel Fässer mit umweltschädigendem Abfall direkt im Meer entsorgt hatte – das war sogar naheliegend, wenn man bedachte, wie schwierig es war, mit einem entsprechend großen Boot dort anzulegen. Für gewöhnlich fuhren Umweltsünder übers Meer und warfen ihre Giftfässer oder Ähnliches einfach über Bord, ohne anzuhalten. Es kam nicht selten vor, dass Firmen sich vertraglich verpflichteten, ihren Müll legal zu entsorgen, und dann doch den »bequemeren« Weg nahmen.

Die Dinge vorschriftsmäßig zu erledigen war oft mit Kosten verbunden, mit *hohen* Kosten. Darüber hinaus dauerte es häufig viele Jahre, unzählige Anträge bei den Behörden waren nötig, um eine zugelassene und streng überwachte Deponie zu eröffnen. Und das bedeutete, dass die behäbig agierende Bürokratie einige unmoralische Menschen dazu verleitete, die eine oder andere nicht ganz legale »Abkürzung« zu nehmen.

Die Herkunft von illegal im Meer entsorgten Abfallbehältern festzustellen war nicht leicht. Entweder verrotteten sie schnell, oder die Täter hatten alle Spuren beseitigt und etwaige Hinweise auf die Herkunft – wie zum Beispiel aufgedruckte Seriennummern – sorgfältig entfernt. Und das galt nur für den Fall, dass überhaupt irgendwelche Behältnisse benutzt wurden. Manchmal wurden die giftigen Chemikalien auch so ins Meer geleitet oder geworfen.

Willow sah Ray bis tief in die Nacht beim Bergen der Fangkörbe um die Insel herum zu. Um drei Uhr morgens spürte sie allmählich ihre Erschöpfung.

»Wir müssen zurückfahren«, sagte Ray, als er die letzte Reuse aufs Deck der *Corncobb Lady* zog. »Ich möchte, dass du verschwunden bist, bevor die ersten Fischer in den Hafen kommen.«

Willow setzte sich wieder auf die Kiste vorm Ruderhaus und schlang die Arme um die angezogenen Knie. Nachdenklich betrachtete sie den Behälter mit den kranken und toten Hummern und Krabben. »Ich würde gern einige der Tiere mitnehmen«, sagte sie und blickte hoch, als Ray wieder ans Steuer trat. »Auch ein paar gesunde, lebendige. Ich möchte sie zur Untersuchung in ein Labor geben.«

»Kannst du das anonym erledigen? Oder ein Labor beauftragen, das außerhalb Maines liegt?«, bat Ray sie. »Du solltest keine Aufmerksamkeit auf dich lenken.«

Willow dachte darüber nach. Sie bezweifelte, dass sie persönlich in Gefahr war, auch wenn jemand herausfand, womit sie sich hier beschäftigte. Die bösen Kerle attackierten vielleicht ein paar Hummerfischer, die sich lauthals beklagten, doch sie würden sich bestimmt nicht mit jemandem aus dem Büro des Generalstaatsanwalts anlegen. Die falschen Leute gegen sich aufzubringen war gleichbedeutend mit dem Tod der Unternehmung – ganz abgesehen von der langen Gefängnisstrafe, die jeden der Beteiligten erwartete.

»Ich kann vielleicht ein Labor jenseits der Grenze beauftragen«, bot Willow an. »Aber dadurch wird es länger dauern, die Ergebnisse zu bekommen. Bis ich weiß, womit genau wir es zu tun haben, solltet ihr euch ruhig verhalten.«

Ray sah sie an und nickte. Er knipste die Lampe im Ruderhaus aus und fuhr an. Das einzige Licht kam jetzt von der kleinen Leuchte am Heck des Bootes. Er gab Vollgas und lenkte die *Corncobb Lady* zurück nach Trunk Harbor.

Willow zog die dicke Jacke enger um sich. Sie war Ray dankbar, dass er sie ihr gegeben hatte, und hoffte, dass er sich als Lohn für seine Ritterlichkeit keine Erkältung einhandeln würde. Ihr war eiskalt – auch wenn sie nicht mit Sicherheit sagen konnte, ob das Zittern durch die Kälte bedingt war oder durch die Geschichten, die sie in dieser Nacht erfahren hatte.

Es war nicht nur so, dass die Gewässer um Thunder Island verseucht waren, es schien auch so, als wären diejenigen, die dafür verantwortlich waren, noch immer da und würden versuchen, das Verbrechen zu vertuschen.

Kapitel 4

Das erste Licht des Morgens ließ die Sterne am Himmel verblassen, als Ray und Willow langsam in den Hafen von Trunk Harbor tuckerten. Willow konnte sehen, dass einige Fischer ihre Boote schon zum Ablegen bereit am Anleger festgemacht hatten und sie nun mit Ködern, Fallen und aufgerollten Seilen beluden.

Ray hatte in seinem Werkzeugkasten eine stinkende alte Mütze gefunden, unter der sie nun ihr Haar versteckte. Sie schlug den Kragen von Rays Jacke hoch, während sie am äußersten Ende des Piers anlegten.

»Sprich mit niemandem, wenn wir zu deinem Wagen gehen«, sagte Ray und stellte den Behälter mit den kranken Tieren auf den Anleger. »Und warte, bis du in Puffin Harbor bist, ehe du wieder anhältst, um Eis zu kaufen.«

Willow begriff, dass er vermeiden wollte, dass sie in der Nähe von Trunk Harbor gesehen wurde. Und sie brauchte Eis, um die Hummer zu kühlen, wenn sie wollte, dass die Tiere bei ihrer Ankunft im Labor noch lebten. Sie kletterte auf den Pier, hielt den Kragen der Jacke gut fest, um ihr Gesicht zu verdecken, und lief rasch den schummrig beleuchteten Anleger entlang. Ray folgte ihr mit dem Behälter fürs Labor schweigend den steilen Weg zum Parkplatz hinauf. Willow war dankbar dafür, dass die anderen Fischer zu beschäftigt damit waren, sich auf einen harten Tag auf See vorzubereiten. Die meisten von ihnen winkten ihnen nur kurz zu. Sie suchte in ihrer Hosentasche nach dem Ersatzschlüssel ihres Wagens, bis ihr wieder einfiel, dass sie ihn im Fußraum ihres Pick-ups deponiert hatte. Es war immer wieder erstaunlich, wie schnell man von alten Gewohnheiten eingeholt wurde. In Augusta konnte man seinen Wagen nie offen lassen und schon gar nicht die Schlüssel im Fußraum.

Plötzlich blieb Ray stehen. »Wo ist dein Pick-up?«, fragte er und sah sich auf dem fast leeren Parkplatz um. »Und wer ist das?«

Willow schob sich die zu große Mütze aus dem Gesicht und folgte Rays Blick zu dem glänzenden weinroten Jaguar, der unter der einzigen Straßenlaterne parkte. Duncan lehnte am Heckkotflügel, die Arme vor der Brust verschränkt. Er sah aus wie der Schutzpatron der Langmut und Gelassenheit.

Willow war überhaupt nicht überrascht, ihn hier zu sehen. »Das ist nur Duncan«, entgegnete sie und drehte sich um, als sie merkte, dass Ray ihr nicht folgte. »Es ist schon okay«, sagte sie. »Er ist ein Freund von mir.«

»Ich habe dich gebeten, mit niemandem über die Angelegenheit zu sprechen«, erwiderte Ray und beäugte Duncan misstrauisch.

Willow kam zu ihm zurück und legte ihre Hand auf seinen Arm. »Sein Name ist Duncan Ross, und du kannst ihm vertrauen. Er ist nicht an unserem Problem interessiert.«

»Woran ist er dann interessiert?«, wollte Ray wissen. Unvermittelt kam er zur Erkenntnis. Lachfältchen bildeten sich um seine Augen.

»An mir«, erklärte sie da auch schon, machte auf dem Absatz kehrt und ging zu Duncan. »Du hast meinen Pick-up geklaut!«, sagte sie vorwurfsvoll.

»Nein«, erwiderte Duncan. »Luke hat ihn für dich nach Hause gebracht.«

»Das war aber nett von ihm«, presste sie zwischen zusammengebissenen Zähnen hervor. »Warum?«

»Wahrscheinlich, weil er nicht wollte, dass der Wagen die ganze Nacht am Hafen von Trunk Harbor steht.«

Ray hatte sie nun auch erreicht. »Sie sind der Kerl, den sie heiraten soll?«, fragte er und musterte Duncan abschätzend.

Duncan zuckte mit den Achseln. Er lehnte noch immer lässig am Kotflügel. »Schätze schon«, antwortete er. »Und Sie sind der Kerl, der sie hier in Schwierigkeiten bringt?«

Willow hörte den warnenden Unterton in Duncans Stimme. Anscheinend war Ray dieser Ton auch nicht entgangen. Er stellte den Behälter ab und verschränkte die Arme vor der Brust.

»Ich bin nur ein Freund, der eine Freundin um einen Gefallen bittet«, erklärte er. »Was ich nicht tun würde, wenn ich der Meinung wäre, sie damit irgendwie in Gefahr zu bringen. Sie wird durch ihr Amt geschützt.«

Willow senkte den Blick und schüttelte den Kopf. Sie würde sich nicht wundern, wenn die beiden im nächsten Moment anfingen, sich wie Primaten auf die Brust zu trommeln.

»Ich bin müde und mir ist kalt«, sagte sie. »Und ich muss meine Hummer auf Eis legen.«

Jetzt geriet Duncan in Bewegung. Entschlossen nahm er Willow die Mütze vom Kopf, öffnete ihre Jacke, zog sie ihr aus und warf beides Ray entgegen. Dann schlüpfte er aus seiner eigenen Jacke, legte sie Willow um die Schultern und zog den Reißverschluss bis zu ihrem Kinn hoch.

Willow steckte die Arme durch die Ärmel. »Danke«, murmelte sie und ging zur Beifahrerseite des Jaguars. Sie sah noch einmal zu Ray. »Ich melde mich diese Woche noch mal. Pass auf dich auf.«

Damit stieg sie ein, ließ sich mit einem Gähnen auf den Sitz fallen und starrte dann verwirrt auf das Armaturenbrett. Sie hörte, dass der Kofferraum geöffnet wurde, das Auto unter dem Gewicht des Plastikbehälters erzitterte und der Kofferraum wieder geschlossen wurde.

»Warum ist vor mir ein Lenkrad angebracht?«, wollte sie wissen, als Duncan kurz darauf an ihre noch offen stehende Tür trat.

»Weil der Jaguar für den schottischen Markt und nicht für Amerika gebaut ist«, entgegnete er und zog Willow am Ärmel aus dem Wagen.

Wortlos führte er sie um das Auto herum. Ray war bereits wieder auf dem Weg zu seinem Boot. Duncan half Willow auf die Beifahrerseite und schloss die Tür behutsam hinter ihr.

Mit einem Seufzen lehnte sie sich zurück und schloss die Augen. Ihr war so kalt, dass sie kaum noch etwas spürte, und sie war so müde, dass sie nicht einmal mehr die Kraft aufbringen konnte, Duncan mit Vorwürfen zu überschütten, weil er ihr gefolgt war und ihren Pick-up hatte wegbringen lassen.

»Du hast Luke aus dem Bett geklingelt, damit er hierherkommt und meinen Wagen holt?«, fragte Willow. Sie machte sich nicht die Mühe, die Augen aufzuschlagen, als Duncan sich nun ans Steuer setzte.

»Dafür sind Freunde da«, war alles, was er dazu zu sagen hatte.

Willow lächelte, als sie das Schnurren des kraftvollen Motors hörte, und fühlte, wie Duncan nun über sie hinweggriff, um den Gurt hervorzuziehen und sie anzuschnallen.

Sie dachte über Duncans Antwort nach. Luke war viel mehr als nur ein guter Freund. Auf ihn war geschossen worden, und er wäre beinahe ertrunken, als er versucht hatte, Raoul Vegas daran zu hindern, Willow und Rachel zu entführen, während sie mit dem Kajak unterwegs gewesen waren.

Keenan Oakes war damals nach Puffin Harbor gekommen und hatte sich als Erbe von Thaddeus Lakeman ausgegeben. Kee hatte fünf Männer mitgebracht: Duncan,

Luke, Jason, Peter und Matthew. Rachel hatte sie Kees Apostel genannt, doch genau genommen waren sie Partner gewesen. Sie hatten es sich zur Aufgabe gemacht, gestohlene Besitztümer wiederzubeschaffen, für deren Rückführung an den rechtmäßigen Eigentümer sie bezahlt wurden. Für Lakeman hatten sie verschwundene Kunstgegenstände gesucht. Die Versicherungsprämie war so hoch gewesen, dass Duncan sich von seinem Anteil den Drop Anchor gekauft und daraus nach umfangreichen Renovierungsarbeiten den Rosach Pub gemacht hatte.

Luke und Kee hatten beschlossen, in Puffin Harbor sesshaft zu werden – Kee wegen Rachel und Luke wegen der Ruhe und des Friedens in der Gegend. Zusammen hatten die beiden Männer eine Baufirma gegründet, sie restaurierten in den umliegenden Küstenorten historische Gebäude.

Jason, Matt und Peter arbeiteten im lukrativen Bergungsgeschäft. Das Letzte, was Willow von ihnen gehört hatte, war, dass sie eine Jacht wieder flottmachten, die vor einer karibischen Insel gesunken war.

Ahab, der Captain von Kees zwanzig Meter langem Segelschoner *7:2*, war oft mit den dreien unterwegs. Doch für gewöhnlich blieb er nur so lange, bis er eine Frau so wütend auf ihn gemacht hatte, dass er nach Puffin Harbor zurückkehren musste, um sich dort zu verstecken. Willow hatte am Tag zuvor gesehen, dass die *7:2* vor Rachels und Kees Haus am Anleger lag. Ahab war also wieder mal in der Stadt.

»Bist du schon eingeschlafen?«, erkundigte Duncan sich, als sie auf die Hauptstraße gebogen waren und er lässig hochschaltete.

»Ja«, entgegnete sie und kuschelte sich in seine Jacke, die wundervoll duftete.

Sie schlug ihre Augen erst auf, als sie seine Hand unter ihrem Kinn spürte. Sacht drehte er ihren Kopf zu sich. Im Schein der Armaturenbeleuchtung konnte sie sein Gesicht gut erkennen und bemerkte den ernsten Ausdruck in seinen Augen.

»Wenn du dich das nächste Mal mitten in der Nacht an einem verlassenen Pier mit jemandem triffst und anschließend auch noch mit demjenigen aufs Meer hinausfährst, werde ich mitkommen, meine kleine Anwältin.«

Willow hörte dieses Mal keinen warnenden Unterton in seiner Stimme. Auch keine Zurechtweisung. Nein, der Mann traf einfach eine Feststellung.

»Okay«, sagte sie, schob sanft seine Hand weg und schloss die Augen wieder. »Wie wäre es nächsten Freitag?«

»Wie bitte?«, entgegnete er, offenbar überrascht über ihre schnelle Kapitulation.

Gott, es fühlte sich so gut an, Duncan auf dem falschen Fuß zu erwischen. So oft passierte es nicht. »Ich muss mich auf Thunder Island umsehen, und du kannst mich hinbringen«, erklärte sie und zog ihre Hände durch die Ärmel, um die Arme in der großen Jacke um sich schlingen und sich so besser wärmen zu können. »Kannst du uns für Freitag ein Boot organisieren?«, schloss sie mit einem Gähnen, das sie nicht einmal versuchte zu unterdrücken. Willow bekam seine Antwort gar nicht mehr mit, da sie in der nächsten Sekunde tatsächlich einschlief. Erst als das Schnurren des Motors irgendwann verstummte, wachte sie wieder auf. Sie blinzelte in das erste Licht des Morgens und sah einen Parkplatz, auf dem sie gehalten hatten. »Wir sind nicht zu Hause«, murmelte sie schlaftrunken.

»Das hier ist der Rosach Pub.«

Duncan öffnete die Tür und stieg aus. Er ging um den Wagen herum und löste Willows Sicherheitsgurt, hob sie aus dem Wagen und lief mit ihr auf dem Arm in Richtung Pubeingang.

Willow klopfte ihm auf die Brust. »Du bekommst ein Sternchen dafür, dass du mich hierhergebracht hast und nicht zu dir nach Hause«, sagte sie und legte ihren Kopf an seine Schulter. »Deine Selbstbeherrschung ist wirklich beeindruckend.«

Seine Antwort war ein kleines Lächeln. Er blieb vor der Tür des Pubs stehen, stellte Willow ab und zog seinen Schlüssel aus der Tasche. Eine steife Brise wehte vom Meer auf der anderen Straßenseite herüber, und Willow fing an zu zittern. Duncan legte seinen Arm um sie, um sie vor der Kälte zu schützen, und schloss rasch die Tür auf.

Die Wärme des Pubs, in dem es stockdunkel und still war, umhüllte Willow. Duncan führte sie an der Theke entlang. Er schob eine Ledercouch näher an den Kamin heran, drückte sie sanft, aber bestimmt auf das Sofa und stapelte in dem großen Steinkamin Anmachholz und Scheite. Willow streckte die Beine aus und sah sich erschöpft um, während Duncan, sobald das Feuer zu brennen begonnen hatte, leise in die Küche ging.

Vom alten Drop Anchor war hier nichts mehr zu erkennen. Willow wusste, dass das gesamte Gebäude von Luke und Kees Bauunternehmen entkernt und dann ausgebaut worden war. Rachel, die Architektin war, hatte in Zusammenarbeit mit Duncan die Pläne gezeichnet.

Die Wände waren mit dem honigfarbenen Holz der Roteiche getäfelt, in dem großen Gastraum standen dazu passende Sitzbänke und Tische. Der Putz über der Vertäfelung war in einem satten Grünton gestrichen. Schilder, die für Ale und Whisky warben, waren aufgehängt worden, ein paar Nautikaccessoires und zwei gekreuzte Schwerter, die mit einem bunten schottischen Plaid geschmückt waren. Die Decke war ebenfalls holzvertäfelt, der Boden mit Holzdielen ausgelegt.

Eine Bar in der Mitte des Raumes dominierte den Pub. An allen vier Seiten konnten die Gäste sitzen. An einer Seite stand ein sehr altes riesiges Eichenfass.

Der Rosach Pub hatte sich unter der Woche zu einem beliebten Feierabendtreffpunkt für die arbeitende Bevölkerung entwickelt, wie Rachel Willow erzählt hatte. Im vergangenen Sommer war der Pub an den Wochenenden fast aus allen Nähten geplatzt, weil auch die Touristen ihn entdeckt hatten. Man hatte beinahe das Gefühl, in einem Pub in Schottland zu sitzen. Willow nahm an, dass Duncan genau das hatte erreichen wollen. Sie zog den Kopf etwas ein, sodass ihr Kinn in Duncans Jacke verschwand, und lächelte bei der Vorstellung, dass Duncan in seiner Jugend sicher viel Zeit in ähnlichen Pubs verbracht hatte.

Vor ihrem inneren Auge sah sie wieder das Verkostungsglas seines Vaters vor sich. Willow wurde klar, dass das Vermächtnis des »schottischen Goldes« fest in Duncans Seele verwurzelt war. Jetzt verstand sie endlich, warum er sich in den ersten Monaten so viel Mühe gegeben hatte, sie in die Kunst, guten alten Whisky zu genießen und zu schätzen, eingeführt hatte.

Ein Jammer, dass der Unterricht so abrupt geendet hatte, als sie dann irgendwann in seinem Bett aufgewacht war.

Duncan kam mit einem dampfenden Becher in der Hand aus der Küche, doch statt ihn ihr zu bringen, trat er hinter die Bar, holte eine Whiskyflasche aus einem der Hängeregale und gab einen guten Schuss hinein. Er kam zu ihr und wartete, bis sie sich aus seiner Jacke befreit hatte, dann reichte er ihr den Becher.

»Was ist das? Ein heißer Punsch?«, fragte sie und hob den Becher an die Nase, um daran zu riechen. Sie war überrascht, dass sich Kakao und kein Kaffee darin befand.

»Das hat meine Mutter mir immer gemacht, wenn ich erkältet war«, sagte er und setzte sich mit einem Seufzen zu ihr auf die Couch.

»Du hast also auch eine Mutter?«, fragte sie. Ein freches

Funkeln stand in ihren Augen, als sie ihn im Schein des Feuers ansah.

»Und einen Bruder und eine Schwester. Jetzt trink«, forderte er sie auf. »Das wärmt dich von innen.«

Ein seltsames Gefühl der Entspannung überkam Willow, und so nahm sie vorsichtig einen Schluck von der berauschenden Mischung. Lustvoll stöhnte sie auf, als die köstliche Schokolade ihre Kehle hinunterrann. Sie nahm noch einen Schluck und noch einen und hieß die wundervolle Wärme, die sich in ihrem Inneren ausbreitete, willkommen.

»Weshalb hast du dir selbst keinen Punsch gemacht?«, wollte sie nach einem weiteren Schluck wissen und streckte ihm den Becher entgegen. »Hier, du kannst von meinem kosten.«

»Das habe ich vor«, entgegnete er, legte den Arm um ihre Schultern und küsste sie.

Der Kuss war ein zärtlicher, bedächtiger Angriff, der weder schmeicheln noch eine Reaktion fordern wollte, und Willow ließ einfach zu, dass er sich nahm, was er wollte. Mehr konnte sie auch nicht tun, da der Whisky ihre Muskeln geschwächt hatte. Also atmete sie nur seinen Duft ein, schmeckte den Kakao, als ihre Münder miteinander verschmolzen, und öffnete mit einem Seufzen die Lippen, als er mit seiner Zunge die ihre reizte.

Eine Hitze, die sie beinahe dahinschmelzen ließ, erfasste Willow. Sie verspürte eine tiefe Zufriedenheit. Sie liebte Duncans Küsse, das Gefühl seines Körpers an ihrem und dass seine Nähe ihr Herz dazu brachte, schneller zu schlagen.

Sie hob die Hand und legte sie an seine Wange, als er sich von ihr löste, um ihr lächelnd in die Augen zu blicken. »Ich bin Gedankenleserin, weißt du?«, flüsterte sie und erwiderte sein Lächeln. »Ich sehe, dass du dir in diesem Moment wünschst, du hättest mich zu dir nach Hause gebracht und nicht in den Pub.«

Er schüttelte den Kopf, ohne sie aus den Augen zu lassen. »Nein, Süße. Mir war klar, dass ich dich, wenn ich das getan hätte, nie mehr hätte gehen lassen.«

Sie strich mit dem Daumen über seine sonnengebräunte Wange. »Mein Angebot für eine Affäre steht noch immer, Duncan. Keine Bedingungen, keine Verpflichtungen, kein Gerede über Hochzeit.«

Er drehte den Kopf und gab ihr einen Kuss auf die Handfläche, ehe er sich aufrichtete, ihr den Becher abnahm und ihn auf den Kaminsims stellte. Und bevor sie wusste, wie ihr geschah, zog er sie auf seinen Schoß. Dann lehnte er sich auf der Couch zurück und sah sie ernst an. Willow spürte, wie ihr die Hitze in die Wangen stieg, und schmiegte schnell das Gesicht an seine Schulter. Sie blickte ins Feuer.

»Du kannst nicht dein ganzes Leben lang wegrennen, Willow«, sagte er leise. Seine Hand lag auf ihrer Hüfte. Mit der freien hob er sacht ihr Kinn an, sodass sie ihn ansehen musste. »Du bist klug genug, um zu wissen, dass es, auch wenn du noch so schnell läufst, nur eine Illusion von Sicherheit ist. Die Liebe kommt unaufgefordert, Süße, sie lässt sich genauso wenig aufhalten wie der Sonnenaufgang.«

Sie löste ihr Kinn aus seinem Griff und wandte den Blick wieder dem Feuer im Kamin zu. »Meinst du nicht, dass es etwas überheblich ist anzunehmen, dass ich dich liebe?«, fragte sie, bemüht, nicht vorwurfsvoll zu klingen.

»Nein«, entgegnete er und lachte leise. »Du bist überheblich, wenn du weiterhin deine Gefühle leugnest.« Wieder hob er ihr Kinn an, hauchte ihr einen kleinen Kuss auf die Lippen und zog ihren Kopf dann mit einem Seufzen wieder an seine Brust. »Ich kann warten, Willow. Irgendwann werde ich dich fangen und halten.«

Abrupt hob sie den Kopf und sah ihn. »Wie willst du das schaffen?«

»Na, in erster Linie mit meinem Körper«, erwiderte er und zog eine Augenbraue hoch. »Du scheinst davon nicht genug bekommen zu können«, fügte er mit einem kleinen Lachen hinzu. Blitzschnell packte er ihr Handgelenk, als sie ausholte, um ihm eine Ohrfeige zu geben. »Ich werde deine Leidenschaft gegen dich verwenden, meine kleine Anwältin«, sagte er leise. In seiner Stimme schwang ein mahnender Unterton mit, doch seine Augen tanzten wieder. »Betrachte dich als gewarnt.«

»Verstanden«, versetzte sie spöttisch und versuchte, ihren Arm aus seinem Griff zu befreien.

»Dann ist es ja gut«, erwiderte er, zog sie erneut an sich und hielt sie in seinen starken Armen. »Aber ich hielt es für ritterlich, dich zu warnen.« Er grinste, als sie schnaubte. »Erzähl mir, welchen Gefallen du Cobb tust. Und erklär mir, was es mit den kranken Hummern auf sich hat, die ich gerade vom Auto hereingetragen und auf Eis gelegt habe.«

Willow entspannte sich augenblicklich, erleichtert über den Themenwechsel. Und darüber, dass er so umsichtig gewesen war, Eis zu kaufen, während sie geschlafen hatte. »Irgendetwas hat die Gewässer um Thunder Island herum verseucht«, sagte sie und erzählte ihm alles, angefangen von Rays Anruf am vergangenen Montag und endend mit dem nächtlichen Bootsausflug auf dem Golf von Maine.

Sie ließ nichts aus, äußerte sogar ihre eigenen Vermutungen. Duncan hörte ihr mit der Geduld zu, die sie an ihm schon kennengelernt hatte, unterbrach sie nicht ein einziges Mal und sagte auch, nachdem sie geendet hatte, eine ganze Weile erst mal nichts.

Sie wäre beinahe eingeschlafen, als er schließlich doch das Wort ergriff. »Also wirst du heute noch nach Augusta zurückkehren.«

»Nein«, antwortete sie. Noch immer lag sie an seiner Schulter, einfach zu schwach, um den Kopf zu heben und ihn anzusehen. »Ich werde zuerst nach Orono fahren. Ich habe eine alte Bekannte an der University of Maine. Sie ist Expertin in Sachen Lobster, und ich werde ihr ein paar Exemplare vorbeibringen. Dann werde ich nach Augusta fahren und in den Unterlagen nach allen zugelassenen Mülldeponien der vergangenen fünf Jahre in Maine suchen. Das alles nehme ich in Angriff«, schloss sie mit einem Gähnen und kuschelte sich an Duncan, »sobald ich aus einem kleinen Nickerchen aufgewacht sein werde.«

Duncan streckte sich vorsichtig auf der Couch aus, sodass Willow halb auf ihm lag. Sie beschloss, dass sie kein wärmeres, gemütlicheres, sichereres Bett finden konnte, schmiegte sich mit einem letzten Gähnen an Duncan und schlief ein.

Duncan starrte an die Decke und betrachtete Willows Geschichte aus den unterschiedlichsten Blinkwinkeln. Aber wie er es auch drehte und wendete, ihm lief bei jeder Möglichkeit ein Schauer über den Rücken. Diese Frau rannte direkt in ihr Verderben.

Menschen, die giftigen Müll im Meer entsorgten, waren bereit, weitere Verbrechen zu begehen, um ihre Spuren zu verwischen. Und Duncan wusste, dass Willow sich mit aller Kraft in die Verfolgung dieser Kriminellen stürzen würde – nicht nur, weil es ihr Job war, sondern auch, weil es der Ort ihrer Kindheit war, den diese Leute durch ihre Verbrechen beschmutzt hatten.

Er hielt die leise atmende Frau, deren Kopf auf seiner Brust lag, noch ein bisschen fester in seinen Armen und streichelte ihren Rücken. Willow Foster war die fleischgewordene Leidenschaft. Sie kostete das Leben voll aus und ging bis an die Grenzen – ohne zu zögern. Bis hin zu der Granitmauer, die ihr Herz schützte.

Mit derselben Leidenschaft, die sie in seinem Bett gezeigt hatte, würde sie es mit den kriminellen Kerlen aufnehmen. Duncan wusste, dass er sie nicht würde stoppen können, auch wenn sein Bauchgefühl ihm sagte, dass er genau das tun musste. Selbst wenn er nur andeuten würde, dass sie das Problem besser Ermittlern überlassen solle, könnte das schon das Ende ihrer zarten Bande sein.

Und er stand gefährlich kurz davor, sich wie der Primitivling zu verhalten, für den sie ihn hielt.

Für Außenstehende war er ein umgänglicher, lässiger Barkeeper. Doch hinter dieser Gelassenheit verbarg sich ein Kern aus solidem Stahl, der die Menschen, wenn sie genauer hinsähen, erstaunen würde. Er wusste, dass Willow das schon vermutete. Und er spürte, dass sie ihm gegenüber weicher wurde, konnte beinahe zusehen, wie die Schutzmauer, die sie um ihr Herz errichtet hatte, bei jedem Schritt, den sie auf ihn zumachte, Risse bekam.

Duncan nahm Willows Weigerung, ihn zu lieben, nicht persönlich. Sie wollte sich in keinen Mann verlieben, weil sie Angst vor der Verletzbarkeit hatte, die sie unweigerlich zeigen würde, wenn sie sich in emotionale Abhängigkeit begab – so empfand sie es. Sie war wie eine Motte, die um eine helle Flamme flog und leidenschaftlich mit der Gefahr flirtete, und wenn die Hitze zu intensiv wurde, flog sie davon.

Der Grund für all lag an einem Erlebnis, das sie im Alter von fünfzehn Jahren gehabt hatte. Rachel hatte Duncan, nachdem Willow Hals über Kopf aus seinem Bett geflohen und nach Augusta zurückgekehrt war, erzählt, was ihrer Schwester in jenem Sommer widerfahren war. Ein Junge, mit dem Willow zusammen gewesen war und den sie in ihr Herz geschlossen hatte, hatte sich beim Hummerfischen mit seinem Vater mit dem Fuß in einer Leine verheddert, war über Bord gezogen worden und untergegangen. Der Junge war ertrunken. Genau wie sein Vater, der versucht hatte, ihn zu retten. Seitdem, so hatte Rachel Duncan erklärt, schrecke Willow vor allem zurück, was einer festen Beziehung ähnelte.

Hinzu kam, dass Willow in ihrer Kindheit miterlebt hatte, wie ihre Eltern einander so leidenschaftlich geliebt hatten, dass ein Leben für den einen ohne den anderen kaum möglich erschienen war. Deshalb hatte Willow auch drei Jahre lang glauben können, dass ihr Vater in einem Anfall rasender Eifersucht zuerst ihre Mutter und Thaddeus Lakeman und schließlich sich selbst getötet hatte. Nachdem sie herausgefunden hatten, dass der Schmuggler Raoul Vegas die drei umgebracht hatte, war es zu spät gewesen – Willow glaubte fest an die zerstörerische Kraft der Liebe.

Und so schützte Willow sich selbst bis jetzt, indem sie niemanden in ihr Herz ließ.

Duncan versuchte seit zwei Jahren, es zu erobern, und allmählich verlor er die Geduld. Wenn er manchmal nachts allein in seinem Bett lag, fragte er sich, ob die Liebe zu Willow nur dazu da war, um zu lernen, Frust auszuhalten.

Er lächelte, als er ihre linke Hand hob und die verschmierten Worte betrachtete, die er in ihre Handfläche geschrieben hatte. Als Luke gekommen war, um ihren Pick-up abzuholen, war Duncan ein Zettel auf dem Beifahrersitz aufgefallen: Dort hatte Willow in aller Eile den Satz aufgeschrieben, um ihn später nachschlagen zu können.

Duncan legte ihre Hand auf sein Herz und starrte wieder an die Decke. *Potes currere sed te occulere non potes*. Ach, wie sehr er sich wünschte, Mäuschen spielen zu können, wenn sie irgendwann die gar nicht mal so subtile Warnung übersetzen würde.

Er tätschelte ihr Gesäß und seufzte müde. Seine Sorge darüber, was sie auf See machte, hatte ihm eine sehr lange Nacht beschert, er brauchte dringend selbst ein bisschen Schlaf und Erholung. Ihnen blieben noch ungefähr drei Stunden, bis die Mittagsschicht auftauchen und mit den Essensvorbereitungen beginnen würde.

Duncan drückte Willow einen Kuss aufs Haar und schloss die Augen. Es war an der Zeit, den Spieß umzudrehen. Zufrieden schlief er schließlich ein.

Kapitel 5

Es war nach Mitternacht, als Willow ihre Wohnung in Augusta betrat. Sie hatte nicht einmal mehr die Energie, ihre Jacke auszuziehen, also ließ sie sie auf den Boden fallen, stellte ihren Aktenkoffer ab und schlüpfte aus den Schuhen. Sie tapste durchs Wohnzimmer, ohne sich die Mühe zu machen, das Licht einzuschalten. Schnurstracks ging sie zum Kühlschrank und holte die angebrochene Flasche Wein heraus. Sie zog den Korken heraus und trank direkt aus der Flasche – nur um festzustellen, dass sie viel lieber ein Glas dreißig Jahre alten Scotch trinken würde.

Es war alles Duncans Schuld. Zum Teufel mit ihm. Sie war in seinem Pub aufgewacht und hatte gespürt, dass der Körper, an den sie sich geschmiegt hatte, erregt und bereit gewesen war. Duncan hatte ihr über den Rücken gestreichelt und mit ihren Haaren gespielt. Mit der Hitze, die er verströmt hatte, hätte man ganz Puffin Harbor heizen können. Es war ihr vorgekommen, als hätte er sie nicht aufwecken wollen, um sein sinnliches Spiel noch länger auskosten zu können.

Willow war selbst erregt gewesen. Die feinen Härchen an ihrem Körper hatten sich aufgerichtet, ihre Haut hatte unter seinen Berührungen gekribbelt. Unbewusst hatte sie sich noch enger an ihn geschmiegt, um ihre aufkommende Begierde zu stillen.

Als Duncan bemerkt hatte, dass sie aufgewacht war, hatte er ihren Kopf geneigt und sie leidenschaftlich geküsst. Mit intimen Liebkosungen hatte er sie dazu gebracht zu reagieren, und Willow hatte die Arme um seinen Hals geschlungen und seinen Kuss ganz selbstvergessen erwidert.

Er hatte die Hände unter ihren Pullover geschoben, hatte durch die Spitze ihres BHs hindurch ihre aufgerichteten Knospen gereizt. Willow erinnerte sich daran, ein Geräusch, das halb Stöhnen, halb Aufforderung gewesen war, ausgestoßen zu haben, ehe sie sich dann aufgesetzt hatte, um den Pullover über den Kopf zu ziehen.

Duncan hatte einen Laut hervorgebracht, der beinahe wie das Knurren eines verwundeten Tiers geklungen hatte. Im nächsten Moment hatte er ihren Pullover wieder heruntergezogen. »Die Mittagsschicht ist in der Küche«, hatte er gemurmelt, sich aufgesetzt und sie angesehen.

Erschrocken über die Situation, hatte Willow in seine wilden grünen Augen geblickt, die nur wenige Zentimeter von ihrem Gesicht entfernt gewesen waren. »Du hast angefangen«, hatte sie gezischt und war aufgestanden. Angespannt hatte sie gelächelt, als er gestöhnt und die Hände schützend über seinen Schoß gelegt hatte, um seine Erektion zu verbergen.

In dem Augenblick hatte das drohende Verderben sein

hässliches Antlitz erhoben. Duncan war aufgesprungen und auf sie zugegangen, während sie unwillkürlich zurückgewichen war, bis sie mit dem Rücken am Kaminsims gestanden hatte. Bedrohlich hatte er vor ihr gestanden, hatte ihr Kinn ergriffen, sich zu ihr hinuntergebeugt und sehr leise gesagt: »Yep, und ich werde es zu Ende bringen, Süße, indem ich dein Angebot annehme. Von heute an haben wir eine exklusive Affäre miteinander, die im Privaten, ungestört und jenseits der Blicke anderer stattfindet. Und keine Rede mehr von Heirat.« Er hatte ihr die Überraschung anscheinend ansehen können, denn er hatte sie angegrinst – auf eine alarmierende, beunruhigende Art. Dann hatte er die Arme vor der Brust verschränkt. »Wenn du einen Nachtrag hast, kleine Anwältin, ist jetzt die Gelegenheit, um ihn auszusprechen.« Ihr Mund war so trocken gewesen, dass sie nicht einmal hatte schlucken können, also hatte sie nur den Kopf geschüttelt, ohne ihn aus dem Blick zu lassen. »Dann hat es jetzt angefangen«, hatte er geflüstert, ehe er sie am Handgelenk an der Bar vorbei und hinaus in die Morgensonne geführt hatte.

Willow nahm noch einen Schluck Wein und dachte über die Tatsache nach, dass die Affäre noch keine zwölf Stunden dauerte und dass sie dennoch nur an den gefährlichen Ausdruck in Duncans Augen denken konnte, als er sie zu ihrem Pick-up gebracht hatte, der vor Kees und Rachels Haus gestanden hatte. Er hatte sie ein letztes Mal geküsst – was ein Vorgeschmack auf das gewesen war, was sie erwartete – und gesagt, dass sie sich in ein oder zwei Tagen wiedersehen würden.

Was bedeutete, dass er vorhatte, nach Augusta zu kommen, damit sie ihre Affäre ungestört ausleben konnten.

Was außerdem bedeutete, dass sie den Krieg am Ende doch gewonnen hatte.

Oder nicht?

Willow starrte auf die verblasste Tinte in ihrer Handfläche. Nachdem sie sich an der University of Maine mit Jane Huntley getroffen hatte, war sie direkt nach Augusta in ihr Büro gefahren. Mit dem Blatt Papier, auf dem sie Duncans Worte notiert hatte, hatte sie ihre Rechtsbibliothek durchsucht, bis sie schließlich ein lateinisches Wörterbuch gefunden hatte.

Es hatte zwanzig Minuten gedauert, bis sie den verschachtelten Satz übersetzt hatte. Und während sie ihn wieder und wieder gelesen hatte, war das unheilvolle Gefühl, dass Verderben drohte, immer stärker geworden.

Potes currere sed te occulere non potes. Du kannst davonlaufen, aber du kannst dich nicht verstecken.

Duncan saß in seiner Küche an der großen Kochinsel mit der Arbeitsfläche aus Granit und sprach mit Kee, Luke und Ahab über seine Sorgen. Er hatte den dreien schon von Willows nächtlichem Ausflug erzählt, davon, was sie herausgefunden hatte, und davon, was ihrer Meinung nach vermutlich dort vor sich ging. Seine späten Gäste hörten ihm schweigend und mit ernsten Mienen zu, bis

Duncan ihnen sagte, was mit den Fischern passiert war, die offen über ihren Verdacht geredet hatten.

Abrupt blickte Kee auf. »Wer auch immer den Giftmüll entsorgt hat, ist also noch in der Gegend?«, fragte er.

Duncan zuckte mit den Achseln. »Scheint so.«

»Und Willow verfolgt diese Leute«, stellte Kee fest. »Allein.«

Duncan schüttelte den Kopf. »Nicht direkt allein«, korrigierte er. »Wir vier werden sie nicht mehr aus den Augen lassen. Wir werden sie ab jetzt beschatten. Und die Betonung liegt auf *Schatten*«, erklärte er. »Ich möchte nicht, dass sie mitbekommt, dass wir in die Angelegenheit verwickelt sind«, schloss er, lehnte sich auf seinem Barhocker zurück und ließ seine Worte erst einmal wirken.

Kee betrachtete stirnrunzelnd sein Glas mit Sodawasser. Duncan wusste, dass sein Freund sich in diesem Moment wünschte, es wäre etwas Stärkeres. Doch als Kee eine Stunde zuvor bei ihm aufgetaucht war, und Duncan ihm ein Bier angeboten hatte, hatte er gemurmelt, dass er in den kommenden Monaten keinen Alkohol trinken werde. Schon während Rachels letzter Schwangerschaft hatte Kee seine Frau unterstützt, indem er auf Alkohol verzichtet, sich ebenfalls gesund ernährt und mit ihr lange Spaziergänge an der frischen Luft gemacht hatte.

Ahab hatte nicht das Gefühl, wegen Rachel auf irgendetwas verzichten zu müssen, und bei seiner Ankunft direkt um einen Whisky gebeten. Duncan hatte ihm ein großes, mit Eis gefülltes Glas Scotch eingeschenkt – einen

Verschnitt. Den guten Tropfen wollte er nicht an Ahabs primitiven Gaumen verschwenden. Luke bevorzugte Bier. Er wusste, dass Duncan immer ein paar Flaschen und gut gekühlte Gläser in seinem Kühlschrank hatte.

»Warum überlässt sie die Ermittlungen nicht den Leuten, deren Beruf das ist?«, wollte Kee wissen. »Das Büro des Generalstaatsanwalts arbeitet doch bestimmt mit einigen Ermittlern zusammen.«

»Das wird sie wahrscheinlich tun«, entgegnete Duncan, »wenn die Zeit gekommen ist, um stichhaltige Beweise zusammenzutragen. Aber Cobb hat sie gebeten, vorerst diskret vorzugehen, und Willow hat sich einverstanden erklärt. Sie will herausfinden, um was es eigentlich geht.«

»Was sollen wir nun tun?«, erkundigte Luke sich.

»Ich glaube, wir sollten damit beginnen, Thunder Island zu erkunden«, schlug Duncan vor und stellte sein Bierglas ab. »Unter Wasser.«

»Dazu brauchen wir eine spezielle Ausrüstung«, gab Kee zu bedenken. »Wenn das Wasser tatsächlich verseucht ist, können wir nicht einfach darin tauchen. Und das kleine U-Boot ist im Augenblick in der Karibik im Einsatz.«

Duncan schüttelte den Kopf. »Ich glaube nicht, dass wir das U-Boot brauchen. Nach allem, was ich an den Hummern beobachtet habe, sollte der Stoff nicht tödlich genug sein, um uns schaden zu können. Im Übrigen werden wir ja im Taucheranzug runtergehen.«

Unwillkürlich erschauderte Ahab. »Die Wassertemperatur beträgt fünf bis zehn Grad«, sagte er und nahm einen großen Schluck von dem Scotch, um sein eingebildetes Frösteln abzustellen.

»Wir haben Trockentauchanzüge«, unterbrach Luke ihn und sah dann zu Duncan. »Wann geht es los?«

Duncan warf einen Blick auf die Wanduhr. Es war kurz nach Mitternacht am Sonntagmorgen. »Montag«, antwortete er und nickte Luke zu. »Kannst du die Ausrüstung bis dahin zusammenbekommen?«

»Vielleicht sollten wir Jason, Matt und Peter dazuholen«, schlug Kee vor.

Duncan schüttelte den Kopf. »Zu viele Leute erregen nur unnötig Aufmerksamkeit.« Er rutschte auf seinem Barhocker hin und her und umschloss sein Bierglas, als er die Männer ansah. »Willow hat mich gebeten, sie am Freitag nach Thunder Island zu bringen. Also möchte ich, dass wir bis dahin überprüft und sichergestellt haben, dass keine Gefahr droht.« Sein Blick fiel auf Kee. »Ich dachte, wir könnten die *7:2* benutzen, damit wir den Anschein erwecken, nur Touristen zu sein.«

»Der Segelschoner ist in der Gegend bekannt«, wandte Kee ein.

»Ich werde dafür sorgen, dass es so aussieht, als würde ich Willow zu einem Picknick entführen«, entgegnete Duncan grinsend. »Wir werden Mickey mitnehmen, um das Bild abzurunden.« Obwohl Kee der Besitzer des Schoners war, wandte Duncan sich an Ahab. »Wenn ich verspreche, keinen Kratzer in das Boot zu machen, darf ich die *7:2* am Freitag dann allein steuern?«

Ahab verengte die Augen zu schmalen Schlitzen. »Ihr zwei allein könnt die Segel nicht setzen, man kann sie nicht mit nur zwei Mann bedienen.«

»Ich werde den Motor benutzen.« Duncan sah zu Kee. »Meinst du, Mickey würde ein Tag auf dem Meer mit Willow gefallen?«

Kee schüttelte lächelnd den Kopf. »Der verdammte Wolf hat echt schlechte Laune, seit Willow nach Augusta zurückgekehrt ist. Er hat sie seit zwei Monaten nicht gesehen, und sie hat bei ihren Besuchen keine Zeit mit ihm verbringen können. Er würde vor Freude ausflippen, wenn er einen ganzen Tag mit ihr bekäme.« Kee wurde wieder ernst. »Traust du Ray Cobb?«

»Willow tut es zumindest«, erwiderte Duncan. »Und ich vertraue ihrem Urteil.« Er sah wieder Ahab an. »Kannst du dich mal unauffällig im Hafen umhören, um herauszufinden, wer was weiß?«

Ahabs Lächeln war eher finster als freundlich. »In den Bars kann ich mehr erfahren als im Hafen«, sagte er. Nachdenklich legte er den Kopf schräg. »In Trunk Harbor gibt es eine Hafenbar, die sich eignet, um mit der Recherche zu beginnen.«

Duncan versteckte sein Grinsen hinter seinem Glas und nahm den letzten Schluck seines Biers. Er kannte die Bar, die Ahab meinte. Man betrank sich dort eher, als dass man sich miteinander zum Reden verabredete wie im Rosach Pub. Ahab würde sich wie zu Hause fühlen.

Duncan erhob sich und ging zur Hintertür. Ein Zeichen

für seine Freunde, dass das Treffen beendet war. Die Männer folgten ihm. Luke und Ahab traten in die kühle, sternenklare Nacht hinaus, verabschiedeten sich leise und gingen zu Lukes Pick-up.

Kee blieb auf der Veranda stehen und drehte sich noch mal zu Duncan um. »Ich hätte es lieber, wenn Rachel nichts von all dem hier erfahren würde«, sagte er. »Zumindest jetzt noch nicht.«

Duncan nickte. »Es ist Willows Entscheidung, ob sie ihre Schwester in die Angelegenheit einweihen möchte oder nicht.«

Plötzlich grinste Kee. »Willow hat Rachel erzählt, du wärst einverstanden, eine Affäre mit ihr zu beginnen. Klingt in meinen Ohren wie ein Rückzug auf ganzer Linie, Captain Ross.«

»Tatsächlich?«, entgegnete Duncan und erwiderte das Grinsen. »Und ich dachte, es wäre ein taktischer Schritt nach vorn. Ich hoffe, Willow sieht ein, dass es, wenn ihr Wunsch erfüllt wird, möglicherweise mehr ist, als sie erwartet.«

Kee schüttelte den Kopf. »Gott, du bist so überheblich, Ross.«

»Du verwechselst Überheblichkeit mit Verzweiflung«, erwiderte Duncan leise. »Ich will sie nicht verlieren.«

Kee blickte ihm ein paar Sekunden lang in die Augen, fing unvermittelt an zu lachen und schlug Duncan auf die Schulter. »Dann solltest du dafür sorgen, dass sie niemals deine Mutter kennenlernt. Zumindest nicht vor der

Hochzeit.« Genauso abrupt wurde er wieder ernst. »Willow wird irgendwann nachgeben, mein Freund«, sagte er ruhig. »Wir feuern dich an.«

Duncan schnaubte. »Danke, ich verzichte.« Er funkelte Kee an. »Und du kannst der kleinen Miss mit der großen Klappe, ich meine Mikaela, ausrichten, dass sie den ganzen Sommer lang den Boden im Rosach wischen darf, falls ich herausfinde, dass sie mit auf die Hochzeit wettet.«

Mit einem leisen Lachen und einem zustimmenden Nicken ging Kee die Treppe hinunter zu seinem Wagen. Duncan ging ins Haus und schloss die Tür. Er seufzte tief. Gott, er wünschte zu wissen, was er tun musste, um für immer mit Willow zusammen sein zu können.

Willow hatte den ganzen Sonntag im Büro verbracht und Akten gewälzt. Inzwischen war es später Montagnachmittag, und sie wusste noch immer nicht, wonach sie eigentlich suchte.

In Maine gab es fünf große und ungefähr fünfzehn kleine Mülldeponien, und jede einzelne davon befolgte bis ins Detail sämtliche Bestimmungen und Vorgaben. Die Bewertungsberichte über die Deponien zeigten, dass alle stets die staatlichen Vorschriften eingehalten hatten – es gab nur einige wenige kleinere Verstöße.

Jane Huntley hatte den Verdacht geäußert, dass es eine Pestizidvergiftung sein könnte, als Willow ihr am Samstag die Hummer und Krabben gezeigt hatte. Doch mit einem endgültigen Urteil hatte sie warten wollen, bis alle erforderlichen Tests durchgeführt waren. Mit Janes Vermutung im Hinterkopf hatte Willow die Suche auf die Deponien eingegrenzt, die eine Lizenz für landwirtschaftliche Abfälle hatten. Und sie hatte nach Anfragen für Deponien gesucht, die abgelehnt worden waren.

Tatsächlich hatte sie daraufhin etwas Interessantes entdeckt. Eine Firma – die Kingston Corporation – hatte im Laufe der vergangenen Jahre drei Anfragen gestellt, alle für Standorte an der Ostküste Maines. Sie waren abgelehnt worden. Schließlich hatte die Kingston Corporation eine Genehmigung erhalten – nach der vierten Anfrage. Die Berichte zeigten, dass die Firma alle Regeln einhielt. Dennoch stimmte mit den Unterlagen etwas nicht. Willow konnte es nicht benennen, hatte nur einfach das Gefühl, dass etwas … faul war.

Sie drückte den Knopf an der Gegensprechanlage auf ihrem Schreibtisch. »Karen, könntest du dich ins Archiv schleichen und die Anträge heraussuchen, die die Kingston Corporation bei der Umweltschutzbehörde eingereicht hat? Es müssten drei abgelehnte Gesuche sein.«

Sie bekam keine Antwort. Willow blickte zur Bürotür und sah, dass es im Vorzimmer dunkel war. Sie warf einen Blick auf ihre Uhr, schloss stöhnend die Augen und fuhr sich mit beiden Händen übers Gesicht. Ihre Sekretärin hatte vor ungefähr drei Stunden den Kopf durch die Tür gesteckt und ihr erklärt, dass alle Leute mit einem Privatleben jetzt nach Hause gehen würden. Außerdem hatte Karen noch gemurmelt, dass sie morgen nicht ins Büro kommen und ihre Chefin von einem Stapel Akten erschlagen vorfinden wolle.

Willow schob ihren Stuhl zurück, stand auf und stemmte die Hände in den Rücken. Sie stöhnte auf, als sie ihre steifen Muskeln dehnte. Es nützte nichts – sie würde selbst in die Tiefen des Gebäudes hinuntersteigen und nach den Anträgen der Kingston Corporation suchen müssen.

Rasch schlüpfte sie in ihre bequemen schwarzen Schuhe, die unter dem Schreibtisch standen, verließ ihr Büro und ging den stillen Flur entlang. Dann lief sie die Treppe hinunter, die in den Keller führte, und schaltete das Licht ein. Ihre Schritte auf dem Granitfußboden des Korridors waren das Einzige, was die Stille durchbrach. Sie wusste, dass die Putzkolonne nicht vor elf kommen würde, weil sie schon öfter von den Leuten überrascht worden war.

Vielleicht hatte Karen recht, und sie sollte sich mehr um ihr Privatleben kümmern.

Das brachte Willows Gedanken wieder zu Duncan. Was machte er heute Abend? Würde er sie anrufen? Willow schaltete die Lampe im Korridor vor dem Archiv ein. Es würde ihm nichts nutzen, sie anzurufen, weil sie ja nicht einmal zu Hause war, um abzunehmen. Und sie hatte vergessen, ihm ihre Handynummer zu geben.

Sie fing mit ihrer Suche in der hinteren rechten Ecke des Archivs an. Seit ihrem ersten großen Fall vor zwei Jahren kannte sie sich hier sehr gut aus. Sie hatte schon viel Zeit hier unten verbracht und war somit ganz nebenbei zur Expertin für Umweltthemen im Büro des Generalstaatsanwalts geworden.

Willow fuhr mit den Fingerspitzen an staubigen Aktenkartons entlang und las die Etiketten auf jedem einzelnen. Es dauerte fast zwanzig Minuten, bis sie alle drei Kartons mit den Anträgen der Kingston Corporation gefunden hatte. Zwei waren falsch einsortiert worden, der dritte war hinter vier Schachteln mit Mitschriften eines fünf Jahre alten fehlerhaft abgelegten Mordprozesses versteckt.

Sie trug die Kartons zu einem Tisch an der hinteren Wand des Archivs, zog sich einen Stuhl heran und setzte sich. Dann suchte sie nach dem sechs Jahre alten ersten Antrag. Sie erfuhr, dass der Platz, für den die Kingston Corporation den Antrag gestellt hatte, ungefähr sechzehn Kilometer von Trunk Harbor entfernt war. Der Antrag war abgelehnt worden, weil in der Nähe eine unterirdische Wasserader verlief, die hätte verseucht werden können. Ansonsten fand sie in den Unterlagen nichts Außergewöhnliches. Sie legte sie zurück in den Karton und widmete sich dem nächsten Papier.

Dieses Gesuch war für einen Platz, der knappe fünfundzwanzig Kilometer die Küste hinunter und zweiunddreißig Kilometer landeinwärts lag. Die Kingston Corporation hatte vorgeschlagen, den Müll per Frachtschiff zu befördern und dann mittels Lkw zur Deponie zu bringen. Aber es hatte wieder eine Absage gegeben, weil ein geologisches Gutachten besagte, dass an der Stelle der geplanten Deponie eine unterirdische Granitschicht lag, die sehr porös war.

Willow warf einen Blick auf ihre Uhr. Es war schon halb zehn, und ihr Magen knurrte. Sie sah gerade in den dritten Aktenkarton und dachte darüber nach, ob sie ihn einfach mit in ihr Büro nehmen und am nächsten Tag ansehen sollte, als plötzlich das Licht ausging.

»Hey!«, rief sie. »Ich bin noch hier hinten!«

»Was?«, erklang die Stimme eines Mannes. Das Licht wurde wieder angeschaltet. »Wer ist da?«

»Ich bin es … Willow.«

Willow hörte Schritte. Sie erhob sich und blickte an den deckenhohen Regalen vorbei. »Und wer ist da?«, fragte sie, lief weiter und sah in den nächsten Gang.

»Ich bin es nur, Willow«, sagte Greg Myers und trat in ihr Blickfeld. Sein Lächeln wirkte ein bisschen vorwurfsvoll. »Was machst du denn immer noch hier?«, fragte er. »Du solltest so spät nicht ganz allein hier unten sein.«

»Soweit ich weiß, suchen irgendwelche Geister eher selten staubige Archive heim«, erwiderte sie und sah Greg an, als der zu ihr trat. »Und ich könnte dir dieselbe Frage stellen.«

Greg hob ein paar Papiere auf, die auf den Boden gefallen waren. »Ich bereite mich auf den Mordprozess Briggs vor, der nächste Woche anfängt. Ich kam gerade am Archiv vorbei, als ich bemerkte, dass Licht brennt. Was ist das?«, erkundigte er sich und wies auf die Papiere. »Kingston Corporation?«, las er und blickte Willow mit einer hochgezogenen Augenbraue an. »Steht Edward Simmons nicht mit diesem Unternehmen in Verbindung? Kennst du ihn noch? Simmons hat bei der vorletzten Wahl für das Amt des Gouverneurs kandidiert.« Er schnaubte verächtlich. »Und jetzt ist er Teilhaber einer Mülldeponie. Wenn das nicht merkwürdig ist. Hat die Kingston Corporation Dreck am Stecken?«

Willow nahm ihm die Papiere aus der Hand, legte sie in den Karton und klappte ihn zu. »Nicht dass ich wüsste«, sagte sie. »Ich habe nur nach einem alten geologischen Gutachten gesucht, das vor einer ganzen Weile für das Unternehmen gemacht worden sein soll. Ich arbeite gerade an einem Fall, in dem es um den Verstoß gegen eine Genehmigung zum Holzschlag Down East, also direkt an der Küste, geht. Ich dachte, das geologische Gutachten könnte vielleicht hilfreich sein.«

Greg nahm die Kartons, bevor Willow es tun konnte. »Hast du das Gutachten gefunden?«, erkundigte er sich, während er ihr durch die Gänge folgte und sie in das Regal stellte, das sie ihm zeigte.

»Ich habe es gefunden, aber es nützt mir nichts. Das Gutachten bezieht sich auf ein Gebiet, das gute achtzig Kilometer westlich von dem Ort liegt, an dem der illegale Holzschlag passiert. Das bedeutet, dass es sich um vollkommen unterschiedliche Wassereinzugsgebiete handelt.«

Er zuckte die Schultern und bedeutete ihr, ihm voraus zur Tür zu gehen. »Pech gehabt«, sagte er. »Doch da wir beide so viel Zeit und Kraft in unseren Job investieren, dass wir noch nach neun Uhr abends hier sind, sollten wir uns aus Gilly's Bar vielleicht etwas zu essen holen. Oder was meinst du?«

Willow blieb an der Tür stehen und schaltete das Licht aus. Mit einem Lächeln blickte sie Greg an. »Das klingt super, aber ich muss noch einiges erledigen. Außerdem erwarte ich einen Anruf.«

Sie hatte den Satz gerade beendet, als auch schon ihr Handy klingelte. Willow zuckte erschrocken zusammen, und Greg lächelte ihr zu. Sie holte das Handy aus einer Tasche an ihrem Gürtel und klappte es auf.

»Willow Foster.«

»Willow, hier ist Jane. Ich konnte nichts Entscheidendes finden. Du musst mir ein paar Wasserproben besorgen.«

Willow lächelte Greg entschuldigend an, drehte sich um und ging zur Treppe. »Du konntest nichts finden?«, flüsterte sie. »Keine Spur von irgendwelchen Toxinen?«

»Nein, obwohl die Symptome der Tiere alle in diese Richtung deuten. Das wäre allerdings bei einer Pestizidvergiftung nichts Ungewöhnliches. Eine Wasserprobe ist die einzige Möglichkeit, um den Verdacht zu bestätigen, aber selbst dann könnte es sein, dass wir nicht genügend Rückstände der Pestizide finden. Die Halbwertszeit der meisten modernen Pestizide ist sehr kurz.«

»Was ist mit DDT?«, flüsterte Willow, während sie die Stufen hinaufging. Ihr war klar, dass Greg nur drei Schritte hinter ihr war. »Das Zeug ist jahrzehntelang nachweisbar.«

»Aber bei modernen Pestiziden sieht das anders aus. Sie sind eher flüchtig.«

»Ach, Jane, kann ich dich in ein paar Minuten zurückrufen? Kannst du mir deine Privatnummer geben?«

Es herrschte einen Moment lang Schweigen, bevor Jane in Lachen ausbrach. »Ich bin immer noch im Labor. Ich habe es in der letzten Stunde ein paarmal bei dir zu Hause versucht. Ich hab dich doch jetzt nicht bei einem Date gestört, oder?«

Willow stöhnte. »Ich bin auch noch im Büro.«

Jane seufzte. »Kein Wunder, dass wir Singles sind«, murmelte sie. »Ich bleibe noch da, bis du zurückrufst. Du hast ja die Nummer.«

»Okay, bis später«, sagte Willow, klappte das Handy zu und drehte sich zu Greg um. »Danke noch mal für das Angebot mit dem Essen. Ein anderes Mal vielleicht?«

»Klar«, entgegnete er und nickte verständnisvoll. »Soll ich warten und dich dann zu deinem Auto begleiten?«

»Nein. Ich muss noch mein Büro aufräumen. Ich will mir morgen nicht schon wieder eine Standpauke von Karen anhören. Und ich muss noch ein paar Telefonate erledigen.«

Eines zum Beispiel mit Duncan, dachte sie.

Greg nickte ihr noch einmal zu, drehte sich dann um und ging zur Tür. Willow beobachtete, wie er mit dem Wachmann am Empfang sprach. Beide sahen zu ihr. Sie winkte ihnen zu und ging dann lächelnd in ihr Büro. Wie sie Greg kannte, hatte er gerade den Wachmann gebeten, ein Auge auf sie zu haben und sie später zum Auto zu begleiten.

Greg hatte drei Monate vor Willow im Büro des Generalstaatsanwalts angefangen. Da sie die Neuen im Team gewesen waren, hatten sie sich schnell angefreundet. Immer wieder hatte Greg angedeutet, dass er sich mehr wünschte als nur eine Freundschaft. Willow hatte diesen Weg nicht einschlagen wollen. Sie mochte Greg, aber etwas mit einem Kollegen anzufangen war ihr nicht geheuer. Vor allem, wenn sie an die Riege ihrer Exfreunde dachte. Wenn sie sich trennen würden, wäre es unangenehm, sich jeden Tag über den Weg zu laufen.

Willow nahm an ihrem Schreibtisch hinter einem Stapel von Akten Platz und fuhr mit dem Daumen abwesend über das Nummernfeld ihres Handys. Jane brauchte Wasserproben. Na ja, sie könnte die Proben diesen Freitag nehmen, wenn sie mit Duncan nach Thunder Island fuhr. Sie rief in Janes Labor an. Jane meldete sich nach dem zweiten Klingeln.

»Dafür schuldest du mir einiges«, erklärte Jane ohne langes Vorgeplänkel. »Weißt du eigentlich, wie schwierig es ist, kranke Hummer in einem Labor zu verstecken, das man mit drei neugierigen Kollegen teilt?«

»Würde ein langes Wochenende auf Monhegan Island dich ein wenig besänftigen?«, fragte Willow, lehnte sich zurück und drehte sich mit ihrem Stuhl zum Fenster um.

»Mit Fünfsterneküche und einer Suite mit einem Kamin und einem Whirlpool?«

Eine Sekunde lang herrschte Schweigen, ehe Jane sagte: »Vielleicht. Wenn ein blonder Schönling mit blauen Augen und mehr Muskeln als Hirn in besagter Suite auf mich warten würde. Ich habe erst mal genug von klugen Männern.«

Willow lachte. Sie erinnerte sich daran, wie offensichtlich Jane Huntley jeder Sportskanone auf der Highschool nachgestellt hatte. »Aber worüber würdest du dich mit einem Schönling unterhalten?«

»Unterhalten?« Jane lachte. »Wenn er ein Schönling ist, warum sollte ich mich dann mit ihm unterhalten wollen? Grunzen und Stöhnen reicht mir als Konversation völlig aus.«

»Mein Gott, du bist echt schamlos«, brummte Willow. »Wenn ich bedenke, dass ich dich mal beneidet habe.«

»Du hast mir Ray Cobb ausgespannt«, entgegnete Jane gutmütig. »War das *nicht* schamlos?«

»Ich war in der zehnten Klasse«, erwiderte Willow. Sie fand, dass das als Erklärung reichte.

»Stimmt es eigentlich tatsächlich? Patty hat Ray verlassen?«

»Ich glaube nicht, dass es für lange ist«, entgegnete Willow und stieß sich mit dem Fuß ab, sodass sie mit ihrem Schreibtischstuhl gemütlich hin und her wippte. »Ray liebt sie viel zu sehr, um sie einfach gehen zu lassen. Was die Wasserproben betrifft: Wie genau funktioniert das?«

»Komm hier vorbei, dann gebe ich dir ein paar Röhrchen und zeige dir, wie man die Proben nimmt, ohne sie zu verunreinigen.« Jane zögerte. »Bist du dir sicher, dass du der Sache auf eigene Faust auf den Grund gehen willst, Willow? Wir haben die Ausrüstung und die Leute hier.«

»Ich habe es Ray versprochen. Und damit habe ich es auch den anderen Fischern versprochen«, antwortete Willow. »Ich werde euch mit Sicherheit hinzuziehen, sobald ich weiß, was passiert ist und wer dafür die Verantwortung trägt. Bis ich bereit bin, damit an die Öffentlichkeit zu gehen, bitte ich dich, mit niemandem über den Gefallen zu reden, den du mir tust. Ich rufe dich an, wenn ich weiß, wann ich kommen und die Testsets holen kann.«

»Gut«, sagte Jane. »In der Zwischenzeit recherchiere ich weiter. Vor ein paar Jahren ist in der Gegend von Long Island etwas Ähnliches vorgefallen. Die Hummerindustrie war beinahe am Boden. Man schrieb es den Pestiziden in bestimmten Insektenvernichtungsmitteln zu, die in den Ozean ausgewaschen wurden. Es gibt sogar eine Sammelklage der Hummerfischer, über die noch nicht entschieden ist.«

»Aber diese Verseuchung ist auf Thunder Island beschränkt«, gab Willow zu bedenken.

»Ich weiß«, stimmte Jane ihr zu. »Ich wollte nur von einem ähnlichen Vorfall erzählen. Die Hummer vor Long Island haben sich ebenfalls nicht mehr bewegt, Millionen von ihnen sind verendet.«

»Und deshalb hast du Pestizide als Ursache in Verdacht? Es könnte keine Vergiftung durch Schwermetalle oder so etwas sein? Oder ein Parasit oder eine andere natürliche Krankheit?«

»Schwermetalle sind ausgeschlossen. Eine Blei- oder Quecksilbervergiftung ist ein langwieriger, schleichender Prozess. Und natürliche Krankheiten kann ich nicht ausschließen. Deshalb brauche ich die Wasserproben.«

»Also gut«, sagte Willow und seufzte müde. Mit der freien Hand strich sie sich übers Gesicht. »Ich melde mich morgen oder übermorgen. Und, Jane? Danke.«

»Kein Problem, Willow. Vergiss nicht: blaue Augen und blondes Haar.«

Willow klappte lachend ihr Handy zu, lehnte sich auf ihrem Stuhl zurück und dachte an blonde Haare und *grüne* Augen. Und sie beschloss, Jane Huntley und Duncan Ross einander besser niemals vorzustellen.

Willow schob das Handy wieder in die Tasche an ihrem Gürtel und nahm den Hörer des Festnetzapparats. Sie öffnete ihren Terminkalender und ging in dem darin enthaltenen Adressteil zum Buchstaben D. Sie würde Duncan im Pub anrufen, bevor sie es bei ihm zu Hause versuchte.

Kapitel 6

Es war nach zehn Uhr, als Duncan sich die Stufen zu seiner Veranda hinaufschleppte. Das Einzige, was ihn noch auf den Beinen hielt, war die Aussicht auf eine Stunde in der heißen Sauna und ein weiches Bett.

Ein Tauchgang in eiskaltem Wasser war für den Körper eines Menschen sehr belastend. Und zahllose tote Hummer und Krabben zu sehen, die auf dem Meeresgrund lagen, war belastend für die Seele.

»Als ich die Sauna gebaut habe, wusste ich, dass es das Beste an diesem Umbau war«, sagte Luke, als er neben Duncan die Treppe hinaufstapfte. »Die Schweden wissen einfach, wie man mit einem Kältegefühl umgeht, das einem durch Mark und Bein geht.«

Duncan schloss die Küchentür auf und trat zur Seite, damit Luke an ihm vorbei hineingehen konnte. »Mir ist aufgefallen, dass du sie ein Stück größer gebaut hast, als es in den Plänen vorgesehen war«, sagte Duncan. »Vielleicht in der irrigen Annahme, dass ich mein Spielzeug teilen würde?«

»Ich habe mich damals noch immer von den Folgen meines unfreiwilligen Badeausflugs im Golf von Maine erholt«, sagte Luke ohne den geringsten Anflug von Schuldbewusstsein in seiner Stimme. »Ich schwöre, dass diese Art von Kälte sich monatelang nicht aus dem Körper vertreiben lässt. Es war nur weise Voraussicht – für Tage wie diesen.«

»Heiz schon mal die Sauna an. Ich hol in der Zwischenzeit den Scotch«, schlug Duncan vor und zog seine Boots aus. »Die Handtücher sind im …«

»Duncan!«

Duncan konnte sich gerade noch schnell genug auf seinen Socken umdrehen und die Arme ausbreiten, um die schlanke Frau aufzufangen, die ihm entgegensprang.

»Molly!«, war alles, was er herausbrachte.

»Ihhh«, quietschte Molly, wand sich aus Duncans Umarmung und machte einen Schritt zurück. »Du bist ja eiskalt.« Plötzlich bemerkte sie Luke im Flur. Sie sah ihn mit einem Lächeln an. »Hallo, Luke«, sagte sie und errötete zart. »Du siehst auch aus, als würdest du frieren.«

»Eine Umarmung würde ganz schnell Abhilfe schaffen«, erwiderte Luke und breitete die Arme aus.

Molly zögerte nur den Bruchteil einer Sekunde, ehe sie Luke umarmte. Als Duncan klar wurde, dass Luke nicht vorhatte, die Umarmung so bald zu beenden, übernahm er das, indem er seine Schwester zurückzog. Er drehte sie um, damit sie ihn ansah.

»Was machst du hier, Molly?«, wollte er wissen. Mit einem Mal erstarrte er. »Wo ist Mom?«, fragte er mit einem Blick in Richtung Wohnzimmer.

Mollys Lächeln erstarb. »Zu Hause«, entgegnete sie knapp.

»Du bist ganz allein hierhergekommen? Weiß Mom, dass du hier bist?«

Molly schüttelte den Kopf. »Ich bin von zu Hause weggelaufen.«

Duncan rollte mit den Augen. »Wenn man Mitte zwanzig ist, wird so was nicht mehr als ›von zu Hause weglaufen‹ bezeichnet.«

Molly warf Luke, der ihnen mit unverhohlenem Interesse lauschte, einen verschämten Blick zu und trat noch etwas näher an Duncan heran. »Mom hat sich schon wieder unmöglich verhalten«, flüsterte sie. »Sie hat damit gedroht, die Queen anzurufen und sie zu bitten, mich im Tower of London einzusperren.«

Duncan verwuschelte die lange rotblonde Mähne seiner kleinen Schwester. »Glaube mir, Zwerg«, sagte er und lachte leise. »Wenn sie keine Bedenken gehabt hätte, dich Ihrer Majestät aufzubürden, hätte sie das schon vor Jahren getan.«

Molly strich sich das zerzauste Haar glatt. »Außerdem will sie mich wieder mal enterben.«

»Was hast du denn getan?«, wollte Duncan wissen und fuhr sich mit der Hand müde über sein kaltes Gesicht.

»Ich habe ihr erzählt, dass ich nach Neuseeland gehen und Ben heiraten werde.«

Mit einem Schlag war Duncan wieder hellwach. »Von was für einem Ben sprichst du?«

»Benjamin Zane. Er ist Schafzüchter in Neuseeland, und ich liebe ihn und werde ihn heiraten.«

Schlagartig war es in der Küche so still, dass Duncan das Blut in seinen Ohren rauschen hören konnte. Er blickte in Mollys grüne Augen, die herausfordernd funkelten, und wusste nicht, ob er fluchen oder brüllen sollte.

»Ich ... äh ... Ich glaube, ich kümmere mich mal um die Sauna«, sagte Luke und verschwand im hinteren Flur.

»Wann hast du diesen Benjamin Zane getroffen und wie lange kennst du ihn?«, flüsterte Duncan.

»Ich habe ihn noch nicht getroffen. Jedenfalls noch nicht persönlich«, erwiderte Molly. »Wir haben uns im Internet kennengelernt.«

»Du hast dich also aufgrund von E-Mails in ihn verliebt und willst nun um die halbe Welt ziehen, um einen Mann zu heiraten, den du noch nicht mal persönlich getroffen hast«, sagte Duncan gefährlich ruhig. »Und jetzt bist du von zu Hause weggelaufen, weil Mom deine Pläne nicht unterstützt. Hab ich das so richtig verstanden?«

Mollys Wangen wurden rot, als sie nickte. Ihre großen Augen, in denen eher Unsicherheit als Trotz stand, waren unverwandt auf Duncan gerichtet. »Ich hab mich in ihn verliebt«, erwiderte sie so leise, dass Duncan sie kaum verstehen konnte. »Und ich brauche deine Unterstützung.«

Unwillkürlich erschauerte Duncan. Das lag nicht so sehr an der Kälte, sondern vielmehr an der Vorstellung, dass seine kleine Schwester von Ben, dem Schafzüchter, nach Neuseeland gelockt wurde. Falls der Mann überhaupt Schafzüchter war.

»Also, hilfst du mir, Mom zu überzeugen?«, fragte Molly.

»Nein.«

»Duncan!«

Er holte tief Luft, um sich zu beruhigen. »Nicht heute Abend, Molly«, sagte er, ergriff ihre Schultern und lächelte seine Schwester an. »Du kannst mir nicht solche Neuigkeiten verkünden und dann von mir erwarten, dass ich zu deiner Rettung eile. Wir werden morgen darüber reden. Wie bist du eigentlich vom Flughafen hierhergekommen?«, fragte er. Auf der Auffahrt hatte er keinen Wagen stehen sehen.

»Ich hab mir ein Taxi genommen.«

»Vom Bangor International Airport aus?«

Molly zog ihr kleines Näschen mit den Sommersprossen kraus. »Ich hasse es, auf der falschen Straßenseite fahren zu müssen. Das Taxi mag vielleicht ein Vermögen gekostet haben, aber zumindest bin ich lebendig hier angekommen.« Sie runzelte die Stirn. »Und weshalb hast du keinen Ersatzschlüssel unter der Fußmatte deponiert? Ich musste durch das Fenster im Windfang klettern.«

»Ich schließe meine Türen ab«, sagte er, wandte sich den Schränken zu und holte eine Flasche Scotch sowie drei Gläser heraus, »um die ehrlichen Leute davon abzuhalten, einfach hereinzukommen. Weiß wenigstens Camden, dass du hier bei mir bist?«

»Nein«, erwiderte Molly und setzte sich auf einen der Barhocker an der Kochinsel. »Ich habe mich wie ein Dieb in der Nacht davongestohlen.«

Duncan wies auf das Telefon an der Wand. »Ruf sie an.«

»Wenn ich das tue, steht Mom morgen Mittag hier in der Küche«, warnte Molly ihn. Wieder blitzte ein kämpferischer Ausdruck in ihren Augen auf. »Bist du so erpicht darauf, sie zu sehen?«

»Verdammt, Molly«, knurrte Duncan und stellte mit Nachdruck die Gläser ab. Ungeduldig öffnete er den Scotch. »Du würdest sogar die Geduld eines Heiligen strapazieren.«

»Ich hab dich auch lieb, Bruderherz.«

Es bedurfte all seiner Willenskraft, um nicht direkt aus der Flasche zu trinken. Vorsichtig gab Duncan den Scotch in die drei Gläser, schob eines zu Molly hinüber und nahm sich selbst auch eines. »Auf die Familiendynamik«, sagte er, stieß mit Molly an und leerte dann sein Glas in einem Zug.

»Darf ich wieder reinkommen?«, fragte Luke und setzte sich zu Molly an die Kochinsel.

Sie nippte an ihrem Scotch. »Ach, ich bin vorhin übrigens an dein Telefon gegangen. Es hat geklingelt«, sagte Molly. Sie verzog den Mund zu einem breiten Lächeln. »Sie meinte, ihr Name sei Willow.« Duncan leerte auch das zweite Glas in einem Zug. Molly legte den Kopf schräg. »Sie schien ein bisschen überrascht zu sein, als ich mich gemeldet habe. Ist sie deine Freundin? Oder sollte ich sagen: *War* sie deine Freundin?«

Duncan schloss die Augen. Wieder wusste er nicht, ob er fluchen oder losbrüllen sollte. »Ich nehme an, du hast ihr nicht verraten, dass du meine Schwester bist?«

»Wo bliebe denn dann der Spaß?«, fragte Molly lachend. »Ich habe ihr nur gesagt, dass du sicher bald zurück sein würdest.« Sie faltete die Hände auf der Anrichte und blickte ihren Bruder unschuldig an. »Ich habe sie gefragt, ob du zurückrufen sollst, wenn du wieder da bist, aber sie meinte nur, ich solle dir ausrichten, dass du wieder in deine Höhle zurückkriechen könntest.« Luke verschluckte sich an seinem Drink. Mollys Augen funkelten jetzt. »Ich schwöre, dass ich sie etwas über einen Troglodyten habe flüstern hören, bevor sie aufgelegt hat.«

»Du bist ganz schön leichtsinnig für jemanden, der meine Hilfe braucht«, knurrte Duncan, wandte sich von der Kochinsel ab und ging zur Tür. »Luke, du kannst in meinem Bett schlafen«, fügte er hinzu, bückte sich und zog seine Stiefel wieder an. Dann richtete er sich auf und warf ihm einen drohenden Blick zu. »Und ich vertraue dir, dass du das Bett allein benutzt.«

Luke schnaubte. »Es wäre für mich, Molly und den Schafzüchter auch ein bisschen zu eng«, murmelte er, trank sein Glas aus und erschauerte, als die Wärme des Alkohols in seinem Bauch ankam.

»Luke muss nicht bleiben. Ich brauche keinen Babysitter«, erklärte Molly. Ihr kämpferischer Blick ging von

Duncan zu Luke und wieder zurück zu Duncan. »Und wohin willst du überhaupt? Du bist doch gerade erst nach Hause gekommen.«

»Ich will den Schaden wiedergutmachen, den du in meinem Liebesleben angerichtet hast«, entgegnete Duncan und nahm seine Jacke. Mit der Jacke in der Hand wies er auf seine Schwester. »Ich bin spätestens morgen Mittag wieder da. Also denk nicht mal daran, nach Neuseeland durchzubrennen.« Drohend machte er einen Schritt auf sie zu. »Wenn ich dir hinterherjagen muss und dich erwische, wirst du darum *betteln*, in den Tower of London gesperrt zu werden.«

Mit diesen Worten und ohne eine Antwort abzuwarten, stürmte Duncan aus dem Haus und in die kühle Nacht hinaus. So ein verfluchter Mist! Willow glaubte nun, er hätte Besuch von einer fremden Frau. Stichwort: Verschlimmerung der Probleme. Bei der Geschwindigkeit, mit der ihm gerade alles entglitt, konnte er von Glück sprechen, wenn Willow ihn nicht direkt erschoss, wenn sie ihn vor ihrer Tür stehen sah.

Duncan stieg in seinen Wagen und fuhr in Richtung Augusta. In den folgenden zwei Stunden versuchte er, sich zu entscheiden, ob er höflich an Willows Tür klopfen oder ob er leise das Türschloss knacken, hineinschleichen und sich zu Willow ins Bett legen sollte, noch ehe sie wusste, wie ihr geschah. Am Ende beschloss er, dass es ihm mehr bringen würde zu klopfen, statt sie zu Tode zu erschrecken. Weit nach Mitternacht betrat er schließlich das alte Haus im Stadtzentrum von Augusta und schlich die Treppe zu ihrer Wohnung hinauf. Leise betätigte er den Türklopfer aus Messing und wartete mit der Geduld eines Mannes, der auf der Falltür des Galgens stand, auf Willow.

Das Geräusch von Metall, das auf Metall schlug, drang in Willows Unterbewusstsein und holte sie langsam aus den Tiefen eines unruhigen Traums. Schlaftrunken öffnete sie die Augen und warf einen Blick auf den Wecker auf ihrem Nachttischchen. Sie stöhnte, als sie sah, dass es kurz nach eins in der Nacht war. Als ihr dämmerte, dass jemand an ihre Tür klopfte – und sie war sich sicher, zu wissen, wer dieser Jemand war –, schoss sie in die Höhe.

»Ich komme«, rief sie und schlüpfte in ihren Morgenmantel. Es war ihr egal, dass sie gereizt klang. Sie knipste eine Lampe an, als sie in ihr Wohnzimmer tapste. »O Mann, du solltest besser wie ein reuiger Sünder zu Kreuze kriechen«, murmelte sie, als sie die Tür aufriss.

»Sie ist meine Schwester.«

»Troglodyten haben keine Familienbande. Sie kriechen unter Steinen hervor«, versetzte Willow und ließ sich notgedrungen zur Seite schieben, als er sich Einlass verschaffte.

Leise schloss sie die Tür und lehnte sich dann mit dem Rücken dagegen, verschränkte missmutig die Arme vor der Brust.

Duncan stemmte die Hände in die Hüften und funkelte sie an. »Sie ist meine Schwester«, wiederholte er, und ein Schatten schien sich über seine Augen zu legen. »Und du solltest nicht einfach die Tür öffnen, wenn du nicht weißt, wer davorsteht. Weder mitten in der Nacht noch am helllichten Tag.«

»Ich habe durchs Fenster deinen Wagen erkannt.«

»Du müsstest deine Vorhänge nachts eigentlich geschlossen halten.«

»Danke. Ich werde von jetzt an darauf achten.«

»Molly ist vollkommen unerwartet bei mir aufgetaucht«, erklärte er, schlüpfte aus seiner Jacke und ließ sie einfach fallen. Er fing an, sein Hemd aufzuknöpfen. »Sie ist ein freches Gör mit einem sehr merkwürdigen Sinn für Humor«, fügte er hinzu, zog sich das Hemd aus und ließ es neben seine Jacke fallen. »Ich hatte einen höllisch anstrengenden Tag, meine Augenlider fühlen sich an, als wären sie von innen mit Schleifpapier bearbeitet worden, und mir ist so kalt, dass ich kaum noch etwas spüre«, schloss er, streifte sein T-Shirt ab und warf es auf den Couchtisch. Schließlich befreite er sich von seinen Stiefeln und den Socken, richtete sich auf und begann, den Gürtel zu öffnen.

Willow konnte nur reglos dastehen und zusehen. Sie war weder entsetzt noch überrascht, als er die Hose auszog und dann nur mit einem finsteren Blick und einer blauen Unterhose bekleidet vor ihr stand.

»Also bist du gerade vor deiner Schwester davongelaufen?«, fragte sie und rang das Lachen nieder, das aus ihr herausbrechen wollte.

Gott, Duncan wirkte, als würde er genau an diesen Ort

gehören, als er nun mitten in ihrer beeindruckenden Auswahl von alten Möbeln stand. Er war groß, stark, wettergegerbt, schön anzusehen, und er versprach ebenfalls Wohlbehagen und Geborgenheit.

Er verengte die Augen zu schmalen Schlitzen. »Lachst du?«

Willow stieß sich von der Tür ab, schaltete das Licht im Wohnzimmer aus, ergriff Duncans Hand und zog ihn mit sich in ihr Schlafzimmer. »Es würde mir im Traum nicht einfallen, über dich zu lachen, Dunky«, sagte sie, führte ihn zu ihrem Bett und zog ihren Morgenmantel aus. »Ich erkenne, wenn ein Mann mit seiner Geduld am Ende ist.«

Sie stieg ins Bett und klopfte auf die Matratze. »Komm her und lass dich von mir aufwärmen.«

Ihr Angebot schien ihn zu überraschen. Er stand wie angewurzelt da und starrte sie im schummrigen Licht des Schlafzimmers an. »Ich brauche eine Dusche.«

»Mich brauchst du mehr.«

»Ich bin stehend k.o., kleine Anwältin.«

»Dann leg dich hin«, entgegnete sie. Duncan rührte sich noch immer nicht. Willow neigte den Kopf, um ihr Lächeln zu verstecken. »Wenn ich verspreche, nicht über dich herzufallen, kommst du dann in mein Bett, damit ich mit dir kuscheln kann?«

»Kuscheln«, wiederholte er tonlos.

»Warum ist dir so kalt?«, wollte sie wissen. »Was hast du heute gemacht?«

»Luke und ich waren ...« Sie griff nach seinen Shorts und zog ihn aufs Bett. Geistesgegenwärtig beugte sie sich zur Seite, damit er nicht auf sie fiel. »... tauchen«, schloss er, rollte zu Willow hinüber und legte die Arme um sie.

»Wo wart ihr tauchen?«, fragte sie.

»Vor Thunder Island.«

Sie wich zurück. »Aber warum? Ich hab dir doch gesagt, dass wir keine Aufmerksamkeit auf die Insel lenken dürfen.«

Duncan zog sie wieder an sich, legte sein Kinn auf ihren Kopf und seufzte müde. »Keine Sorge. Niemand hat uns gesehen. Ich wollte mich unter Wasser nur mal umschauen.«

»Und?«, murmelte sie, die Wange an seine Brust geschmiegt.

»Es gibt dort viele tote Hummer und Krabben. Die meisten haben wir ganz in der Nähe der Insel gefunden.« Er gab ihr einen Kuss aufs Haar und zog die Decke über sie beide. »Aber abgesehen davon, konnten wir nichts Ungewöhnliches feststellen. Keine Kisten oder sonst irgendetwas, was dort nicht hingehören würde.«

Willow schwieg einen Moment lang. Dann schlang sie die Arme um Duncan. »So kalt fühlst du dich gar nicht an.«

»Ich hab auf dem Weg hierher die Heizung voll aufgedreht. Jetzt ist mir nur noch innerlich kalt.«

Willow legte ein Bein über seine und stellte fest, dass er vielleicht sagen mochte, dass er zu müde war, um mit ihr zu schlafen, dass sein Körper jedoch eine andere Sprache sprach.

Sie ignorierte seine Hand, die wie von selbst nach unten gewandert zu sein schien und nun auf ihrem Gesäß lag. »Schlaf jetzt, Dunky. Wir beginnen unsere Affäre morgen früh.«

Duncan hauchte ihr einen Kuss aufs Haar. Sie spürte seine Bartstoppeln an ihrem Kopf. Mit einem Seufzen drückte er sie noch ein bisschen fester an sich. Ein paar Sekunden später ging sein Atem tief und regelmäßig – er war eingeschlafen. Und kurz darauf schlief auch Willow ein.

Was ihre Affäre betraf … Sie ging nicht gerade mit einem Knall los.

Kapitel 7

»Du hast dich aus dem Bett gestohlen und bist aus dem Zimmer geschlichen, ohne mich zu wecken.«

Über ihren Schreibtisch hinweg lächelte Willow Duncan an. Ihr war nur zu bewusst, dass sie nicht allein waren. Karen stand in der Tür des Vorzimmers und war sich offenbar nicht sicher, ob sie den Sicherheitsdienst rufen oder einfach weiter diesen riesigen Kerl anstarren sollte, der gerade so böse ihre Chefin anfunkelte.

»Ich hab mich nicht aus dem Bett gestohlen – ich bin rausgedrängt worden«, flüsterte Willow mit einem angespannten Lächeln. »Und ich hab dich nicht geweckt, weil ich Angst um mein Leben hatte.«

»Wie bitte?«

Willow legte ihren Stift zur Seite, faltete die Hände und lächelte noch ein bisschen breiter. »Ich wollte keinen schlafenden Tiger wecken. Ich weiß, dass sie nicht die beste Laune haben, wenn sie aus dem Schlaf gerissen werden.«

»Tiger?«, fragte er und warf sich unwillkürlich in die Brust.

Willow zog eine Augenbraue hoch. »Du hast dich jedenfalls wie einer angehört, so laut, wie du geschnarcht hast. Du hättest Tote aufwecken können.« Sie sah an ihm vorbei. »Ist schon gut, Karen. Ich hab hier alles unter Kontrolle.«

»Dein … äh … Dein Neun-Uhr-Termin ist da«, sagte Karen und zwang sich dazu, den Blick von Duncan zu wenden, um Willow anzusehen. »Soll ich Mrs. Poole eine Tasse Kaffee bringen?«

»Das wäre nett, Karen. Sag ihr, dass ich in ein paar Minuten bei ihr bin. Und könntest du mir die Akte Johnson raussuchen?«

»Die liegt schon auf deinem Schreibtisch … irgendwo«, sagte Karen und wies auf den Wust von Unterlagen.

»Danke«, murmelte Willow, erhob sich, durchsuchte die Akten und stapelte sie neu.

»Um wie viel Uhr hast du dich denn rausgeschlichen?«, fragte Duncan, nahm ihr gegenüber Platz und machte es sich bequem.

Willow legte ein paar der Akten in ein leeres Regalfach. »Ich habe mich nicht rausgeschlichen. Ich habe geduscht, gefrühstückt und bin um sieben gegangen.« Sie ging zur Tür, schloss sie und funkelte Duncan aufgebracht an. »Warum wart ihr in der Nähe von Thunder Island tauchen?«

»Um zu sehen, was dort los ist. Luke, Kee und Ahab waren bei mir.«

»Obwohl du wusstest, dass ich keine Aufmerksamkeit auf die Gegend lenken will, wart ihr vier dort gestern tauchen.«

»Ahab und Kee haben Luke und mich ins Wasser steigen lassen und sind dann mit dem Schoner weitergefahren. Sie haben uns zwei Stunden später wieder abgeholt, sodass wir uns auch noch auf der Insel umschauen konnten. Niemand hat uns gesehen.«

»Sie haben dich und Luke einfach ins Meer springen lassen und sind dann weggefahren? Verstößt das nicht gegen die Tauchrichtlinien?«

Duncan zuckte mit den Schultern. »Wir waren ja zu zweit und außerdem ganz in der Nähe der Insel, falls unter Wasser irgendwelche Probleme aufgetaucht wären. Außerdem standen wir in ständigem Funkkontakt zu Kee.« Unvermittelt ergriff er ihre Handgelenke, zog sie auf seinen Schoß und gab ihr einen leidenschaftlichen Kuss. »Guten Morgen«, flüsterte er, als er sich wieder von ihr löste.

Willow spürte, wie sie errötete, als sie einen Blick zur geschlossenen Bürotür warf. »Guten Morgen«, erwiderte sie genauso leise, streichelte ihm über die Wange und seufzte. »Du fährst heute Vormittag zurück nach Puffin Harbor, oder?«

»Yep. Ich hab Molly gestern Abend nur kurz gesehen.«

»Sie ist also vollkommen unerwartet bei dir aufgetaucht? Warum?«

»Anscheinend hat sie Ärger mit meiner Mutter«, entgegnete er, stand auf und stellte Willow auf den Boden. Er strich ihr Haar zurück und zog sanft daran. »Molly glaubt, sie wäre in einen Schafzüchter aus Neuseeland verliebt. Also ist sie von zu Hause weggelaufen und hofft jetzt, dass ich ihr bei der unvermeidlichen Auseinandersetzung mit unserer Mom den Rücken freihalte.«

»Wie alt ist sie?«

»Sechsundzwanzig.«

Das überraschte Willow. »Es klang, als wäre sie achtzehn.«

»Manchmal verhält sie sich wie eine Achtzehnjährige«, entgegnete er seufzend. »Und manchmal scheint sie älter zu sein als ich.«

»Wirst du ihr helfen?«

»Ich soll ihr helfen, einen Schäfer zu heiraten, den sie im Internet kennengelernt hat? Nicht ohne ihn vorher mal getroffen zu haben.«

»Fliegst du dann mit ihr nach Neuseeland?«

Er schüttelte den Kopf. »Wenn Benjamin Zane meine Schwester wirklich will, dann kann er verdammt noch mal herkommen und persönlich um ihre Hand anhalten.«

»Meine Güte, du bist echt von der alten Schule«, flüsterte Willow, tätschelte seine Brust und warf ihm ein schiefes Lächeln zu, als sie nun um ihren Schreibtisch ging. »Du sagtest, du hättest auch einen Bruder. Warum hat sich Molly nicht an ihn gewandt?«

»Camden?«, entgegnete Duncan und nahm den Stapel Akten auf, den sie gerade hochheben wollte. Er legte sie neben die anderen in das Regal. »Er hat im Augenblick größere Probleme, um die er sich kümmern muss. Mollys Liebesleben fällt in meinen Zuständigkeitsbereich.«

»Bist du der Älteste von euch Geschwistern?«

»Yep.«

»Und es gibt nur dich, deine Mutter, deinen Bruder und deine Schwester?«

»Und eine kleine Armee unterschiedlichster Verwandter«, sagte er, ging um den Schreibtisch herum zu ihr und legte die Hände auf ihre Schultern. »Willow, ich wünschte, ich könnte bleiben, aber es geht nicht. Und ich weiß nicht, ob ich vor Freitag wieder hierherkommen kann.« Mit einem Finger fuhr er über ihre Wange. »Es tut mir leid wegen gestern Nacht.«

Sie lächelte ihn an. »Es war irgendwie schön, obwohl wir nur gekuschelt haben.«

Mit dem Finger hob er behutsam ihr Kinn an, beugte sich vor und küsste sie wieder. »Am Freitag haben wir die 7:2 ganz für uns allein«, flüsterte er. »Nur du und ich und Mickey. Wir können über Nacht irgendwo vor Anker gehen, wenn du magst.«

»Mhmmm. Das klingt gut. Ich hab schon seit einer Ewigkeit keine Zeit mehr mit Mickey verbracht.«

Duncan zog die Augenbrauen zusammen, und ein Schatten legte sich über seine Augen. »Kommst du Freitagmorgen oder schon Donnerstagabend? Sie haben für Ende der Woche einen Sturm vorhergesagt. Das könnte unsere Pläne durchkreuzen.«

Willow beäugte den Berg an Arbeit auf ihrem Schreibtisch. Auch ohne die Akten für die Mülldeponie war es schon unglaublich viel. »Genau genommen«, begann sie und sah Duncan an, »komme ich hier vor Freitagmittag wohl nicht weg. Drei Fälle, an denen ich arbeite, kommen gerade schneller in die heiße Phase, als ich gedacht hätte. Und ich muss noch nach Orono fahren und ein paar Testsets für Wasserproben holen. Ich werde zum Abendessen in Puffin Harbor sein. Könnten wir auch erst Samstag rausfahren, wenn das Wetter es zulässt? Oder zumindest Freitagabend?«

Duncan zog sie wieder in seine Arme. »Wir werden den Freitagabend ins Auge fassen, falls der Sturm dann schon vorbei ist.« Er lehnte sich etwas zurück und lächelte sie an. »Bring das süße kleine Spitzenteil mit, das du gestern Nacht getragen hast, ja?«

»Auf den Schoner? Ich werde mich totfrieren.«

»Das werde ich zu verhindern wissen, meine kleine Anwältin«, brummte er, neigte den Kopf und küsste sie wieder.

Willow schlang die Arme um seinen Hals, als plötzlich die Gegensprechanlage auf ihrem Schreibtisch summte. »Johns Sekretärin hat gerade angerufen«, sagte Karen aufgeregt. »Er ist auf dem Weg hierher.«

Willow befreite sich abrupt aus Duncans Umarmung. »Das ist mein Chef«, sagte sie, machte einen Schritt zurück und fuhr sich mit dem Handrücken über ihren Mund. Sie zeigte mit warnendem Blick auf Duncan. »Benimm dich, Dunky.«

Er zog die Mundwinkel herunter und sah sie traurig an, nur das belustigte Funkeln in seinen Augen verriet ihn.

Willow hastete um ihren Schreibtisch herum, als die Gegensprechanlage dreimal hintereinander kurz summte und auch schon ein Klopfen an der Tür erklang. John Pike, Maines Generalstaatsanwalt, kam herein. Er blieb in der Nähe der Tür stehen. Der Blick aus seinen klaren blauen Augen fiel auf Duncan und dann auf sie.

»Entschuldigen Sie bitte die Störung, Willow, aber ich brauche für mein Treffen mit Ed Johnson heute Vormittag die Akte Johnson.«

»Ich habe sie hier. Irgendwo …«, entgegnete Willow und drehte sich um, um auf ihrem Schreibtisch danach zu suchen.

John ging derweil auf Duncan zu und streckte die Hand aus. »John Pike«, stellte er sich vor.

Duncan ergriff Pikes Hand. »Duncan Ross«, entgegnete er. »Ich bin ein Freund von Willow aus Puffin Harbor.«

»Ross«, wiederholte John. Er musste seinen Kopf in den Nacken legen, um Duncan ins Gesicht sehen zu können. »Woher kenne ich diesen Namen?«

»Vor zwei Jahren war Duncan in den Fall Raoul Vegas verwickelt«, erklärte Willow und reichte John die Akte Johnson. »Er ist einer der Männer, die uns geholfen haben, Beweismaterial für einen Prozess gegen Vegas zu sammeln.«

»Ah ja«, murmelte John und betrachtete Duncan mit neu erwachtem Interesse. »Ross«, wiederholte er noch einmal. »Sind Sie nicht der Typ, der Willow gerettet hat?«

»Es war eine Teamleistung«, war alles, was Duncan erwiderte. Er sah Willow an. »Wir sehen uns dann Ende der Woche, kleine Anwältin. Und ... leichtes Gepäck bitte«, fügte er hinzu. Seine Augen funkelten.

»Gepäck?« John sah von der Akte Johnson auf, um Willow stirnrunzelnd anzublicken. »Verreisen Sie?«

»Wir machen am Wochenende einen Segeltörn an der Küste entlang«, sagte Duncan, bevor sie antworten konnte. Er ging zur Tür, blieb stehen und drehte sich noch einmal zu John um. »Willows Schwester macht sich übrigens Sorgen, weil Willow so selten Zeit hat, nach Hause zu kommen. Sie meint, ein Besuch sei schon längst überfällig. Und ich würde meinen, Mr. Pike, dass Sie sich auch Sorgen machen sollten, irgendwann eine sehr talentierte stellvertretende Generalstaatsanwältin wegen Erschöpfung zu verlieren. Willow nimmt ihren Urlaub nämlich immer nur tageweise, statt einmal eine oder zwei volle Wochen freizumachen, wie es eigentlich sein sollte. Wenn es so weitergeht, wenn sie sich weiter so verausgabt und sich keine Pause gönnt, wird sie in spätestens einem Jahr einen Burnout erleiden.«

John sah zu Willow und ertappte sie dabei, wie sie Duncan anblitzte. »Stimmt das?«, fragte er. »Haben Sie noch keinen richtigen Urlaub gemacht, seit Sie hier bei uns sind?«

»Es ist nicht so schlimm, wie es klingt«, widersprach sie. »Ich nehme mir lieber mal ein langes Wochenende.«

John schüttelte den Kopf. »Der Mann hat recht, Willow. Es ist nicht gesund, sich so in seiner Arbeit zu vergraben.«

»Wir sehen uns am Wochenende, kleine Anwältin«, unterbrach Duncan das Gespräch, zog damit wieder die Blicke der beiden auf sich und lächelte viel zu sympathisch. Warum wunderte es sie nicht, dass Duncans Vorstellung von gutem Benehmen sich nicht mit der ihren deckte? »Fahr vorsichtig«, fügte er hinzu, drehte sich um und ging zur Tür. »Und vergiss den vorhergesagten Sturm nicht.« Damit verschwand er.

Für einen Moment wünschte Willow sich, dass ihre Blicke töten könnten.

»Willow«, sagte John, als Duncan weg war, »eine überarbeitete stellvertretende Generalstaatsanwältin hilft mir nicht weiter. Ist es wahr, dass Sie seit drei Jahren keinen Urlaub gemacht haben?«

»Zwei. Ich bin erst seit gut zwei Jahren hier, John.«

Er legte seinen Kopf schräg und betrachtete sie mit einem warmherzigen und etwas wehmütigen Lächeln. »Es sind erst zwei Jahre? Ich erinnere mich noch an meine ersten zwei Jahre hier … Ich hatte die gleiche Leidenschaft für den Job wie Sie. Ich war sechsundvierzig, als ich die freie Wirtschaft verließ und noch mal zur Uni ging, um Jura zu studieren. Drei Jahre später war ich fertig und bereit, es mit der Welt aufzunehmen.« Er schüttelte erneut den Kopf. »Erst als ich miterleben musste, wie meine Frau gegen den Brustkrebs kämpfte, machte ich mir nicht mehr so sehr Sorgen um das große Ganze, sondern sah auch die Bedeutung des Kleinen, des Details.«

»Aber es ist doch unser Job, das große Ganze im Auge zu haben.«

»Nicht, wenn man darüber den Blick für die Kleinigkeiten und die wichtigen Details verliert. Wir können keine Drachen töten, wenn wir nicht in Topform sind. Und wir können nicht effektiv sein, wenn wir die Balance zwischen Arbeits- und Privatleben nicht gefunden haben. Sie haben bis Freitag Zeit, um Ihren Schreibtisch etwas aufzuräumen und den Rest an die Kollegen zu delegieren – denn in der kommenden Woche machen Sie Urlaub.«

Willow fühlte Panik in sich aufsteigen. »Ich … ich kann jetzt nicht gehen!«, sagte sie verzweifelt. »Ich habe drei wichtige Fälle, an denen ich arbeite.«

»Greg kann … Ach nein, er hat den Briggs-Prozess, um den er sich kümmern muss. Paul kann den Fall Poole übernehmen, und Rita kann sich der Sammelklage für die Wasserrechte in West-Maine widmen. Ich werde den Quecksilber-Prozess betreuen, bis Sie wieder zurück sind.«

»Aber Mrs. Poole …«

John hob die Hand und bedeutete Willow zu schweigen. »Ich weiß, dass Sie sich heute Vormittag mit ihr treffen, also schicke ich Paul vorbei, damit Sie ihn Mrs. Poole vorstellen können. Ein Fall von Brunnenwasserverschmutzung ist nicht so wahnsinnig kompliziert zu bearbeiten, Willow. Paul kommt in der Woche, in der Sie nicht da sind, schon damit klar.« In seinen blauen Augen stand ein väterliches Lächeln. »Wenn ich in den vergangenen sechs Jahren, seit ich hier bin, etwas gelernt habe, dann, dass niemand unentbehrlich ist, Willow. Wenn Sie sich heute Nachmittag das Bein brechen würden – was hoffentlich nicht passieren wird –, dann würde dieses Büro trotzdem weiterlaufen, Ihre Fälle würden auch ohne Sie bearbeitet werden.«

»Aus Ihrem Mund klingt es gerade so, als könnte ein dressiertes Äffchen meinen Job übernehmen.«

Aus dem väterlichen Lächeln wurde ein ausgesprochen fröhliches. »Das werde ich Paul ausrichten, wenn ich ihn bitte, Mrs. Poole kennenzulernen.«

Willow zuckte zusammen. Sie versuchte, die Hitze zu unterdrücken, die ihr den Nacken hinaufstieg. O ja, Duncan konnte sich auf etwas gefasst machen, weil er in dieses Wespennest gestochen hatte. Vielleicht würde sie am Samstag aus Versehen stolpern und ihn dabei über Bord des Schoners schubsen.

»Woran arbeiten Sie noch?«, erkundigte John sich und schob sich die Akte Johnson unter den Arm. »Ich habe läuten hören, dass Sie im Archiv nach Anträgen der Kingston Corporation gesucht haben. Gibt es etwas im Zusammenhang mit der Firma, von dem ich nichts weiß?«

»Nein. Nicht dass ich wüsste. Ich habe nur nach einem geologischen Gutachten gesucht.«

Er wandte sich zur Tür um, zögerte jedoch. »Mr. Ross

schien Ihnen gegenüber ein bisschen ... äh ... besitzergreifend zu sein.« Er hob die Hand. »Ich weiß, dass mich das nichts angeht, Willow, aber nur fürs Protokoll: Ich mag ihn.«

»Sie haben ihn doch gerade erst kennengelernt.«

Johns Lächeln wurde wieder väterlich. »Die Tatsache, dass er der Typ ist, der meine stellvertretende Generalstaatsanwältin gerettet hat, beeinflusst mich möglicherweise, doch trotzdem strahlt Duncan Ross etwas aus, das ... solide ist. Oder vielleicht ist auch ›mutig‹ das Wort, nach dem ich suche«, sagte er und wedelte mit der Hand durch die Luft. »Und ich habe das Gefühl, dass ein Mann von beidem sehr viel braucht, um Ihr Interesse aufrechtzuerhalten.«

Willow war alarmiert. Offenbar hatte John Pike ihr Privatleben im Blick. Na ja, mit Scheuklappen war er sicherlich nicht Generalstaatsanwalt von Maine geworden. Und er hatte diesen Posten bestimmt auch deshalb behalten, weil er wusste, was seine Untergebenen taten und was sie bewegte.

»Duncan ist ein guter Mensch«, gab sie zu und lächelte schief. »Wenn er mich nicht gerade in den Wahnsinn treibt.«

»Haben Sie eine schöne Woche«, sagte John lachend. »Ich werde Karen bitten, Paul in seinem Büro anzuklingeln, damit er zu Ihrem Meeting mit Mrs. Poole stößt.« An der Tür blieb er noch einmal stehen und wies mit der Akte Johnson in der Hand auf Willow. »Und richten Sie

Mr. Ross noch mal meinen Dank aus. Ich werde mir die Urlaubspläne der vergangenen zwei Jahre noch mal ansehen.«

»Und ich kümmere mich darum, Pfefferspray zu beschaffen«, murmelte Willow, als John gegangen war. Sie lief zurück zu ihrem Schreibtisch. »Und wenn du dann das nächste Mal um ein Uhr nachts vor meiner Tür auftauchst, Dunky, werde ich die Tür öffnen und dir Saures geben.«

»Er kann dir wahrscheinlich Paroli bieten«, entgegnete Karen, die gerade mit Mrs. Poole das Büro betrat. Karen wedelte sich Luft zu. »Wow. Hat der Mann Brüder?«

»Einen«, antwortete Willow. »Der Gedanke, dass noch jemand wie er durch die Gegend läuft, jagt mir Schauer über den Rücken.« Sie ging zu ihrer Klientin und ergriff deren Hand. »Guten Tag, Mrs. Poole«, sagte sie und führte die ältere Dame zu der gemütlichen Sitzecke, die sie eigens für Besprechungen eingerichtet hatte. »Danke, dass Sie heute hergekommen sind. Es tut mir leid, dass Sie warten mussten.«

Karen schloss leise die Tür hinter sich.

Den restlichen Dienstag verbrachte Willow mit Meetings, einem Gerichtstermin, dem Bearbeiten von Akten und Telefonaten. Erst um zehn Uhr am Abend kam sie dazu, etwas zu essen.

Der Mittwoch war ein weiterer schlimmer Tag – eine schmerzhafte Schnittwunde, die sie sich an einem Blatt

Papier zugezogen hatte, eine Laufmasche und fürchterliche Kopfschmerzen waren der Beweis dafür.

Um sieben Uhr abends betrat Willow ihre Wohnung, zog ihre Schuhe aus und stellte ihren Aktenkoffer neben der Tür ab. Versonnen dachte sie darüber nach, ob sie am kommenden Tag einen Termin für eine Pediküre einschieben konnte. Eine Frau brauchte schließlich hübsche Füße, um eine Affäre zu beginnen, oder? Vielleicht würde sie online noch ein paar sexy Dessous erstehen – in Rot oder Schwarz, jedenfalls so verrucht wie möglich. Ob sie bis Freitagmittag geliefert werden konnten?

Ja, so würde sie es Duncan heimzahlen. Sie würde dafür sorgen, dass er aus dem Staunen nicht mehr herauskam.

Willow lächelte bei dem Gedanken an ihr Vorhaben, als sie den Türklopfer hörte. Sie lief in die Küche und sah aus dem Fenster. In der Einfahrt konnte sie jedoch nur ihren eigenen Pick-up sehen. Wieder erklang das Klopfen, und Willow ahnte, wer ihr Besucher war.

Sie ging an die Tür und öffnete sie mit einem warmherzigen Lächeln auf den Lippen. »Hallo, Mabel«, sagte sie und trat zur Seite, um ihre schon über achtzigjährige Vermieterin hereinzulassen. »Sagen Sie nicht, dass Sie den ganzen Abend über am Fenster gesessen haben, um zu sehen, wann ich nach Hause komme.«

»Ich habe ein Hörbuch gehört«, erwiderte die Lady. Sie reichte Willow eine kleine Plastikschüssel mit Deckel. »Ich habe Ihnen Makkaroni mit Käse mitgebracht.«

Willow war so gerührt von dieser Geste, dass ihr Herz

einen Schlag lang aussetzte. Sie nahm die Schüssel entgegen, weil sie wusste, dass sie mit einer höflichen Ablehnung Mabels Gefühle verletzt hätte.

»Eigentlich sollen Sie das Essen, das Ihnen gebracht wird, selbst verspeisen, Mabel. Sie sollen es nicht aufbewahren, um es dann mir zu geben. Was haben Sie denn heute zu Mittag gegessen?«

Die alte Dame winkte ab und ging in die Küche. »Ich mag Makkaroni mit Käse nicht besonders«, erklärte sie, setzte sich an den Küchentisch und klopfte auf die Tischplatte. »Ich habe das Brötchen und den Krautsalat gegessen. Stellen Sie die Schüssel in die Mikrowelle, setzen Sie sich und erzählen Sie mir, was mit Ihrem Kabelfernsehen nicht stimmt. Heute war ein Mann da, um es zu reparieren. Ich habe ihm gesagt, dass Sie mir eigentlich immer Bescheid geben, wenn jemand vorbeikommt, um irgendwelche Reparaturen in der Wohnung vorzunehmen.«

Willow, die gerade die Schüssel in die Mikrowelle gestellt hatte, drehte sich um. »Ein Mann war hier? Aber ich habe die Kabelfirma nicht angerufen. Es funktioniert alles einwandfrei.«

Mabel blinzelte. »Er meinte, er hätte einen Auftrag. Er hat ihn mir sogar gezeigt.«

»Haben Sie ihn in die Wohnung gelassen?«, fragte Willow und nahm der alten Lady gegenüber Platz.

Mabel schüttelte den Kopf. »Das musste ich nicht. Er meinte, Sie hätten ihm verraten, wo er den Ersatzschlüssel findet.« Sie streckte den Arm aus und tätschelte Willows

Hand. »Das sollten Sie nicht tun, Kindchen. Sie sollten Fremden nicht verraten, wo Sie Ihren Schlüssel verstecken.«

»Ich habe keinen versteckten Ersatzschlüssel«, entgegnete Willow und sah zur Eingangstür. »War er in der Wohnung?«

»Ach, du meine Güte«, stieß Mabel hervor und nickte. »Wurden Sie ausgeraubt?«, flüsterte sie.

Willow stand auf, ging ins Wohnzimmer und stellte fest, dass nichts in Unordnung war. Auf den ersten Blick konnte sie auch nicht erkennen, dass etwas fehlte. Sie bemerkte, dass Mabel ihr folgte, und ging ins Schlafzimmer. Alles sah so aus, wie sie es am Morgen hinterlassen hatte. Sie betrat das Badezimmer. Auch hier fiel ihr nichts ins Auge, was sie irgendwie stutzig hätte machen können.

Die Wohnung befand sich im hinteren Teil eines riesigen Stadthauses aus dem 19. Jahrhundert. Mabel Pinkham hatte Willow die Wohnung vor zwei Jahren vermietet, um ihre Rente aufzubessern. Mabels einzige Verwandte – eine ältere Schwester und ihr jüngerer Bruder – lebten auf Rhode Island. Als Mabel drei Jahre zuvor Witwe geworden war, hatte sie sich dagegen entschieden, zu den beiden zu ziehen. Sie hatte erklärt, dass Maine mittlerweile ihre Heimat geworden sei. Mabel hatte viele Freunde in Augusta, und in der Gemeinde wurde viel für die alten Menschen getan. Schon als sie den Mietvertrag unterschrieben hatten, hatte sie mütterliche Gefühle für Willow entwickelt.

Diese Empfindungen beruhten auf Gegenseitigkeit, auch Willow hatte die alte Dame von Anfang an in ihr Herz geschlossen. Mabel Pinkham war wie eine Großmutter für sie. Willow hatte Mabel sogar ein paarmal mit nach Puffin Harbor genommen, damit sie etwas Abwechslung hatte. Es war wie ein kleines Abenteuer für sie gewesen.

»Es scheint nichts verändert worden zu sein«, sagte Mabel, rang die zarten Hände und sah sich im Wohnzimmer um. »Ich habe erst gestern hier geputzt. Ich musste sogar Ihr Bett noch einmal machen«, sagte sie kopfschüttelnd. »Sie müssen sehr in Eile gewesen sein, als Sie zur Arbeit gingen. Es sah aus, als hätte eine Fünfjährige die Wohnung hinterlassen.«

Mabel hatte angeboten, Willows Reich sauber zu halten, auch wenn »sauber« ein relativer Begriff für jemanden mit so schlechten Augen war. Doch Mabel wollte sich nützlich machen und gebraucht fühlen, und das bisschen Geld, das sie sich dadurch dazuverdiente, half ihr sehr. Willow machte es nichts aus, sich ihre Wohnung mit ein paar Wollmäusen zu teilen. Duncan hatte sie am Tag zuvor als Letzter verlassen. Willow war nur froh, dass er nicht mehr im Bett gelegen hatte, als Mabel gekommen war.

»Sollen wir die Polizei rufen?«, fragte Mabel.

»Ich glaube, das ist nicht nötig«, entgegnete Willow, hakte Mabel unter und ging mit ihr auf den Laubengang hinaus. »Es fehlt ja nichts. Vielleicht hat die Kabelfirma da einfach etwas durcheinandergebracht.«

»Aber wie ist der Mann reingekommen?«, wollte Mabel wissen und schloss ihre eigene Haustür am anderen Ende des Laubenganges auf. »Ich habe ihn beobachtet. Er hat sich zwar so hingestellt, dass ich nichts Genaues sehen konnte, aber er hat die Tür ganz leicht und schnell geöffnet.«

»Ich weiß es nicht«, erwiderte Willow und betrat mit Mabel zusammen deren Wohnung. »Machen Sie sich keine Gedanken mehr darüber. Von jetzt an werde ich das Zusatzschloss an der Tür verriegeln, wenn ich gehe.«

Mabel setzte sich in ihren Lieblingssessel, der am Fenster stand. »Ich hätte Sie heute im Büro anrufen sollen, als der Kerl aufgetaucht ist.« Sie sah Willow an. Ihre großen braunen Augen hinter den dicken Brillengläsern fingen plötzlich an zu funkeln. »Arbeiten Sie gerade an einem interessanten Fall?«, fragte sie. »Vielleicht war der Mann ja ein Spion und auf der Suche nach Informationen.«

Willow lächelte und tätschelte den Arm der alten Dame. »Entschuldigen Sie, sagten Sie, Ihr Name sei Miss Mabel oder Miss Marple? Haben Sie wieder Hörbücher von Agatha Christie gehört?«

Mabel schürzte die Lippen und runzelte die Stirn. »Sie sind stellvertretende Generalstaatsanwältin, Willow«, sagte sie in mütterlichem Ton. »Sie verfolgen Leute, die nicht zögern würden, bei jemandem einzubrechen.«

»Verseuchte Quellen bringen Kriminelle nicht dazu, aus ihren Löchern gekrochen zu kommen«, erwiderte Willow und ging zur Tür. Sie blieb stehen und sah sich noch einmal zu Mabel um. »Ich möchte nicht, dass Sie sich wegen der Sache weiter Sorgen machen, ja? Morgen früh rufe ich bei der Kabelfirma an und erkundige mich, was da los war. Haben Sie alles für heute Nacht? Oder brauchen Sie noch irgendetwas?«

Mabel winkte ab und griff nach ihrem kleinen Kassettenrekorder. »Ich habe alles. Ich höre noch das Buch zu Ende und gehe dann ins Bett. Schließen Sie heute Nacht bitte auch das Zusatzschloss.«

Willow trat in den Flur hinaus, öffnete die Verbindungstür zwischen ihrer und Mabels Wohnung und ging dann zurück zu Mabel. »Unsere Verbindungstür ist offen. Falls Sie irgendetwas brauchen, kommen Sie einfach rein. Machen Sie sich keine Gedanken. Und keine falsche Zurückhaltung: Nehmen Sie, falls was ist, nicht den Weg über den Laubengang, sondern kommen Sie direkt durch die Verbindungstür.«

Mabel setzte sich die Kopfhörer auf. »Dasselbe gilt für Sie«, sagte sie und nickte. »Gute Nacht.«

Willow winkte ihr noch einmal zu, ging hinaus und schloss die Tür. Dann ging sie durch die Verbindungstür in ihre Wohnung. Sie sah sich um. Was zur Hölle hatte ein Mann in ihrer Wohnung zu suchen gehabt? Mabels Idee, dass es ein Spion gewesen sein könnte, jagte Willow kalte Schauer über den Rücken. Ihr fiel nur partout nicht ein, was der Grund gewesen sein könnte.

Sie lief zu ihrem Schreibtisch und schaltete den Computer ein. Sofort erschien eine Nachricht, die besagte, sie habe den Rechner beim letzten Mal nicht korrekt heruntergefahren. Willow runzelte die Stirn und versuchte, sich daran zu erinnern, wann sie den Computer zuletzt benutzt hatte.

In der vergangenen Woche hatte sie ihre Buchführung gemacht. Arbeit, die sie mit nach Hause brachte, machte sie ausschließlich am Laptop, da es nicht erlaubt war, die streng vertraulichen Daten auf dem eigenen Rechner zu bearbeiten. Jemand hatte ihren Computer eingeschaltet, um nach etwas zu suchen. Aber nach was? Hatte derjenige ihre persönlichen Finanzen checken wollen? Ihr Buchführungsprogramm war passwortgesichert, doch Willow wusste, dass ein einfaches Passwort einen Hacker nicht davon abhalten konnte, sich Zugang zu einem Rechner zu verschaffen. Lief sie Gefahr, einem Identitätsdiebstahl zum Opfer zu fallen?

Willow setzte sich an den Schreibtisch, öffnete ihr Buchhaltungsprogramm und warf einen Blick auf ihre Bankkonten. Sie prüfte die Kontostände, um zu sehen, ob es Onlineaktivitäten wie Überweisungen gegeben hatte. Nachdem sie alle Konten eingehend gecheckt hatte, lehnte sie sich auf ihrem Schreibtischstuhl zurück, verschränkte die Arme vor der Brust und starrte auf den Monitor. Alles sah vollkommen normal aus. Trotzdem würde sie am kommenden Morgen ihre Bank anrufen und ihre Konten sperren lassen – zumindest, bis sie von ihrem kleinen Ausflug zurück war und sich mit dem Bankberater zusammensetzen konnte, um zu entscheiden, wie sie weiter vorgehen sollte. Ein Identitätsdiebstahl wäre ein Albtraum, mit dem sie sich im Moment nicht auch noch auseinandersetzen konnte.

Willow griff nach der Maus und fuhr den Rechner herunter. Dann stand sie auf und blickte sich in ihrer Wohnung um. Fröstelnd schlang sie die Arme um sich. Das konnte nichts mit den kranken Hummern zu tun haben, denn nur die Hummerfischer, Duncan, Jane Huntley, Kee, Ahab und Luke wussten darüber Bescheid. Und sie vertraute diesen Menschen bedingungslos.

Also, wonach hatte der Eindringling hier gesucht?

Kapitel 8

Zuletzt war Willow in ihrem ersten Jahr auf der Universität so unkonzentriert und verwirrt gewesen. Sie konnte sich allerdings nicht daran erinnern, genauso ruhelos gewesen zu sein. Das Bild von Duncan Ross tauchte immer wieder vor ihrem inneren Auge auf und machte es ihr unmöglich, sich auf die Wasserproben zu konzentrieren, die sie analysieren sollte.

Doch statt die Sättigung von Streusalz in einer Probe von Brunnenwasser zu bestimmen, die im vergangenen Jahr drastisch angestiegen war, sah Willow ständig Duncan vor sich. Beim Anblick seines muskulösen Körpers am Dienstagmorgen hätte sie beinahe dem Drang nachgegeben, im Büro anzurufen, sich krankzumelden und wieder zurück zu ihm ins Bett zu kriechen. Sie sah dauernd seine grünen Augen vor sich, in denen für gewöhnlich ein belustigter Ausdruck stand. Dann dachte sie an seinen Blick, mit dem er sie stets fixierte und herausforderte, ihn voller Leidenschaft zu küssen. Sie malte sich aus, wie er am Samstagmorgen auf dem Parkplatz in Trunk Harbor an seinen Wagen gelehnt auf sie gewartet hatte, nachdem er sich die ganze Nacht lang um sie gesorgt hatte.

Das musste aufhören. Sie konnte Duncan nicht so nah an sich heranlassen, dass sie ihr Herz verlor. Sie hatte vor einigen Jahren beschlossen, dass ein bisschen gesunde Leidenschaft in Ordnung, dass es jedoch strikt verboten war, sich so sehr in einen Mann zu verlieben, dass nichts anderes mehr von Bedeutung war.

Sie konnte sich einfach nicht in Duncan Ross verlieben.

Willow wurde bewusst, dass sie mit ihrem Stift ziemlich heftig auf den Schreibtisch klopfte, und legte ihn zur Seite. Dann schlug sie die Hände vors Gesicht und stöhnte. Verdammt, der Mann trieb sie in den Wahnsinn. Er brachte ihr Leben dermaßen durcheinander, dass sie nicht genau sagen konnte, ob sie sexuell frustriert oder nur verärgert über die eigene Unfähigkeit war, Duncan in eine hübsche kleine Box mit der Aufschrift »Liebhaber« zu stecken.

Wie schwer konnte es sein, eine kleine Affäre ohne irgendwelche Verpflichtungen zu haben?

Willow nahm ihren Stift wieder zur Hand. Es war verflucht schwer, wenn der Liebhaber die Ausdauer eines Lachses hatte, der flussaufwärts schwamm, um zu laichen. Duncan machte keinen Hehl daraus, dass er sie wollte und begehrte – aber das war vom ersten Moment an offensichtlich gewesen. Er hatte von Liebe gesprochen, hatte Willow allerdings nie gesagt, dass er sie liebte. Es wurden sogar schon Wetten auf ihre Hochzeit abgeschlossen, obwohl Duncan sie nie gebeten hatte, seine Frau zu werden.

Willow erinnerte sich daran, wie rot er geworden war, als sie ihm erzählt hatte, dass sie sich selbst an der Wette beteiligt habe. Das bedeutete, dass das Interesse der Leute aus Puffin Harbor an ihrem Liebesleben ihn aus der Fassung brachte – mehr als sie. Andererseits war sie in Puffin Harbor aufgewachsen und wusste, dass die Einwohner hier es unglaublich liebten, über jemanden aus ihrer Mitte wilde Spekulationen anzustellen. Es war harmlos, konnte jedoch anstrengend werden, wenn man selbst Hauptleidtragender des Tratsches war. So wie sie im Moment.

Vor allem konnte Willow sich zurzeit nicht offen mit Duncan verabreden und treffen. Sie mussten sich verstecken und eine Art Fernbeziehung führen. Das war wiederum schwierig, weil Willow Sorge hatte, dass sie ihre Vermieterin schockieren könnten. Mabel war zwar sehbeeinträchtigt, aber sie war nicht taub, und Willows Schlafzimmer lag Wand an Wand mit Mabels Schlafzimmer.

Das Telefon klingelte. Willow legte ihren Stift erneut zur Seite und sah, dass es ein hausinterner Anruf war. »Hallo«, meldete sie sich.

»Mir fehlen einige der Kingston-Akten«, sagte Karen ohne Vorgeplänkel. »Ich bin im Archiv und sortiere gerade alle Akten zurück, die wir … äh … uns geborgt haben, aber einige fehlen. Liegen sie noch bei dir?«

Willow sah die schon viel überschaubareren kleinen Stapel auf ihrem Schreibtisch durch. »Woher weißt du, dass einige fehlen?«

»Ich hatte mir eine Liste gemacht, um den Überblick zu behalten. Und zwei der Akten kann ich nicht finden.«

»Hier sind sie nicht«, erwiderte Willow und blickte zu den Bücherregalen. »Ich hab dir heute Morgen alles mitgegeben, was ich hatte«, fügte sie hinzu, schob ihren Schreibtischstuhl zurück und suchte auch unter dem Schreibtisch nach den Unterlagen.

»Du hast deinen Aktenkoffer vielleicht noch nicht geöffnet«, entgegnete Karen. »Hast du sie mit nach Hause genommen?«

Willow klemmte den Hörer mit der Schulter ein und durchsuchte ihren Aktenkoffer, nachdem sie ihren Laptop herausgenommen und auf den Schreibtisch gestellt hatte. Sie fand einige Akten, doch es waren nicht die der Umweltschutzbehörde.

»Ich habe alles zusammengehalten, Karen«, sagte Willow, richtete sich wieder auf und sah sich in ihrem Büro um. »Du hast alles, was ich hier in meinem Büro hatte, mit nach unten genommen.«

»Ich muss Schluss machen«, flüsterte Karen plötzlich. »Jemand ist hereingekommen, und ich möchte nicht in dieser Abteilung des Archivs erwischt werden.«

»Falls man dich doch erwischen sollte, sag einfach, dass du ein geologisches Gutachten zurückgebracht hast, das ich mir ausgeliehen habe.«

»Und für dessen Ausleihen du nicht unterschrieben hast«, rief Karen ihr ins Gedächtnis und seufzte tief. »Wir werden einen Krieg unter den Abteilungen entfachen.«

»Mach keine Gefangenen«, sagte Willow mit einem Lachen und legte auf. Sie erhob sich und suchte noch einmal das komplette Büro nach den fehlenden Unterlagen durch. Unvermittelt platzte Karen ins Büro.

»Es war Ronald Gibbs von der Umweltschutzbehörde«, sagte Karen atemlos. Ihre Augen funkelten vergnügt, die Heimlichtuerei machte ihr offenbar Spaß. »Ich konnte ihn ablenken, indem ich ihn gefragt habe, ob er mit mir etwas trinken geht.«

»Du hast *was* getan?«, stieß Willow aus. »Du hast ihn um ein Date gebeten?«

Karen errötete. »Ich ... äh ... Er wollte wissen, was ich in seiner Abteilung des Archivs suche, und ich hab einfach erwidert, dass wir Freitagabend zu Gilly's gehen und etwas zusammen trinken sollten.«

Karen Hobbs war ein süßes Energiebündel von Mitte vierzig, das im letzten Jahr nach einer unschönen Scheidung den Männern abgeschworen hatte. Willow konnte sich vorstellen, dass Ronald Gibbs über Karens Vorschlag genauso überrascht gewesen war wie sie selbst.

Karen legte die Hände auf ihre erröteten Wangen und schüttelte den Kopf. »Dafür schuldest du mir was«, flüsterte sie. Offenbar wurde ihr gerade bewusst, was sie getan hatte. »Zumindest einen freien Tag – vorzugsweise im Juli, am heißesten Strandtag, den wir haben werden.«

»Abgemacht«, entgegnete Willow und setzte sich wieder. Stirnrunzelnd sah sie ihre Sekretärin an. »Wo, meinst du, könnten die Akten sein?«

Karen ließ die Hände sinken und blickte sich im Büro um. Dann zuckte sie die Achseln. »Ich weiß es nicht. Ich habe alles, was ich zurück ins Archiv gebracht habe, noch einmal gecheckt, um sicherzugehen, dass die Unterlagen nicht in eine andere Akte gerutscht sind. Aber das war nicht der Fall.«

»Weißt du denn, welche Akten genau fehlen? Du meintest, du hättest eine Liste erstellt.«

Karen zog einen zusammengefalteten Notizzettel aus der Hosentasche. »Zum einen war es die Akte mit der Ablehnung eines Antrags der Kingston Corporation für eine Mülldeponie von vor vier Jahren, und zum anderen – ebenfalls für Kingston – die Bewilligung von vor drei Jahren.«

»Ich wüsste gern, warum genau diese Unterlagen plötzlich nicht mehr auffindbar sind. Meinst du, die Fälle sind schon elektronisch erfasst?«, fragte Willow und blickte auf ihren Computerbildschirm. Sie warf Karen ein schiefes Lächeln zu. »Und wenn ja, meinst du, du kannst mir die Daten ausdrucken?«

Wieder trat ein Funkeln in Karens rehbraune Augen. »Ich kann die Daten besorgen«, entgegnete sie und nickte selbstbewusst. »Und ich werde keine Spuren hinterlassen.«

Eine Sekretärin zu haben, die ihre Arbeit liebte, war ein Segen. Und wenn diese Sekretärin auch noch gut darin war, in den Archiven anderer Abteilungen herumzuschleichen, war das noch besser. Als Willow Karen gebeten hatte, sich im Archiv umzusehen, war sie begeistert gewesen. Anscheinend konnte es manchmal etwas langweilig sein, nur die Sekretärin einer stellvertretenden Generalstaatsanwältin zu sein.

Karen ging um Willows Schreibtisch herum und schaltete den Computer ein. »Willow«, stöhnte sie. »Ich hab es dir schon hundertmal erklärt: Du musst deinen Rechner herunterfahren, bevor du ihn ausstellst«, schimpfte sie.

»Ich habe ihn gestern Abend ordnungsgemäß heruntergefahren«, erwiderte Willow und blickte an Karen vorbei auf den Monitor, der eine Fehlermeldung anzeigte. »Könnte es vielleicht einen Stromausfall oder so etwas gegeben haben?«

»Nein«, entgegnete Karen, verschränkte die Arme vor der Brust und tippte ungeduldig mit der Fußspitze, während sie darauf wartete, dass der Computer nach fehlerhaften Dateien suchte. »Es gibt einen Akku, der verhindert, dass ein Stromausfall Auswirkungen hat.«

Willow war zwar kein hoffnungsloser Fall, was Computer betraf, aber sie war auch kein Technikfreak wie Karen. »Ich bin mir sicher, dass ich gestern Abend, als ich ging, das Büro abgesperrt habe. Ich wollte nicht, dass die Putzfrauen mein Durcheinander aufräumen müssen«, sagte sie und warf einen finsteren Blick zur Tür. Dann sah sie Karen an. »Jemand muss hier gewesen sein. Gestern war übrigens auch ein Mann in meiner Wohnung, der sich als Kabeltechniker ausgegeben hat. Ich habe heute Morgen bei der Kabelfirma angerufen. Sie meinten, sie hätten niemanden zu mir geschickt. Doch meine Vermieterin hat ihn in meine Wohnung gehen sehen, und ich bin mir ziemlich sicher, dass er an meinem Computer war.«

»Außerdem fehlen diese beiden Akten«, sagte Karen und blickte sich im Büro um, ehe sie wieder zu Willow sah. »Was ist hier los? Worum geht es bei deinen Recherchen?«

»Um kranke Hummer«, erklärte Willow. »Jane Huntley vom Lobster Institute meint, es könnte sich um eine Pestizidvergiftung handeln.«

Karen starrte sie überrascht an. »Wie ist es dir gelungen, darüber Stillschweigen zu bewahren? Hummerfischer werden sehr ungehalten, wenn ihre Lebensgrundlage in Gefahr ist. Wie kommt es, dass noch nichts von den Vorkommnissen in der Zeitung steht?«

»Die Verseuchung beschränkt sich auf einen sehr kleinen Bereich, und die Hummerfischer, die direkt betroffen sind, haben mich gebeten, unauffällig zu recherchieren. Sie wollen kein öffentliches Interesse erregen, weil diejenigen von ihnen, die darüber geredet haben, erleben mussten, wie ihr Equipment sabotiert wurde.«

Der Computer gab ein Signal, als er endlich hochgefahren war. Karen wandte sich dem Rechner zu und fing an, etwas einzutippen. Willow erhob sich von ihrem Schreibtischstuhl, um Karen Platz zu machen.

»Ob der Sicherheitsdienst protokolliert hat, wer gestern Abend das Gebäude betreten hat?«, fragte Willow. Sie setzte sich auf den Schreibtisch, um Karen bei der Arbeit beobachten zu können. »Und wenn ja, steht dann in den Aufzeichnungen auch, wann derjenige wieder gegangen ist?«

»Wahrscheinlich«, antwortete Karen und blickte vom Monitor auf. »Aber du brauchst einen überzeugenden Grund, um danach zu fragen. Im Übrigen sind hier nachts alle möglichen Leute unterwegs – zum Beispiel die Putzkolonne und die Handwerker, die die Toilettenräume in diesem Stockwerk modernisieren. Sie arbeiten alle nachts, weil sie dann niemanden stören. Mindestens vier der Leute waren heute Morgen, als ich gekommen bin, noch da.«

»Kannst du herausfinden, wonach auf meinem Rechner gesucht wurde?«

Karen sah wieder auf den Bildschirm. »Ich prüfe das gerade. Es scheint so, als hätte derjenige, der sich Zugang verschafft hat, nur deine Ordner durchgesehen. Es ist nichts gelöscht worden, keine Datei wurde geöffnet.« Sie fing wieder an zu tippen. »Du musst John erzählen, dass jemand in deinem Büro und in deiner Wohnung war und dass derjenige sich auf deinen Rechnern umgesehen hat.«

»Das werde ich … irgendwann«, sagte Willow und schüttelte den Kopf. »Wir haben ihm ja noch nicht viel zu sagen, oder? Es ist auch möglich, dass ich den Computer gestern Abend doch nicht richtig heruntergefahren habe. Ich war müde und in Eile.«

»Was ist mit dem Kerl, der in deiner Wohnung war?«

»Es ist nichts angefasst oder verändert worden – bis auf meinen Computer, und auf dem befinden sich keine wichtigen Daten.« Willow deutete auf ihren Laptop. »Die Dateien für die Arbeit sind ausschließlich auf meinem Laptop.« Sie legte den Kopf schräg. »Kannst du die fehlenden Unterlagen aus dem Datenbestand der Umweltschutzbehörde direkt auf meinen Laptop laden?«

Stirnrunzelnd sah Karen sie an. »Ist das denn so schlau? Falls jemand hinter den Daten her ist, solltest du sie nicht mit dir herumtragen.«

»Wir wissen ja gar nicht genau, ob es so ist. Vielleicht leiden wir auch einfach nur unter Verfolgungswahn, weil wir gerade versuchen, ein Geheimnis zu wahren.«

Karen schob Willows Laptop in die Mitte des Schreibtisches, klappte ihn auf und stellte ihn an. Sie löste das Netzwerkkabel des Arbeitsrechners, steckte es in den Laptop und gab auf der kleinen Tastatur diverse Dinge ein.

»Da«, sagte Karen, »die gute alte Umweltschutzbehörde ist sehr gewissenhaft, was die Sicherung der Daten betrifft. Die beiden fehlenden Datensätze sind da.« Sie wandte sich mit dem Drehstuhl zu Willow um. »Ich lade die Daten jetzt herunter.«

»Mann, ich werde dir drei zusätzliche freie Tage spendieren«, sagte Willow. »Danke, Karen. Du bist die beste Mitverschwörerin, die ein Anwalt sich nur wünschen kann.«

Mit einem Schnauben erhob Karen sich. »Das klingt nicht gerade toll. Die Sekretärin ist nämlich immer diejenige, die ins Gefängnis wandert, während der Boss ungeschoren davonkommt.« Sie ging zur Tür, dort blieb sie noch einmal stehen und wies auf Willow. »Ich werde auf jeden Fall wie ein Kanarienvogel singen. Du wirst die Zelle neben mir beziehen.«

»Und wie lautet die Anklage?«, fragte Willow und zog eine Augenbraue hoch.

»Innerbetriebliche Spionage.«

Willow wischte Karens Worte lachend beiseite und setzte sich an ihren Schreibtisch. »Ich bin mir sicher, dass wir hier irgendwo einen fähigen Anwalt finden, sodass wir mit einer Bewährungsstrafe und ein paar Stunden gemeinnütziger Arbeit davonkommen.«

»Bei meinem Glück wird die Arbeit darin bestehen, den Müll auf dem Rasen vor dem Parlamentsgebäude einzusammeln«, brummte Karen, als sie ins Vorzimmer zurückging.

Willow schob ihren Laptop zur Seite und fand die Unterlagen zu dem Fall von Brunnenwasserverunreinigung wieder. Sie betrachtete die Papiere, warf dann einen Blick auf die Uhr und seufzte. Es war zehn Uhr. Sie hatte nur noch etwas mehr als vierundzwanzig Stunden, bevor ihr – erzwungener – Urlaub begann. Und die Arbeit, die sie davor noch erledigen musste, reichte für mindestens zwei Tage.

Na ja, eigentlich konnte sie froh sein, denn so hatte sie in der nächsten Woche genug Zeit, um sich auf und um Thunder Island umzusehen. Karen würde sich um das

Büro kümmern. Willow wusste, dass sie sie jederzeit anrufen konnte, falls sie mehr Informationen benötigte. Ja, es war ein guter Plan.

Und eine großartige Chance, um eine Affäre zu beginnen.

Der Sturm, den Duncan vorhergesagt hatte, kam am Donnerstag kurz vor Mitternacht auf. Regen prasselte gegen die Fensterscheiben von Willows Wohnung und führte zu einer unruhigen Nacht, in der sie kaum Schlaf fand. In ihren Träumen sah sie Spione, die wie Spinnen durch ihr Wohnzimmer krabbelten. Gegen fünf Uhr am Freitagmorgen gab sie schließlich den letzten Versuch, wieder einzuschlafen, auf. Um halb sieben saß sie in ihrem Büro am Schreibtisch, und um neun Uhr wurde ihr allmählich bewusst, dass sie es doch bis Mittag schaffen und dann nach Orono fahren könnte.

Willow betrachtete ihren Aktenkoffer. Ihr Laptop war der einzig sichere Platz, um ihre wachsenden Untersuchungsergebnisse zu speichern. Sie und Karen hatten verschiedenste Artikel über Vergiftungen durch Pestizide bei Meerestieren aus dem Internet kopiert, die kompletten Daten der beiden fehlenden Akten befanden sich ebenfalls auf dem kleinen Rechner. Am späten Donnerstagnachmittag hatte Jane Huntley eine Mail mit ihren bisherigen Erkenntnissen geschickt, die sie nur auf dem Laptop gespeichert hatte.

Obwohl Karen allen Rechercheordnern merkwürdige

Namen verpasst hatte, die keine Rückschlüsse auf den Fall zuließen, hatte sie noch immer Sorge gehabt, dass der Laptop das nächste Ziel des mysteriösen Spions werden könnte. Diese Angst hatte Karen am Abend zuvor wieder eingeholt, als sie Feierabend gemacht hatte. Aber Willow hatte ihr versichert, dass ein Ziel, das ständig in Bewegung war, nicht leicht zu treffen war. Solange sie den Laptop also bei sich hatte, war ihr Geheimnis sicher.

Karen kam um halb zehn zur Arbeit und sah aus wie ein begossener Pudel. »Was ist denn mit dir passiert?«, fragte Willow, als sie sah, wie ihre Sekretärin sich missmutig mit gespreizten Fingern durchs kurze blonde Haar fuhr.

»Der Wind hat mir den Regenschirm aus der Hand gerissen«, murmelte Karen und ließ sich auf einen der Stühle vor Willows Schreibtisch fallen. »Und die Busse haben alle Verspätung, also musste ich mich mit einer Zeitung über dem Kopf vor dem Regen schützen.«

»Dann ist das gar keine Wimperntusche auf deinem Gesicht, sondern Druckerschwärze?«, fragte Willow und zeigte auf Karens Wangen.

Karen rieb sich mit dem Handrücken über das Gesicht. »Ich wollte ja auf die Damentoilette, aber die Handwerker sind immer noch da.« Sie sah sich im Büro um und blickte dann wieder Willow an. »Gab es gestern Nacht ungebetene Gäste?«

Willow schüttelte den Kopf. »Mein Computer ist problemlos hochgefahren, und das Haar, das ich an meine Bürotür geklebt hatte, war heute Morgen noch immer da.«

Karen machte große Augen. »Du hast ein Haar an deine Bürotür geklebt?«, fragte sie und grinste. »Wie überaus einfallsreich.«

»Den Trick habe ich in meinem dritten Jahr am College gelernt«, erzählte Willow. »In unserem Studentenwohnheim gab es einen Kerl, der sich immer in die Zimmer der Studentinnen geschlichen und Unterhöschen gestohlen hat. Ich wollte sichergehen, dass er meine Unterwäsche nicht begrabscht.«

»Wow. Haben sie ihn erwischt?«

»Am Ende ja«, entgegnete Willow und nickte. »Auf frischer Tat. Oder sollte ich sagen … mitten in frischer Wäsche?«

Karen erhob sich, griff in ihre Hosentasche und zog einen USB-Stick hervor. »Hier«, sagte sie und reichte ihn Willow. »Den kannst du direkt an deinen Laptop anschließen. Ich hab eine Sicherungskopie von allen Daten, die wir gestern gespeichert haben, darauf gezogen – inklusive Jane Huntleys Mail.«

»Wann hast du das gemacht?«, fragte Willow.

»Gestern, bevor ich gegangen bin. Dann habe ich ihn allerdings mit nach Hause genommen. Ich war noch mal im Internet und hab noch mehr Artikel gefunden, die ich heruntergeladen habe. Ein Vorstandsmitglied der Kingston Corporation hat vor sechs oder sieben Jahren Schlagzeilen gemacht. Das war noch vor der Gründung der Firma. In der *New York Times* war ein Artikel über ihn. Hab alles auf den Stick kopiert«, sagte sie und wies mit einem

Kopfnicken auf Willows Hand. »Steck ihn in die Handtasche oder an einen unauffälligen Platz. Bewahr ihn nur nicht bei deinem Laptop auf. Falls der gestohlen werden sollte, hast du immer noch Zugriff auf deine Rechercheergebnisse.«

»Das hatte ich schon lange mal vor. Es gab hier laut John vor einiger Zeit den Fall, dass ein Rechner abgestürzt ist, und alle Daten waren verloren. Seitdem gibt es die Anweisung, die wichtigen Dateien extern zu sichern. Du weißt, ich fliehe vor allem, was mit Technik zu tun hat«, sagte Willow und sah Karen an.

»Kein Problem, das hat sich ja jetzt erledigt. Der Stick ist noch nicht einmal ein Viertel voll«, versicherte Karen ihr. »Alles, was du in Zukunft an Informationen zusammenträgst, kannst du darauf kopieren.« Sie machte sich auf den Weg ins Vorzimmer. In der Tür blieb sie noch einmal stehen. »Der Stick ist mit einem Passwort geschützt. Ich habe den Monat genommen, in dem ich geboren bin.« Sie lächelte. »Du erinnerst dich doch daran, wann ich Geburtstag habe, oder, Chefin?«

Mit zusammengekniffenen Augen sah Willow sie an. »Es gibt zwölf Möglichkeiten, um es herauszufinden.«

Karen lachte und ging zu ihrem Schreibtisch.

Willow starrte auf den Stick in ihrer Hand. Sie schämte sich, dass sie ihre Daten nicht schon längst selbst gesichert hatte. »Na gut, mein Kleiner«, murmelte sie und warf den Stick in ihre Handtasche. »Ich werde dich später gut verstecken.«

Willow widmete sich wieder der Beschwerde einiger Bürger einer kleinen Stadt im Norden. Sie musste die Beschwerde noch bei Gericht einreichen, bevor sie ging. Etliche Brunnen waren durch Streusalz verunreinigt worden, das nicht in den dafür vorgesehenen Behältnissen, sondern auf einem riesigen Haufen im Freien gelagert worden war. Durch die Witterung hatte das Salz in den Boden gespült werden können. Die Betroffenen wollten nur, dass die Stadt sie mit gesundem Trinkwasser versorgte. Willow überprüfte noch mal ihr Schriftstück, um sicherzugehen, dass sie nichts übersehen hatte.

Es war ein Uhr, als sie schließlich aus ihrem Büro kam. »Ich bin dann mal weg«, sagte sie zu Karen und reichte ihr die Dokumente. »Gib das hier bitte bis heute Nachmittag um drei Uhr im Gericht ab. Von dort aus kannst du dann direkt nach Hause fahren, damit du noch genug Zeit hast, um dich auf dein großes Date heute Abend vorzubereiten.« Sie warf ihrer Sekretärin ein schiefes Lächeln zu, als diese ihr den Umschlag mit den Unterlagen abnahm. »Und tu nichts, was ich nicht auch tun würde.«

Karen kniff die Augen zusammen. »Du meinst also, ich soll ihn nicht beim ersten Date gleich vergraulen?«, entgegnete sie und griff in die oberste Schublade ihres Schreibtisches. »Hier«, sagte sie und gab Willow ein Kabel. »Damit kannst du Daten, die ich dir auf dein Handy schicke, während du auf dem Boot bist, auf den Laptop überspielen.«

»Schoner«, korrigierte Willow sie, nahm das Kabel entgegen und stopfte es in eine Seitentasche ihres Aktenkoffers. »Wenn du es Boot nennst, wirft Ahab dich über Bord.«

»Ahab?« Karen machte große Augen.

»Er ist der Captain der *7:2*. Sein richtiger Name ist Jonathan French, aber Mikaela hat ihn Ahab getauft, nachdem irgendjemand ihr *Moby Dick* vorgelesen hat.«

»Da wir gerade von Mikaela sprechen: Wie geht es den beiden kleinen Teufeln eigentlich?«, fragte Karen und lächelte warmherzig. »Nicholas kann inzwischen bestimmt schon laufen.«

Rachel hatte Willow in den vergangenen zwei Jahren mehr als einmal mit den beiden Rackern im Büro besucht, und Karen, deren eigene Kinder schon aufs College gingen, hatte einen Narren an Mikaela und Nicholas gefressen. Sie hielt die Kleinen für Gottes Geschenk an die Welt.

»Er läuft nicht nur schon, er rennt. Und zwar überallhin«, sagte Willow. »Mickey ist der Einzige, der mit ihm Schritt halten kann.«

Karen schüttelte den Kopf. »Eines Tages würde ich den Wolf gern mal kennenlernen. Mikaela erzählt von ihm, als wäre er ein Mensch.«

»Für sie ist er das auch«, entgegnete Willow. »Na ja, ich geh dann mal. Falls irgendetwas sein sollte, ruf mich auf dem Handy an.«

»Nur, wenn es dabei um den Fall geht, an dem du gerade arbeitest«, erwiderte Karen und wies mit einem Kopfnicken auf Willows Aktenkoffer. »Alles andere kann warten, bis du zurück bist. Du hast Urlaub, schon vergessen? Ach«, sagte sie. »Das hier ist vorhin abgegeben worden.« Sie reichte Willow ein Paket. »Von Victoria's Secret. Es fühlt sich ziemlich … knapp an«, säuselte sie mit einem erotischen Hauch in der Stimme – der allerdings durch ihr freches Lächeln zunichtegemacht wurde. »Bitte, tu nächste Woche etwas, das ich nicht tun würde«, flehte sie. »Und mach Fotos.«

Willow klemmte sich das Paket unter den Arm und zog eine Augenbraue hoch. »Von Duncan?«, erwiderte sie.

Karen blinzelte. »Ich dachte eigentlich eher an den Segelausflug, aber du kannst natürlich auch Bilder von ihm machen, wenn du möchtest. Und vielleicht von seinem Bruder, falls der zufällig in der Nähe sein sollte.«

Mit einem Lachen und einem letzten Winken ging Willow schließlich den Flur entlang und zum Seitenausgang des Gebäudes. Sie öffnete die Tür und wich im nächsten Augenblick einen Schritt zurück. Eine Windböe wehte ihr den kalten Regen ins Gesicht. Sie sammelte sich kurz und rannte dann so schnell sie konnte zum Parkplatz – angetrieben von dem Gedanken, dass Duncan in Puffin Harbor auf sie wartete.

Kapitel 9

An der Ampel in Ellsworth bog Willow ab und folgte der Route 1 in südöstlicher Richtung nach Puffin Harbor. Auf der Fahrt dachte sie über die sehr interessante Unterhaltung, die sie mit Jane Huntley geführt hatte, nach.

Als sie am Morgen mit Jane telefoniert hatte, hatten sie abgemacht, sich lieber zu einem späten Lunch in einem Restaurant in Orono statt im Labor zu treffen. Bei Pizza und Bier hatte Jane Willow erklärt, wie man die Wasserproben nahm und wie die Unterwasserkamera funktionierte, die sie ihr auslieh. Und weil die beiden Frauen, die seit Jahren befreundet waren, sich während des Essens gegenseitig noch auf den neuesten Stand ihres Privatlebens gebracht und über dieses und jenes gesprochen hatten, war die Zeit viel schneller vergangen, als Willow bewusst gewesen war.

Sie hatte Mühe, die Augen offen zu halten. Das eintönige Hin und Her der Scheibenwischblätter und die dunklen Wolken, die über den Himmel jagten, ermüdeten. Die Erschöpfung nach der arbeitsreichen Woche hatte sie fest im Griff. Ich hätte besser kein Bier getrunken, dachte Willow. Die Uhr am Armaturenbrett zeigte halb acht, in einer halben Stunde würde sie in Puffin Harbor sein. Von Orono aus hatte sie Rachel angerufen und ihr mitgeteilt, dass sie um acht bei ihr sein müsste.

Wieder schien es so, als würde ihre Affäre mit Duncan warten müssen. Anscheinend hatte sich selbst Mutter Natur gegen sie verschworen. Unmöglich, noch in dieser Nacht in See zu stechen. Der Wetteransager im Radio hatte berichtet, das Sturmgebiet aus Nordost hinge im Golf von Maine fest und habe es anscheinend nicht eilig, sich an Neuschottland vorbei aufs Meer hinauszubewegen.

Toll, dachte Willow und bog von der Route 1 ab auf die schmale Küstenstraße, die nach Puffin Harbor führte. Wahrscheinlich können wir vor Sonntag nicht auslaufen.

Das bedeutete, dass ihr noch zwei Abende blieben, an denen sie Mikaela und Nick Gutenachtgeschichten vorlesen konnte – eindeutig ein Pluspunkt. Genau wie die Tatsache, dass sie Zeit mit ihrer Schwester verbringen konnte. Da Rachel zwei Kinder und einen Ehemann hatte und durch eine vielversprechende Karriere als Architektin sehr eingespannt war, waren die Möglichkeiten, einfach zusammenzusitzen und nichts Besonderes zu tun, sehr eingeschränkt.

Vielleicht würde Kee ja später auf die Kinder aufpassen, dann könnte sie mit Rachel ins Rosach gehen. Allerdings würde sie nur Wasser trinken – nicht nur aus Rücksicht gegenüber Rachel, die schwanger war, sondern auch, weil sie nach einem weiteren Bier vermutlich auf der Stelle einschlafen würde.

Ihr Handy klingelte. Willow fischte es aus ihrer Handtasche. »Ich bin gleich da«, meldete sie sich.

»Das klingt sehr verlockend«, erwiderte Duncan.

»Duncan … Ich dachte, Rachel wäre dran.«

»Das hab ich mir schon gedacht. Also bist du fast in der Stadt?«

»Ja, bin schon auf der Küstenstraße in der Nähe des Aussichtspunktes. Sieht nicht so aus, als würden wir heute Abend noch segeln gehen, oder?«

»Morgen wahrscheinlich auch nicht – es sei denn, das Meer beruhigt sich bis zum Nachmittag. Rachel meinte, du hättest die ganze nächste Woche frei.«

»Das hab ich dir zu verdanken, Dunky. John Pike hat mich praktisch dazu gezwungen, freizumachen.«

Sie hörte ihn leise lachen. »Dann war mein Ausflug nach Augusta ja nicht ganz umsonst. Kommst du heute Abend ins Rosach? Du könntest Molly kennenlernen.«

»Ist sie noch immer da?«

»Ja. Und ich hoffe, ich bin schon auf hoher See, wenn meine Mutter hier auftaucht und sie nach Hause holt. Diese Szene möchte ich lieber nicht miterleben.«

Willow lächelte. »Feigling.«

»Es ist nicht feige, einem Zickenkrieg aus dem Weg zu gehen. Es ist klug.«

»Was ist mit dem Schafzüchter? Hast du von ihm gehört?«

»Noch nicht. Ich hab ihn angerufen und ihm eine Nachricht auf dem Anrufbeantworter hinterlassen, damit er mich zurückruft. Aber das ist schon drei Tage her. Molly behauptet, ich hätte meine ›Großer-Bruder-Stimme‹ benutzt und ihn in die Flucht geschlagen.«

»Lass mich raten: Du hast Molly daraufhin gesagt, dass es, wenn du ihn mit dem bloßen Klang deiner Stimme in die Flucht schlagen kannst, nicht die wahre Liebe sein kann.«

Einen Moment lang herrschte Schweigen. »Du kennst mich so gut, Süße«, sagte er schließlich, und in seiner Stimme schwang noch mehr mit. »Willow, eigentlich rufe ich an, um zu fragen, ob …«

Mit einem Fluch warf Willow das Handy auf den Beifahrersitz und trat auf die Bremse. Ein Pick-up, der sie gerade eben mit völlig überhöhter Geschwindigkeit überholt hatte, war zu früh wieder eingeschert und hatte ihren vorderen Kotflügel gestreift. Dann sah sie nur noch seine grellen Rücklichter. Im nächsten Augenblick krachte Willows Wagen in den Pick-up. Sie verlor die Kontrolle über das Steuer, ihr Fahrzeug kam ins Schlingern und geriet auf den Seitenstreifen. Mit schwindelerregender Geschwindigkeit neigte sich Willows Welt, als sie spürte, dass sie durch die Luft geschleudert wurde. Ihr Aktenkoffer und ihre Handtasche flogen durch den Innenraum, sie hörte das Poltern der Kiste mit den Gläsern im Kofferraum.

Mit einem Aufschrei stemmte Willow die Hände gegen das Lenkrad und stellte instinktiv beide Füße auf die

Bremse, als der Wagen sich wieder und wieder überschlug. Die Scheiben barsten, die seitlichen Airbags pumpten sich auf. Der Motor erstarb zischend, und der Wagen blieb auf der Seite liegen. In derselben Sekunde explodierten die vorderen Airbags, und Willow schrie auf.

Regen peitschte durch die zerbrochenen Scheiben ins Wageninnere, während ganz allmählich der Schmerz in ihr Bewusstsein drang. Sie hing festgeschnallt auf ihrem Sitz und konnte sich nicht rühren. Nur hören konnte sie – das Prasseln des Regens auf die Karosserie und noch etwas … ein Rauschen.

Plötzlich rutschte das Auto ein Stück weiter. Willow wurde mit einem Mal klar, dass das Rauschen, das sie hörte, die Meeresbrandung war. Wie in Zeitlupe neigte sich der Wagen und krachte zurück auf die Räder, schlidderte noch ein Stück weiter. Sie hörte das Kreischen von Metall, das über Felsen schrammte. Es schien ohrenbetäubend laut. Und dann wurde sie mit einer solchen Wucht in ihren Sitz gedrückt, dass ihr die Luft wegblieb.

Eine große Welle brach sich an der Motorhaube, Meerwasser drang ins Wageninnere. Willow klammerte sich an ihren Gurt. Sie musste ihn lösen, musste fliehen, bevor der Wagen weiter in die tosende Brandung rutschte.

Neben ihr tauchte die dunkle Silhouette eines Mannes auf. Im Dämmerlicht konnte sie sein Gesicht nicht genau erkennen.

»Helfen Sie mir«, rief sie, packte den Türgriff und versuchte, die Tür aufzudrücken. »Helfen Sie mir, bevor ich ins Meer rutsche.« Der Mann streckte seine Hand durch die zerborstene Seitenscheibe und griff in ihr Haar. Ihr Kopf wurde brutal zurückgezogen, und sie spürte Flüssigkeit in ihrem Mund. »Was zur Hölle …«

Willow nahm vage eine Flasche wahr, schmeckte Alkohol, er brannte auf ihren Lippen. Sie schrie auf, als der Mann erneut an ihrem Haar riss und ihr mehr von der Flüssigkeit in den Mund zwang. Sie versuchte, seine Hände wegzuschlagen, vergrub ihre Fingernägel in seinem Handgelenk, doch sie war zu schwach, um sich aus seinem Griff zu befreien. Sie verschluckte sich, würgte und kämpfte verzweifelt.

Plötzlich wurde die Flasche gegen das Armaturenbrett geschmettert. Das Geräusch zersplitternden Glases war über das Heulen des Windes und das Rauschen der Brandung hinweg zu hören. Unvermutet ließ der Mann sie los und verschwand in der Dunkelheit.

Willow wischte sich mit dem Handrücken über ihren brennenden Mund, dann suchte sie nach dem Verschluss des Gurtes. Mühsam drängte sie das Gefühl zurück, sich übergeben zu müssen. Jäh schoss ein unfassbarer Schmerz durch ihr linkes Bein, und sie keuchte erschrocken auf. Endlich gelang es ihr, den Gurt zu öffnen. In diesem Moment wurde die Beifahrertür aufgerissen. Die dunkle Gestalt beugte sich ins Wageninnere und riss ihren Aktenkoffer an sich.

Wieder traf eine mächtige Welle ihren Wagen und drang mit einer solchen Kraft ins Innere, dass Willow gegen ihren Sitz gepresst wurde. Im Rückstrom des Wassers rutschte das Auto erneut ein Stück weiter.

Willow zog an ihrem Bein, versuchte, ihren linken Knöchel zu befreien, der unter dem Bremspedal eingeklemmt war. Der Regen, der ihr ins Gesicht klatschte, raubte ihr die Sicht. Sie wischte sich fluchend über die Augen und zerrte, so fest sie konnte.

Hinter sich hörte sie einen Motor aufheulen, ein Wagen wurde gestartet. Als er davonraste, quietschten die Reifen auf dem nassen Asphalt.

Willow hielt kurz inne, um wieder zu Luft zu kommen und um ihre Situation einzuschätzen. Sie schloss die Augen und schlang bibbernd vor Kälte die Arme um sich. Sie war gefangen in ihrem Wagen und stand an einer Klippe – nur gehalten von Glück und einem Gebet.

Was zur Hölle war passiert? Ihr waren keine Autoscheinwerfer im Rückspiegel aufgefallen – ihr war überhaupt nichts aufgefallen, bis der schwarze Pick-up mit einem Mal neben ihr gewesen war und sie geschnitten hatte. Und dann war sie von dessen Rücklichtern geblendet worden.

Hatte der Kerl sie absichtlich von der Straße gedrängt? Hatte er sie beinahe umgebracht, um an ihren Laptop zu kommen? Und was sollte der Alkohol, den er ihr eingeflößt hatte?

Willow versuchte, den unangenehmen Geschmack loszuwerden, indem sie ausspuckte. Plötzlich fiel ihr das Handy wieder ein. Sie hatte mit Duncan gesprochen, als es passiert war. Hektisch suchte sie auf dem Beifahrersitz, tastete dann den Fußraum ab. Sie fand ihre Handtasche, die in dem immer höher steigenden Meerwasser trieb, doch keine Spur von ihrem Handy. Erschöpft lehnte sie sich wieder zurück und nahm schützend die Arme vors Gesicht, als eine weitere Welle in ihren Wagen schlug.

Duncan hatte bestimmt mitbekommen, dass sie einen Unfall gehabt hatte. Er hatte mit Sicherheit schon Hilfe geholt. Wahrscheinlich war er schon auf dem Weg zu ihr.

Gott segne die Troglodyten, dachte sie. In Krisenzeiten konnte man sich immer auf sie verlassen.

Duncan rief Willows Namen, immer und immer wieder. Entsetzt lauschte er ihrem zweiten Schrei, dem Quietschen von Bremsen und schließlich dem grauenvollen Geräusch von zersplitterndem Glas. Dann war die Leitung tot.

Duncan fuhr sich mit der Hand über das bleiche Gesicht und starrte auf sein Telefon. Er unterbrach die Verbindung und wählte den Notruf.

»Es hat einen Unfall gegeben«, sagte er, sobald er durchkam. »Auf der Küstenstraße kurz vor Puffin Harbor.«

Er hörte, wie die Mitarbeiterin in der Notrufzentrale etwas in den Computer tippte. »Gibt es Verletzte, Sir?«, erkundigte die Frau sich. »Wie viele Personen sind beteiligt?«

»Ich kann nur von einer Person sprechen«, erwiderte

Duncan. »Ich bin nicht am Unfallort. Ich habe gerade mit der Fahrerin telefoniert, als der Unfall passierte. Dann war die Leitung tot.«

»Also sind Sie sich nicht sicher, wo genau der Unfall stattgefunden hat«, entgegnete die Mitarbeiterin.

»Nein, tut mir leid«, wiederholte er, rannte zur Tür und nahm seine Jacke. »Es muss in der Nähe des Aussichtspunktes sein. Schicken Sie einfach einen verdammten Krankenwagen!«, rief er, beendete die Verbindung und lief zu seinem Wagen. Er hatte den Motor schon gestartet, als er sein Handy aus der Tasche zog und Kees Handynummer wählte.

»Wo bist du?«, fragte er, als Kee sich meldete.

»Zu Hause.«

»Ich glaube, Willow hatte auf dem Weg nach Puffin Harbor kurz hinter dem Aussichtspunkt einen Autounfall«, sagte Duncan, klemmte das Handy mit der Schulter ein und schnallte sich an. »Ich habe gerade mit ihr telefoniert, als es passierte. Danach war die Verbindung unterbrochen.«

Am anderen Ende herrschte kurz Schweigen, bevor Kee sagte: »Ich bin unterwegs.«

Duncan beendete das Gespräch und wählte Lukes Nummer. »Such Ahab und bringe ihn zu Kee nach Hause«, sagte er, als Luke ranging. »Willow hatte einen Autounfall, und Ahab muss auf die Kinder aufpassen, damit du Rachel ins Krankenhaus bringen kannst.«

»Wie geht es Willow?«, fragte Luke.

»Ich weiß es nicht. Ich bin noch nicht am Unfallort. Es ist eben erst passiert. Sie ist irgendwo in der Nähe vom Aussichtspunkt kurz vor der Stadt. Such Ahab.«

»Bin schon unterwegs«, erwiderte Luke und legte auf, bevor Duncan es tun konnte.

Duncan warf das Handy auf den Beifahrersitz und ging vom Gas, als er sich der Stadtmitte näherte. Ihm fiel auf, dass die Tore der Feuerwache offen standen. Der Krankenwagen, der Feuerwehrwagen und der kleine Rettungswagen mussten bereits unterwegs sein. Langsam gab er wieder Gas, ließ die Stadt hinter sich. Sein Magen zog sich vor Sorge zusammen. Er hätte sie nicht auf dem Handy anrufen sollen.

Nach ein paar Minuten, die ihm wie Stunden vorkamen, entdeckte Duncan die Blaulichter. Er wurde langsamer und folgte den Einsatzwagen. Mit riesigen Suchscheinwerfern leuchteten sie beide Straßenseiten ab, um Willow zu finden. Mit einem Mal fuhren sie rechts ran. Duncan hielt ebenfalls und rannte schon los, kaum dass sein Wagen zum Stehen gekommen war.

Geblendet von den Suchscheinwerfern und ohne auf die Rufe der Feuerwehrleute zu achten, kletterte er die Böschung hinunter und blieb neben Willows Wagen stehen. Er beugte sich durch die zerbrochene Scheibe ins Wageninnere und versuchte, im zuckenden Schein der Taschenlampen, die die Feuerwehrmänner dabeihatten, die jetzt die Böschung hinuntergerannt kamen, etwas zu erkennen.

Das Auto war leer.

Unsanft wurde er zurückgerissen. »Bleiben Sie zurück«, rief einer der Feuerwehrmänner. »Lassen Sie uns das machen.«

Innerhalb weniger Sekunden war Willows Wagen von Rettungskräften umgeben. Doch sie fanden auch nur das vor, was Duncan schon gesehen hatte – nichts. Duncan packte einen der Feuerwehrmänner am Arm.

»Richten Sie die Taschenlampe auf den Boden«, brüllte er über das Tosen der Brandung und das Heulen des Windes hinweg und stieg auf einen Felsbrocken neben dem Auto. »Vielleicht ist sie herausgeschleudert worden. Es handelt sich übrigens um Willow Foster.« Er hoffte, der Name würde ihn … Er wusste auch nicht, was das beweisen sollte! Wo zur Hölle war Willow? Bis auf zwei Feuerwehrmänner suchten alle Kollegen mit ihren Lampen die Gegend um den total zerstörten Wagen herum ab. Plötzlich ergriff Duncan den Arm eines Feuerwehrmannes. »Hören Sie!«, schrie er. »Haben Sie das gehört?«

»Hier bin ich«, erklang eine schwache Stimme.

»Da …« Duncan zeigte in die Dunkelheit, in die Richtung, aus der der wimmernde Laut gekommen war. »Sie ist da hinten.«

Der Schein einer Taschenlampe leuchtete ihm den Weg und fiel auf Willow, die zusammengekauert am Stamm einer Kiefer lehnte. Duncan zog seine Jacke aus, während er die steile Böschung hinaufrannte, und kniete sich vor Willow. »Wo bist du verletzt?«, fragte er, als die Feuerwehrleute sich auch schon näherten. »Willow, jetzt ist alles gut. Wir sind bei dir.«

Statt ihm zu antworten, streckte sie den Arm aus und griff nach seiner Jacke. Sie stöhnte gequält auf, als es ihr nicht gelang, sich die Jacke über die zitternden Schultern zu ziehen.

Aber bevor Duncan ihr helfen konnte, kam ihm schon einer der Sanitäter zuvor. »Sie sind Ross, oder? Aus dem Rosach?«, fragte er und warf Duncan einen flüchtigen Blick zu. »Sie müssen ein Stückchen zur Seite gehen, damit wir sie untersuchen können.«

Duncan stand auf, er blieb jedoch in der Nähe und sah zu, wie die Sanitäter mit ihrer Arbeit begannen. Sie checkten, ob Willow sich etwas gebrochen hatte, prüften die Pupillenreflexe und sahen nach, ob sie offene Wunden hatte.

»Hast du etwas getrunken, Willow?«, erkundigte sich ein Sanitäter.

Während man ihr mit einer kleinen Stablampe ins Auge leuchtete, nickte Willow, hielt dann inne, schüttelte den Kopf und nickte dann doch wieder. »Ein Bier. Vor ein paar Stunden«, flüsterte sie und blinzelte in das grelle Licht.

»Ich rieche da aber nicht nur Bier«, entgegnete der Mann. »Wie lautet mein Name, Willow? Erkennst du mich?«

Sie verzog ihre bläulich verfärbten Lippen zu einem schwachen Lächeln. »Danny.«

»Wie viele Finger halte ich hoch?«, fragte Danny und strahlte mit der Lampe seine Hand an.

»Zwei. Nein, drei. Halt doch mal still«, murmelte sie und hielt sich den Bauch. »O Gott. Mir wird schon wieder schlecht.«

Die Männer wichen schnell zurück – gerade noch rechtzeitig, denn Willow beugte sich vor und übergab sich. Duncan wollte gerade zu ihr eilen, als er eine starke Hand auf seiner Schulter spürte. »Lass die Leute ihren Job machen«, sagte Kee. »Sie spricht und kotzt, sie wird schon wieder.«

»Sie glauben, dass sie betrunken ist«, knurrte Duncan.

»Es sieht auch verdammt danach aus«, entgegnete Kee.

»In ihrem Wagen riecht es nach Bourbon«, erklärte Duncan. »Aber Willow mag keinen Bourbon.«

»Sie fährt auch niemals, wenn sie etwas getrunken hat«, fügte Kee hinzu, als die Sanitäter Willow nun auf die Trage hoben und dort fixierten. Duncan bemerkte, dass sie mit ihrem rechten Arm und dem linken Bein sehr behutsam umgingen.

»Sie hat gesagt, dass sie vor ein paar Stunden ein Bier getrunken hat«, sagte Duncan.

»Das hat sie auch zu Rachel gesagt, als sie anrief«, bestätigte Kee. »Sie haben zum Lunch etwas getrunken, aber das ist ewig her. Sie kann nicht betrunken sein, Duncan. Sie ist bestimmt nur durch den Unfall etwas durcheinander.«

Duncans Blick fiel auf den verbeulten Wagen, und er beobachtete, wie vier der Feuerwehrmänner das Auto an der hinteren Achse mit Seilen sicherten, damit es nicht ins Wasser rutschte. Der gesamte Unfallort war in helles Licht getaucht. Duncans Magen zog sich zusammen.

Willow musste von der Straße abgekommen sein und war dann mindestens zwölf Meter in die Tiefe gestürzt. Offenbar hatte das Fahrzeug sich mehrmals überschlagen. Der Aufprall musste heftig gewesen sein. Ein Wunder, dass Willow noch lebte.

»Komm«, sagte Kee und zog Duncan am Arm mit sich. »Wir folgen dem Krankenwagen nach Ellsworth. Luke hat mich angerufen, um mir zu sagen, dass er mit Rachel nachkommt, sobald er Ahab bei uns zu Hause abgesetzt hat. Willow ist nicht lebensgefährlich verletzt«, versicherte er Duncan, als der sich nicht rühren wollte. »Das ist alles, was jetzt zählt.«

Duncan rieb sich mit der Hand übers Gesicht. Der Regen hatte nachgelassen, doch es war immer noch stürmisch. Er warf einen letzten Blick auf das zerstörte Auto und erschauderte, als eine Welle sich an der Motorhaube brach. Schließlich folgte er Kee die steile, felsige Böschung hinauf, blieb neben dem Krankenwagen stehen und wartete. Die Sanitäter trugen Willow in einer Krankentrage hoch und betteten sie um auf die Transportliege.

Kee sprach kurz mit dem Sanitäter, den Willow Danny genannt hatte, drehte sich dann um und nickte Duncan zu. Duncan lief zu Willow und lächelte sie an. Mit den

Fingerspitzen strich er sacht über ihre blassen Wangen, beugte sich zu ihr hinunter und flüsterte: »Du hast dir ja einen ganz schön gefährlichen Weg ausgesucht, um dich vor unserem Date zu drücken, Süße.«

»Da … Da war ein Mann«, erwiderte sie leise und zitternd. »Da … da war ein Mann. »Er … er hat … er hat mich von der Straße gedrängt und … und er hat meinen Aktenkoffer gestohlen. Und er … Er hat mir Alkohol eingeflößt.«

Duncan erstarrte innerlich, doch er zeigte keine Reaktion auf ihre Worte. Er ballte nur stumm seine Hände zu Fäusten. Zärtlich gab er Willow einen Kuss auf die kalte Stirn. »Sei eine artige Patientin, kleine Anwältin«, sagte er. »Ich fahre euch ins Krankenhaus hinterher.«

Die Sanitäter drängten Duncan zur Seite und schoben die Liege in den Rettungswagen. Einer der Feuerwehrmänner schloss die Türen des Wagens und schlug mit der flachen Hand dagegen. Der Krankenwagen machte sich auf den Weg nach Ellsworth. Die Sirenen heulten, das Blaulicht sah gespenstisch aus in der Dunkelheit.

Duncan lief zu seinem Wagen. Kee folgte ihm.

»Was hat sie dir gesagt?«, wollte Kee wissen. »Wie schwer ist sie verletzt?«

Duncan blieb an der Fahrertür stehen. »Ich glaube nicht, dass sie schwer verletzt ist. Ihr Auto ist ziemlich neu. Es hat zusätzlich zu den vorderen Airbags noch seitliche. Sie scheinen ihr das Leben gerettet zu haben. Willow meinte, ein Mann habe sie von der Straße gedrängt und ihren Aktenkoffer gestohlen. Er hat ihr Alkohol zugeführt.«

Kee erstarrte. »Du meinst … du meinst, jemand hat ihr mit Gewalt Alkohol eingeflößt und sie dann hilflos zurückgelassen?«

Duncan öffnete die Fahrertür und stieg in seinen Wagen. »Genau das hat sie gesagt«, erwiderte er und sah Kee an. »Er hat ihren Aktenkoffer an sich genommen und ist geflüchtet.«

Er schloss die Tür, ließ den Motor an und fuhr an einem Feuerwehrwagen vorbei auf die Straße, Kee lief zu seinem eigenen Wagen. Bis nach Ellsworth waren es noch fast dreißig Kilometer. Dank des Sturms, der dafür sorgte, dass die Straßen so gut wie menschenleer waren, legte Duncan die Strecke innerhalb von zwanzig Minuten zurück.

Kee bog kurz nach ihm auf den Parkplatz des Krankenhauses. Zusammen betraten sie die Notaufnahme und wurden sofort von Deputy Sheriff Larry Jenkins aufgehalten. Larry trug allerdings nicht seine Uniform, sondern war in Zivil.

»Ich war gerade auf dem Weg nach Hause, als ich den Notruf hörte«, sagte Larry zu Kee. »Sie bringen sie gerade rein, um sie zu untersuchen. Ich hab mit Danny telefoniert. Er glaubt nicht, dass sie sich etwas gebrochen oder eine Gehirnerschütterung hat.« Er warf einen Blick zu Duncan, zog die Augenbrauen zusammen und sah wieder Kee an. »Sie machen einen Blutalkoholtest. Sie scheint betrunken zu sein.«

»Willow trinkt nicht, wenn sie mit dem Wagen unterwegs ist«, versetzte Duncan scharf und konnte sich Larrys Aufmerksamkeit damit sicher sein. »Sie hat mir erzählt, dass ein Mann am Unfallort war, dass er ihr mit Gewalt Alkohol zugeführt und ihren Aktenkoffer gestohlen hat. Nachdem er sie von der Straße gedrängt hat.«

Larry starrte Duncan wortlos an.

»Sie ist nicht betrunken Auto gefahren, Jenkins«, knurrte Kee beipflichtend. »Das wissen Sie genauso gut wie wir.«

Larry schüttelte den Kopf. »Falls der Alkoholtest einen erhöhten Wert anzeigt und wir keine Hinweise finden, die ihre Geschichte unterstützen, dann nützt es auch nichts, dass wir Willow kennen.«

In diesem Moment kam Rachel herein. Aufgewühlt eilte sie zu Kee. »Wo ist sie?«, fragte sie. Ihr Gesicht war bleich. »Wie schwer sind ihre Verletzungen?«

Kee legte den Arm um ihre Schultern. »Sie wird wieder gesund, Süße«, entgegnete er. »Sie untersuchen sie gerade. Aber am Unfallort war sie schon bei Bewusstsein, sie hat mit Duncan gesprochen.«

Mit einem erleichterten Schluchzen legte Rachel den Kopf an die Brust ihres Mannes. Luke kam durch die Tür und blieb bei seinen Freunden stehen. Sein Gesicht war ebenfalls weiß wie die Wand.

»Sie wird wieder ganz gesund«, versicherte Duncan Luke. Er wandte sich Jenkins zu und bedeutete dem Deputy mit einem Kopfnicken, sich ein paar Schritte mit ihm zu entfernen, damit sie ungestört einige Worte wechseln konnten. »Willow hat mir erzählt, dass sie von der Straße gedrängt wurde«, sagte er zu Larry, als sie außer Hörweite der anderen waren. »In ihrem Wagen roch es nach Bourbon, Willow ekelt sich vor Bourbon. Und ihr Aktenkoffer ist gestohlen worden. Bestimmt finden Sie Spuren, die beweisen, dass ein zweiter Wagen beteiligt war. Vielleicht Lackspuren am Kotflügel oder Fingerabdrücke auf ihrem Auto.«

Larry runzelte die Stirn und schüttelte den Kopf. »Nicht, wenn der Kerl Handschuhe getragen hat. Aber falls ein anderes Fahrzeug sie abgedrängt hat, können wir das feststellen.« Nachdenklich musterte er Duncan. »Warum sollte jemand Willow von der Straße drängen und ihr dann Alkohol einflößen?«

»Sie ist die stellvertretende Generalstaatsanwältin«, erwiderte Duncan. »Wer weiß, wem sie auf die Füße getreten ist.«

Larry nickte nachdenklich. »Ich werde den Officer anrufen, der im Moment am Unfallort ist, und ihn bitten, nach Hinweisen auf ein weiteres Fahrzeug zu suchen. Aber machen Sie sich nicht zu viele Hoffnungen. Vermutlich sind die meisten Spuren durch den Einsatz der Feuerwehr zerstört worden.«

»Falls der Blutalkoholtest einen erhöhten Wert aufweisen sollte, könnten Sie dann Stillschweigen über das Ergebnis bewahren?«, fragte Duncan.

Wieder dachte Larry nach. »Ich kann es versuchen.« Er

blickte Duncan in die Augen. »Ich weiß nicht, ob ich Sie hassen oder mich bei Ihnen bedanken soll, dass Sie Willows Interesse geweckt haben. Zu versuchen, mit Willow zusammenzukommen, war für mich eine sehr frustrierende Erfahrung.«

»Ich habe ihr Interesse ja noch nicht wirklich geweckt«, knurrte Duncan und warf einen Blick in Richtung der Untersuchungsräume, ehe er wieder Jenkins ansah. »Ich kenne diesen Frust ebenfalls.«

Larry schob die Hände in die Hosentaschen. »Trotzdem habe ich auf Sie gewettet«, murmelte er, drehte sich dann um und verschwand nach draußen.

Duncan lief wieder zu den anderen, als ein Arzt aus dem Untersuchungsbereich kam, kurz am Empfangstresen stehen blieb und dann zu Rachel ging. »Sind Sie Willow Fosters Schwester?«, erkundigte er sich.

Rachel löste sich aus Kees Umarmung und nickte. »Wie geht es ihr?«

»Bemerkenswerterweise ist sie in ziemlich guter Verfassung«, sagte der Arzt. »Sie hat einige Platzwunden und Blutergüsse, ein geprelltes Knie und einen Haarriss im rechten Handgelenksknochen. Aber sie hat keine Gehirnerschütterung oder sonst etwas Ernstes. Sie können sie heute Abend mit nach Hause nehmen, wenn Sie möchten.«

Rachel atmete erleichtert auf. »Kann ich jetzt zu ihr?«

Er nickte. »Klar. Ihre Schwester hat Glück gehabt. Laut der Sanitäter ist der Wagen eine Böschung hinuntergestürzt und hat einen Totalschaden.« Er runzelte die Stirn. »Sie ist noch immer ein bisschen betrunken, also wollte ich ihr erst einmal nichts gegen die Schmerzen geben. Ich werde Ihnen aber ein Mittel mitgeben.«

»Betrunken?« Rachel schüttelte den Kopf. »Sie kann nicht betrunken sein. Ich habe kurz vor dem Unfall noch mit ihr telefoniert, sie war vollkommen nüchtern. Sie hatte zum Lunch ein Bier, danach nur noch Wasser.«

»Ihr Blutalkoholwert zeigt allerdings über zwei Promille«, entgegnete der Arzt. »Bei einem so hohen Wert fängt sogar ein Elefant an zu torkeln.«

Rachel keuchte. »Das muss ein Fehler sein. Machen Sie den Test noch einmal.«

»Wir haben es schon überprüft«, versicherte der Arzt. »Es tut mir leid, aber ich muss der Polizei das Ergebnis mitteilen. Sie war in einen Autounfall verwickelt und hat mehr Alkohol im Blut, als erlaubt ist.«

Rachel drehte sich zu Kee um. Aufgebracht funkelte sie ihn an. Kee schüttelte nur stumm den Kopf, sah den Arzt an und nickte. »Danke«, sagte er. »Können wir zu ihr?«

»Nur zwei von Ihnen«, entgegnete der Arzt, ehe er sich wieder Rachel zuwandte. »Untersuchungsraum 1. Und lassen Sie sich von der Krankenschwester erklären, wie Sie sich verhalten und worauf Sie achten müssen, bevor Sie Ihre Schwester mit nach Hause nehmen.«

Rachel ergriff Duncans Hand und ging mit ihm in besagten Untersuchungsraum. Willow saß aufrecht auf einer Liege und starrte auf ihr geschientes Handgelenk. Eine

Krankenschwester tätschelte ihren Arm. »Das muss Ihre Schwester sein«, sagte sie mit einem warmherzigen Lächeln. Sie machte Rachel und Duncan Platz. »Es geht ihr bald wieder gut«, versicherte die Krankenschwester. »Sie ist immer noch ein bisschen betrunken. Wenn der Rausch vorbei ist, wird sie Schmerzen bekommen.«

Willow hatte trockene Kleidung bekommen, ein Nachthemd und einen Bademantel, nur ihr Haar war noch feucht. Sie hatte einen Bluterguss an der Schläfe und auf der rechten Wange. Ihr rechtes Handgelenk war geschient, das linke Knie extrem geschwollen. Jetzt blinzelte sie Duncan an. Ihre großen braunen Augen wirkten glasig, als sie den gesunden Arm ausstreckte und die Hand auf seine Brust legte.

»Mir geht es gut, Dunky«, flüsterte sie und zuckte im selben Moment zusammen. Mit den Fingerspitzen berührte sie die Platzwunde an ihrer geschwollenen Lippe. »Guck nicht so, als würdest du jeden Moment in Ohnmacht fallen.«

Vorsichtig ergriff er ihre linke Hand und hielt sie an seine Wange. »Ich sehe, dass es dir gut geht«, sagte er leise. Sein Mitgefühl machte seinen Versuch, sie streng anzusehen, zunichte. »Und Höhlenmenschen fallen nicht in Ohnmacht.«

»Nein, sie eilen jungen Frauen zur Rettung, wenn sie in Not sind«, sagte sie und vergrub ihre Finger in seinem vom Regen durchnässten Shirt. »Ich wusste, dass du mich finden würdest, Dunky. Ich hab auf dich gewartet.«

»Oh, Willow, was hast du nur gemacht?«, sagte Rachel. Auch ihr strenger Blick wurde durch ihre Tränen und ihr erleichtertes Lächeln zunichtegemacht, als sie nun auf der anderen Seite an die Liege trat und Willow die Haare aus dem Gesicht strich. »Du hast deinen nagelneuen Wagen zu Schrott gefahren.«

»Ich wollte nur mal die Airbags testen«, antwortete Willow. »Scheint so, als würden sie sehr zuverlässig funktionieren.«

Rachel wischte sich eine Träne von der Wange und lächelte. Im nächsten Moment war sie wieder ernst. »Warum behaupten die Leute hier, dass du betrunken wärst, Willow?«

Willow ergriff Rachels Hand. »Weil ich das vermutlich bin«, sagte sie und sah dann Duncan an. »Würdest du mich kurz mit Rachel allein lassen, Dunky?«, bat sie.

»Natürlich«, entgegnete er und hauchte ihr einen kleinen zärtlichen Kuss auf das nasse Haar. »Ich bin dann draußen.«

Duncan verließ mit der Krankenschwester den Untersuchungsraum. Er ging zu Kee und Luke in den Wartebereich. »Also, ich sage euch, was jetzt passiert«, begann er. »Ich möchte, dass Willow mit zu mir nach Hause kommt.«

»Das wird Rachel niemals zulassen, und das weißt du«, entgegnete Kee. »Sie hätte heute Nacht beinahe ihre Schwester verloren.«

Duncan nickte zustimmend und seufzte müde. »Ich

weiß. Aber wenn das, was Willow mir erzählt hat, tatsächlich wahr ist, könnte sie noch in Gefahr sein. Ich denke nicht, dass wir deine Familie mit in die Angelegenheit hineinziehen sollten. Vor allem nicht Mikaela und Nick.«

Kee schüttelte den Kopf. »Das spielt keine Rolle. Willow ist Teil meiner Familie. Du, Luke, Ahab und ich, wir können zusammen für die Sicherheit aller sorgen, bis wir herausgefunden haben, womit wir es zu tun haben.«

»Das können wir auch von mir zu Hause aus tun«, erwiderte Duncan. »Ohne die Kinder in Gefahr zu bringen.«

»Rachel wird das nicht erlauben, wie ich schon sagte.« Kee legte die Hand auf Duncans Schulter. »Ich weiß, wie du dich fühlst, mein Freund. Wir werden Rachel fragen, aber du solltest dir darüber im Klaren sein, dass es auf jeden Fall Streit gibt.«

»Als ich Ahab abgeholt habe, hat er mir erzählt, dass er in dieser Bar in Trunk Harbor etwas herausgefunden hat«, meldete Luke sich zu Wort. »Es scheint so, als hätten sich dort in den vergangenen beiden Wochen zwei unbekannte Männer herumgetrieben. Sie haben sich nach Willow erkundigt. Sie meinten, sie hätten gehört, sie wäre am letzten Wochenende in der Stadt gewesen, und fragten sich nun, ob sie bald wiederkommen würde. Sie haben sich als Freunde aus Augusta ausgegeben.« Duncan und Kee wandten sich zu Luke um. »Ahab meinte, sie hätten nicht wie Freunde, sondern eher wie Typen ausgesehen, die Willow strafrechtlich verfolgt«, fuhr Luke fort.

»Wann war das?«, wollte Duncan wissen.

»Erst gestern Abend«, antwortete Luke. »Ahab wollte es uns heute Abend erzählen. Vielleicht weiß er noch mehr, aber ich habe ihn nicht lange genug gesehen, um es mir anzuhören. Ich habe ihn nur bei Rachel abgesetzt und sie dann hergebracht.« Luke schüttelte den Kopf. »Als wir an der Unfallstelle vorbeigefahren sind, stand da noch die Feuerwehr. Rachel wollte unbedingt Willows Wagen sehen. Wir haben kurz angehalten und die Böschung hinuntergesehen. Das total zerstörte Wrack hat sie total erschüttert. Sie wird ihre Schwester die nächste Zeit nicht aus den Augen lassen.«

In diesem Moment kam Rachel durch die Tür des Untersuchungsraumes. Duncan bereitete sich innerlich auf den unvermeidlichen Streit vor. Er fragte sich, wie er Rachel davon überzeugen könnte, dass es für Willow das Beste wäre, erst mal mit zu ihm zu kommen, und dachte darüber nach, wie er eine körperliche Auseinandersetzung mit Kee umgehen könnte, wenn dieser Partei für seine Frau ergreifen sollte. Das alles war natürlich nichts gegen den Kampf, den er noch würde ausfechten müssen, wenn er Willow mitteilte, was er plante.

»Komm«, sagte Rachel dann zu Kee. »Ich muss noch ein paar Sachen für Willow packen.«

»Behalten sie sie doch hier?«, erkundigte Duncan sich.

»Nein, sie geht mit zu dir«, entgegnete Rachel.

»Wirklich?« Duncan war völlig überrascht. »Und du bist damit einverstanden?«

Rachel klopfte ihm auf die Brust und lächelte. »Nein. Aber mir bleibt nichts anderes übrig. Willow besteht darauf. Sie hat mir von dem Mann erzählt, der sie von der Straße gedrängt und ihren Aktenkoffer gestohlen hat, und sie hat Angst davor, Mikaela und Nick in Gefahr zu bringen.« Stirnrunzelnd sah sie zu Kee. »Sie denkt, dass der Unfall etwas mit den kranken Hummern zu tun haben könnte.«

»Du weißt über die Hummer Bescheid?«, fragte Duncan und lenkte so ihre Aufmerksamkeit wieder auf sich.

Rachel nickte. »Schwestern unterhalten sich nun mal, Duncan«, erklärte sie, drehte sich um und ging zur Tür. »Komm, ich will nach Hause und Mikaela sagen, dass es Willow gut geht. Sie kann mitkommen, wenn wir zu Duncan fahren, damit sie sich mit eigenen Augen davon überzeugen kann, dass ihre Tante nur ein paar Blessuren davongetragen hat«, schloss sie, als sie in Richtung Ausgang ging. Mit einem Achselzucken, das seine Verblüffung zeigte, und einem Lächeln, das sagte, dass er die Frauen wohl niemals verstehen würde, lief Kee ihr nach.

Luke zögerte noch. »Ich glaube, ich fahre mit euch«, sagte er. »Und vielleicht bleibe ich über Nacht.«

»Danke«, entgegnete Duncan und nickte. »Aber ich möchte dich bitten herauszufinden, wohin sie Willows Wagen bringen. Vielleicht kannst du ja ihre Handtasche und ihre anderen Sachen bekommen und zu uns bringen. Und wenn du schon mal dabei bist, versuch doch gleich zu erfahren, was die Polizei für den Grund des Unfalls hält. Bestimmt kannst du selbst einen Blick auf das Fahrzeug werfen.«

»Geht in Ordnung«, antwortete Luke. »Was ist mit Molly? Sie ist im Rosach, oder? Ich werde sie nach Hause bringen.«

»Ja. Sie kümmert sich um die Bar.« Duncan lächelte. »Seit sie hinterm Tresen arbeitet, läuft der Pub noch besser. Und sie bekommt ein kleines Vermögen an Trinkgeldern.«

»Klar ist, dass es nicht an ihrem Akzent liegen kann. Du klingst nämlich genauso«, sagte Luke grinsend. »Muss am Gesamtpaket liegen, mit dem der Akzent einhergeht.«

»Lass bloß die Finger von dem Gesamtpaket«, knurrte Duncan. »Du bist zu alt für meine Schwester.«

Unbeirrt von dem warnenden Unterton in Duncans Stimme, wurde Lukes Grinsen breiter. »Der Altersunterschied zwischen Molly und mir ist übrigens genauso groß wie der zwischen Willow und dir«, erklärte er und legte den Kopf schräg. »Oder hast du dich mittlerweile mit dem Gedanken angefreundet, dass deine Schwester einen Schafzüchter heiratet?«

»Ich finde die Idee meiner Mutter, Molly in den Tower of London zu sperren, immer reizvoller«, versetzte Duncan. Er reichte Luke seine Schlüssel, drehte sich um und machte sich auf den Weg ins Untersuchungszimmer. »Lass schon mal den Wagen an, ja? Dann ist er warm, wenn ich Willow nach draußen bringe.«

Duncan klopfte an die Tür des Untersuchungsraumes

und trat ein. Willow saß mit dem Krankenhauskittel in einem Rollstuhl. Die Krankenschwester hatte ihr noch eine Decke um die Schultern gelegt.

Jetzt reichte sie ihm eine kleine braune Papiertüte und ein Blatt Papier. »Das hier sind die Anweisungen für die kommende Woche. Dazu noch ein paar Schmerzmittel. Sobald sie sich besser fühlt, muss sie zu ihrem Hausarzt.«

»Was ist mit der Kleidung, die sie beim Unfall getragen hat?«, wollte Duncan wissen.

»Sie hat uns gebeten, sie zu entsorgen. Ach, hier ist noch Ihre Jacke«, sagte die Schwester und reichte sie ihm. »Es ist ein bisschen Blut darauf, aber das sollte sich leicht auswaschen lassen.«

Duncan klemmte sich die Jacke unter den Arm und überflog den Zettel mit den Anweisungen. Es schien nicht besonders kompliziert zu sein, also sah er Willow an. Mit einem Ausdruck auf dem Gesicht, den er nicht genau deuten konnte, lächelte sie ihn an – sie schien sehr zufrieden mit sich.

»Du hast mich also für die kommende Woche zu deiner Pflegekraft bestimmt?«, fragte er.

»Ich hatte schon immer etwas für Rollenspiele übrig«, entgegnete sie. Dann wurde sie ernst. »Ich kann nicht zu Rachel, Duncan. Das wäre nicht gut.«

»Verstehe«, erwiderte er. »Und sobald sich die Lage etwas beruhigt hat, machen wir einen langen, entspannenden Segeltörn.«

»Das klingt gut«, sagte die Krankenschwester errötend.

Sie schob Willow aus dem Untersuchungsraum. »Es geht doch nichts über frische Luft und Sonnenschein, um sich zu erholen.«

Duncan folgte den beiden Frauen. Die Vorstellung, dass Willow in den nächsten Tagen vollkommen abhängig von ihm war, versetzte ihn in Hochstimmung. Die Tatsache, dass es auch noch ihre eigene Idee gewesen war, war das Tüpfelchen auf dem i. Er fragte sich, wo er einen weißen Arztkittel und vielleicht ein Stethoskop herbekam.

Kapitel 10

Den Kopf in Duncans Halsbeuge gelegt und den Arm auf seiner breiten Brust, lächelte Willow in die Dunkelheit. Sie erinnerte sich daran, wie sie mit einem tiefen Gefühl der Zufriedenheit eingeschlafen war. Duncan hatte sie am Abend zuvor zu ihm nach Hause gebracht, sie behutsam ins Bett gebracht und dann geduldig zugesehen, wie eine ganze Reihe von Leuten vorbeigekommen war, um sich mit eigenen Augen davon zu überzeugen, dass sie den Unfall gut überstanden hatte.

Zuerst waren Rachel, Kee, Mikaela und Mickey gekommen. Mikaela war auf das Bett geklettert, hatte Willow mit ihren babyblauen Augen besorgt gemustert und prüfend die Blutergüsse, Pflaster und Verbände betrachtet. Dann hatte sie Willow aus einem eigens dafür mitgebrachten Buch eine Gutenachtgeschichte vorgelesen. Am Ende hatte sie erklärt, dass Mickey sich solche Sorgen um Willow mache, dass er über Nacht bleiben wolle.

Mickey lag auch jetzt noch an Willows Rücken gekuschelt neben ihr und hatte die Schnauze auf ihren Oberschenkel gelegt. Willow kam sich vor wie ein wohlbehütetes Sandwich.

Luke war in der vergangenen Nacht auch noch gekommen, hatte Willow erklärt, dass sie schlimm aussehe, und ihr gesagt, dass er ihre Sachen aus dem Unfallwagen geholt habe. Ein Karton mit Einweckgläsern sei kaputtgegangen, die Unterwasserkamera in ihrem Metallkoffer habe alles unbeschadet überstanden, die Gegenstände in ihrer Handtasche seien nass, aber vermutlich zu retten, und ihr Koffer sei durchgeweicht. Rachel wollte ihre Sachen waschen.

Willow hatte inzwischen Molly kennengelernt, aber sie hatte nicht begreifen können, wie eine so wunderschöne, temperamentvolle, offenbar kultivierte und höfliche junge Frau mit Duncan verwandt sein konnte. Duncan war groß, kräftig und extrem männlich, Molly Ross war unglaublich weiblich – von ihrem umwerfenden Körper in den schicken Kleidern über ihr puppenhaftes Gesicht mit den leuchtenden grünen Augen bis hin zu ihrer rotblonden Lockenmähne.

Duncan hatte die Invasion von Freunden und Verwandten mit lobenswerter Geduld hingenommen, bis er schließlich alle hinausgescheucht und erklärt hatte, dass Willow dringend Ruhe brauche. Willow hatte befürchtet, dass »Ruhe« ein relativer Begriff sein könnte, als Duncan ins Schlafzimmer zurückgekommen war, sich bis auf die Boxershorts ausgezogen hatte und dann zu ihr ins Bett gestiegen war. Zehn Minuten lang hatte er versucht, Mickey davon zu überzeugen, auf dem Boden zu schlafen. Als der Wolf zum zehnten Mal geknurrt, die Augen geschlossen und leise geschnaubt hatte, war Duncan nichts anderes übrig geblieben, als Willow an sich zu ziehen, ebenfalls zu seufzen und direkt einzuschlafen. Willow war durch den Kopf geschossen, dass sie sich sicherer nicht fühlen könnte, und sie hatte nicht einmal zu Ende gegähnt, als sie ebenfalls eingeschlafen war.

»Bist du wach, Dr. Dunky?«, flüsterte sie nun.

Duncan zog sie noch näher an sich heran. »Ich bin wach. Hast du Schmerzen, Süße? Brauchst du ein Schmerzmittel?«

»Nein. Ich habe Schmerzen, aber es ist nicht schlimm. Es ist eher ein ›Ich möchte liegen bleiben und mich nicht bewegen‹-Gefühl. Du bist die Medizin, die ich gerade brauche.«

Sanft streichelte Duncan ihren Arm. Willow kuschelte sich an ihn und fuhr mit ihren Fingern durch sein Brusthaar. Den Wecker neben dem Bett konnte sie nicht sehen, und es war auch viel zu gemütlich, um den Kopf zu heben und nachzusehen, doch Willow vermutete, dass es sehr früh am Morgen war. Der Sturm wütete noch immer, er wehte den Regen gegen die Scheiben des alten Farmhauses.

Duncan hatte die Farm mit den fast dreißig Hektar Land gekauft, bevor er den Pub erworben hatte. Das imposante, aber etwas heruntergekommene Haus, das im 19. Jahrhundert erbaut worden war, stand auf einer Klippe, ein paar Kilometer von Puffin Harbor entfernt.

»Hast du Durst? Möchtest du ein Glas Wasser?«

»Nein«, murmelte Willow und drehte den Kopf leicht, um ihm einen Kuss auf die Brust zu hauchen. »Ich möchte nur kuscheln und reden.«

»Dann reden wir, meine kleine Anwältin. Erzähl mir, warum man dich von der Straße gedrängt hat.«

»Nur, wenn du mir versprichst, nicht böse zu werden«, entgegnete sie und streichelte Duncans Brust, denn sie merkte, dass er sich unwillkürlich verspannte. »Und wenn du mir versprichst, nicht so überfürsorglich zu sein.«

»Du hast Rachel gegenüber die Vermutung geäußert, es könnte etwas mit den kranken Hummern zu tun haben«, sagte er, ohne ihren Worten zuzustimmen oder zu widersprechen. »Wie kommst du darauf? Was ist noch vorgefallen?«

»Diese Woche war ein Mann in meiner Wohnung, er hat meinen Computer gehackt«, entgegnete sie und strich mit ihrer geschienten Hand über seine Wange, als sie bemerkte, wie er die Zähne zusammenbiss. »Es war auch jemand in meinem Büro und hat meine Akten und meinen Bürocomputer durchstöbert. Er hat ein paar Unterlagen mitgenommen.«

»Hast du deinem Chef davon erzählt?«

»Nein.«

»Warum nicht?«

»Weil ich es nicht beweisen konnte.«

»Und jetzt hat dir dieser Kerl den Laptop gestohlen.«

»Ja. Auf dem Rechner befanden sich Kopien von den entwendeten Akten, Internetartikel über Vergiftungen durch Pestizide und ein Fax von Jane Huntley.« Willow erstarrte. »Jane ...«, keuchte sie und hob den Kopf, um Duncan anzusehen. »Was ist, wenn sie auch in Gefahr ist? Diese Leute könnten in ihr Labor einbrechen.«

Duncan zog ihren Kopf wieder an sich und streichelte ihr beruhigend über das Haar. »Wir werden sie heute Vormittag noch anrufen und sie warnen«, versprach er. »Und wir werden ihr vorschlagen, vielleicht einen kleinen Urlaub zu machen. Was, denkst du, geht gerade vor sich, Willow? Was hast du über die kranken Meerestiere herausgefunden?«

»Jane ist sich ziemlich sicher, dass es sich um eine Pestizidvergiftung handelt. Sie glaubt, dass eine Menge dieser Stoffe ins Meer geleitet worden sein muss, wenn sich in einem Umkreis von fast einem Kilometer um Thunder Island herum Vergiftungserscheinungen bei Tieren zeigen.«

»Und du bist der Meinung, dass jemand die Pestizide in der Nähe der Insel ins Meer geleitet hat«, vermutete Duncan. »Aber wir haben keine Kisten oder so gesehen. Könnte es sein, dass die Pestizide einfach so ins Meer geleitet worden sind?«

Willow schüttelte den Kopf. »Nein. Jane meinte, dass sich die Pestizide in dem Fall durch die Meeresströmung sofort verteilt und keine so große Wirkung mehr gehabt hätten. Wenn man aber bedenkt, dass die Hummer noch immer krank werden, muss mit jeder Flut neues Gift ins Meer gelangen. Deshalb will sie Wasserproben haben.«

Sie versuchte, im Halbdunkel Duncans Gesicht zu erkennen. »Das sollten wir dieses Wochenende eigentlich machen: Proben nehmen und mit der Unterwasserkamera, die sie mir geliehen hat, einen genaueren Blick in den gefluteten Steinbruch werfen.«

»Sobald der Sturm vorbei ist, stechen wir in See.«

Willow hob den Kopf. »Wir könnten Jane doch mitnehmen. So kann sie uns helfen. Dann sind wir sicher, dass ihr nichts passiert.«

Willow ahnte mehr, als sie sah, dass Duncans Blick sich verfinsterte. »Das sollte eigentlich unsere gemeinsame Zeit werden«, sagte er. »Nur du, Mickey und ich.«

»Aber ich bin für ein paar Tage außer Gefecht gesetzt. Jane kann uns auf dem Schoner helfen. Sie ist am Meer aufgewachsen, sie kennt sich aus.«

»Nein.«

»Aber es wäre die perfekte Lösung«, fuhr Willow fort. Sie fand immer mehr Gefallen an ihrer Idee. »Hey, was ist mit Luke? Er könnte auch mitkommen. Luke hat blaue Augen, oder? Und sein Haar ist auch irgendwie blond.«

Duncan löste sich behutsam von ihr und setzte sich auf. »Was in Teufels Namen hat Lukes Augenfarbe mit alldem hier zu tun?«, knurrte er.

Willow streichelte Mickeys Fell. »Jane hat etwas für blonde Schönlinge mit blauen Augen übrig. Wenn ich ihr von Luke erzähle, wird sie nicht nur keine Einwände gegen unseren Vorschlag haben, sondern vermutlich den ganzen Weg hierherjoggen.«

»Luke ist damit beschäftigt, Molly auf andere Gedanken zu bringen.«

Überrascht keuchte Willow. »Dein bester Freund soll deine Schwester von dem Schafzüchter ablenken? Mein Gott, Dunky, du bist wirklich ein Höh…«

Duncan hockte sich neben das Bett und ergriff Willows Kinn. »Du beschimpfst mich, schlägst aber selbst vor, Luke zu missbrauchen, um deine Freundin hierherzulocken?«, flüsterte er. Willow konnte erkennen, dass er grinste, als er nun den Kopf schüttelte. »Wir sollten uns beide schämen.«

»Aber sie wären wie füreinander geschaffen, Duncan. Jane liebt das Abenteuer. Und sie ist wirklich süß.«

Duncan beugte sich vor und gab ihr einen zärtlichen Kuss. »Genau wie du, meine kleine Anwältin. Vor allem, wenn du in meinem Bett liegst.«

Willow kuschelte sich mit einem Seufzer tiefer in ihr Kissen. »Wir werden es niemals schaffen, diese Affäre zu beginnen«, murmelte sie. »Die Götter sind gegen uns.«

»Ich habe dich, was das Wörtchen ›nie‹ betrifft, schon mal gewarnt«, entgegnete Duncan, erhob sich und ging ins Badezimmer. Er schaltete das Licht an, drehte sich um und sah sie an. »Du wirst deine Affäre schon noch bekommen, meine Süße. Ich hoffe nur, dass du dann auch mit den Konsequenzen leben kannst.«

Mit diesen rätselhaften Worten verschwand er im Bad und schloss die Tür. Willow hörte, wie er die Dusche anstellte, und rollte sich zu Mickey hinüber. »Hey, Mickey

Mouse. Was, glaubst du, könnte er damit gemeint haben?«, fragte sie und wuschelte ihm durchs Fell.

Mickeys Antwort war ein Gähnen, das er mit einem Sprung vom Bett beendete, ehe er zur Schlafzimmertür trottete. Willow schlug die Decke zurück, setzte sich auf die Bettkante und schaltete die Lampe auf dem Nachttischchen ein. Sie betrachtete ihr linkes Knie. Der Arzt hatte keinen Verband angelegt, und sie konnte unterhalb des Gelenks einen dicken Bluterguss erkennen. Offenbar war sie, während sie sich mit dem Wagen überschlagen hatte, gegen die Autotür oder unter das Armaturenbrett geknallt.

Willow erhob sich, das Gewicht auf dem gesunden rechten Bein. Langsam verlagerte sie es auf das linke Bein. Außer einem kurzen stechenden Schmerz, der sich wie eine Warnung anfühlte, spürte sie nichts. Wahrscheinlich hatte der Arzt recht und das Bein war nur geprellt. Zumindest konnte sie sich bewegen. Jeder Muskel in ihrem Körper fühlte sich an, als hätte sie ein paar Runden im Schleudergang gedreht. Und dieser Vergleich war, wenn sie an ihren Sturz die Böschung hinunter dachte, gar nicht so weit hergeholt.

Willow humpelte zur Tür und öffnete sie, damit Mickey in den Flur hinaus und zur Küche laufen konnte. Ganz langsam folgte sie ihm. Als sie sich umblickte, runzelte sie die Stirn, und als sie in die Küche kam, keuchte sie überrascht auf.

Das hier war doch Duncans Haus, oder nicht? Die verzogenen weißen Schränke, von denen die Farbe abgeblättert war, die zerkratzte Arbeitsplatte, die schadhafte Spüle aus Emaille, der kaputte Linoleumboden und die bedrückende Deckenverkleidung waren weg. Auch die alten Haushaltsgeräte – in Avocadogrün, wenn sie sich recht erinnerte – waren verschwunden, genau wie der alte Tisch, der mitten im Raum gestanden hatte, und der altmodische Ofen, der mit Holz befeuert worden musste.

Willow fand sich in einer Küche wieder, die einem Einrichtungsmagazin hätte entsprungen sein können. Es hätte sie nicht einmal überrascht, wenn Jamie Oliver um die Ecke gekommen wäre und angefangen hätte, das Frühstück vorzubereiten.

Diese neue Küche hatte Arbeitsflächen aus Granit, Schränke aus massivem Kirschholz und Bodendielen aus Roteiche. Die Decke hatte ganz offensichtlich eine neue Farbe bekommen. Die Küchengeräte waren aus Edelstahl, und der Gasherd mit den sechs Kochstellen sah aus, als käme er aus der Küche eines Fünfsternerestaurants. Effizient und erstaunlich elegant. Die Küche eines Genießers. Auf keinen Fall war es die Küche eines Troglodyten. Verdammt, *sie* wüsste nicht, wie man in dieser Küche kochen sollte.

Am Abend zuvor musste sie wirklich betrunken gewesen sein, denn von alldem war ihr nichts aufgefallen, als Duncan sie hergebracht hatte. Auch wenn er sie direkt ins Schlafzimmer getragen hatte, hatte er doch mit ihr die Küche durchquert.

Zu ihrer Linken winselte Mickey. Noch immer ganz erstaunt, humpelte Willow in den kleinen Raum, der sich als Windfang entpuppte. Sie öffnete die Tür zur Veranda und ließ Mickey in den Regen hinaus. Dann ging sie weiter in das Zimmer, das früher einmal das Wohnzimmer gewesen war.

Die schmale Tür, die die beiden Zimmer voneinander getrennt hatte, war ersetzt worden durch einen breiten Bogen mit kunstvoll bemalten Zierleisten, durch den man in einen komplett neu gestalteten Wohnbereich kam. Die alten Schiebefenster mit Blick auf das Meer waren durch eine Reihe neuer Fenster ersetzt worden. Der Kamin, der eher durch Ruß als durch Mörtel zusammengehalten worden war, war einer Feuerstelle aus Flusskieseln gewichen, die die gesamte Wand einnahm. Auf dem abgeschliffenen Holzfußboden lag, umgeben von Ledersofas und -sesseln, ein dicker, farbenfroher Perserteppich, der fast so groß war wie Willows ganze Wohnung in Augusta.

Willow ging zu dem Kamin und stellte fest, dass darin Holzscheite gestapelt waren, die nur darauf zu warten schienen, angezündet zu werden. Sie nahm ein Streichholz aus der versilberten Streichholzschachtel, die auf dem Kaminsims lag, entzündete es und hielt die Flamme an das Anmachholz. Als das Feuer brannte, nahm sie sich eine Decke, die über einem der Ledersessel lag, setzte sich auf die Couch und zog vorsichtig die Beine an, um sich in die Decke zu kuscheln. Sie legte das Kinn auf die Sofalehne und starrte in das Feuer. Mit einem tiefen Seufzen lauschte sie dem Sturm und fühlte sich so sicher und zufrieden wie seit Jahren nicht mehr.

»So hübsch du auch in meinem Bett ausgesehen hast, Süße, schöner als jetzt habe ich dich noch nie gesehen.«

Beim Klang von Duncans Stimme drehte Willow sich um und fuhr sich unsicher durch das zerzauste Haar. Duncan stand im Türbogen. In der einen Hand hielt er ein Glas Wasser und in der anderen ein Arzneimittelfläschchen.

»Wann hast du das alles gemacht, Duncan?«, fragte sie und wies mit einer ausholenden Handbewegung auf den Raum. »Es ist wunderschön.«

Er kam zu ihr. Bedächtig verzog er den Mund zu einem Lächeln. »Gefällt es dir, kleine Anwältin? Ist es dir nicht zu maskulin?«

»Es ist perfekt. Es ist …« Stirnrunzelnd sah sie ihn an. »Es ist das Zuhause eines achtbaren Mannes.«

Duncan sah sich in dem geräumigen Wohnbereich um und blickte dann wieder Willow an. »Ich schätze, es ist kein Vergleich zu der Höhle, aus der ich gekrochen bin, oder?«, fragte er. Seine Augen funkelten im Schein des prasselnden Kaminfeuers.

Willow legte den Kopf schräg und verengte die Augen zu schmalen Schlitzen. »Wer bist du, Duncan Ross?«

Er setzte sich zu ihr aufs Sofa und stellte das Glas und das Fläschchen mit dem Medikament auf dem Couchtisch ab. Er nahm ihre Beine und legte sie auf seine. Sorgfältig zog er die Decke über ihren Beinen zurecht und steckte ihr dann eine Haarsträhne hinters Ohr.

»Mich kannst du ruhigen Gewissens und ohne Angst lieben, Willow. Ich weiß besser als jeder andere – bis auf Rachel vielleicht –, wie zerbrechlich und verletzlich dein Herz wirklich ist. Aber ich kann darauf aufpassen, weil ich der Mann bin, der dich mehr liebt als das Leben.«

»Oh, Duncan«, flüsterte Willow, nahm sein Gesicht in beide Hände und blickte ihm tief in die Augen. »Ich will nicht, dass du mich liebst.«

»Zu spät, Süße. Ich hab dich schon seit unserem ersten Kuss geliebt … Ich meine den, den du zuerst erwidert hast, bevor du mich geboxt und beschimpft hast.«

»Das war nur Lust, Dunky.«

»Stimmt«, gab er zu und nickte in ihren Händen. »Lust und körperliche Anziehungskraft waren zwischen uns immer da.« Er nahm ihre Hände und hielt sie an sein Herz gedrückt. »Und wenn wir einmal in unseren Schaukelstühlen auf der Veranda sitzen und unseren Enkelkindern zusehen, die im Garten Drachen steigen lassen, werde ich mich noch immer nach dir verzehren.«

»Du … Du willst Kinder?«, wisperte sie. Sie wusste nicht genau, ob ihr Herz so schnell schlug, weil sie aufgeregt war oder entsetzt. Oder weil sie Panik verspürte. »Ich hab noch nie darüber nachgedacht, wie es wäre, Kinder zu bekommen.«

»Noch nie?«, erwiderte er überrascht. »Du hast dir noch nie vorgestellt, wie es sein könnte, Mutter zu sein? Nicht einmal, als du noch ein Kind warst?«

»Doch, natürlich habe ich das schon getan. Aber dann

wurde ich erwachsen, und mir wurde klar, dass ich, um Kinder zu bekommen, einen Mann brauche.«

»Ist dein Traum in dem Moment gestorben? Wann hast du für dich beschlossen, dass ein Mann an deiner Seite ein … Was genau ist es, Willow? Hast du je in Worte gefasst, was dir eine solche Angst macht?«

»Angst macht mir, dass mir mein Herz gebrochen werden könnte.«

»Ja«, entgegnete Duncan und nickte. »Das ist das Risiko, das wir eingehen müssen, wenn wir uns einem anderen Menschen öffnen, weil wir ihn lieben. Aber während ich mich kopfüber in unsere Beziehung hineinstürze, scheinst du nicht mal einen Zeh hineinzuhalten.«

»Willst du sagen, dass ich ein Feigling bin?«, fragte sie und ergriff sein Shirt.

Er schüttelte den Kopf, zog ihre Hände weg, legte sie auf ihre Oberschenkel und hielt sie umschlossen. »Du bist die mutigste Frau, die ich kenne, Willow Foster. In jeder Hinsicht … bis auf eine«, stellte er klar. »Du hast irgendwann mal für dich entschieden, dass du es, wenn du dich zum Beispiel Hals über Kopf in mich verlieben würdest, nicht überleben würdest, wenn mir etwas zustieße.«

»Das klingt jetzt ein bisschen melodramatisch«, versetzte sie und versuchte, ihre Hände zu befreien.

Duncan ließ sie los und ergriff ihr Kinn, zwang sie mit sanfter Gewalt dazu, ihn anzusehen. »Aber es stimmt, Willow. Wenn du dich entschließt zu lieben, dann mit voller Hingabe. Doch du hast Angst, diesen Schritt zu machen, weil du Angst hast, dich selbst zu verlieren.« Sie löste sich aus seinem Griff und funkelte ihn aufgebracht an. Doch bevor sie etwas sagen konnte, nahm Duncan ihre gesunde Hand und hob sie an seine Lippen, hauchte einen Kuss auf ihre Handfläche und schüttelte den Kopf. »Süße, du kannst die Kräfte der Natur nicht zurückhalten. Du willst eine Affäre, aber glaubst du denn tatsächlich, dass du mit mir das Bett teilen und die Emotionen total außen vor lassen kannst?«

»Ja.«

Er lachte leise. »Rede dir das nur weiter ein, kleine Anwältin. Ich liebe dich trotzdem. Bist du bereit für dein Schmerzmittel?«

Willow blinzelte den Mann, der sie in null Komma nichts in den Wahnsinn treiben konnte, missmutig an. Er war sich seiner selbst so sicher. Er war sich seiner Sache bei *ihr* so sicher! O nein, sie würde sich nicht in Duncan Ross verlieben.

»Wenn das keine anheimelnde Szene ist«, sagte Luke, der in diesem Moment die Treppe herunterkam. Auf der untersten Stufe blieb er stehen, gähnte und fuhr sich mit gespreizten Fingern durch sein zerzaustes Haar.

Plötzlich fiel Willow ihre Idee wieder ein. »Luke, kannst du ein paar Tage freimachen?«, fragte sie, Duncans Hand, die immer noch auf ihrem Schenkel lag und die jetzt spürbar verkrampfte, ignorierend. »Wäre es möglich, dass du uns an Bord der *7:2* hilfst? Wir müssen Wasserproben nehmen. Du darfst auch die schicke Unterwasserkamera bedienen«, fügte sie hinzu und beschloss, Jane Huntley vielleicht besser noch nicht zu erwähnen.

Lukes Blick fiel auf Duncan. »Ich dachte, du wolltest allein sein auf dem Schoner, ohne die Crew«, sagte er. »Du hattest doch vor, den Eindruck zu erwecken, als wolltest du mit Willow …« Er fuchtelte mit den Händen in der Luft herum und sah dann Willow an. »Ich dachte, ihr wolltet nach außen hin so tun, als würde Duncan sich um dich bemühen, damit ihr euch ungestört auf Thunder Island umsehen könnt. Wenn ich dabei bin, fliegt die Tarnung doch auf, oder?«

»Nicht, wenn wir noch eine Frau mitnehmen«, erwiderte Willow. »Dann werden die Leute denken, dass die *7:2* ein schwimmendes Bordell ist.«

Luke lebte sichtlich auf. »Molly?«, fragte er und blickte wieder zu Duncan. »Kommt sie mit?«

Duncan erhob sich, steckte die Decke um Willows Beine fest und nahm das Fläschchen mit dem Schmerzmittel. »Molly wird hierbleiben und sich um den Pub kümmern«, entgegnete er und öffnete das Fläschchen. Er wies auf Willow, sah aber Luke an. »Sie will dich mit ihrer Freundin aus dem Lobster Institute verkuppeln. Anscheinend steht Jane Huntley auf Männer.«

»Aus deinem Mund klingt es, als wäre sie ein Flittchen«, sagte Willow, funkelte erst Duncan an und wandte sich dann mit einem Lächeln Luke zu. »Jane ist eine intelligente, engagierte Meeresbiologin, die zufällig auch eine sehr gute Freundin von mir ist.«

Luke schnaubte. »Intelligent. Engagiert. Gute Freundin«, wiederholte er. »Was bedeutet, dass sie vermutlich eine Brille mit Gläsern trägt, die so dick wie Glasbausteine sind, und keine Unterhaltung führen kann, in der Wörter vorkommen, die weniger als zwölf Buchstaben haben.« Er schüttelte den Kopf und kratzte sich träge am Bauch. »Ich bin schon gebucht, Willow. Ich bringe in Duncans Auftrag Molly auf andere Gedanken.«

»Dir ist *klar*, dass Duncan dich benutzt?«

Luke grinste fröhlich. »Ja, sicher. Freunde halten sich gegenseitig den Rücken frei.« Er kam zum Kamin und verschränkte die Arme. Nachdenklich sah er Willow an. »Jason kommt heute her. Warum fragst du ihn nicht, ob er euch bei eurem Segeltörn unterstützt? Eine intelligente, engagierte Wissenschaftlerin ist ganz sein Fall.«

»Jason kommt hierher?«, fragte Duncan und zog Lukes Aufmerksamkeit damit auf sich. »Wie kommt's?«

»Kee hat die Jungs angerufen, aber Matt und Peter sind damit beschäftigt, die Jacht, die sie gehoben haben, zu ihrem Besitzer zu bringen. Jason meinte, er könne kommen und helfen, falls es nötig ist.«

»Ich weiß es gerade nicht mehr«, sagte Willow. »Welche Farbe haben noch mal seine Augen?«

Luke runzelte die Stirn und sah sie fragend an. »Verdammt, darauf habe ich nie wirklich geachtet. Blau, glaube ich.«

»Sie sind grau«, versetzte Duncan knapp und schüttelte eine Pille aus dem Fläschchen. »Nur eine«, knurrte er und reichte ihr das Medikament. »Du musst heute Vormittag klar sein. Am Ende versuchst du noch, *mich* mit deiner Freundin zu verkuppeln.«

Mit einem Lächeln, das zeigte, dass sie sich davon überhaupt nicht beeindrucken ließ, steckte sie sich die Pille in den Mund, nahm ihm das Glas Wasser ab und spülte damit das Medikament herunter. Dann kuschelte sie sich wieder unter die Decke, lehnte sich an die Armlehne der Couch und starrte an Luke vorbei ins Kaminfeuer. »Ich mag meinen Bacon knusprig«, sagte sie hoffnungsvoll zu niemand Bestimmtem. »Und hast du einen Fernseher, Dunky? Ich möchte mir die Samstagmorgennachrichten ansehen. Ach, und Mickey ist draußen.«

Offenbar verstanden die beiden Männer sofort, dass sie damit entlassen waren. Leise zogen sie sich in die Küche zurück. Willow blickte lächelnd ins Feuer. Graue Augen waren fast genauso gut wie blaue, und außerdem passte Jason, wenn sie jetzt so darüber nachdachte, viel besser zu Jane.

Gegen Mittag wimmelte es in Duncans Haus von Menschen. Auch Nicholas Oakes war dabei. Der Kleine stand im Handumdrehen im Mittelpunkt des Geschehens und fesselte die Aufmerksamkeit aller Anwesenden. Er hatte bereits alle Töpfe aus Duncans Küchenschränken gezogen und widmete sich gerade einer Schublade mit Plastikschüsseln und -deckeln. Mickey ließ ihn nicht aus den Augen. Er jagte ab und an einem Deckel hinterher, der Richtung Wohnzimmer rollte.

Molly war damit beschäftigt, für das Abendessen eine Lasagne zuzubereiten, und die Männer – Duncan, Lee, Luke und Ahab – waren in Duncans Arbeitszimmer und machten das, was Männer so machten. Willow saß mit Mikaela und Rachel an der Kochinsel, aß Ameisen am Stock und Molchaugen. Ameisen am Stock waren Selleriestangen, die dick mit Erdnussbutter eingeschmiert und dann mit Rosinen gespickt wurden. Molchaugen waren gefrorene Trauben, die in geschmolzene Schokolade getunkt wurden. Willow genoss die Köstlichkeiten, nachdem ihr Magen nicht mehr in Aufruhr war. Mikaela hatte sich für die ungewöhnliche Zusammenstellung von Lebensmitteln die passenden Namen ausgedacht – nicht ohne die Hilfe von Duncan, Luke, Jason, Peter und Matt. Die fünf Männer hatten mit Kee zusammen ein Bergungsunternehmen gehabt, als Mikaelas Geburt ihrer aller Leben vollkommen auf den Kopf gestellt hatte. Kee hatte das alleinige Sorgerecht für die Kleine, und jeder half ihm auf seine Art, sie großzuziehen. Ahab weigerte sich immer, offiziell mit Mikaela in Verbindung gebracht zu werden, doch die Kleine beharrte darauf, dass er zumindest zur Hälfte ihr gehörte. Jeder, der Mikaela und den Captain des Schoners zusammen sah, wusste sofort, dass das Herz des alten Seebären *ganz* diesem Kind gehörte.

Es klopfte an der Tür. Rachel steckte sich ein Molchauge in den Mund und rutschte dann von ihrem Barhocker, um zu öffnen. Mickey, der offenbar der Meinung war, dass niemand ohne seine Zustimmung das Haus zu betreten hatte, jagte an ihr vorbei in den Windfang.

»Jane!«, hörte Willow ihre Schwester sagen. »Du hast es trotz des Sturms heil hierhergeschafft. Es ist schön, dich wiederzusehen.«

»Ist das deine Freundin, die Wissenschaftlerin?«, fragte Mikaela mit dem Mund voller Sellerie.

Willow nickte und wischte Mikaela Erdnussbutter vom Kinn. »Du wirst sie lieben, Kleine«, sagte Willow. »Jane ist klug und lustig, und sie hat vor nichts Angst.«

Mikaela machte große Augen. »Nicht einmal vor Spinnen?«

»Vor allem nicht vor Spinnen«, bestätigte Willow. »Jane sagt, dass Spinnen Hummern sehr ähneln – sie schmecken nur nicht so gut.«

Mikaela sah Willow mit zusammengekniffenen Augen an. »Sie hat keine Spinne gegessen, oder?«

»Doch, das hat sie«, entgegnete Willow und nickte wieder. »Wir waren mal mit dem Kajak zusammen unterwegs und saßen eine Nacht lang auf einer der Pilot Islands fest. Jane dachte, wir müssten Insekten essen, um zu überleben. Also hat sie eine Spinne geschluckt und dann versucht, mich dazu zu bewegen, das Gleiche zu tun.«

Wieder sah Mikaela sie mit großen Augen an. »Und hast du das getan?«, flüsterte sie. Ihre Miene wirkte eher entsetzt als neugierig.

Willow lachte und wuschelte durch Mikaelas blonde Locken. »Ich werde die Frage nicht beantworten, weil ich mich damit selbst belasten könnte«, sagte Willow und kletterte vorsichtig von ihrem Barhocker, um Jane zu begrüßen.

Sie musste warten, bis Jane Mickey durchgekrault hatte. Die hochgewachsene, sportliche und unglaublich hübsche junge Frau erhob sich schließlich mit einem Lachen und lächelte Willow an. »Ich wollte schon immer mal einen Wolf umarmen«, sagte sie und wischte sich mit der Hand über die Wange. »Aber von einem Wolf geküsst zu werden ist noch besser. O mein Gott. Sieh dich an.«

Willow hob die Hand und strich über den Bluterguss an ihrem Kinn. »Ich weiß«, sagte sie und erwiderte Janes Lächeln. »Ich habe mich heute Morgen im Spiegel gesehen und laut aufgeschrien.«

Jane schüttelte den Kopf. »Ich habe an der Stelle, an der du gestern Nacht von der Straße abgekommen bist, angehalten und mir alles angesehen. Ich kann kaum glauben, dass du den Sturz überlebt hast. Du hattest zudem viel Glück, dass du nicht ertrunken bist. Die Bäume und Büsche weisen bis hinunter zum Wasser Spuren des Unfalls auf.«

Willow ergriff Janes Arm und führte ihre Freundin in die Küche. »Ich bin nur froh, dass mein neuer Wagen so gute Airbags hatte. Jane, das ist Molly Ross, Duncans Schwester. Molly, das hier ist Jane Huntley, die Freundin, von der ich dir erzählt habe.«

Molly wischte sich die Hände an dem Geschirrtuch ab, das sie anstelle einer Schürze umgebunden hatte, und schüttelte Jane die Hand. »Es freut mich, dich kennenzulernen, Jane Huntley.« Mollys hübsche grüne Augen funkelten. »Du warst heute Morgen hier das Gesprächsthema Nummer eins.«

Jane wirkte weder überrascht noch entsetzt darüber, dass über sie gesprochen worden war. »Schön, dich kennenzulernen, Molly. Rieche ich da Spaghettisoße?«, fragte sie und blickte zum Herd.

»Willow hat uns gesagt, dass Lasagne dein Lieblingsgericht ist«, entgegnete Molly und ging zurück zur Spüle, um weiter abzuwaschen. »Also habe ich beschlossen, die schicke Küche auszuprobieren, von der mein Bruder ja meinte, sie unbedingt haben zu müssen«, fuhr sie über die Schulter hinweg fort.

»Jane, ich möchte dir gern meine Nichte Mikaela vorstellen«, sagte Willow nun. »Mikaela trainiert gerade für das Kajakrennen am 4. Juli.«

Jane kam herüber und reichte Mikaela die Hand. »Du bist also der kleine Sat… ich meine, die Süße, von der ich schon so viel gehört habe. Ich habe auch eine Nichte, die am Rennen der Kleinsten teilnimmt«, sagte sie, schüttelte Mikaelas Hand und musterte sie theatralisch von oben bis unten. »Du musst dir noch ein paar Muskeln antrainieren, wenn du gewinnen willst. Unsere Jasmine ist fest entschlossen, in diesem Jahr zu gewinnen.«

Mit einem frechen Lächeln reichte die Kleine Jane eine Selleriestange mit Erdnussbutter und Rosinen. »Willst du Ameisen am Stock?«, fragte sie und sah sie gespannt an.

Jane wollte die klebrige Köstlichkeit gerade ergreifen, als Nick sich an ihrem Hosenbein hochzog. Lachend nahm sie ihn auf den Arm. »Du musst Nick sein«, sagte sie.

»Aua«, sagte Nick und zeigte auf Willow.

»Ja, Tante Willow hat sich verletzt«, erwiderte Jane. Sie war ganz gerührt, als Nick sanft auf ihr Kinn tippte.

»Aua«, wiederholte er und schüttelte dieses Mal den Kopf.

»Nein, ich hab kein Aua«, sagte Jane und gab den Kleinen an Rachel weiter, die die Arme ausstreckte. »Er ist so süß, Rae.«

»Danke«, sagte Rachel leise und setzte sich mit Nick auf dem Schoß auf einen der Barhocker. Dann gab sie ihm die Selleriestange, die Mikaela in der Hand hielt. Doch statt die Stange zu essen, lutschte Nick nur die Erdnussbutter ab und spielte mit den Rosinen.

»Also«, sagte Jane, klatschte in die Hände und rieb sie dann. »Wo sind denn nun die ganzen umwerfenden Männer, von denen ich mir einen aussuchen darf?«

Willow lächelte. Molly hielt beim Spülen inne, drehte sich um und starrte Jane mit offenem Mund an. Rachel zuckte nicht einmal mit der Wimper, sie kannte Jane schon seit vielen Jahren. Mikaela ergriff die Gelegenheit und antwortete. »Daddy, Dunky, Lunky und Ahab sind im Arbeitszimmer«, sagte sie, während sie eine weitere Selleriestange mit Erdnussbutter bestrich und mit Rosinen beklebte. »Junky kommt heute Mittag, und …« Sie legte den Kopf schräg und musterte Jane. »Ich würde Junky nehmen, wenn ich du wäre. Er ist auch ein Wissenschaftler und hat auch keine Angst davor, Käfer zu essen.«

Verwirrt blinzelte Jane. »Junky?«, wiederholte sie.

»Sein Name ist eigentlich Jason. Aber als ich noch ein Baby war, konnte ich ›Onkel Jason‹ nicht so gut sagen, also habe ich ihn ›Junky‹ genannt«, erklärte Mikaela. Sie reichte Jane die präparierte Selleriestange. »Hier. Das ist viel leckerer als Spinnen.«

Jane nahm die Delikatesse, steckte sie sich in den Mund und kaute energisch, während sie Mikaela zunickte. In diesem Augenblick stapfte Jason ins Haus, um dem peitschenden Regen zu entkommen. Mickey stieß ein freudiges Bellen aus und sprang zu ihm, stellte sich auf die Hinterbeine, stemmte die Pfoten gegen seine Brust und leckte ihm übers Kinn.

»Hallo, Großer«, sagte Jason lachend und schob ihn von sich. »Ich hab dich auch vermisst.«

»Und ich dich erst!«, rief Mikaela, sprang von ihrem Hocker und warf sich Jason in die Arme. »Du warst eine Ewigkeit weg, Junky!«

Jason fing Mikaela auf, warf sie in die Luft, fing sie wieder auf und drückte sie an sich, um ihr einen geräuschvollen Schmatzer auf die Wange zu geben. »Ich hab dich auch vermisst, Baby«, sagte er und vergrub sein Gesicht in ihrem weichen Haar.

»Ohhh, du bist ganz nass«, quietschte Mikaela und wand sich aus seinen Armen.

»Und du klebst fürchterlich«, erwiderte Jason, stellte sie auf den Boden und ging zu Rachel. Er gab dem ebenfalls erdnussbutterverschmierten Nicholas einen Kuss auf den Kopf und Rachel einen Kuss auf die Wange, bevor er sich wieder aufrichtete. Mit einem Lächeln wandte er sich Willow zu und erstarrte. Sein Blick verfinsterte sich. »Du siehst schlimm aus.«

Willow gewöhnte sich langsam daran, dass jeder eine Meinung dazu hatte, wie sie aussah. Sie grinste Jason an, betrachtete seine sonnengebräunte Haut, seine verlockenden grauen Augen und stellte fest, dass die Sonne sein Haar ausgeblichen hatte.

»Es ist schön, dich zu sehen«, sagte sie zu ihm und drehte sich zu Jane um, um sie mit Jason bekannt zu machen. Im selben Moment kamen die Männer aus Duncans Arbeitszimmer in die Küche. Sie begrüßten sich, und Willow erfuhr, dass Jason, Matt und Peter fast zwei Monate lang fort gewesen waren.

Molly trat ins Gewühl und blieb vor Jason stehen. »Hallo, Jason«, sagte sie.

»Molly?«, erwiderte Jason atemlos und sah sie erschrocken an. Dann schloss er sie in seine Arme. »Wann bist du denn so groß geworden?«

»Erst kürzlich«, entgegnete Molly lachend und erwiderte seine Umarmung. »Eines Morgens bin ich aufgewacht, hab in den Spiegel geschaut und aufgehört, mir das Haar zu Zöpfen zu flechten.« Sie lehnte sich etwas zurück und sah ihn stirnrunzelnd an. »Wenn du ab und zu mal mit Duncan nach Schottland gekommen wärst, hättest du das mitbekommen.«

Jason tippte ihr sacht auf die Nasenspitze. »Du bist aber immer noch dasselbe kleine freche Gör«, sagte er. Er wandte sich Willow zu, zog eine Augenbraue hoch und wies mit einem leichten Kopfnicken auf Jane.

Willow setzte noch mal an, Jane und Jason einander vorzustellen, doch sie verstummte unvermittelt. Wenn sie es nicht besser gewusst hätte, hätte sie darauf getippt, dass Jane kurz davorstand, in Ohnmacht zu fallen. Ihre Freundin starrte ungläubig und mit weit aufgerissenen Augen die Männer an, die auf einmal in der Küche standen.

»Ich bin Jason«, sagte Jason und ging um die Kochinsel herum, um Jane die Hand geben zu können.

Jane wich unwillkürlich einen Schritt zurück, sie brachte kein Wort heraus. Willow konnte es nicht glauben. Jane Huntley war gerade von fünf Schönlingen übermannt worden. Es schien, als könnte sie nicht glauben, dass so viel Testosteron in einem Raum sein konnte, ohne dass etwas explodierte – oder vielleicht nicht »etwas«, sondern eher sie selbst.

»Das hier ist meine Freundin Jane Huntley«, sagte Willow endlich, ging zu Jane, ergriff ihre Hand und legte sie in Jasons. »Sie ist Meeresbiologin an der University of Maine, und sie wird uns morgen auf unserem kleinen Segelausflug begleiten.«

»Eine Fischärztin?«, fragte Jason.

»Äh … Genau genommen … beschäftige ich mich gerade mit Hummern«, stammelte Jane. Sie errötete, als sie versuchte, ihre Hand zurückzuziehen, und feststellen musste, dass Jason nicht vorhatte, sie so schnell loszulassen.

Jason legte den Kopf schräg. »Hummer, ja? Gebacken oder gekocht?«

»L… lebendig«, entgegnete Jane und starrte in Jasons belustigt funkelnde graue Augen.

»Ich bin Luke«, ging Luke dazwischen, schob Jason zur Seite und ergriff Janes Hand. »Deine Unterwasserkamera hat den Unfall gut überstanden, aber wir müssen neue Gläser kaufen, um die Wasserproben zu entnehmen.«

Willow hatte Mitleid mit ihrer ganz offensichtlich etwas überforderten Freundin und zog Jane zurück. Sie führte sie zu einem Barhocker an der Kochinsel und bot ihr an, sich zu setzen.

»Ist das das einzige Gepäck, das du mitgebracht hast?«, fragte sie und wies mit einem Kopfnicken in Richtung Windfang.

»Ich hab noch einen Koffer im Wagen«, antwortete Jane. »Ach, und ich hab die heutige Ausgabe der *Bangor Daily News* mitgebracht«, sagte sie, eilte nach draußen und kam mit ihrer Aktentasche zurück. Sie holte die Zeitung heraus und gab sie Willow. »Ich fürchte, du hast es auf die Titelseite geschafft.«

Willow starrte auf die Zeitung. Es gab ein Foto von ihrem völlig demolierten Wagen und eine kleine Titelzeile auf der ersten Seite, die lautete: »Stellvertretender Generalstaatsanwältin von Maine droht Anzeige wegen Trunkenheit am Steuer«.

Der anschließende Artikel war so ausführlich, dass er auf der dritten Seite fortgesetzt werden musste. In der Küche war es schlagartig still geworden. Rachel, Duncan und Kee blickten Willow über die Schulter. Mit leiser Stimme begann Willow vorzulesen.

»Die stellvertretende Generalstaatsanwältin Willow Foster wurde Samstagnacht in der Nähe des Aussichtspunktes kurz vor Puffin Harbor in einen Autounfall verwickelt, bei dem ihr neuer Wagen einen Totalschaden erlitt. Andere Fahrzeuge waren nicht beteiligt. Foster wurde ins Krankenhaus nach Ellsworth gebracht und später mit kleineren Verletzungen entlassen. Ein Blutalkoholtest ergab einen Wert von über zwei Promille. Foster war für eine Stellungnahme nicht zu erreichen, Deputy Sheriff Larry Jenkins berichtete Reportern, dass seine Abteilung die Umstände dieses Unfalls untersuchen werde. Generalstaatsanwalt John Pike wollte sich auf Anfrage nicht zu dem Geschehen äußern.«

Willow las nicht weiter. Sie machte sich nicht die Mühe umzublättern, da der Artikel damit weiterging, ihre zweijährige Karriere im Büro des Generalstaatsanwalts zusammenzufassen. Sie sah in die Gesichter, die sie anblickten, sah die undurchdringlichen Mienen. Mit einem tiefen Seufzen stützte sie sich mit den Ellbogen auf der Anrichte ab und vergrub das Gesicht in den Händen.

»Du warst nicht betrunken«, sagte Rachel und legte den Arm um die Schultern ihrer Schwester.

»Doch, das war ich«, erwiderte Willow, hob den Kopf und sah Rachel an. »Der Test im Krankenhaus beweist das. Und genau das hat der Typ beabsichtigt.« Sie tippte auf die Zeitung. »Er wollte nicht nur an meinen Laptop – als er sah, dass der Unfall mich nicht umgebracht hatte, wollte er zumindest erreichen, dass ich außer Gefecht gesetzt werde und keine Zeit mehr habe, um an dem Fall zu arbeiten.« Duncan nickte nur zustimmend. »Ich muss meinen Chef anrufen. Kann ich von deinem Arbeitszimmer aus telefonieren?«, fragte Willow, stand auf und ging in Richtung Flur, ohne auf Duncans Antwort zu warten. Dann blieb sie noch einmal stehen und sah Rachel an. »Wo ist mein Koffer? Ich brauche meinen Kulturbeutel.«

»Ich habe alles mitgebracht – bis auf ein paar Klamotten, die noch nicht trocken sind«, entgegnete Rachel, lief in den Windfang und kam mit ihrem eigenen Koffer wieder. »Die restliche Wäsche ist noch im Trockner.«

»Ich brauche nur meinen Kulturbeutel«, sagte Willow und wartete, während Rachel den Koffer öffnete und den Kulturbeutel herausholte. Willow durchwühlte die kleine Tasche, bis sie den USB-Stick gefunden hatte. Sie war erleichtert, dass sie ihn in eine wasserdichte Tüte gesteckt hatte, um ihn zu schützen, falls Kosmetik ausgelaufen wäre. »Jane«, sagte sie, hielt den Stick umklammert und sah ihre Freundin an. »Wenn ich mit John geredet habe, kann ich dann deinen Laptop benutzen? Meine Sekretärin hat einen Artikel und den Inhalt einiger Akten auf den Stick hier geladen. Ich sollte mich kurz einlesen.«

»Was ist Blutalkohol?«, fragte Mikaela und blickte von Willow zu ihrem Dad und dann zu Rachel. »Ist das das rote Zeug, das Dunky im Rosach serviert?«

»Nein, Süße«, antwortete Willow, bevor irgendjemand anders etwas sagen konnte. »Es ist eine Maßeinheit, die anzeigt, wie betrunken ein Mensch ist. Sie zeigt, wie viel Alkohol im Blut ist.«

Mikaela schüttelte den Kopf. »Man soll doch nicht trinken und fahren, Tante Willow«, sagte sie missbilligend. »Sie haben uns in der Schule beigebracht, dass Unfälle passieren können, wenn man das macht. Deshalb bist du von der Straße abgekommen und hast deinen Wagen kaputt gefahren.«

Willow atmete tief durch und schloss kurz die Augen. Dann ging sie zu Mikaela und nahm ihr ernstes kleines Gesicht in beide Hände. »Ich habe nicht getrunken und bin dann Auto gefahren, Süße«, sagte sie. »Nach dem Unfall hatte ich Alkohol, und deshalb hat der Test angezeigt, dass ich betrunken war. Ich versichere dir, Kleines, dass ich mich selbst oder andere niemals in Gefahr bringen würde, indem ich Alkohol trinke und mich dann ans Steuer setze.«

»Okay«, flüsterte Mikaela, die jetzt erleichtert zu lächeln begann. »Ich verspreche, auch nicht zu fahren, wenn ich trinke. Wenn ich alt genug bin, um zu fahren«, stellte sie klar. »Ich werde nicht mal Fahrrad fahren, wenn ich Bier trinke.«

Willow lachte erstickt und umarmte Mikaela. Über die Schulter der Kleinen hinweg sah sie zu Kee und Rachel. Sprachlos vor Schreck schüttelte Rachel den Kopf. Kee sah einfach nur entgeistert aus.

»Du darfst aber erst Alkohol trinken, wenn du einundzwanzig bist«, sagte Duncan.

»Und vorher nicht einmal ein Bier aus dem Kühlschrank? Nicht einmal, wenn es richtig, richtig heiß ist und ich richtig durstig bin und im Kühlschrank kein Wasser ist?«, fragte Mikaela unschuldig.

Rachel boxte Kee in den Magen. »Ich schütte alles Bier, das im Kühlschrank ist, weg«, zischte sie ihm zu. »Wenn du einen Drink willst, musst du in den Pub gehen.«

»Das ist Matts Schuld«, sagte Luke. »Er hat Mikaela als Baby manchmal am Bier nippen lassen, damit sie einschlafen konnte.«

»Munky lässt mich immer noch ab und zu nippen«, informierte Mikaela die anderen. Sie hielt das offenbar für eine gute Sache. »Er gibt Nick auch Bier, wenn er auf ihn aufpasst. Munky meint, es wäre gut für unsere … Kon… für den Bauch. Er sagt, dass Kinder in anderen Ländern ständig Wein und so was trinken.«

»Aber nicht hier, Püppchen«, sagte Jason, ging zu Mikaela und hob sie hoch. »Hier muss man erst einundzwanzig sein, bevor man trinken darf. Mach dir mal keine Sorgen. Ich werde Onkel Matt das *ganz* genau erklären, wenn ich ihn das nächste Mal sehe.«

Zufrieden, dass Matt nicht nur von den Damen in der Küche ordentlich bestraft werden würde, drehte Willow sich um und ging in Duncans Arbeitszimmer. Innerlich bereitete sie sich auf das Gespräch mit ihrem Chef vor, das bestimmt nicht sehr angenehm werden würde.

John würde es nicht gefallen, dass eine seiner Stellvertreterinnen es auf die Titelseite eines bundesweit erscheinenden Blattes gebracht hatte. Und genauso wenig begeistert wäre er davon, dass sie ihm nicht gesagt hatte, woran sie arbeitete.

Vielleicht sollte sie ernsthaft in Betracht ziehen, ihren Urlaub auf zwei Wochen zu verlängern. Oder auch auf drei.

Kapitel 11

Willow erwachte von einem leisen Fluchen und schlug nach dem, was sie gerade unentwegt schüttelte. Als sie Duncans leises Lachen hörte, öffnete sie schließlich die Augen.

»Sei still. Du musst leise sein«, sagte er, drehte sie behutsam auf den Rücken und half ihr dann dabei, sich im Bett aufzusetzen. »Ich will die anderen nicht aufwecken.«

Willow blinzelte ihn im sanften Licht, das aus dem Badezimmer ins dunkle Schlafzimmer fiel, verwirrt an. »Wie spät ist es?«, fragte sie und schob sich das Haar aus dem Gesicht. Sie warf einen Blick zum Nachttischchen. »Vier Uhr?«, brummte sie und funkelte Duncan missmutig an. »Du weckst mich mitten in der Nacht auf, um mir eine Pille zu geben?«

»Bist du immer so schlecht gelaunt, wenn du aufwachst?«, fragte er und lachte wieder. Er reichte ihr kein Schmerzmittel, sondern ihre Jeans, ein T-Shirt und einen Pullover. »Zieh dich an. Ich möchte das ablaufende Wasser nutzen.«

Willow war mit einem Mal hellwach. Sie bemerkte,

dass Duncan schon angezogen war. »Wir brechen auf? Jetzt sofort? Sind Jane und Jason denn schon wach?«

»Nein«, entgegnete er und ging zur Kommode. »Sie kommen später nach.«

»Aber warum brechen wir schon so früh auf?«

Duncan warf ein Paar dicke Wollsocken aufs Bett, beugte sich vor und ergriff Willows Kinn. »Weil ich vermutlich etwas tun werde, das ich bereue, wenn ich dich nicht zumindest einen halben Tag ganz für mich allein habe.«

Mit einem Mal dämmerte es Willow, ein warmes Gefühl breitete sich in ihrem Bauch aus. Es schien, als wäre Duncans Geduld schließlich doch am Ende. Ihre Affäre würde also an diesem Morgen beginnen – egal, was auch passierte.

Sie ergriff seine Hand und strahlte ihn an. »Du hättest mich auch gestern Nacht schon ganz für dich allein haben können, aber du bist ja nicht ins Bett gekommen.«

»Ich möchte kein Publikum und keine neugierigen Zuhörer, wenn wir unsere Affäre endlich beginnen. Und vor allem möchte ich nicht meine unschuldige kleine Schwester im Schlafzimmer direkt über uns wissen.«

Willow stieß ihn von sich. Sie schwang die Beine über die Bettkante. »Wenn Molly unschuldig ist, dann bin ich auch wieder Jungfrau«, murmelte sie.

»Das nimmst du zurück«, sagte Duncan und stemmte die Hände in die Hüften. »Seit zehn Jahren ist es das einzige Ziel meiner Mutter, unreife Männer von Molly fernzuhalten.«

»Deshalb ist Molly auch im Internet unterwegs, um sich einen Freund zu suchen«, erwiderte Willow und stemmte ebenfalls die Hände in die Hüften. »Was ist mit dir und deiner Mutter los? Ihr verhaltet euch, als würden wir in der Steinzeit leben und nicht im 21. Jahrhundert. Molly ist sechsundzwanzig und nicht sechzehn. Und du bist ihr großer Bruder und nicht das auserkorene Familienoberhaupt des Ross-Clans.«

»Das bin ich aber doch, meine kleine Anwältin. Ich habe den Posten geerbt, als mein Vater gestorben ist.«

Willow schnaubte. »Du nimmst dich viel zu ernst, Dunky. Molly ist eine intelligente junge Frau, die sich sehr gut um sich selbst kümmern kann.«

»Darf ich dich daran erinnern, dass sie zu mir geflüchtet ist?«

»Was nur ihre Intelligenz beweist. Molly wusste, dass es nicht klug gewesen wäre, allein nach Neuseeland zu reisen, aber sie brauchte offenbar Abstand zu ihrer Mutter. Also ist sie zu dir gekommen.«

»Damit ich mich mit dem Schafzüchter auseinandersetze«, versetzte Duncan missmutig.

»Nein, damit du mit eurer Mutter sprichst. Es wäre durchaus denkbar, dass es diesen Schafzüchter überhaupt nicht gibt. Molly hat es einfach nur satt, wie ein Kind behandelt zu werden und gesagt zu bekommen, was sie zu tun und zu lassen hat.«

»Das hast du alles an dem einen Tag herausgefunden, den du mit ihr verbracht hast?«

»Nein, das weiß ich, weil ich genau wie sie war«, erwiderte Willow. »Weil mein Vater genauso überfürsorglich und gebieterisch war wie du. Warum, glaubst du, war ich auf der Highschool so ein freches Gör?«

»Warum ist deine Schwester dann so anders als du?«

»Ist sie ja gar nicht«, entgegnete Willow und lächelte plötzlich. »Rachel ist genauso stur und entschlossen wie ich, das zu bekommen, was sie will. Sie geht nur etwas subtiler vor. Während ich trete und schreie und tobe, setzt Rachel ganz ruhig und überlegt ihren Willen durch.«

Duncan verschränkte die Arme vor der Brust und zog die Augenbrauen zusammen. »Wir können aber nicht immer haben, was wir wollen, meine kleine Anwältin.«

»Und warum nicht?«

»Weil das Leben manchmal Einspruch erhebt. Und manchmal wünschen wir uns etwas, das nicht gerade das Beste für uns ist.«

Willow legte den Kopf schräg. »Ein philosophischer Troglodyt«, sagte sie leise und verschränkte ebenfalls die Arme vor der Brust. »Du hast beschlossen, mich haben zu wollen«, sagte sie, ohne vorwurfsvoll zu klingen. »Aber was ist, wenn es nicht das Beste für dich ist, mich zu bekommen? Was ist, wenn es das Schlechteste ist, was überhaupt passieren kann?«

Er ließ die Hände sinken und wirkte sprachlos. »Weshalb sollte es schlecht für mich sein, dich zu lieben?«, fragte er schließlich.

»Ich könnte dir das Herz brechen.«

Sofort schüttelte er den Kopf. »Das würdest du nicht. Sobald du dein Herz verschenkt hast, Süße, ist es für immer.«

»Ich könnte sterben. Ich hätte Freitagnacht schon sterben können.«

Duncans Augen schienen im schummrigen Licht beinahe zu glühen. Er zog Willow, obwohl er augenscheinlich verstimmt war, an sich. »Richtig. Damit hättest du mir das Herz brechen können«, flüsterte er. »Und deshalb solltest du in Zukunft vorsichtiger sein und besser auf dich aufpassen.«

»Vorsichtiger?«, wiederholte sie an seiner Brust. »Ich bin von der Straße gedrängt worden.«

Er machte einen Schritt zurück, hielt sie an den Schultern fest und sah sie mit finsterem Blick an. »Du hättest jemandem sagen sollen, was dir vorher passiert ist. Du hättest es mir sagen sollen, wenn du es schon deinem Chef nicht sagen wolltest. Ich wäre nach Augusta gekommen und hätte dich sicher hierhergebracht.«

»Dann wären wir nur beide von der Straße gedrängt worden.«

Er zuckte die Achseln. »Vielleicht. Aber zumindest wären wir zusammen gewesen.«

Willow legte eine Hand an Duncans Wange. »Du beweist gerade, dass ich recht habe und nicht du. Das Herz so bedingungslos zu verschenken bedeutet nur, dass man es nicht überstehen würde, wenn etwas passiert.«

»Nicht *wenn* etwas passiert, sondern *falls*. Und sein

Herz nicht bedingungslos zu verschenken heißt, dass man nicht richtig lebt.«

Willow seufzte und nahm ihre Kleidung. Sie ging ins Badezimmer, blieb in der Tür jedoch noch einmal stehen und sah zu Duncan. »Vor zwei Jahren habe ich diese Unterhaltung schon mal mit Rachel geführt, als sie versucht hat, sich nicht in Kee zu verlieben. Jetzt bist du derjenige, der mich davon überzeugen will, dass es besser ist, geliebt zu haben, selbst wenn man verliert, als überhaupt nie geliebt zu haben«, sagte sie leise. »Was du neulich auf meine Hand geschrieben hast, also dass ich weglaufen, dass ich mich aber nicht verstecken kann … Du wolltest mir damit nicht sagen, dass ich mich *vor dir* nicht verstecken kann, sondern dass ich mich *vor der Liebe* nicht verstecken kann.«

»Genau.«

»Eine Affäre zu haben bedeutet nicht, sich zu verstecken. Es bedeutet vielmehr, dass man sich sehenden Auges in die Liebe hineinstürzt.«

»Nicht in die Liebe, in die Leidenschaft. Und Leidenschaft ist kein Ersatz für Liebe, Willow.«

Sie legte den Kopf schräg. »Wir sollten lieber keine Affäre beginnen, wenn du der Meinung bist, dass sie zu nichts führt.«

»Niemals«, knurrte er. »Du hast mir das Angebot gemacht, ich habe es angenommen. Zwei Sekunden, nachdem wir vor Thunder Island vor Anker gegangen sind, wird diese Affäre beginnen.«

Willow wurde ganz still. Ihr wurde bewusst, dass es Duncan ernst war. Nicht zu einer Antwort fähig, drehte sie sich um und ging ins Badezimmer. Leise schloss sie die Tür und machte seufzend die Augen zu. Zum ersten Mal, seit sie Duncan Ross kennengelernt hatte, fürchtete sie, wirklich in Gefahr zu sein, das zu bekommen, was sie sich wünschte.

Duncan stand am Steuer der *7:2*. Während er den Schoner in Richtung Thunder Island lenkte, schenkte er seine Aufmerksamkeit abwechselnd der schweigenden Frau, die neben ihm saß und an einer heißen Schokolade nippte, und der rauen See. Seit sie das Haus zwei Stunden zuvor verlassen hatten, war Willow ungewöhnlich still, und Duncan begann, sich Sorgen zu machen.

Er wusste, dass er sie drängte, doch er konnte einfach nicht anders. Er hatte sich noch immer nicht von dem Schrecken erholt, den sie ihm in der vorletzten Nacht eingejagt hatte. Und wahrscheinlich würde er sich auch erst erholen, wenn Willow nackt unter ihm lag und er spüren konnte, wie sie in seinen Armen zum Leben erwachte.

Als sie am Morgen so treffend gesagt hatte, dass sie bei dem Unfall auch hätte sterben können, war Duncan klar geworden, wie viel Angst sie davor hatte, ihn zu lieben, und wie schlimm dieses Gefühl war, denn er hatte ebenfalls eine Ahnung dieser Angst bekommen. Doch er liebte sie, verdammt noch mal. Und obwohl sie es mit der Hartnäckigkeit einer guten Anwältin leugnete, liebte sie ihn auch.

Verflucht, die meiste Zeit über verhielten sie sich wie ein Paar, das seit einer Ewigkeit verheiratet war. Sie vertrauten einander, sie waren füreinander da, wenn einer von ihnen eine Schulter zum Anlehnen brauchte, sie konnten sogar meistens die Gedanken des anderen erraten. Wie in diesem Augenblick zum Beispiel. Duncan wusste, dass sie ihr Angebot für eine Affäre noch einmal überdachte – nicht, weil sie ihn plötzlich nicht mehr begehrte, sondern weil sie schließlich zu begreifen begann, dass sie ihn vielleicht zu sehr begehrte.

Schweigend sah er zu, wie sie ihren Becher neben die Thermoskanne stellte, die er vor ihrem Aufbruch mit heißem Kakao befüllt hatte. Sie erhob sich und ging wankend zum Bug des Schoners, der im schweren Seegang hin und her rollte. Mickey trottete hinter ihr her.

Der Sturm war in Richtung Meer gezogen. Der Himmel war klar, eine steife Brise aus Nordwest wehte, die eineinhalb Meter hohe Wellen vor sich hertrieb. Die Segel waren fest eingerollt, und dank des kraftvollen Dieselmotors der *7:2* durchschnitt der Schoner mit Leichtigkeit das Wasser. Die Sonne war bereits aufgegangen, als sie in die ruhigeren Gewässer im Schutze von Thunder Island kamen. Duncan bemerkte, dass auch das Geräusch der vom Wind aufgepeitschten Brandung leiser wurde. Er schaltete in den Leerlauf, sicherte das Ruder und ging ebenfalls vor zum Bug.

»Wie wäre es hier?«, fragte er, als er zu Willow trat. »Sollen wir hier vor Anker gehen?«

Sie wandte den Blick von der Insel und schenkte ihm ein zaghaftes Lächeln. »Das hier ist fürs Erste der beste Platz«, sagte sie leise. »Aber wir müssen heute Abend weiter zu den Pilot Islands. Hier wird die Brandung einfach zu stark, wenn die Flut kommt.«

»Kannst du das Steuer übernehmen, während ich den Anker setze?«, fragte er und zog an dem Metallstift, der den schweren Anker sicherte.

Ihr Lächeln wurde mit einem Mal schief. »Was würde Ahab tun, wenn er erführe, dass du mich ans Ruder seines wertvollen Schoners lässt?«

Ermutigt durch den frechen Ton, der in ihren Worten mitschwang, und mit dem Gefühl, wieder ein Schuljunge zu sein, der soeben die Aufmerksamkeit der Klassenschönheit auf sich gezogen hatte, erwiderte Duncan ihr Lächeln.

»Er würde mich vermutlich windelweich prügeln.«

Sie legte den Kopf schräg. »Weil du dich nicht verteidigen würdest, oder?«, sagte sie. Es war eher eine Feststellung als eine Frage.

»Ja. Nicht gegen einen Mann, der so viel älter ist als ich.«

»Edelmut ist dir sehr wichtig, oder, Duncan?«

Er zuckte die Achseln und fragte sich, in welche Richtung die Unterhaltung gehen mochte. »Nicht wichtiger als dir, kleine Anwältin.« Mit einer ausholenden Handbewegung wies er auf die Insel. »Du bist unglaublich wütend darüber, dass jemand die Gewässer hier verschmutzt, und du wirst nicht eher Ruhe geben, bis derjenige, der verantwortlich ist, hinter Gittern ist.«

»Wir sind uns einfach zu ähnlich, Duncan.«

»Richtig«, stimmte er zu und nickte. »Deshalb wird es mit uns auch funktionieren, Willow.«

»Es könnte aber auch der Grund dafür sein, dass es eben nicht geht.«

Er schüttelte den Kopf, zog sie in seine Arme und gab ihr einen Kuss auf die Nasenspitze. »Denk doch nur mal an die Kinder, die wir haben könnten«, flüsterte er. »Es wären unglaubliche Menschen.«

»Sie wären Satansbraten«, entgegnete sie, lachte auf, schlang die Arme um ihn und schmiegte ihr Gesicht an seine Brust. »Wir hätten keine Sekunde Ruhe mehr.«

»Stimmt«, entgegnete er seufzend und hielt sie fest. Ihre ungezwungenen Neckereien machten ihm Mut. »Aber es würde Spaß machen.« Er wollte ihr nicht wieder die Möglichkeit geben, ernst zu werden, und drehte sie zum Heck des Schiffes um. »Jetzt pack das Ruder, Süße. Ich will nicht nach Hause paddeln und Ahab erklären müssen, warum sein Schiff auf Grund gelaufen ist.«

»Aye, aye, Sir!«

Der Weg zurück zum Steuer war viel leichter, weil die See sich beruhigt hatte. Mickey sah Duncan an, legte den Kopf wie Willow schräg und jaulte leise.

»Guck mich nicht so an«, sagte Duncan und zuckte

mit den Schultern. »Versuch *du* doch, sie zur Vernunft zu bringen.« Mickey knurrte leise, drehte sich um und trottete übers Deck zu Willow. »Leg den Gang ein und dreh nach Backbord ab«, rief Duncan Willow zu, als er neben der Ankerwinde stand. Er wartete, bis er glaubte, sie hätten eine gute Position erreicht, und ließ dann den Anker ins Wasser. Mit einem gedämpften Platschen traf dieser die Wasseroberfläche und versank in der Tiefe. Duncan wartete, bis das Tau still stand. »Jetzt schalte in den Rückwärtsgang und dreh nach Steuerbord«, rief er und winkte Willow zu. Das Tau rollte sich noch weiter ab. Es ruckte, als der Anker Halt am Boden fand. »Dreh auf Backbord und prüf, ob der Anker fest ist.«

In der Sicherheit, dass sie weder auf das Meer hinaustreiben noch auf Grund laufen würden, ging Duncan schließlich nach vorn. Als er Willow erblickte, konnte er sich ein Grinsen nicht verkneifen. Sie stand konzentriert am Steuerrad, das fast genauso hoch war wie sie selbst, und war vollkommen in ihre Aufgabe vertieft. Sie hatte die Augenbrauen zusammengezogen und schaltete gerade wieder in den Leerlauf, drehte das Steuer in eine neutrale Position und sicherte es.

Als Duncan näher kam, sah sie auf und strahlte. »Nenn mich Captain Foster«, sagte sie, warf sich in die Brust und salutierte. »Du kannst mein erster Maat sein.«

»Ich wäre lieber dein persönlicher Schiffsjunge«, entgegnete er und zog sie wieder an sich.

Sie schmiegte sich an ihn und schlang die Arme um

seinen Hals. »Das gefällt mir«, flüsterte sie und spielte mit seinen Haaren. »Was machst du als mein persönlicher Schiffsjunge denn so?«

»Ich lese meinem Captain jeden Wunsch von den Augen ab«, erwiderte er ebenso leise.

»Jeden Wunsch?«

»Ja …«

»Auch einen ganz … intimen Wunsch?«

»Vor allem das«, versicherte er, beugte sich hinunter und küsste sie.

Sie stellte sich auf die Zehenspitzen und öffnete mit einem erwartungsvollen Seufzen die Lippen. Duncan nahm ihre süße Einladung an und vertiefte den Kuss. Er genoss den Geschmack der salzigen Luft und des warmen Kakaos, die sich mit ihrer eigenen Frische vermischten. Ihre Reaktion kam prompt.

Duncan stöhnte, als er ihre Hüften noch enger an sich zog und sie hochhob. Sie legte die Beine um seine Taille und vergrub ihr Gesicht in seiner Halsbeuge.

»Schlaf mit mir, Duncan«, flüsterte sie. »Ich will dich in mir spüren.«

Verlangen durchzuckte ihn. Mit ihr auf dem Arm ging er zu der steilen Treppe, die unter Deck führte. Als er merkte, dass die Treppe doch zu steil war, um Willow hinuntertragen zu können, ließ er sie hinunter und nahm ihr Gesicht in beide Hände. »Geh nach unten«, flüsterte er. »Ich vergewissere mich nur noch einmal schnell, dass hier oben alles in Ordnung ist, und komme dann nach.«

Sie stellte sich wieder auf die Zehenspitzen und drückte ihm einen flüchtigen Kuss auf den Mund. »Welche Kabine gehört uns?«, fragte sie. Leidenschaft stand in ihrem Blick, ihr Lächeln war verheißungsvoll.

»Die erste Kabine auf der Backbordseite«, sagte er und half ihr auf die erste Stufe.

Sie blieb stehen, wandte sich um und sah ihn an. »Kannst du mir fünf Minuten geben?«

»Zwei«, presste er zwischen zusammengebissenen Zähnen hervor. »Mach dir keine Mühe, dieses süße Teilchen aus Spitze anzuziehen, Süße. Es würde nur kaputtgehen.«

Duncan beobachtete fasziniert, wie ihre Augen groß wurden und sie zart errötete. Sie sagte nichts mehr, sondern stieg nur die Stufen hinunter und verschwand unter Deck. Er blickte zur Insel. Diese kleine Hexe. Genau wie er konnte sie nicht anders. Rasch prüfte er das Ankertau, sah dann aufs Meer hinaus und am Ufer der Insel entlang. Sie waren allein – endlich. Er hatte Jason eindringlich gewarnt, ja nicht vor Mittag am Schoner aufzukreuzen. Er ging zurück zur Treppe, hielt jedoch an, als Mickey versuchte, vor ihm die Stufen hinunterzugehen. Duncan zog den Wolf zurück und blockierte ihm den Weg. Mickey legte fragend den Kopf schräg.

Duncan wuschelte ihm durchs Fell. »Du bleibst hier und hältst Ausschau nach anderen Booten«, trug er dem Wolf auf. »Unter Deck brauche ich deine Hilfe gerade nicht.«

Damit schloss er die kleine Tür und stieg hinunter. Er würde die nächsten fünf Stunden mit Willow ganz allein verbringen. Genug Zeit – so hoffte er –, um zumindest anzufangen, ihr nur schwer zu eroberndes Herz für sich zu gewinnen.

Kapitel 12

Plötzlich spürte sie Angst. Keine Scheu. Und auch keine Nervosität. Willow fürchtete sich einfach mit einem Mal davor, sich auszuziehen, unter die Decke zu schlüpfen und für den Rest des Vormittags im Fokus von Duncans Interesse zu stehen.

Irgendetwas hatte sich zwischen ihnen verändert. Wenn man sie fragte, dann würde sie sagen, dass es in der Nacht ihres Unfalls passiert war. Als Duncan in das Untersuchungszimmer des Hospitals gekommen war und sie nur schweigend angesehen hatte. Ihr war bewusst geworden, dass sie sich nicht länger verfolgt fühlte. Sie fühlte sich vielmehr … geliebt.

Nicht dass Duncan seine Gefühle für sie verborgen hätte, doch die Emotionen waren immer abgemildert worden – und zwar durch die Lust. So hatte Willow es empfunden. Lust war kontrollierbarer als Liebe. Aber in den letzten zwei Tagen hatte eine Spannung zwischen ihnen gestanden. Duncan war auf einmal so entschlossen, entschlossen, sie dazu zu bewegen, innezuhalten und nicht weiter wegzurennen. Er wollte, dass sie ihn ernst nahm, dass sie ihn ganz und gar liebte und ihm einen Vertrauensvorschuss gab.

Das machte ihr solche Angst.

Warum konnte sie es nur nicht? Was stimmte nicht mit ihr, dass sie diesen letzten Schritt nicht tun, dass sie sich ihm nicht ganz hingeben konnte?

Ihre Schwester hatte sich kopfüber hineingestürzt in die Beziehung. Rachel liebte Kee von ganzem Herzen und mit aller Hingabe und schien das nicht nur unbeschadet zu überstehen, sondern regelrecht aufzublühen. Rachel hatte einen Traumehemann und eine Familie, und sie machte sich anscheinend keine Sorgen darüber, was die Zukunft bereithalten mochte.

Andererseits war Rachel von ihnen beiden immer die Mutige gewesen. Seit Willow denken konnte, hatte Rachel sich am Ende immer das erarbeitet, was sie sich gewünscht hatte, ohne sich über die Konsequenzen Gedanken zu machen.

Anders als ich, dachte Willow, als sie nun in die schmale Kabine auf der Backbordseite des Bugs blickte, je ängstlicher ich werde, desto lauter werde ich. Sie hoffte, dass die Welt dadurch niemals mitbekam, was für ein Feigling sie wirklich war.

Duncan würde es durchschauen. Er würde schon bald begreifen, dass er sich in eine ängstliche junge Frau verliebt hatte, die lieber im Feuer der Leidenschaft tanzte, als sich in der Liebe zu verlieren. Kapierte er denn nicht, dass sie ihm sein ritterliches, edles Herz brechen würde?

Sie hörte die Tür zuschlagen und Duncan die Treppe herunterkommen. »Du musst nicht so finster dreinblicken. Es gibt keine Bettwanzen … versprochen«, sagte er leise, als er hinter ihr stand.

Willow lehnte sich zurück, bis sie die Wärme seines Körpers spüren konnte. »Ich will dich nicht lieben, Duncan.«

»Dann tu es nicht«, flüsterte er und drehte sie langsam zu sich um. Er hob ihr Kinn an, sodass sie ihn ansehen musste. »Es war nie meine Absicht, dir Angst zu machen, Süße. In mir ist genug Liebe für uns beide.«

»Aber es ist dir gegenüber nicht fair.«

»Ach, Willow. Das ganze Leben ist nicht fair«, entgegnete er seufzend und umarmte sie. »Und das ist die Herausforderung«, schloss er, beugte sich hinunter und küsste sie.

Willow schlang die Arme um seinen Hals und erwiderte seinen Kuss mit dem Verlangen, das sich in all der Zeit, die sie sich nach ihm verzehrt hatte, in ihr aufgebaut hatte. Zum Teufel mit ihren Sorgen. Sie würde alle Vorsicht in den Wind schlagen und mit diesem wundervollen schönen Mann schlafen.

Willow zog Duncan hinter sich her und schlüpfte aus ihren Schuhen. Dann kletterte sie auf das hohe Bett und fing an, die Knöpfe seines Hemdes zu öffnen, so gut sie das mit der verletzten Hand konnte. Sie zogen sich gegenseitig mit mehr Leidenschaft als Anmut aus. Duncan küsste ihre nackte Schulter, während er ihre Jeans aufknöpfte. Willow streifte ihm das Shirt ab und strich mit den Lippen über seine Brust, während sie seinen Gürtel löste.

Das Fieber in ihr stieg bis zu dem Punkt an, an dem die Zeit stehen blieb und sich alles um sie herum nur noch auf die wilden, intensiven Gefühle beschränkte. Er duftete wundervoll, schmeckte göttlich und fühlte sich kraftvoll warm und männlich an. Willows Erwartung wuchs, bis das Verlangen wie eine Welle durch sie hindurchströmte und sie mit sich riss.

Duncan schob sie sanft zurück, bis sie lag. Er zog ihr die Hose und gleichzeitig ihr Spitzenhöschen aus und warf beides achtlos zur Seite. Dann streifte er sich seine eigene Hose und die Boxershorts ab und kletterte zu ihr ins Bett, um sie wieder in seine Arme zu schließen.

Die Berührung jagte Feuer durch ihren Körper. »Ja«, flüsterte sie, schmiegte ihr Gesicht an seine Brust und strich mit den Händen über die Muskeln an seinem Rücken.

»Mhhh …«, hauchte er und hob ihren Kopf an, um sie küssen zu können. »Du fühlst dich so gut an, Süße. So lebendig.«

Willow öffnete die Lippen, um ihn schmecken zu können. Sie erkundete mit ihren Beinen jeden Zentimeter seines Körpers, den sie erreichen konnte.

Duncan ergriff ihre Hände und hielt sie über ihrem Kopf fest. Dann sah er sie so intensiv, so wild, so leidenschaftlich an, dass es ihr den Atem verschlug. Bedächtig ließ er seinen Blick über ihr Gesicht und über ihren Hals bis zu ihren Brüsten gleiten. Er schob einen Finger unter den Verschluss ihres BHs, öffnete ihn und streifte ihn ab.

Willow spürte, wie sie unsicher wurde, als er nun behutsam über die Blutergüsse fuhr, die der Sicherheitsgurt auf ihrem Körper hinterlassen hatte. Er fing an ihrer linken Schulter an, strich zwischen ihren Brüsten hindurch und hielt oberhalb ihrer Taille an. Dann beugte er sich hinunter, um den blauen Fleck zwischen ihren Brüsten zu küssen.

Seine Aufmerksamkeit war fast zu viel für sie. Willow bewegte sich leicht, brachte eine Brust näher an seinen Mund und keuchte auf, als er endlich die aufgerichtete Knospe zwischen seine Lippen nahm und behutsam daran saugte. Doch er ließ noch immer nicht ihre Hände los, steigerte ihr Verlangen, als er sich ihrer anderen Brust widmete. Willow stieß einen kleinen Schrei aus. Sie legte ein Bein über seine Schenkel und zog ihn näher an sich. Sie seufzte, als er leise lachte.

»Wir haben noch den ganzen Vormittag«, sagte er und hauchte eine Spur von Küssen von ihren Brüsten zu ihrem Kinn hinauf. Mit seinen funkelnden Augen blickte er sie an. »Ich hatte ganz vergessen, wie ungeduldig du werden kannst.«

Willow blitzte ihn missmutig an. »Es ist so lange her, Duncan. Ich will dich in mir spüren. Sofort«, schloss sie und schlang beide Beine fest um ihn.

Er stemmte sich hoch, und sein Lächeln verschwand. »Wenn du nicht unbedingt jetzt schon eine Familie gründen willst, solltest du mir noch einen Moment geben«, sagte er und griff unter das Kissen, um ein Kondom hervorzuholen und im nächsten Moment die Folie aufzureißen. Willow sah zwei weitere kleine Päckchen und musste unwillkürlich lächeln.

Sie erkundete erneut seinen schönen Körper. Mit den Fingern streichelte sie über die festen Brustmuskeln und über seine breiten Schultern. Sie konnte seine Anspannung spüren, sein Verlangen und seine Ungeduld, und ihr Lächeln wurde breiter.

»Du hast nur drei Kondome mitgenommen?«, fragte sie. Er streifte sich das Kondom über und blickte sie vollkommen verblüfft an. »Und ich dachte, du wärst ein praktisch denkender Mann«, fuhr sie fort, den warnenden Ausdruck in seinen Augen ignorierend. »Gut, dass meine Schwester mich so genau kennt. Sie hat mir zwei Dutzend in den Koffer gesteckt.«

Duncans Augen funkelten. Langsam löste er ihre Hände von seinem Körper und hielt sie dann wieder über ihrem Kopf fest. Vorsichtig legte er sich zwischen ihre Beine. Willow riss die Augen auf, als sie seinen Schwanz zwischen ihren Schenkeln spürte.

Zärtlich schob er ihr das Haar aus dem Gesicht und küsste sie. Willows Reaktion kam prompt. Wieder schlang sie die Beine um ihn. »Jetzt, Duncan«, flüsterte sie an seinen Lippen. »Ich muss dich jetzt in mir spüren.«

Entweder war er mit seiner Geduld am Ende, oder ihre Bemerkung über die Kondome brachte ihn dazu, dieses Mal etwas schneller zu sein. Duncan ließ Willows Hände los, stützte sich zu beiden Seiten ihres Körpers ab und glitt liebevoll und behutsam in sie hinein.

Sie musste sich ermahnen, das Atmen nicht zu vergessen und sich zu entspannen – was nicht ganz leicht war, wenn man bedachte, dass ihr Herz mit der Wucht der stürmischen Wellen schlug, die sich am Ufer von Thunder Island brachen. Sie konnte nicht genau sagen, was sie mehr erregte: das Gefühl, ihn so tief in sich zu spüren, oder die Intensität, mit der er sie anblickte.

Für Willow war es vorbei, noch ehe es richtig begonnen hatte. Sie verlor schnell die Kontrolle und wurde von ihrem Höhepunkt mitgerissen. Ihre inneren Muskeln schlossen sich rhythmisch um ihn, sie schrie ihre Lust heraus. Ihr Schrei hallte in der winzigen Kabine wider. Duncan brachte sie auf immer neue Gipfel der Lust. Die überwältigenden Empfindungen schienen nicht aufzuhören.

Dann wurde er langsamer, gab ihr ein paar Sekunden Zeit, sich zu erholen, ehe er ihre Lust wieder ins Unermessliche steigerte. In seinen Augen spiegelte sich ihre Reaktion – sie sprühten Funken, als er zusah, wie Willow erneut kam. Dieses Mal kam er mit ihr. Er warf den Kopf in den Nacken, schrie seine Befriedigung mit Willow zusammen heraus. Tief in ihr hielt er inne, blickte ihr in die Augen, und Willow fühlte, wie ihr Innerstes im Takt ihrer pochenden Herzen pulsierte. Seufzend schloss Duncan die Augen und legte sich neben sie, ohne sich aus ihr zurückzuziehen. Er genoss die letzten Zuckungen ihrer Lust. Willow bemerkte, dass sie lächelte. Die Durststrecke war vorüber, die Flut der Leidenschaft, die über sie hereingebrochen war, war das Warten wert gewesen.

»Ja«, murmelte Duncan ihr ins Ohr. »Durststrecken sind definitiv hart für den Körper.«

Willow wurde bewusst, dass sie die Worte laut ausgesprochen hatte. Sie sah zu ihm und hob fragend eine Augenbraue. »Willst du damit etwa sagen, dass du in den letzten eineinhalb Jahren enthaltsam gewesen bist?«

Er zog ebenfalls die Augenbrauen hoch. »Willst du mir Doppelmoral vorwerfen?«, fragte er, statt ihr zu antworten. »Glaubst du, ich erwarte, dass du dich von anderen Männern fernhältst, während ich selbst von einer Frau zur nächsten tanze?«

»Du bist ein …«

Er legte ihr die Hand auf den Mund. »Keine Beschimpfungen.«

Sie wand sich aus seinem Griff. »Ich wollte eigentlich sagen, dass du ein außergewöhnlicher Mann bist«, erklärte sie süßlich und tätschelte seine Wange. »Und dass die einzigen mir bekannten außergewöhnlichen Männer, die enthaltsam leben, tot sind.«

»Oder so verliebt waren, dass sie verrückt geworden sind«, murmelte er, rollte von ihr herunter und zog die Decke über sie beide. »Du darfst jetzt eine halbe Stunde schlafen, kleine Anwältin«, sagte er und zog sie so dicht zu sich heran, dass ihr Gesicht in seine Halsbeuge geschmiegt war. »Vielleicht auch nur zehn Minuten. Ich habe vor, bevor Jason und Jane hier ankommen, ein Riesenloch in den Kondomvorrat zu reißen, den deine umsichtige Schwester dir mitgegeben hat.«

Den restlichen Vormittag über liebten sie sich mit der Bedächtigkeit eines leichten Sommerregens. Sie schliefen ein, während der Schoner sich leicht in den Wellen wiegte, erwachten und erkundeten den Körper des anderen erneut oder kuschelten einfach eine Zeit lang. Duncan fand heraus, dass er nicht genug von Willow bekommen konnte. Er hatte das Gefühl, sie nicht fest genug halten zu können, um die Erinnerung daran auszulöschen, dass er sie zwei Tage zuvor beinahe verloren hätte.

Und ihr ging es anscheinend nicht anders. Sie hatte sich eng an ihn geschmiegt und murmelte leise im Schlaf. Ihr warmer Atem strich über seine Haut, ihr geschientes Handgelenk lag in seiner Armbeuge. Das rechte Bein hatte sie über seines gelegt, als hätte sie Angst, er könnte ihr sonst entfliehen.

Duncan starrte an die Decke und seufzte leise. »Flucht« war seit fast zwei Jahren nicht mehr Teil seines Wortschatzes.

Er hörte Mickey leise bellen und zum Heck des Schoners tapsen. Es schien, als wäre ihr Honeymoon vorbei. Jason und Jane näherten sich offenbar gerade mit dem Schlauchboot der *7:2*, und es war an der Zeit, sich wieder auf Willows kleines Geheimnis zu konzentrieren. Bis das Rätsel gelöst wäre, würde Duncan sich mit Sicherheit Sorgen um Willow machen und den Kopf nicht frei haben, um ihr Herz für sich zu gewinnen.

Behutsam weckte er sie. »Es ist Zeit, sich anzuziehen, kleine Anwältin. Wir bekommen Besuch.«

»Schick ihn wieder weg«, murmelte sie an seiner Brust und kuschelte sich noch enger an ihn. »Du hast mich fertiggemacht, Dunky. Ich kann mich nicht rühren.«

Er setzte sich auf, zog sie mit sich hoch und lächelte, als er ihr das Haar aus dem Gesicht schob. Sie blickte ihn finster an. »Wir müssen daran arbeiten, dass du bessere Laune hast, wenn du aufwachst.«

»Wir … äh … Wir könnten gleich jetzt damit beginnen«, sagte sie und fuhr mit der Fingerspitze träge über seine Brust.

Duncan hielt sie zurück, bevor sie ihr potenzielles Ziel erreichte. Er rutschte vom Bett und stellte Willow auf die Füße. »Die Dusche bietet gerade mal genug Platz für ein Eichhörnchen«, sagte er und drehte sie in Richtung Bad. »Während du dich fertig machst, lege ich deinen Koffer aufs Bett. Ich räume ihn dann später weg. Ich will nicht, dass du irgendetwas trägst, das schwerer als eine Kaffeetasse ist«, schloss er und gab ihr einen Klaps auf den Po, damit sie sich in Bewegung setzte.

Sie schlang die Bettdecke um sich und tänzelte mit der Anmut eines betrunkenen Matrosen zum Bad. »Es wird mir gefallen, den Rest der Woche von vorne bis hinten bedient zu werden.« Sie blieb an der Tür zur Dusche stehen und sah ihn vorwurfsvoll an. »Ich hatte heute Morgen noch kein Frühstück.«

Duncan schlüpfte in seine Hose, fand sein Shirt und zog es an. »Kann Jane kochen?«, fragte er.

Willow schüttelte mit einem schiefen Lächeln den

Kopf. »Sie kann nicht mal einen Toast buttern. Ich schätze, es bleibt an euch Männern hängen, für unser leibliches Wohl zu sorgen.«

»Kannst du mir noch mal eben kurz sagen, warum wir euch Frauen mitgenommen haben?«

»Du meinst, warum wir Frauen euch Männer mitgenommen haben«, korrigierte sie ihn, und ihr Lächeln wurde breiter. »Wir Frauen sind das Hirn dieser kleinen Operation. Jason und du«, sie zeigte majestätisch auf ihn, »ihr seid die Ausführenden.«

Damit hob sie die Decke an, drehte sich schwungvoll und hocherhobenen Hauptes um und verschwand in der Dusche. Duncan blieb zurück und sah ihr finster hinterher, als plötzlich etwas gegen die Bordwand stieß.

»Schiff ahoi!«, brüllte Jason. »Wir könnten hier draußen mal ein bisschen Hilfe gebrauchen.«

Duncan packte sich seine Schuhe und stieg die Leiter zum Deck hinauf. Er kam gerade rechtzeitig hoch, um zu sehen, wie Jane Huntley mit einem Aufschrei über die Reling hechtete. Sie wirbelte augenblicklich herum, rieb sich den Po und funkelte Jason wütend an.

»Ich bin sehr wohl in der Lage, ohne Hilfe an Bord zu gehen«, erklärte sie aufgebracht, als er lachte. »Ich bin auf einem Boot geboren.«

Jason kletterte als Nächster über die Reling. Duncan bemerkte, dass die Kleidung seines Freundes nass und sein Haar vom Wind zerzaust war. Seine Augen waren blutunterlaufen und seine Lippen blau.

»Auf einem Boot geboren?«, knurrte Jason zitternd. »Du bist wohl eher vom Meer ausgespuckt worden.«

Duncan setzte sich und zog seine Schuhe an. Jane drehte sich mit einem missbilligenden Schnauben um und ging nach achtern. Sie streichelte noch kurz Mickey und bedeutete dem Wolf mitzukommen.

»Hast du beschlossen, heute ein erfrischendes Bad im Meer zu nehmen?«, erkundigte Duncan sich und zog fragend eine Augenbraue hoch.

Jason streifte seine nasse Jacke ab und wies zum Heck des Schoners. »Diese Hexe hat mich absichtlich vom Pier gestoßen.«

»Die hat Nerven, dich aus heiterem Himmel und völlig unbegründet anzugreifen«, sagte Duncan und schüttelte den Kopf.

Jasons Miene verfinsterte sich. »Ich habe wirklich nur eine vollkommen harmlose Bemerkung gemacht, und im nächsten Moment fand ich mich schon im vier Grad kalten Wasser wieder.« Er zog sich das nasse Shirt aus und warf es aufs Deck. »Ich habe mich nur laut gefragt, ob eine Mae West vielleicht überflüssig für sie wäre. Du weißt schon … Diese Rettungswesten mit dem ausladenden …« Duncan starrte seinen zitternden Freund an, als der mitten im Satz innehielt. Jason zog seine Stiefel aus und schüttete das Wasser heraus. Als Nächstes entledigte er sich seiner Hose. Mühsam zerrte er die nassen Jeans von seinen Beinen. Dann richtete er sich auf. Seine Zähne klapperten, die Augen hatte er zu schmalen Schlitzen verengt. »Die Frau ist wie eine Amazone gebaut«, sagte Jason. »Das muss ihr doch klar sein. Und sie muss es auch gewohnt sein, dass Männer ihr Komplimente machen.«

»Also ist es ein Kompliment, ihr zu sagen, dass ihr Oberkörper genauso üppig ist wie eine aufblasbare Rettungsweste?«, fragte Duncan. Er schüttelte den Kopf. »Du warst einfach zu lange auf See, mein Freund.«

Jason stand auf – er hatte nicht mehr an als nasse Boxershorts und Socken – und blickte über die Reling. »Ich brauche meinen Seesack.« Er drehte sich zu Duncan um. »Und im Augenblick bin ich so steif vor Kälte, dass ich wahrscheinlich gleich wieder im Wasser landen würde, wenn ich versuchen würde, die Tasche aus dem Boot zu holen.«

Seufzend erhob Duncan sich, stieg über die Reling und hinunter in das aufblasbare Boot. Nach und nach warf er Jasons Seesack und sämtliche Taschen und Metallkisten hoch, ohne die Jane Huntley offenbar nicht leben konnte.

Es sah aus, als hätten sie ein paar äußerst interessante Tage vor sich.

Kapitel 13

»Schön zu sehen, dass einige Dinge sich niemals ändern.«

Willow und Jane standen am gefluteten Steinbruch und sahen nachdenklich hinein. »Bis auf die Gezeitenzone, die sich jetzt zeigt, hat sich hier überhaupt nichts verändert«, stimmte Willow ihrer Freundin zu. »Das Wasser ist allerdings furchtbar schlammig. Meinst du, der Sturm ist daran schuld?«

Jane hob überfragt die Hände. »Ich kann mir nicht vorstellen, warum das Wasser so trüb ist, denn hier ist es eigentlich geschützt. Es sei denn, es ist mehr als nur ein Riss im Granit, durch den das Meer hereindrückt. Vielleicht ist dort eine unterirdische Höhle. Das würde reichen, um den Boden aufzuwühlen und das Wasser so schlammig zu machen.«

»Aber wir haben während der Highschool-Zeit jeden Zentimeter dieser Insel erkundet und sind nie auf Höhlen gestoßen. Die bilden sich doch nicht einfach so«, entgegnete Willow und blinzelte Jane im hellen Sonnenlicht an. »Sie werden entweder von Menschenhand gemacht oder sind durch Eruptionen entstanden, oder?«

Jane ging langsam an der Klippe entlang und blickte in den Steinbruch hinunter. »Nachdem du mir erzählt hast, dass der See plötzlich eine Gezeitenzone aufweist, habe ich die geologischen Berichte für seismische Aktivitäten der letzten zehn Jahre an der Küste geprüft.« Über die Schulter hinweg redete sie mit Willow. »Im letzten Winter gab es einige leichtere Erdbeben. Ein paar der Erschütterungen waren so stark, dass sie Risse im Gestein hätten verursachen können.«

»In Maine gibt es doch keine Erdbeben«, erwiderte Willow überrascht.

Jane blieb stehen und drehte sich lächelnd zu ihr um. »Doch, natürlich gibt es die. Eine Theorie besagt, dass ein Gletscher aus der letzten Eiszeit – an einigen Stellen über eineinhalb Kilometer dick – das Land niedergedrückt hat. Das Gewicht war so massiv, dass der Boden noch immer nachfedert. Es sind keine Erdbeben, die durch Plattenverschiebungen verursacht werden, sie entstehen, weil die zusammengedrückte Erde sich Stück für Stück ebnet.«

Willow legte den Kopf schräg. »Und von diesen Beben gab es im letzten Winter in dieser Gegend eines oder sogar mehrere?«

»Das haben zumindest meine Recherchen ergeben. Im Dezember und im Januar.«

»Und wenn die Beben stark genug waren, um Risse im Boden zu verursachen, und sich dort unten tatsächlich etwas befindet«, sagte Willow und wies auf das schlammige

Wasser, »dann ist es durchaus denkbar, dass das Gift mit jeder Flut ins Meer gespült wird. Und das Timing stimmt auch – die kranken Hummer werden seit dem Frühjahr gesichtet.«

»Sie wären schon früher zu finden gewesen«, stellte Jane klar, »aber die Fischer legen in der Zeit keine Fallen aus, weil die Hummer sich im Winter in tieferen Wasserschichten aufhalten.«

Willow ging ebenfalls an der Klippe entlang, jedoch in die entgegengesetzte Richtung. Sie betrachtete die zerklüfteten Wände des Steinbruchs und versuchte, etwas in dem trüben Wasser zu erkennen.

»Wenn du reinfällst, springe ich nicht hinterher, um dich zu retten«, sagte Duncan, der jetzt zwischen den Kiefern hervortrat und zwei Metallkisten abstellte, die er vom Schlauchboot hergetragen hatte.

»Du würdest zusehen, wie ich ertrinke?«, fragte Willow, drehte sich um und grinste ihn an.

»Ich würde dir vielleicht ein Seil zuwerfen.«

»Was ich dazu benutzen würde, dich mit hineinzuziehen«, erwiderte sie.

»Meine ganze Taucherausrüstung mit Flasche wiegt nicht so viel wie diese Sachen hier«, brummte Jason, der ebenfalls nun zwischen den Bäumen hervortrat und seine Last auf dem moosbewachsenen Boden abstellte.

»Sei vorsichtig damit«, zischte Jane und eilte herbei. »Da sind hochempfindliche Instrumente drin.«

»In mit Schaumstoff ausgekleideten Metallkisten«, erinnerte Jason sie. Er hockte sich hin und sah zu, wie Jane ihre Ausrüstung auspackte und vorbereitete. »Deine wertvolle Kamera hat sogar Willows Unfall überstanden, da wird sie meine Behandlung erst recht überleben. Nicht dass wir sie überhaupt nutzen können. Das Wasser ist viel zu trübe, um irgendetwas zu erkennen.«

Der Rest ihrer Unterhaltung entging Willow. Sie humpelte weiter am Rand des Steinbruchs entlang, duckte sich unter überhängenden Ästen hindurch, darauf bedacht, nicht auszurutschen. Der Steinbruch war so lang wie zwei Football-Felder und so breit wie drei. Er befand sich am westlichen Ende von Thunder Island an der höchsten Stelle der Insel, nur einen Steinwurf vom Ufer entfernt. In der Mitte der Insel standen verfallene Häuser. Kaputte Granitblöcke und Überreste des Abbaus lagen überall herum. Rostige alte Gleise führten vom Steinbruch bis hinunter zu einem Anleger, der knapp fünfzig Meter ins Meer hineinragte.

Das östliche Ende von Thunder Island verjüngte sich zu einer Reihe von Felsvorsprüngen. Die tosende Brandung, die sich an den Felsen brach, sorgte dafür, dass sich dort nicht einmal die zähesten Meeresbewohner oder -pflanzen ansiedeln konnten. Kartoffelrosen, Strauchkiefern, Blaubeersträucher, Moos und Sauergras ließen an einen Park denken. Unzählige Möwen flatterten laut kreischend herum. Sie waren offenbar genauso froh darüber, dass der Sturm vorbei war, wie Willow.

»Hast du nicht erzählt, dass Ray Cobb und sein Freund

sich schon auf der Insel umgesehen haben?«, fragte Duncan, der Willow gefolgt war.

Willow ging weiter am Steinbruch entlang. »Ja, Ray hat gesagt, sie hätten die Insel mehrmals abgesucht.« Plötzlich blieb sie stehen. »Aber ich bezweifle, dass sie das hier gesehen haben«, sagte sie und wies auf den Boden. »Wie sieht das für dich aus?«

Duncan trat neben sie und sah sich die Stelle an, auf die sie zeigte. »Das sind Schleifspuren«, sagte er, kam noch näher und ging in die Knie, um das herausgerissene Moos zu betasten. »Irgendetwas Schweres wurde hier entlanggezerrt. In die Richtung«, fügte er hinzu und zeigte zum Ufer. Er erhob sich, betrachtete die Schleifspuren und folgte in Gedanken dem Weg. Schließlich lief er ihn ab. Am Rand des Steinbruchs ging er wieder in die Hocke und berührte die zerschrammte Kante.

»Die Spuren sind noch nicht alt«, sagte er. »Sie sind vermutlich während des Sturms entstanden. Siehst du, wie schlammig und verschmutzt der Felsen von dem zerfetzten Moos ist? Irgendetwas wurde aus dem Steinbruch gezogen und weggezerrt.« Er stand auf, ging zu Willow und ergriff ihre Hand, als er an ihr vorbeiging. Mit ihr zusammen folgte er dem Weg, der jetzt gut zu erkennen war. Sie liefen ein Stück und kamen dann zum felsigen Ufer. »Was auch immer es war, sie haben es auf ein wartendes Boot geschafft.«

»Aber das ist so gut wie unmöglich. Es war zu stürmisch. Die Brandung wäre viel zu stark gewesen.«

»Der Wind kam aus Nordost«, entgegnete er und sah sich um. »Diese Seite der Insel lag also im Windschatten.« Er zeigte auf eine kleine Bucht, die ungefähr die Ausmaße seines Hauses hatte. Dort brach sich die auflaufende Flut in spritzenden Wellen. »Da. Siehst du, dass das Moos bis hinunter zur Hochwassermarke ausgerissen ist? Sie haben dort gehalten und haben ihre Ladung aufgenommen.«

»Während des Sturms?«

Er sah sie an. »Gäbe es denn einen besseren Zeitpunkt, kleine Anwältin, wenn man nicht gesehen werden will? Niemand, der noch ein Fünkchen Menschenverstand hat, fährt bei einem Sturm aus Nordost aufs Meer hinaus.«

»Bis auf Kriminelle, die so viel zu verlieren haben, dass sie sogar ihr Leben dafür riskieren«, murmelte sie und drehte sich um, um zurück zu den anderen zu gehen.

Doch Duncan zog sie in seine Arme. »Und die verzweifelt genug sind, um dich von der Straße zu drängen«, fügte er hinzu. »Sieht so aus, als hättest du mit deiner Vermutung richtiggelegen, Willow. Anscheinend versuchen sie, die Beweise verschwinden zu lassen.«

Sie lehnte sich in seinen Armen ein Stückchen zurück, sah ihn an und lächelte. »Ich werde sie erwischen. Ich werde so viel Beweismaterial gegen sie sammeln, dass sie keine Chance haben, ungeschoren davonzukommen.«

»Können wir dann jetzt deine Ermittler zu Hilfe holen?«

Ihr Lächeln verschwand. »Noch nicht. Ich möchte ihnen erst sagen können, in welche Richtung sie ermitteln müssen. Schleifspuren sind keine rauchende Waffe. Wir müssen herausfinden, was sie aus dem Steinbruch geholt haben, damit wir wissen, womit wir es zu tun haben.«

Duncan seufzte, als sie den Kopf an seine Schulter legte. »Drei Tage, Süße. Dann statte ich deinem Chef einen Besuch ab und erkläre ihm, was du tust.«

»Zu spät«, murmelte sie. »Ich habe John am Telefon alles gesagt.« Sie lehnte sich wieder ein Stückchen zurück und lächelte ihn an. »Er hat mir den Rest der Woche gegeben, um hier Nachforschungen anzustellen.«

Duncan tippte ihr auf die Nasenspitze. »Aber ich gebe dir nur drei Tage«, wiederholte er. »Und ich werde nicht von deiner Seite weichen.«

»Oh, das gefällt mir«, flüsterte sie, stellte sich auf die Zehenspitzen und küsste ihn.

Er neigte den Kopf, um den Kuss zu erwidern, hielt sie fest in seinen Armen. Jede ungezügelte Empfindung, die sie am Morgen erlebt hatte, flackerte wieder in ihr auf, und Willow reagierte mit derselben leidenschaftlichen Ungeduld, die sie immer ergriff, wenn Duncan sie berührte. Mein Gott … Wem wollte sie hier etwas vormachen? Ihr wurde heiß, sobald sie ihn nur sah.

»Ich habe beschlossen, Meeresbiologe zu werden, wenn ich groß bin«, erklang plötzlich Jasons Stimme. »Sie haben ein paar wirklich tolle Spielzeuge.«

Seufzend legte Duncan das Kinn auf Willows Kopf. Er hielt sie fest, sodass sie sich nicht zu Jason umdrehen konnte. »Du hast doch schon einen Master in Informatik«, sagte Duncan. »Und du hättest deinen Doktor machen können, wenn du nicht mit der Frau des Dekans durchgebrannt wärst.«

Willow hob abrupt den Kopf und drehte sich in Duncans Armen um. »Du hast einen Master, Jason?« Mit einem Mal runzelte sie die Stirn. »Und du hattest eine Affäre mit einer verheirateten Frau?«

»Ich hab nicht mit ihr geschlafen«, erwiderte Jason und funkelte Duncan wütend an, bevor er wieder zu Willow blickte und mit den Achseln zuckte. »Sie war unglücklich, ich hab sie nur aus einer unhaltbaren Situation befreit.« Jason wollte das Thema offenbar nicht weiter diskutieren. »Ich hab herausgefunden, warum das Wasser im alten Steinbruch so schlammig ist. Taucher haben es aufgewühlt.«

»Weshalb bist du dir da so sicher?«, wollte Willow wissen.

Jason hob die Hand, und Willow erkannte erst jetzt, dass er einen Stein in der Hand hielt. »An diesem Stein sind Spuren von Blei. Ich habe ihn ungefähr zweieinhalb Meter vom Steinbruch entfernt gefunden.«

»Sie haben Blei aus dem Wasser geholt?«, fragte Willow.

»Das bezweifle ich«, entgegnete Jason und schüttelte den Kopf. »Auf diesem Stein findet man auch Spuren von gelber Farbe. Wahrscheinlich kommen die Spuren von Tauchgewichten. Außerdem habe ich einen Fußabdruck im Schlamm gefunden, der definitiv von einem Neoprenfüßling stammt. Ich vermute, dass sie Trockentaucheranzüge und Taucherhelme benutzt haben. Sollte das Wasser tatsächlich verseucht sein, ist das die sicherste Art, um zu tauchen.«

»Hat Jane die Unterwasserkamera vorbereitet?«, fragte Willow.

»Ja. Aber das Wasser ist schlammig und aufgewühlt. Sie nimmt gerade die Wasserproben.« Er sah Duncan an. »Wir können runtergehen. Ich hab die nötige Ausrüstung.«

»Nein«, entgegnete Willow und wandte sich wieder Duncan zu. »Das ist zu gefährlich.«

»Weshalb gefährlich, Süße? Es ist doch nur ein mit Wasser gefüllter alter Steinbruch.«

»Wenn eure Anzüge reißen, könnt ihr genauso krank werden wie die Hummer und Krabben.«

»Wenn unsere Anzüge reißen, werden wir die Ersten sein, die das mitbekommen, und sofort wieder auftauchen.«

»Nein«, wiederholte sie und verschränkte die Arme vor der Brust. »Solange ich nicht weiß, was dort unten ist oder war, werdet ihr nicht tauchen.«

»Wenn wir nicht tauchen, werden wir es vielleicht nie erfahren«, gab Jason zu bedenken.

Willow wandte sich ihm zu. »Dann rufe ich die Taucherstaffel Maine zu Hilfe. Sie können den alten Steinbruch absuchen.«

»Warum ist es für sie in Ordnung, dass sie tauchen, und

für uns nicht?«, fragte Duncan. »Wir sind genauso gute Taucher wie sie.« Ja. Warum war sie bereit zuzulassen, dass das Leben von Männern aufs Spiel gesetzt wurde, die sie nicht kannte?

»Weil es ihr Job ist«, versetzte sie knapp. Plötzlich lächelte Duncan und verschränkte die Arme vor der Brust. Es war kein nettes Lächeln. »Vorsicht, kleine Anwältin«, sagte er ruhig. »Ich könnte auf den Gedanken kommen, dass du Gefühle für mich hegst, und das würde mir ganz sicher zu Kopf steigen.«

»Verdammt, Duncan!« Sie stampfte mit dem Fuß auf, weil sie ganz genau wusste, dass er nicht auf sie hören würde. »Das hier ist meine Sache, und ihr werdet nicht da runtergehen.«

Schweigend starrte er sie an. Der Ausdruck in seinen Augen war undurchdringlich. Dann blickte er zu Jason. »Sag Jane, dass wir tauchen. Dann helfe ich dir, unsere Ausrüstung von der *7:2* zu holen.«

»Nein!«

Duncan ergriff behutsam ihre Schultern. »Uns wird nichts passieren«, sagte er. »Wir werden nicht länger als eine halbe Stunde unten bleiben.«

Willow klammerte sich mit ihrer gesunden Hand an seinen dicken Pullover. »Tu das nicht, Duncan. Du musst mir nichts beweisen.«

Er gab ihr einen Kuss auf die Stirn. »Vielleicht muss ich mir selbst ja was beweisen, Süße.« Er schlang wieder die Arme um sie, hielt sie fest und flüsterte ihr ins Ohr:

»Ist dir schon aufgefallen, dass ich dich nie gebeten habe, mich zu heiraten, Willow?«

Den Kopf an seiner Schulter, runzelte sie die Stirn. Sie wusste, dass er das Thema wechselte, um sie abzulenken, und das war ihm auf sehr eindrucksvolle Weise gelungen.

»Das … Das ist mir aufgefallen«, sagte sie leise und hob den Kopf.

»Und hast du dich nicht gefragt, warum das so ist?«

»Weil du es lieber der ganzen Stadt überlässt, statt es selbst zu tun?«

Er schüttelte den Kopf und errötete. »Ich schwöre, dass ich nicht weiß, wie dieses Gerücht in Umlauf gekommen ist. Ich kann dir nur versichern, dass ich nicht dahinterstecke. Ich werde dich niemals bitten, mich zu heiraten, Willow.«

»Wirst du nicht? Niemals?« Sie legte den Kopf schräg und sah ihn nachdenklich an. »Sag niemals nie, Dunky.«

Mit einem Mal lächelte er. »Du lernst dazu, meine kleine Anwältin.«

»Also willst du mich nicht heiraten? Was sollte dann das Gerede über Kinder und Enkel?«

»Es war nur Gerede. Ich wollte dir etwas geben, worüber du nachdenken kannst.«

»Gut. Sollten deine Kinder nicht ehelich geboren werden?«

»Doch«, sagte er und nickte. »Aber es gibt keine Hochzeit, solange nicht einer von uns den anderen fragt.«

Willow lehnte sich in seinen Armen so weit zurück, wie

es ging. »Ich?«, keuchte sie, als es ihr dämmerte. »Du erwartest von mir, dass *ich* dich bitte, mich zu heiraten?«

Er nickte, und in seinen Augen stand ein freches Funkeln. »Romantisch, wie es sich für einen Gentleman geziemt.«

Sie war schockiert. Er erwartete von ihr, dass sie ihm einen Heiratsantrag machte? »Bist du verrückt?«

Er schüttelte langsam den Kopf. »Ein Mann will gebraucht werden, Willow. Und ich …«, sagte er und drückte sanft ihre Schultern, »… ich will, dass du um meine Hand anhältst.«

Sie wusste nicht, ob sie ihn treten oder in Lachen ausbrechen sollte, also tätschelte sie seine Wange. »Ach, Duncan. Du bist echt aus einer anderen Zeit.«

»Und du, meine Süße, bist ein freches Gör.«

Er küsste sie ein letztes Mal, dann ließ er sie schnell los und war im nächsten Augenblick weg, sodass Willow keine Zeit hatte zu reagieren. Sie sah, wie er den schmalen Weg hinauflief und zwischen den Bäumen verschwand.

»Du gehst nicht tauchen!«, rief sie ihm hinterher.

»Hör auf, hin und her zu laufen, Willow. Du läufst noch eine Furche in den Felsen.«

Willow blieb stehen und funkelte Jane an, ehe sie erneut zornig die kleinen Luftbläschen anstarrte, die im schlammigen Wasser des alten Steinbruchs an die Oberfläche blubberten. Verdammt, wann genau hatte sie die Kontrolle über diese Operation verloren?

Genau in dem Moment, als sie Duncan gebeten hatte, ihr zu helfen. Sie hätte wissen müssen, dass er die Führung übernahm. Das lag vor allem an seiner nervigen Art, sie ständig beschützen zu wollen. O ja, sie verstand, dass er trotz ihres Protestes tauchen ging, er wollte das Rätsel *jetzt* lösen.

Seit dem Unfall glaubte auch sie selbst, dass sie in Gefahr schwebte. Wenn diejenigen, die hinter dem Verbrechen steckten, bereit waren, eine Mitarbeiterin aus dem Büro des Generalstaatsanwalts zu verfolgen, steckte mehr dahinter. Sie hatten es nicht nur mit der illegalen Entsorgung von giftigen Chemikalien zu tun.

Willow setzte sich auf einen großen Felsen am Rand des Steinbruchs, legte die Ellbogen auf die Knie und stützte das Kinn in die Hände. Welches verfluchte kleine Puzzleteil übersah sie?

»Ich hab's«, stieß sie unvermittelt hervor und sprang auf.

Jane blickte vom Monitor der Unterwasserkamera hoch. »Was?«

»Es ist kein einmaliger Vorfall.«

Janes Gesicht wurde bleich, als sie sich umsah. »Du meinst, hier liegt noch mehr Giftmüll herum?«

»Nicht unbedingt hier«, entgegnete Willow. »Der Giftmüll könnte sich auch auf anderen Inseln befinden. Warum sonst sollten sie mit allen Mitteln versuchen, mich an meinen Ermittlungen zu hindern?«

»Im Sommer sind an dieser Küste von Kanada bis New

Hampshire unzählige Hummerfischer mit ihren Booten unterwegs. Und niemand hat irgendetwas über kranke Tiere gesagt.«

Willow wandte sich wieder den Luftbläschen zu. Jane hatte recht. »Es sei denn, die anderen Verstecke haben kein Leck.« Sie sah Jane an. »Wir müssen uns auf den anderen Inseln umsehen.«

»Dazu brauchen wir Unterstützung«, erwiderte Jane. »Vor der Küste Maines gibt es über zweitausend kleine Inseln. Und die meisten von ihnen sind unbewohnt.«

Ein dunkler Schatten kam an die Wasseroberfläche. In einer Wolke aus Luftblasen erschien eine Tauchermaske. Willow trat an den Rand, legte sich auf den Bauch und blickte hinunter. Jason schob die Maske hoch und spuckte den Atemregler aus. »Da unten sieht es aus wie auf einer Müllhalde«, sagte er. »Wir haben einige Fahrräder gefunden, zwei Gartenstühle, eine Matratze und genug Bierbüchsen, um ein Boot daraus zu bauen. Wer zur Hölle schleppt all solche Sachen auf eine Insel?«

»Teenager«, entgegnete Jane knapp. Sie lag nun ebenfalls auf dem Bauch und blickte über den Rand des Steinbruchs. »Habt ihr sonst noch etwas gefunden, Jason? Fässer? Holzkisten? Große Säcke oder Planen?«

Jason wirkte überrascht. »Wir haben Plastikplanen gesehen. Warum? Ist das wichtig? Ich dachte, wir sollten nach Fässern oder Kisten schauen.«

»Holzkisten schlägt man mit Plastikfolie aus, wenn die Chemikalien darin in Pulverform sind.«

Jason bewegte unter Wasser unablässig die Beine, setzte nun die Maske wieder auf und griff nach seinem Lungenautomaten.

»Warte!«, rief Jane und bedeutete Jason, die Maske wieder hochzuschieben. »Nimm das Mundstück nicht einfach so wieder in den Mund. Es könnte verseucht sein. Hier …« Sie sprang auf, holte eine Wasserflasche und warf sie zu ihm hinunter. »Spül den Atemregler erst mit klarem Wasser ab.«

»Echt, Einstein? Dir scheint tatsächlich etwas an mir zu liegen«, sagte er und spülte das Mundstück ab. Dann steckte er es in den Mund, schraubte die Flasche zu, schwamm zur Wand des Steinbruchs und stellte sie auf einem kleinen Vorsprung ab.

»Wo ist Duncan?«, rief Willow ihm zu.

Jason nahm das Mundstück wieder heraus und hielt es oberhalb der Wasseroberfläche in die Luft. »Er hat an der westlichen Wand einen breiten Vorsprung mit Schleifspuren entdeckt«, sagte er grinsend. »Er sieht sich das gerade genauer an.«

»Ihr seid schon seit zwanzig Minuten da unten«, sagte Willow. »Es ist Zeit, wieder rauszukommen.«

»Bald«, entgegnete Jason, steckte den Atemregler wieder in den Mund, setzte die Maske auf und ließ sich einfach wieder unter Wasser sinken.

»Es geht ihnen gut, Willow«, beruhigte Jane sie und sah sie über den Rand des Steinbruchs hinweg an. »Ich habe schon einige geflutete Steinbrüche erkundet. Es ist fast so, als würde man in einem Schwimmbecken tauchen.«

Willow ließ ihren Blick über das Wasser und das Ufer schweifen. »Hier wird es im Juli und August vor Jugendlichen nur so wimmeln. Wir müssen uns etwas überlegen, um sie von der Insel fernzuhalten.«

Jane seufzte und widmete sich wieder ihrer Ausrüstung. »Das ist ungefähr so, als würde man versuchen, die Flut aufzuhalten.« Sie setzte per Fernbedienung wieder den Unterwasserroboter mit der Kamera in Gang. Dank der starken Scheinwerfer an der Kamera konnte man trotz des trüben Wassers etwas sehen. »Wir hatten hier jede Menge Spaß, oder?«, sagte Jane, den Blick auf den Kontrollmonitor gerichtet.

Willow beobachtete wieder die Luftblasen und bemerkte, dass Jasons Luftbläschen in Richtung der westlichen Wand des Steinbruchs wanderten, wo Duncans Bläschen zu sehen waren.

»Ja, das stimmt«, sagte Willow und sah zu ihrer Freundin. »Wie kommt es eigentlich, dass du noch nicht verheiratet bist?«

Einen Moment lang schwieg Jane, dann lachte sie. »Einmal stand ich kurz davor. Doch im allerletzten Augenblick habe ich erkannt, dass er keine Ahnung hatte, was er mit meinem Verstand anfangen sollte. Sein Pech.« Jane zuckte die Achseln. »Ich kann keinen Mann finden, der zu mir … passt. Weißt du, was ich meine?« Sie sah Willow mit einem schiefen Lächeln an. »Vielleicht sollte ich dem grauäugigen Teufel eine Chance geben, gucken, ob er etwas mit meinem Verstand anzufangen weiß.« Sie zog eine Augenbraue hoch. »Was ist mir dir, Willow? Duncan scheint sehr gut zu dir zu passen. Er ist umwerfend, klug und offenbar liebt er dich.«

»Er ist vor allem gebieterisch, überfürsorglich und der Meinung, dass ich seine Gefühle für mich erwidern sollte.«

Jane starrte sie mit offenem Mund an. »Ach, Willow«, sagte sie sichtlich besorgt. »Brad ist vor über zehn Jahren gestorben. Du darfst nicht zulassen, dass der Tod deiner Eltern und sein Tod dein Leben weiterhin bestimmen. Dich nicht zu verlieben wird dich nicht vor Tragödien bewahren.«

»Aber ich kann damit die meisten umgehen.«

»Nein«, entgegnete Jane und schüttelte den Kopf. »Das Einzige, was es dir bringt, ist Einsamkeit.«

»Ich bin nicht einsam. Ich habe Rachel, Mikaela und Nick. Sie bereiten mir schon genug Kopfzerbrechen und Sorgen, da brauche ich nicht noch einen Duncan Ross.« Willow setzte sich auf und sah Jane an. »Ich weiß es genau … Wenn ich jede Nacht in Duncans Armen einschlafe, jeden Morgen und Abend mit ihm am Tisch sitze und seine Kinder zur Welt bringe, werde ich so von ihm eingenommen, dass ich mich selbst verliere.«

»Oder du wirst dich dadurch finden«, erwiderte Jane. »Teil eines Paares zu sein ist keine Schwäche, Willow. Es stärkt einen vielmehr.«

Willow schnaubte. »Sagte eine alte Jungfer zur anderen.«

»Ich habe noch keinen Mann von ganzem Herzen geliebt, aber ich weiß, dass ich das eines Tages erleben will. Und wenn ich ihn finde, wird es bei ihm einschlagen, und er wird nicht wissen, was mit ihm passiert ist.« Sie zeigte auf Willow. »Wenn du den Verstand, den Gott dir geschenkt hast, nutzen würdest, dann würdest du über Duncan herfallen, ehe er herausfindet, was für ein freches Gör du wirklich bist.«

»Zu spät«, erwiderte Willow und seufzte schwer. »Das weiß er schon.«

Jane lächelte. »Und er will dich noch immer?«

»Was er von mir will, ist, dass ich ihm einen Heiratsantrag mache. Auf meinen Knien vermutlich, mit Kerzenlicht, Rosen und Wein.«

Jane hob die Hand, um dahinter ihr Lachen zu verbergen. »Oh, Willow. Wie kannst du nicht …«

Plötzlich bellte Mickey. Willow sah, dass der Wolf auf der anderen Seite des Steinbruchs stand. Das Tier starrte ins Wasser. Jane und Willow erhoben sich.

»Wo, glaubst du, hat Mickey die ganze Zeit gesteckt?«, fragte Jane und wickelte schnell das Seil auf, an dem die ferngesteuerte Kamera befestigt war.

»Wahrscheinlich hat er die Gegend erkundet«, entgegnete Willow und ging am Rand des Steinbruchs entlang zu der Stelle, an der Duncan und Jason an die Wasseroberfläche kamen. »Hey, ich glaube, sie haben etwas gefunden.«

»Hol ein Seil, Willow«, rief Duncan.

Willow rannte, so schnell es ihre Blessuren zuließen, zurück, holte ein Seil und lief am Rand des Steinbruchs entlang, bis sie auf Höhe der beiden Männer war.

»Wirf mir ein Ende zu!« Duncan schwamm zur Wand und grinste sie an. »Siehst du, kleine Anwältin? Ich habe es überlebt.«

»Ich schreibe gerade an der Verwarnung wegen Befehlsverweigerung. Das kommt alles in deine Akte.«

»Ich habe eine Akte?«

Sie hielt Daumen und Zeigefinger fünf Zentimeter auseinander und nickte. »Sie ist echt dick, Dunky. Und sie wird von Minute zu Minute dicker.«

»Dann leg eine neue Akte an. Eine für meine herausragenden Leistungen.«

Übertrieben rollte sie mit den Augen. »Kommt einfach aus dem Wasser«, sagte sie und warf ihm das Ende des Seils hinunter.

»Binde das andere Ende an einer Kiefer fest«, wies Jason sie an und hielt sein Mundstück in die Luft, damit es nicht in Berührung mit dem Wasser kam. Dann steckte er es wieder in den Mund und tauchte ab.

Jane kam zu Willow. »Steck den Atemregler nicht einfach so wieder in den Mund«, sagte Jane zu Duncan. »Er könnte verunreinigt sein. Lass Jason festbinden, was auch immer ihr gefunden habt.«

Anscheinend nahm Duncan Befehle, die er von Jane erhielt, an. Er befolgte diesen jedenfalls ohne Kommentar und schwamm zu der alten Zufahrtsstraße, die am anderen Ende des Steinbruchs in die Grube führte. Willow band das Seil an einer Kiefer fest und lief zu Duncan.

»Ich werde hier warten, bis Jason wieder an die Oberfläche kommt«, rief Jane ihr zu. »Sag Duncan, dass er die Flossen ausziehen, aber den Anzug anlassen soll. Geh dann mit ihm zusammen zum Meer. Dort soll er seine Ausrüstung abwaschen.«

Willow gab Jane ein Zeichen, dass sie verstanden hatte, und kam gleichzeitig mit Mickey an der alten Zufahrtsstraße zum Steinbruch an. Die beiden gingen die Straße hinunter, als Duncan aus dem Wasser kam.

Willow hatte keine Ahnung, wie er mit der schweren Ausrüstung überhaupt aufrecht stehen, geschweige denn gehen konnte. Er wirkte wie ein Alien aus einer anderen Welt – drei Meter groß und kugelsicher. Er sah unglaublich gut aus, dieser Mann, der sie mit seiner Sturheit in den Wahnsinn trieb.

»Jane meinte, du solltest die Flossen ausziehen und dich dann im Meer abspülen«, sagte sie.

»Gut. Dann fass mich nicht an«, entgegnete er. »Ich habe einen Vorsprung entdeckt, es sieht so aus, als hätten dort mal Kisten gestanden«, erzählte er ihr, während sie die Zufahrtsstraße hinaufgingen. »Jetzt ist gerade Flut, das heißt, dass der Vorsprung über der normalen Wasserlinie gewesen wäre, bevor Meerwasser in den Steinbruch eingedrungen ist.«

Willow blieb stehen. »Willst du damit sagen, dass die

Kisten nicht ins Wasser geworfen, sondern auf einem Vorsprung oberhalb der Wasserlinie gelagert worden sind?«

Er nickte und ging weiter. »Ja. Möglicherweise glaubten diejenigen, die die Kisten dort abgestellt haben, dass sie sicher und trocken sein und keine Gefahr darstellen würden.« Er straffte die Schultern mit der schweren Sauerstoffflasche. »Vielleicht war dieser Entsorgungsplatz nur vorübergehend, und der Steinbruch ist vollgelaufen, bevor die Kisten weggeschafft werden konnten.«

Willow lief vor und hielt die Äste einer Strauchkiefer zur Seite, damit Duncan daran vorbeigehen konnte. »Was holt Jason da gerade an die Wasseroberfläche?«

Sie kamen an den schmalen Strand, und Duncan warf seine Flossen in das sich langsam zurückziehende Wasser. »Ich habe am Grund des gefluteten Steinbruchs einige Holzlatten gefunden. Direkt unterhalb des Vorsprungs. Eine der Kisten muss hinuntergefallen sein. Jason hat ein Tarnnetz und Plastikfolien gefunden, und ich habe das hier entdeckt«, sagte er und zog etwas aus seinem Gürtel. »Es lag neben den Holzbrettern auf dem Boden.« Sie wollte danach greifen, doch er ging ins Wasser, bückte sich und spülte es ab, ehe er es ihr reichte. »Es sieht wie ein Lieferschein aus, der an einer der Kisten hing. Das Papier ist zwar nass, aber durch die Plastikhülle ist es immer noch ganz gut erhalten.« Duncan drehte sich wieder um und ging tiefer ins Wasser, setzte sich hin und wusch sich mit Meerwasser ab.

Willow versuchte zu entziffern, was auf dem Papier

stand und sah dann zu, wie Duncan die Sauerstoffflasche löste und von seinen breiten Schultern streifte. Er zog die Flasche durch das Wasser und wischte mit der Hand darüber, bevor er sie auf einen mit Algen bewachsenen Felsen legte. Als Nächstes folgten sein Bleigürtel, seine Maske, seine Handschuhe und sein Messergurt, den er am Unterschenkel befestigt hatte. Am Schluss trug er nur noch seinen Taucheranzug. Er tauchte einmal ganz unter Wasser und kam dann wieder nach oben. Nur sein Kopf und seine Schultern ragten heraus, und er grinste.

»Kommst du mit rein? Eine Runde schwimmen?«, fragte er und lockte sie mit dem Zeigefinger. »Das wird deine schlechte Laune wegspülen.«

»Mit meiner Laune ist alles in bester Ordnung«, sagte sie und stemmte die Hände in die Hüften. »Ich habe vor, sehr, sehr lange wütend auf dich zu sein.«

Schweigend kam er aus dem Wasser, strich mit einem kalten nassen Finger über ihre Wange. Mit seinen grünen Augen blickte er sie eindringlich an. »Ja, Willow. Wut ist die einzige Möglichkeit der Abwehr für dich«, sagte er leise. »Also halt daran fest, solange du es brauchst, während ich das tue, was nötig ist, um deine Sicherheit zu gewährleisten. Wenn das bedeutet, in einem alten gefluteten Steinbruch zu tauchen, dann musst du damit klarkommen. Aber ich verspreche dir, dass ich niemals unüberlegte Risiken eingehen werde. Nicht wenn ich weiß, dass du darauf wartest, dass ich unversehrt zurückkomme.«

Teufel, er war ein Meister darin, sie zu entwaffnen. Sie

war wütend auf ihn und gleichzeitig so erleichtert, dass es ihm gut ging, dass sie ihn küssen wollte. »Du machst mich wahnsinnig«, sagte sie. »Und das einzige Zeichen meiner Hingabe und Zuneigung, das du von mir bekommst, Duncan Ross, ist ein Ticket zurück nach Schottland.«

Er grinste. »Das ist ein tolles Verlobungsgeschenk, Süße. Schottland wäre der perfekte Ort für unsere Flitterwochen«, sagte er. »Ich kann es kaum erwarten, dir alles zu zeigen.«

Willow starrte ihn mit offenem Mund an. Entweder war dieser Mann dümmer, als die Polizei erlaubte, oder er war entschlossen, sie so rasend zu machen, dass sie die Beherrschung verlor.

»Ooohhh!«, zischte sie, machte auf dem Absatz kehrt und stürmte davon. Sein Lachen wehte ihr hinterher.

Kapitel 14

Schweigend saß Willow an dem kleinen Tisch im Bauch der *7:2* und sah zu, wie Jane versuchte, den nassen Lieferschein aus der Plastikhülle zu befreien.

»Woher kommt eigentlich der Name *7:2?*«, fragte Jane und nahm eine Pinzette zu Hilfe, um das schon ziemlich mitgenommene Stück Papier nicht noch mehr zu beschädigen.

Willow lehnte sich vor und beobachtete Janes sehr sorgfältiges Vorgehen. »Rachel und Kee, Duncan, Jason, Matt, Peter und Luke sind *sieben*«, erklärte sie. »Und Mikaela und Nick sind *zwei*. Der Schoner hieß *6:1*, bevor Rae und Nick dazukamen und Kee ihn umbenannt hat.«

»Und wer gewinnt?«, fragte Jane und warf Willow ein kleines Lächeln zu, ehe sie sich wieder ihrer Aufgabe widmete.

»Die Kinder«, entgegnete Willow mit einem Lachen.

Jane beugte sich tiefer über Duncans Fundstück. »Das ist kein Lieferschein, wie man ihn von Schiffsladungen kennt«, bemerkte sie und faltete das Papier vorsichtig weiter auseinander. »Es ist ein Warnhinweis.«

Plötzlich mussten sie sich beide am Tisch festhalten. Der Schoner wurde von einer Welle erfasst, kurz darauf fiel er in ein Wellental. Mickey rutschte über den Boden, landete mit einem missmutigen Knurren an ihren Beinen, seufzte und schlief wieder ein.

»Bist du dir sicher, dass sie wissen, was sie tun?«, fragte Jane. »Vielleicht sollte ich raufgehen und ihnen helfen. Nicht dass wir an den Pilot Islands vorbeischippern.«

»Sie wissen, was sie tun«, versicherte Willow ihr. »Sie haben auf der *7:2* gelebt. Was besagt dieser Warnhinweis?«

Jane wandte ihre Aufmerksamkeit wieder dem Papier zu. »Der Warnhinweis ist wie ein Beipackzettel in Arzneimittelverpackungen, auf dem die chemischen Bestandteile und die Wirkungen vermerkt sind. Außerdem steht dort, was zu tun ist, wenn man den zugehörigen Stoff verschluckt.« Schweigend las sie weiter.

»Steht da auch, mit was genau wir es zu tun haben?«

»Mit einem Pestizid«, entgegnete Jane. Schließlich blickte sie Willow ernst an. »Es ist ein Pestizid in konzentrierter Form, ich bin mir ziemlich sicher, dass es vor fünf oder sechs Jahren verboten worden ist. Ich glaube, man hat herausgefunden, dass sich der Stoff schädlich auf das Vieh ausgewirkt hat, das mit Heu gefüttert wurde, das zuvor mit dem Pestizid behandelt worden ist. Ich muss mich aber mal im Internet schlaumachen, um sicherzugehen.«

»Dann ist es ein Mittel, das in der Landwirtschaft genutzt wird?«, fragte Willow.

»Die meisten Pestizide werden in der Landwirtschaft eingesetzt. Ja, das Zeug wurde hauptsächlich für amerikanische Maisbauern produziert. Wahrscheinlich wurde die Kingston Corporation damit beauftragt, die restlichen Vorräte des Pestizids zu entsorgen.«

»Steht auf dem Papier auch ein Hersteller oder eine Chargennummer, die uns bei der Suche nach der Herkunft weiterhelfen könnten?«

Jane prüfte noch einmal genau alle Angaben und sah sich auch die Rückseite an. »Da stand etwas«, sagte sie und schüttelte den Kopf. »Leider sind nur noch zwei Ziffern und ein Buchstabe zu erkennen. Der Rest ist dem Wasser zum Opfer gefallen.« Sie wies auf eine der ausgefransten Ecken oben rechts. »Ausgerechnet an der Stelle ist das Papier beschädigt.«

Willow seufzte müde. »So ein Pech.«

»Nein, es ist ein Glück, Willow. Zumindest wissen wir jetzt, womit wir es zu tun haben. Und weil die Jungs unten waren, wissen wir jetzt auch, dass nichts von dem Zeug mehr im Steinbruch ist. Die Halbwertszeit dieser Pestizide ist recht kurz, und da die Quelle nicht mehr da ist, werden die Gezeiten und Mutter Natur den Rest selbst erledigen. Das Hummersterben wird aufhören.«

»Aber wir wissen noch immer nicht, wie das Zeug hierhergekommen ist«, erwiderte Willow. »Wenn ich herausfände, woher es stammt, könnte ich nach belastenden Unterlagen forschen. Falls das Pestizid tatsächlich verboten worden ist, dann muss die Entsorgung einer amtlich zugelassenen Deponie übertragen worden sein – vertraglich. Ich muss wissen, wer den Stoff hergestellt hat.«

»Kannst du die Spuren denn zurückverfolgen, auch wenn er aus Übersee stammt?«

»Was?«, fragte Willow alarmiert. »Ist das denn wahrscheinlich?«

»Absolut. Viele der Düngemittel und Pestizide, die in den USA verwendet werden, werden in Übersee hergestellt, weil die Beschränkungen, was die Umwelt angeht, für die Firmen nicht so strikt sind. Und die Arbeitslöhne sind deutlich niedriger.«

»So ein Mist.« Willow stützte die Ellbogen auf dem Tisch ab und vergrub das Gesicht in den Händen. Der Schoner glitt wieder in ein tiefes Wellental, und sie fand sich im nächsten Moment auf Janes Schoß wieder. Der Warnhinweis, der Kalender und die Pinzette fielen vom Tisch, Mickey rutschte jaulend gegen einen Schrank.

»Jetzt reicht's!«, fauchte Jane und sprang auf. »Ich werde sie über Bord werfen und das Ruder selbst in die Hand nehmen.«

»Aber das ist Meuterei«, gab Willow zu bedenken und lief hinter Jane her, um auch ja nichts zu verpassen.

Mickey war offenbar hundertprozentig Janes Meinung und vor ihnen auf dem Deck. Er knurrte Jason an, der nichts ahnend am Steuer stand. Willow steckte den Kopf gerade aus dem Aufgang und blinzelte in die Sonne, als der Schoner wieder in ein Wellental schoss. Das Schiff neigte sich nach Steuerbord, und eine riesige Welle schwappte über die Reling. Jane wurde mitgerissen und taumelte Jason geradewegs in die Arme. Mit einem frechen Grinsen fing er sie auf und schob sie zwischen sich und das Steuer.

»Werde ich dich an den Mast binden müssen, Einstein?«, fragte er Jane. »Oder soll ich uns den Ärger ersparen und dich gleich über Bord werfen?«

»Man sollte dich kielholen, du Verrückter«, wetterte Jane und versuchte, sich aus seinem eisernen Griff zu winden. »Es ist nicht annähernd so stürmisch, wie du vorgibst. Wenn du Nervenkitzel willst, fahr nach *Disney World*.«

In diesem Augenblick wurde Willow von zwei starken Händen gepackt. Ein tiefes Männerlachen übertönte ihren überraschten Aufschrei. Duncan setzte sich aufs Deck und nahm sie auf den Schoß.

»Ist das nicht besser, als den ganzen Tag lang in einem stickigen Büro zu hocken?«, fragte er und strich ihr das Haar aus dem Gesicht, damit sie sein Lächeln sehen konnte. »Du solltest so etwas öfter machen, kleine Anwältin. Um deine Batterien wieder aufzuladen.«

»Sind das da hinter uns die Pilot Islands?«, fragte sie und zog eine Augenbraue hoch. »Habt ihr sie … übersehen?«

Sein Grinsen wurde breiter. »Jason und ich waren seit einer Ewigkeit nicht mehr zusammen segeln, also dachten wir, wir würden der *7:2* einen kleinen Abstecher in den Golf von Maine gönnen, bevor wir vor Anker gehen. Es ist noch zwei bis drei Stunden hell.« Er hielt sich fest, als eine weitere Welle über die Reling rollte. Das Wasser spritzte bis gegen ihre Beine. »Jetzt sag nicht, dass du das nicht auch genießt, Willow.«

Willow seufzte und kuschelte sich an ihn. Sie war gefesselt von den Brechern mit den weißen Schaumkronen, die sich in der steifen Brise auf dem Meer auftürmten.

»Natürlich genieße ich es«, sagte sie, legte den Kopf schräg und sah ihn an. »So sehr, dass ich versucht bin weiterzusegeln, bis ans Ende der Welt.«

Er gab ihr einen Kuss auf die Nasenspitze. »Du hast keine Ahnung, wie groß die Versuchung für mich ist, Süße. Erzähl mir, was ihr über den Lieferschein herausgefunden habt.«

»Es ist ein Warnhinweis«, erklärte Willow und legte den Kopf an Duncans Schulter. »Es handelt sich offenbar um ein Pestizid. Jane hat gesagt, dass das Wasser im alten Steinbruch und die Hummer sich wieder vollständig erholen werden, da die Reste des Stoffs ja anscheinend abtransportiert worden sind. Trotzdem werde ich der Taucherstaffel den Auftrag erteilen, nächste Woche noch mal alles gründlich abzusuchen und Wasserproben zu nehmen, bevor die Kids Ferien haben werden und hierherkommen.«

»Stand auf dem Warnhinweis auch, wo das Pestizid hergestellt worden ist?«

»Nein. Die Chargennummer ist leider nicht mehr zu entziffern.«

»Was ist dann unser nächster Schritt, kleine Anwältin?

Wie du schon gesagt hast, sind ein paar kaputte Holzlatten, einige Schleifspuren und ein Stück Papier keine eindeutigen Beweise.«

»Ich werde die Küstenwache anrufen und prüfen lassen, ob hier fremde Schiffe aufgefallen sind. Und ich werde unsere Ermittler und die Umweltschutzbehörde kontaktieren, damit sie die Mülldeponien von Maine überprüfen. Wir werden jeden Bericht und jeden Lieferschein unter die Lupe nehmen und in Erfahrung bringen, *was* in den vergangenen drei Tagen *wo* angekommen ist. Diese Kisten mit dem Pestizid müssen ja irgendwohin gebracht worden sein.«

»Vielleicht aufs offene Meer hinaus«, sagte Duncan und legte die Hand an ihre Wange, damit ihr das Haar nicht ins Gesicht wehte. »Sie könnten den ganzen Mist einfach über Bord gekippt haben.«

»Daran hab ich auch schon gedacht.«

»Wie kann ich dir helfen, Willow? Was ist dein nächster Schritt?«

Sie steckte sich das Haar hinters Ohr, tätschelte seine Hand und lächelte ihn an. »Ich werde an die Öffentlichkeit gehen. Ich lasse durchsickern, dass ich diesen Verbrechern auf der Spur bin, dass ich im alten Steinbruch Beweismittel gefunden habe und dass ich bereits alle notwendigen Informationen für eine Klage zusammentrage.«

»Nein.«

»Die Menschen machen Fehler, wenn sie das Gefühl haben, den Atem ihres Verfolgers im Nacken zu spüren«, fuhr sie fort, ohne seinen Einwand zu beachten. »Sie werden Fehler machen und vielleicht sogar einen neuen Entsorgungsort suchen. Jeder Gesetzeshüter, der mir zur Verfügung steht, wird die Augen offen halten. Wir werden sie schnappen.«

»Nein.«

Sie warf ihm ein kämpferisches Lächeln zu. »Ich werde von einem stattlichen Polizeiaufgebot umgeben sein, bis dieser Fall gelöst ist, Duncan. Ich werde nicht in Gefahr sein, weil ich an meinem Schreibtisch sitzen und anhand der Papiere ihre Spur bis zu ihrer Türschwelle zurückverfolgen werde. Ich habe natürlich vor, diejenige zu sein, die an ihre Tür klopft und ihnen ihre Rechte vorliest. Aber in dem Moment wird hinter mir eine Armee von Polizisten stehen. Und du kannst auch dabei sein. Falls du den Kerl, der mich von der Straße gedrängt hat, allerdings angreifen solltest, werde ich keine Kaution für dich hinterlegen.«

»Ich bin mit deinem Plan einverstanden – bis auf den Punkt, an die Öffentlichkeit zu gehen«, beharrte er. »Du wirst nicht den Lockvogel spielen.«

»Ich persönlich spiele den Lockvogel auch nicht«, stellte sie klar. »Es ist vielmehr mein Amt. Und diese Leute werden bestimmt keinen offenen Krieg mit dem Büro des Generalstaatsanwalts riskieren, Duncan.«

»Nein.«

Willow richtete sich auf und sah ihm in die Augen. »Dann verrat mir einen besseren Plan.«

»Ich finde deinen Plan ja nicht schlecht. Nur solltest du nicht durchsickern lassen, dass du ihnen auf der Spur bist. Such belastendes Material, aber tu es im Stillen.«

»Das kann ich nicht. Ich muss dazu die Hilfe anderer Abteilungen in Anspruch nehmen. Zu viele Leute werden davon wissen, also ist ein Informationsleck praktisch unvermeidlich.«

»Dann führ einen potenziellen Maulwurf in die Irre, indem du sagst, dass du aus einem ganz anderen Grund ermittelst.«

Willow dachte nach. Sie starrte aufs Meer hinaus. Duncans Wärme, die sie umhüllte, und seine Lippen, mit denen er ihr einen Kuss aufs Haar hauchte, bemerkte sie kaum. Eine weitere Welle brach sich am Schoner, und sie hätte das Wasser mit voller Wucht abbekommen, wenn Duncan sich nicht geistesgegenwärtig gedreht hätte. Sie lachte und schlang die Arme um seinen durchnässten Oberkörper. Dann erblickte sie Jane und Jason, die am Steuer standen und lachten, als Jane versuchte, die Kontrolle über das Ruder zu bekommen.

»Was gibt es zum Abendessen?«, fragte Willow und sah Duncan fragend an.

»Ich habe die Planung des Essens Jason überlassen«, entgegnete er. Seine Augen funkelten im Sonnenschein, und sein Haar wehte ihm um das gebräunte Gesicht, als er zu Jane und Jason und dann wieder zu Willow sah. »Also gibt es vermutlich Hummer.«

Zum Abendessen gab es tatsächlich gekochten Hummer, dazu Salat und guten Wein. An ein Dessert hatte Jason nicht gedacht. Doch in einem der Schränke fand er Gummibärchen, die er auf einem Teller arrangierte. Schließlich träufelte er noch Schokoladensirup darüber, von dem niemand wusste, wie alt er schon war.

So saßen die vier, nachdem sie vor der zweiten der Pilot Islands in einer ruhigen Bucht vor Anker gegangen waren, an dem winzigen Tisch unter Deck und aßen Hummer mit den Fingern und Gummibärchen mit der Gabel. Die Männer waren nach dem harten Tauchgang müde und gingen früh schlafen. Ihre Kabinen befanden sich an den entgegengesetzten Enden des Schoners. Mickey blieb als Wache auf Deck.

»Äh … Wo schlafe ich?«, flüsterte Jane und schenkte sich den letzten Wein in ihr Glas.

»Wo du willst«, antwortete Willow und trank einen Schluck Wasser. Solange sie sich noch nicht wieder von dem Unfall erholt hatte, wollte sie keinen Alkohol trinken. »Such dir eine Koje aus.« Sie blickte ihre Freundin an und wackelte vielsagend mit den Augenbrauen. »Bis auf die in der Kabine dort«, stellte sie klar und wies auf den Bug. »Ich habe schon Ansprüche auf Duncan angemeldet.«

Jane erhob sich. Sie trank ihren Wein aus und ging zum Heck des Schoners. Willow lächelte, nicht überrascht zu sehen, dass ihre Freundin in der Kabine gegenüber von Jasons verschwand. Jane mochte zwar große, gut aussehende und durchtrainierte Männer, doch man konnte nicht sagen, dass sie leicht zu haben war. Willow vermutete, dass sie die Jagd am meisten genoss – die Phase eines Flirts, in der es hieß: Ich finde dich süß, aber bist du mir auch gewachsen?

Willow lauschte der Stille der Nacht, die nur durch das sachte Plätschern der Wellen gegen den Schiffsrumpf und das leise Knacken des Holzschoners unterbrochen wurde, der sich von seiner Fahrt über den Golf von Maine erholte. Sie konnte sich das Gerede in der Stadt vorstellen. Die Fischer, denen sie heute bei ihrem Törn begegnet waren, würden wahrscheinlich das Gerücht in die Welt setzen, dass Duncan Ross Willow Foster aufs Meer gelockt hatte, wo sie nun mit ihm allein war. Und wenn am kommenden Morgen alle feststellten, dass die *7:2* in der Nacht nicht zurück in den Hafen gekommen war, würden die Wetten vermutlich zu Duncans Gunsten schwenken.

Willow machte sich Sorgen, dass sie ihr Geld auf die falsche Person gesetzt hatte. Es gab tatsächlich keinen Ort auf der Welt, an dem sie sich verstecken konnte.

Nicht vor Duncan.

Und nicht vor der Liebe.

Mit einem Seufzen, das in ein herzhaftes Gähnen überging, erhob Willow sich und tapste über den recht schmalen Mittelteil des Schoners zu ihrer Kabine im Bug. Sie würde sich Duncan zum Vorbild nehmen und eine Sache nach der anderen erledigen. Zuerst würde sie das Rätsel um die kranken Hummer lösen und die Schuldigen ihrer gerechten Strafe zuführen. Erst dann wäre sie bereit, sich ihren Dämonen endlich zu stellen. Sie konnte entweder die letzte, scheinbar unüberwindbare Hürde überwinden oder umdrehen und sich so tief in die Dunkelheit zurückziehen, dass nicht einmal Duncan sie fand.

Duncan wachte auf, rührte sich jedoch nicht, als Willow leise zu ihm in die Koje kroch. Ihm fiel auf, dass sie nackt war, dass sie sich zart und warm anfühlte und dass sie gut duftete.

Er war so verdammt dankbar, dass sie bei dem Unfall nicht getötet oder schwerer verletzt worden war, und so erleichtert, dass sie ihn nicht aus dem Fall ausgeschlossen hatte, an dem sie arbeitete. Es war ihm egal, dass Willow sich vielleicht in den nächsten fünfzig Jahren mit Händen und Füßen gegen ihn wehren würde. Er liebte sie. Sie lag hier in seiner Koje. Und wenn sie bei ihm war, war der Rest der Welt um sie herum vergessen.

Jetzt hieß es, sie davon zu überzeugen, auch zu bleiben.

Nicht dass sie in diesem Moment Ermutigung gebraucht hätte. Duncan hielt ihre Hand fest, die sie zwischen seine Beine gelegt hatte und drückte sie an seine Brust.

Sie küsste seine Brust und drängte sich an ihn. »Was ist los, Dunky?«, flüsterte sie. »Hast du heute zu viel Sonne abbekommen? Hast du Kopfschmerzen? Oder bist du noch zu erschöpft von heute Vormittag?«, fragte sie. Stolz schwang in ihrer Stimme mit.

Schweißperlen traten Duncan auf die Stirn. »Wir sind nicht allein, Süße. Es war deine Idee, Jason und Jane mitzunehmen, also benimm dich jetzt und schlaf.«

Sie hob den Kopf und starrte ihn im schwachen Schein des Mondes, der durch das Deckfenster über ihnen fiel, an. »Die beiden sind am anderen Ende des Schoners.« Er konnte ihr freches Grinsen und die funkelnden Augen erkennen. »Ich verspreche dir auch, nicht zu schreien oder zu stöhnen, egal, wie wild du mich machst«, fügte sie heiser hinzu und streichelte seine Wange.

Da es nichts brachte, ihre Hand festzuhalten, hielt Duncan sie in seiner Umarmung gefangen. »Schlaf jetzt«, knurrte er und legte ein Bein über ihres, um sie daran zu hindern, sich aufreizend an ihm zu reiben. »Wir können heute Nacht nur kuscheln. Vielleicht denkst du beim nächsten Mal darüber nach, bevor du Publikum einlädst.«

»Das ist dein Ernst, ja?«, murmelte sie, als es ihr langsam dämmerte. »Jetzt weiß ich, weshalb du gestern Nacht nicht ins Bett gekommen bist und auch in der Nacht davor nicht mit mir geschlafen hast. Nicht, weil deine unschuldige kleine Schwester da war, sondern, weil wir nicht allein im Haus waren.« Sie lehnte sich ein Stückchen zurück. Ihre Augen glänzten im schwachen Licht des Mondes. »Du kannst nicht … Du kannst es nicht tun, wenn andere Menschen in der Nähe sind?«, flüsterte sie verblüfft.

Duncan zog sie wieder an sich. »Richtig«, antwortete

er und seufzte tief. »Das ist schon fast mein ganzes Leben lang ein Problem.«

Sie legte den Kopf schräg, um ihn besser ansehen zu können. »Also hast du während eines Dates nie mit einem Mädchen auf dem Rücksitz des Wagens rumgemacht?«

Er schüttelte den Kopf. »Schlaf jetzt, Willow.«

»Jetzt? Nachdem ich gerade von deinem kleinen Geheimnis erfahren habe?«, flüsterte sie und wand sich so lange, bis er seine Umarmung etwas lockerte und sie das Kinn auf ihre Hand stützen konnte. »Ich bin hellwach, Duncan. Und wahrscheinlich werde ich keine Ruhe finden, bis ich weiß, warum du nicht mit einer Frau schlafen kannst, wenn jemand anderes in Hörweite ist. Komm schon, erzähl es mir. Ich schwöre«, sagte sie und malte ein Kreuz auf ihr Herz, »dass ich dein Geheimnis mit ins Grab nehmen werde.«

Duncan sah sie mit zusammengekniffenen Augen an. »Du wirst keine Ruhe geben, oder?« Als sie den Kopf schüttelte, drehte er sich um und stützte das Kinn wie sie auf seiner Hand ab. Er wusste, dass keiner von ihnen Schlaf bekommen würde, ehe er nicht reinen Tisch gemacht hatte. »Als ich ungefähr acht Jahre alt war, mietete meine Familie für den Sommer ein Haus auf der Isle of Skye«, begann er. »Wir waren zu viert – meine Eltern, Camden und ich. Molly war noch nicht geboren. Verdammt, sie war noch nicht einmal gezeugt.« Er schüttelte den Kopf. »Als wir im September wieder nach Hause reisten, war sie schon mit dabei.« Duncan drehte sich auf den

Rücken, verschränkte die Hände hinter dem Kopf und starrte durch das Oberlicht, während er weitererzählte. »Es war ein kleines Haus, und Camden und ich schliefen oben unter dem Dach, direkt über dem Schlafzimmer meiner Eltern.« Er drehte den Kopf gerade weit genug, um Willows Reaktion auf seine Worte sehen zu können. »Ich habe sie gehört«, sagte er leise. »Jeden Abend, fast drei Monate lang, konnte ich hören, wie sie miteinander schliefen. Zuerst hatte ich keine Ahnung, was dort unten vor sich ging. Ich machte mir Sorgen und versuchte, in ihr Zimmer zu schleichen, doch ihre Tür war abgeschlossen.«

»Willst du damit sagen, dass du ... seit du deine Eltern gehört hast ... dabei ... Also, seitdem konntest du nicht ...« Sie strich mit einem Finger über seine Brust. »Duncan, sie haben sich anscheinend sehr geliebt und wollten noch ein Kind.«

»Ich war acht«, versetzte er knapp. »Und achtjährige Jungen wollen nicht hören, wenn ihre Eltern miteinander schlafen. Es ist zu persönlich. Intim. Es ist ganz bestimmt kein Zuschauersport.«

Sie grinste. »Also, was ist mit all den Kindern, die du haben willst? Sobald das erste Baby auf der Welt ist, wirst du kein zweites mehr zeugen können, weil das erste dich hören könnte.«

»Wir werden warten, bis es in der Schule ist. Dann arbeiten wir am zweiten Kind.«

Ihr Lächeln überstrahlte das Mondlicht, als sie sich nun

vorbeugte und ihm einen Kuss gab. »Armer Junge«, sagte sie. Ihr Blick war auf seine Augen gerichtet. »Die natürlichste Sache der Welt hat dich fürs Leben gezeichnet.«

»Willst du behaupten, dass du deine Eltern nie gehört hast? Oder dass es dir, wenn du sie gehört hast, nichts ausgemacht hat?«, fragte er.

»Natürlich habe ich sie gehört«, entgegnete sie. Sie legte sich ebenfalls auf den Rücken und verschränkte die Hände hinter dem Kopf. »Aber es war etwas ganz Normales für mich. Es war nur komisch, wenn Dad Mom an den Wochenenden nach dem Lunch hochhob und in ihr Schlafzimmer trug.« Sie schnaubte. »Wir waren in der Pubertät, und Daddy wollte uns noch immer weismachen, dass sie nur nach oben gingen, um ein kleines Mittagsschläfchen zu machen.«

Duncan legte die Hand auf Willows Bauch. »Hast du denn jemals bei einem Date auf dem Rücksitz des Wagens rumgemacht?«, fragte er.

Argwöhnisch blickte sie ihn an. »Ist das eine dieser Fangfragen? Wenn ich Ja sage, wirst du beleidigt sein, weil ich mit irgendwelchen Typen rumgemacht habe. Und wenn ich Nein sage, wirst du denken, dass ich lüge, weil ich dir nicht vertraue.«

»Ich verlange nicht, dass du mir deine Bettgeschichten erzählst, meine kleine Anwältin. Ich versuche nur, mir dich als Teenager vorzustellen.«

»Ich war ziemlich aufsässig.«

»Das bist du noch immer.«

»Aber das liebst du doch an mir.«

»Stimmt«, sagte er, gab ihr einen Kuss auf die Brust und sah sie dann wieder an. »Also denkst du, ich sollte das Trauma überwinden, das ich all die Jahre mit mir herumgeschleppt habe? Und du willst mir dabei helfen?«

Sie fuhr ihm mit den Fingern durchs Haar und nickte ihm lächelnd zu. »Das ist der perfekte Zeitpunkt, um damit anzufangen. Es gibt hier keine quietschenden Bettfedern. Wir beide werden versuchen, ganz, ganz leise zu sein«, flüsterte sie.

Duncan drehte sich auf den Rücken und zog Willow mit, sodass sie im nächsten Moment auf ihm lag. »Ich glaube fest daran, dass man nie zu alt ist, um etwas Neues zu lernen«, sagte er und faltete mit einem tiefen Seufzen die Hände hinterm Kopf. »Unterrichte mich, meine kleine Anwältin.«

Er hätte besser nicht eine so offene Einladung ausgesprochen, denn sie unterrichtete ihn tatsächlich. Nach allen Regeln der Kunst. Bis Duncan irgendwann glaubte, vor Lust zu sterben. Sie versetzte ihn in einen solchen Rausch, dass er sich sicher war, dass man seinen Schrei bis ans Festland hören konnte. Und besonders erstaunlich war, dass es ihm nichts ausmachte, sich in ihrer Magie zu verlieren.

Es war eine sehr lange und zauberhafte Nacht. Am Morgen war Duncan sich sicher: Wenn ihn Willows sturer Entschluss, sich nicht in ihn verlieben zu wollen, nicht umbrachte, dann würde es ihre kleine Affäre tun.

Kapitel 15

Die Männer hielten es für wichtig, noch mal auf den Golf von Maine hinauszusegeln, bevor sie mit der Arbeit begannen. Offenbar war Jason in der langen, einsamen Nacht in seiner Kabine zu dem Schluss gekommen, dass es besser war, Jane Honig um den Mund zu schmieren, als sie in den Wahnsinn zu treiben, da sich Letzteres eindeutig nicht auszahlte. Also versuchte er, sie zu beeindrucken – nicht mit seinen Fähigkeiten als Segler, sondern damit, dass er ihr das Gefühl gab, die Fäden in der Hand zu halten.

Jane hatte kein Problem damit, die Führung zu übernehmen. Sie wies Duncan und Jason an, die Segel zu hissen, um dann den Kurs zu wechseln und ihnen zu befehlen, die Segel wieder einzuholen. Der arme Ahab hätte sicherlich einen Anfall bekommen, wenn er miterlebt hätte, wie sie seinen geliebten Schoner an die Grenzen brachte. Und wenn er keinen Anfall bekommen hätte, dann hätte er sie bestimmt gebeten, seine Frau zu werden.

Es war Mittag, als sie vor Thunder Island ankerten und wieder an Land gingen, um das Tarnnetz, das Holz und die

Plastikfolie zu untersuchen, die sie im alten Steinbruch gefunden und am Tag zuvor auf der Insel gelagert hatten. Doch sie waren kaum dort, als Ray Cobb und Frank Porter plötzlich aus dem Kiefernwäldchen traten und zu ihnen kamen.

Jane reagierte als Erste. Sie rannte Ray entgegen, warf sich ihm in die Arme und gab ihm einen freundschaftlichen Kuss auf die Wange. Willow erklärte Jason rasch, dass Ray Cobb auf der Highschool Janes Schwarm gewesen sei. Er schlenderte daraufhin zu Ray hinüber und blickte ihn so finster an, dass es ein Wunder war, dass der Hummerfischer nicht zu Stein erstarrte.

Frank Porter kam zu Willow und zog sie in seine trotz seines Alters noch immer starken Arme. »Gott, Mädchen«, brummte er. »Du hast dich überhaupt nicht verändert.« Er lächelte sie vergnügt an. »Du hast immer noch diesen frechen Ausdruck in den Augen. Ich danke Gott dafür, dass du jetzt die Verbrecher in Augusta nervst und nicht mehr uns.«

»Ich freu mich auch, dich zu sehen, Frank«, entgegnete Willow und tätschelte lachend seine bärtige Wange. »Wie geht es Linda?«

Der alte Fischer sah sie stirnrunzelnd an. »Sie hat die komische Idee, dass wir uns in Florida zur Ruhe setzen sollten. Was zum Teufel soll ich an einem Ort, an dem es keine Jahreszeiten gibt? Ich arbeite mich vermutlich tot, wenn ich das ganze Jahr über fischen muss.«

»Ich glaube, ›zur Ruhe setzen‹ bedeutet, dass du überhaupt nicht mehr fischen gehst, Frank. Du liegst am Strand herum und siehst dir die ganzen Verrückten an.«

»Ich bin zu jung, um mich zur Ruhe zu setzen«, murrte er, ließ Willow los und wandte sich Duncan zu. Er streckte die Hand aus. »Frank Porter. Sie sind der Schotte, dem das Rosach gehört, oder?« Er warf Willow einen Blick zu und sah dann wieder Duncan an. »Ich habe zwanzig Dollar auf mein Mädchen gesetzt«, sagte er und wies mit einem Kopfnicken auf Willow. »Ich habe bisher noch keinen gesehen, der sie lange genug an sich binden konnte, um sie zu überzeugen.«

»Duncan Ross«, stellte Duncan sich vor und schüttelte dem alten Mann die Hand. »Und ich habe festgestellt, dass man nicht versuchen sollte, mit der Meeresströmung zu diskutieren oder sie von irgendetwas zu überzeugen, sondern einfach mit ihr zu schwimmen.«

Frank legte den Kopf schräg und musterte Duncan mit zusammengekniffenen Augen. Plötzlich nickte er und drehte sich um. Er murmelte, dass er seine Wette ändern werde, sobald er nach Hause kommen würde.

»Wir haben schlechte Nachrichten, fürchte ich«, sagte Ray und ging zu Willow. »Cecil Fox ist verschwunden, wir konnten ihn über Funk nicht erreichen. Mildred meinte, er sei, als sie zuletzt mit ihm geredet habe, ungefähr zehn Kilometer hinter Thunder Island gewesen und habe ein verdächtiges Boot verfolgt. Wir waren gerade draußen, um bei der Suche nach ihm zu helfen, als wir euren Schoner entdeckten und beschlossen, euch Bescheid zu sagen.«

Duncan trat hinter Willow und ergriff ihre Schultern. Ihm war nicht entgangen, welche Wirkung Rays Neuigkeiten auf sie hatten. »Wie lange ist er schon draußen?«, fragte er.

»Seit gestern Morgen ist er unterwegs. Er ist ausgelaufen, sobald der Sturm sich gelegt hatte.«

Willow wurde bewusst, dass sie zur selben Zeit losgefahren waren. Doch Cecil war von Trunk Harbor aus aufgebrochen, und sie waren in Puffin Harbor gestartet – fast zwanzig Kilometer lagen die Orte auseinander.

»Hat er gesagt, was für ein Boot er verfolgt hat?«, wollte Jason wissen. »Und warum er es für verdächtig hielt?«

Ray nickte. »Er meinte, es sei ein Fisch-Trawler gewesen, den er hier in der Gegend allerdings noch nie gesehen habe. Er sagte auch noch, dass das Boot nicht dafür ausgerüstet gewesen sei, um den Fisch zu fangen, den es hier in der Gegend gibt.« Ray sah Willow an. »Gramps kennt so ziemlich jedes Fischerboot, das an dieser Küste zwischen Blue Hill und Winter Harbor unterwegs ist. Und wenn er misstrauisch ist, weil er das Boot von dieser Insel hat wegfahren sehen, dann reicht das, um auch mein Misstrauen zu wecken.«

»Und meines«, stimmte Willow ihm zu. Sie wandte sich Duncan zu. »Wir müssen helfen, nach ihm zu suchen.«

»Yep«, sagte er, drehte sich um und rollte das Tarnnetz zusammen, um es wieder zu verstauen. Jane und Jason halfen ihm dabei.

»Was ist das?«, fragte Frank.

»Wir haben es im Steinbruch gefunden«, erklärte Willow. »Zusammen mit anderen Beweisen, dass dort Kisten mit Pestiziden gelagert worden sind.« Sie sah Ray an. »Erinnerst du dich noch an den breiten Vorsprung, von dem wir immer abgetaucht sind?«, fragte sie und wies auf das westliche Ende des Gewässers. »Wir glauben, dass man dort die Kisten gelagert und mit dem Tarnnetz abgedeckt hat, damit man sie von oben aus nicht erkennen kann. Als sich im Granitfelsen Risse aufgetan haben und Meerwasser in den alten Steinbruch gedrungen ist, muss dieser Vorsprung überflutet worden sein. Deshalb konnten die Pestizide ins Wasser gelangen und deshalb sind die Hummer erkrankt. Sie wurden mit jeder Flut systematisch vergiftet.«

Ray und Frank wirkten schockiert. Und ziemlich wütend. »Welcher Mistkerl würde hier draußen Pestizide lagern?«, wollte Frank wissen.

Willow zuckte die Achseln. »Das versuchen wir gerade herauszufinden. Anscheinend hat derjenige, der die Kisten abgestellt hat, sie während des Sturms geholt.«

»Das wäre glatter Selbstmord gewesen«, sagte Ray.

»Aber es war auch der beste Zeitpunkt, um sie wegzuschaffen, ohne von irgendjemandem beobachtet zu werden«, erwiderte Willow. »Niemand ist bei einem solchen Sturm auf See. Gramps muss die Leute gestern Morgen beim Verlassen der Insel entdeckt und beschlossen haben, ihnen zu folgen. Duncan und ich hätten sie verpasst. Wir waren erst nach Sonnenaufgang hier.«

»Gramps hat Mildred gestern Morgen gegen sechs Uhr

noch mal angerufen«, sagte Ray. »Als er in der Nacht nicht nach Hause kam und sie ihn per Funk nicht erreichen konnte, hat sie uns Bescheid gegeben. Aus fünf Häfen haben sich alle Boote und die Küstenwache auf den Weg gemacht und nach ihm gesucht. Gramps hat Mildred gesagt, dass das Boot, das er verfolgen würde, Richtung Osten unterwegs wäre.«

»Osten?«, wiederholte Willow und runzelte die Stirn. »Gut sechzig Kilometer östlich von hier und … vielleicht achtzig Kilometer ins Landesinnere gibt es eine Mülldeponie. Wenn sie dorthin unterwegs sind, dann müssen sie die Kisten auf einen Lkw umladen.« Sie ergriff Duncans Arm. »Wie kommt es eigentlich, dass wir über Funk nichts von Gramps und seinem Verschwinden gehört haben?«, fragte sie.

Duncan schlug sich vor den Kopf. »Ich habe das Funkgerät abgestellt, Willow«, sagte er leise. »Damit du ungestört bist und dich ausruhen kannst. Mein Handy ist auch ausgeschaltet.«

»Meins ebenso«, gab Jane zu und warf Willow ein verlegenes Lächeln zu. »Jason hat mich gebeten, es auszumachen, als wir gestern mit dem Schlauchboot rausgefahren sind. Ich fand auch, dass du etwas Ruhe gebrauchen könntest.« Sie hob abwehrend die Hand, als Willow etwas sagen wollte. »Es ist nicht verkehrt, ab und zu mal nicht erreichbar zu sein, Willow. Die Welt überlebt auch ein paar Tage lang ohne dich.«

Willow klappte den Mund zu. Sie war sich nicht ganz

sicher, ob sie wütend oder tief berührt sein sollte. Hatte sie wirklich so zerbrechlich auf die drei Freunde gewirkt?

Vielleicht lautete die richtige Frage: *War* sie so zerbrechlich?

Sie war es nicht gewohnt, dass sich jemand um ihr Wohlergehen kümmerte. Na ja, bis auf Rachel. Doch Schwestern sorgten sich umeinander, das war selbstverständlich.

»Weiß Rachel das?«, fragte sie und blickte von Jane zu Jason und dann zu Duncan.

Schweigend nickten die drei.

Verdammt. Sie hatte nicht aufgepasst. Sie war einfach mitgefahren, ohne irgendeinen Verdacht zu hegen oder sich Gedanken zu machen. Vielleicht hatte der Unfall sie *doch* mehr mitgenommen, als sie hatte zugeben wollen.

»Wenn der Trawler dorthin gefahren ist, wo du vermutest, muss er gestern Nacht das Land erreicht und die Ladung gelöscht haben«, sagte Ray. »Dann ist er wahrscheinlich in kanadische Gewässer weitergefahren.« Sichtlich unbehaglich verlagerte er das Gewicht von einem Bein aufs andere. »Wir müssen die Küstenwache informieren und den Leuten sagen, dass sie die Suche nach Gramps weiter nach Osten ausdehnen müssen – notfalls bis zur Grenze. Wir haben uns bisher auf die Gewässer um Winter Harbor konzentriert.«

»Ich werde der Küstenwache Bescheid geben«, sagte Willow und machte sich auf den Weg zum Schlauchboot. »Und ich rufe meinen Chef an.« Sie blieb stehen und sah zurück zu Duncan. »Er wird sich einen Vorwand überlegen, um die Deponie durchsuchen zu können. Ich werde ihn bitten zu behaupten, dass nach Schwermetallen gesucht wird und nicht nach Pestiziden.«

Einige Sekunden lang sah Duncan sie an. Offenbar dachte er an das Gespräch, das sie am Tag zuvor auf dem Schoner geführt hatten. Schließlich nickte er, und Willow verschwand zwischen den Bäumen. Als sie das Boot losgebunden hatte, waren Jane und Mickey bereits an Bord, Jason und Duncan stießen es vom Ufer ab. Ray und Frank kletterten schnell in ihr eigenes kleines Beiboot, um zur *Corncobb Lady* hinauszufahren, die ein Stück vor der Küste der Insel und damit vor den tückischen Felsen vor Anker lag.

»Ray, ich möchte, dass du uns über Rachel Bescheid gibst, sobald du etwas von Gramps hörst«, rief Willow, bevor Jason den Motor des Schlauchbootes startete.

Ray hatte verstanden und winkte ihr zu. Er zog die Anlassschnur seines Bootes, setzte ein Stück zurück, drehte um und fuhr los. Jason drehte ihr Boot ebenfalls um und machte sich auf den Weg in Richtung 7:2.

Schweigend starrte Willow zurück nach Thunder Island. Sie hoffte von ganzem Herzen, dass es Cecil Fox gut ging. Was mochte passiert sein, dass er sich nicht mehr zu Hause gemeldet hatte? Waren die Männer, die die Kisten mit den giftigen Pestiziden fortgeschafft hatten, so verzweifelt zu allem bereit, dass sie sogar einem alten Mann etwas antun würden? Willow seufzte. Immerhin waren sie verzweifelt genug gewesen, ihr eigenes Leben während des Sturms aufs Spiel zu setzen.

Duncan ergriff ihre Hand. »Sie werden ihn schon finden«, sagte er, legte den Arm um ihre Schultern und beugte sich ein bisschen vor, um sie anlächeln zu können. »Der alte Seebär hat nicht all die Jahre seinen Lebensunterhalt so hart verdient, um sich dann von ein paar Kriminellen ausschalten zu lassen.«

»Du kennst Gramps doch nicht einmal.«

»Doch, ich kenne ihn. Ich war in der Nacht, als du mit Cobb rausgefahren bist, ebenfalls am Hafen. Schon vergessen? Du hast mir zum Abschied zugewinkt.«

Sie schmiegte sich an Duncan und genoss seine tröstliche Wärme. »Ich habe es nicht vergessen. Du hast unglaublich wütend ausgesehen.«

»Nicht wütend, Willow. Besorgt. Du wolltest Gott weiß wohin und dich selbst in Gott weiß welche Schwierigkeiten bringen, und ich war hilflos und konnte dich nicht schützen.«

Sie legte den Kopf in den Nacken, sah ihn an und lächelte. »Du hast aber relativ ruhig ausgesehen, als ich zurückkam.«

»Yep«, entgegnete er und drückte ihre Schultern. »Das kannst du dir vielleicht für die Zukunft merken, kleine Anwältin. Je wütender ich bin, desto ruhiger werde ich.«

Willow blinzelte ihn an. Er war wütend gewesen? Sie hatte Duncan bisher nur einmal richtig wütend erlebt, und das war schon zwei Jahre her. Damals war er in das

Haus gestürmt, in dem sie gefangen gehalten worden war, und hatte sie gerettet. Und dennoch war ihr seine Wut in dem Moment beherrscht, kontrolliert vorgekommen. Es war eine Unheil verkündende tödliche Beherrschtheit gewesen, bei der Willow seltsamerweise Mitleid mit dem Kerl bekommen hatte, der sie gefangen gehalten hatte.

Willow wurde bewusst, dass sie in den zwei Jahren, die sie Duncan nun schon kannte, nie Angst vor ihm gehabt hatte. Das war wahrscheinlich auch der Grund gewesen, aus dem sie an dem Morgen im Hafen von Trunk Harbor in seinen Wagen gestiegen und einfach eingeschlafen war. Sie hatte sich sicher gefühlt und gewusst, dass sie in den besten Händen war.

So viel zum Thema »blindes Vertrauen«. Sie hatte Duncan immer vertraut – sie hatte ihm ihren Körper anvertraut, ihr Wohlergehen und auch ihr Herz. Doch das Beängstigendste war, dass Duncan ihr sein Herz ebenso anvertraute. Entweder war er der mutigste Mann, den sie kannte, oder der waghalsigste.

»Sie werden Gramps gesund und munter wiederfinden, Süße«, versicherte Duncan ihr, als Jason mit ihrem Schlauchboot an die *7:2* heranfuhr. »Offensichtlich hat er das Herz eines mutigen Kriegers – immerhin ist er dem Boot gefolgt. Ihm wird nichts passieren. Mach dir keine Sorgen.«

Willow brachte es nicht über sich, Duncan zu sagen, dass es vielmehr *sein* kämpferisches Herz war, um das sie sich Sorgen machte. Also schwieg sie und ließ sich von ihm aus dem Schlauchboot zur *7:2* hinaufhelfen. Jane stieg ihr eilig hinterher. Dann hob Duncan Mickey über die Reling.

»Wo ist das Funkgerät?«, fragte Willow gleich. »Und dein Handy, Duncan? Ich muss John Pike anrufen.«

»Mein Handy ist in meinem Seesack«, rief er ihr zu, während er zur Ankerwinde lief. »Sobald wir die Segel gesetzt haben, werde ich mit dir zusammen über Funk die Küstenwache benachrichtigen.«

»Jane, ich leihe mir mal deinen Laptop, um den Artikel auf meinem USB-Stick zu lesen, ja? Darin tauchte ein … ein Name oder so etwas auf, das mich nicht loslässt«, rief Willow. »Jason, nimm Kurs auf Puffin Harbor.«

»Werden wir uns nicht an der Suche nach Gramps beteiligen?«, fragte er.

Jane und Duncan blickten Willow ebenfalls erwartungsvoll an.

Willow schüttelte den Kopf. »Jedes verfügbare Boot an der Küste sucht nach ihm. Sie werden uns nicht vermissen, wenn wir uns nicht an der Suche beteiligen. Wir fahren zu dir nach Hause, Duncan. Ich muss etwas im Internet recherchieren.«

Nach kurzem verblüfften Schweigen machten sich Jane, Jason und Duncan daran, den Anker zu lichten und die *7:2* auf den Weg zu bringen. Willow ging derweil unter Deck, schaltete Janes Laptop ein und suchte, während der Rechner hochfuhr, Duncans Handy.

Der Artikel war der Schlüssel zu diesem Chaos. Darin

war ein Name erwähnt worden, der ihr beim ersten Lesen bekannt vorgekommen war, bei dem sie sich aber zu dem Zeitpunkt nichts gedacht hatte. Und kürzlich hatte sie den Namen wieder irgendwo gelesen – vielleicht in den gestohlenen Akten, die Karen für sie überspielt hatte.

Willow durchwühlte Duncans Seesack. Unvermittelt hielt sie inne, als sie eine Packung mit Kondomen entdeckte. Grundgütiger, sie hätten nach Europa und wieder zurück segeln können, ohne sich Gedanken über die Verhütung machen zu müssen. Anscheinend versuchten alle, ihr etwas mitzuteilen, das sie leider nicht verstand.

»Wie lautet der Dateiname des Artikels?«, rief Jane aus der Kombüse. »Ich werde ihn für dich suchen.«

Willow warf das Kondompäckchen zurück in die Tasche. »Ich glaube, ›Interessant‹«, rief sie.

Endlich fand sie auch das Handy und ging zurück in die Kombüse.

»Sieh mal«, sagte Jane, »in dem Artikel geht es um einen Typen namens Brent Graham. Er wurde vom Generalstaatsanwalt von New York wegen Bestechung angeklagt, weil er zwei Staatsbeamte geschmiert hat. Graham ist rechtskräftig verurteilt worden.« Jane schüttelte den Kopf. »Ausgerechnet da … Der Typ wollte tatsächlich in den Adirondack Mountains eine Müllverbrennungsanlage bauen.«

»Graham … Graham …«, wiederholte Willow nachdenklich und rutschte zu Jane auf die Sitzbank. Sie wies auf den Monitor. »Öffne mal die Datei ›Verlorenes Schaf

1‹ und lass uns sehen, was sich hinter dem Namen verbirgt.« Jane drückte ein paar Tasten und ein vier Jahre alter Antrag auf Genehmigung des Betriebs einer Mülldeponie erschien auf dem Monitor. »Da ist er«, sagte Willow und tippte auf den Bildschirm. »Brent Graham ist derjenige, der die Lizenz beantragt hat.«

Jane scrollte ans Ende des Dokuments. »Hier steht, dass der Antrag abgelehnt wurde.«

Willow nickte. »Das Problem damals war eine wasserführende Schicht. Öffne mal den Ordner ›Verlorenes Schaf 2‹.« Jane öffnete den Ordner, und gemeinsam lasen sie das neue Dokument. Es war die Genehmigung für die Kingston Corporation, eine Mülldeponie im Osten Maines zu eröffnen. Die Deponie, die Willow auf der Insel erwähnt hatte. »Scroll weiter runter«, sagte sie zu Jane. »Da. Stopp.« Sie deutete auf den Monitor. »Brent Graham ist eines der Vorstandsmitglieder. Das ist es. Sein Name ist durch die Verurteilung in New York beschmutzt worden, also haben sie ihn tief in den Papieren vergraben.«

»Und?«, Jane sah Willow fragend an. »Es ist kein Verbrechen, hartnäckig zu sein. Der Kerl ist offensichtlich im Müllwesen tätig und hat sich im Hintergrund gehalten, damit der neue Antrag durchgewinkt wird. Du hast mir selbst erzählt, dass auf der Kingston-Mülldeponie alles nach Vorschrift läuft.«

»Ja, aber Kingstons stiller Teilhaber, Brent Graham, hat schon bewiesen, dass er ein Verbrecher ist. ›Hartnäckig‹ ist wahrscheinlich das richtige Wort«, stimmte Willow Jane zu und nickte. »Graham hat die Bundesstaaten gewechselt und statt einer Müllverbrennungsanlage eine Deponie beantragt, doch das bedeutet nicht, dass er mit einem Mal ein Heiliger geworden ist. Er hat schon einmal versucht, den leichten Weg zu nehmen, indem er Staatsbeamte geschmiert hat. Was sollte ihn daran hindern, ein paar Kisten mit verbotenen Pestiziden hin und her zu schieben, bis die Genehmigung für seine Deponie durch ist?«

»Aber wäre es nicht einfacher gewesen, sie auf dem offenen Meer zu versenken? Warum hat er die Mühe auf sich genommen und sie erst zwischengelagert, um sie dann später wegzuschaffen?«

Willow zeigte wieder auf den Bildschirm. »Drei der Vorstandsmitglieder der Kingston Corporation sind aufrechte Bürger Maines. Einer von ihnen«, sagte sie und wies auf den Monitor, »hat in der vorletzten Wahl für die Green Party für das Amt des Gouverneurs kandidiert.«

Jane beugte sich vor und kniff die Augen zusammen. »Mein Gott, du hast recht. Ich erinnere mich an ihn. Ich hab ihn sogar gewählt. Und jetzt sitzt er im Vorstand einer Mülldeponie?«

»Er ist vielleicht das Beste, was der Kingston Corporation passieren konnte«, entgegnete Willow. »Er wird dafür sorgen, dass sie sich selbst besser überwachen, als unsere Prüfer es könnten. Ich kenne Edward Simmons persönlich, er ist aufrichtig.«

»Allerdings steckt er mit einem Verbrecher unter einer Decke«, erinnerte Jane sie. Mit einem Kopfnicken wies sie auf das Handy, das Willow auf den Tisch gelegt hatte. »Was wirst du deinem Chef erzählen?«

»Alles, was ich bisher weiß oder vermute.«

»Also bittest du jetzt offiziell das Lobster Institute um Hilfe und gestattest uns, die Gewässer um Thunder Island herum zu untersuchen? Wir müssen herausfinden, ob es bleibende Schäden geben wird.«

»Betrachte dich als offiziell hinzugezogen.«

»Dann werde ich wieder ganz normal an die Arbeit gehen.«

Sofort schüttelte Willow den Kopf. »Das ist noch nicht das Ende vom Lied, Jane. Bis alle Täter verhaftet sind, ist niemand von uns in Sicherheit.«

»Auch Gramps nicht«, flüsterte Jane, und die Sorge legte sich wie ein Schatten über ihre Augen. »Ich war als Kind immer am Hafen, und Gramps hat mir ganz oft besondere Spezies mitgebracht, die ich mir dann genauer ansehen konnte. Einmal hat er mir einen Seestern mit vier Beinen gegeben und mir erklärt, dass ich ihn pflegen und beobachten könne. Das verlorene Bein werde wieder nachwachsen. Sechs Monate lang hat der verdammte Seestern in meinem Meerwasseraquarium gelebt. Gramps hat mich gebeten, das Tier ins Meer zurückzubringen, als es wieder genesen war.«

Willow drückte Jane an sich. »Sie werden ihn finden«, flüsterte sie. »Gesund und munter. Duncan hat gesagt, dass alte Seebären sich von ein paar Kriminellen nicht ausschalten lassen. Gramps ist gerissen. Er kommt schon von allein wieder, wenn er sein Abenteuer gehabt hat.«

»Gott, ich hoffe es so«, entgegnete Jane aufschluchzend und erwiderte Willows Umarmung. »Ich kann mir die Küste gar nicht ohne ihn vorstellen. Er gehört hier im Ort praktisch zum Inventar.«

»Deshalb haben sich auch alle Leute auf die Suche nach ihm gemacht«, sagte Willow, löste sich von Jane und klopfte ihr sacht auf die Schulter. »Ich rufe jetzt meinen Chef an. Er muss jemanden zur Deponie schicken, bevor die Leute die Kisten irgendwo vergraben.«

Die *7:2* ächzte und neigte sich nach Backbord. Die Segel blähten sich knatternd, als sie den Wind einfingen. Willow wählte John Pikes Nummer, während der Schoner drehte und Richtung Nordwest durch die Wellen schnitt. Sie seufzte, als sie nun dem Freizeichen am anderen Ende der Leitung lauschte. Ihr war klar, dass es die gesamte Fahrt nach Puffin Harbor dauern würde, um ihren Chef davon zu überzeugen, sie weiterhin an diesem Fall arbeiten zu lassen. John hatte ihr unmissverständlich klargemacht, dass sie jetzt im ganzen Bundesstaat als betrunkene Autofahrerin bekannt war. Sie war öffentlich kompromittiert worden. Ihre Glaubwürdigkeit als stellvertretende Generalstaatsanwältin hatte Schaden genommen.

Endlich meldete John sich, doch entgegen Willows Annahme war das folgende Gespräch überraschend kurz. Willow klappte das Handy zu und starrte ins Nichts.

»Was hat er gesagt?«, wollte Jane wissen und stellte Cracker und Käse auf den Tisch. »Du hast ihm ja gar nichts erklärt.« Willow sah zu Jane. Sie nahm sie nur wie durch einen unwirklichen Nebel wahr. »Willow? Was hat John gesagt?«

»Dass ich freigestellt bin.«

»Freigestellt? Wovon? Von diesem Fall?«

»Von meinem Job«, flüsterte Willow. »Ich bin suspendiert, weil es eine Untersuchung meiner Finanzen geben wird.«

»Was?« Jane beugte sich vor, sodass Willow sie ansehen musste. »Was meinst du mit ›deinen Finanzen‹? Du hast kein Geld. Du hast fünf Millionen Dollar von Thaddeus Lakeman geerbt, aber du hast das Geld vor zwei Jahren weggegeben. Bis auf den Treuhandfonds deiner Eltern hast du nichts.«

Willow rieb sich die Stirn. »Es sieht so aus, als hätte ich noch eine halbe Million Dollar auf einem Konto in Übersee.«

Einen Augenblick lang herrschte Schweigen. Dann schnalzte Jane verächtlich mit der Zunge. »Duncan!«, brüllte sie, ohne Willow aus den Augen zu lassen. »Komm sofort hierher!«

Willow hörte die Schritte kaum. Mit einem Mal stand Duncan vor ihr, und Mickey leckte ihr übers Gesicht.

»Was ist los?«, fragte Duncan leise. »Was ist passiert?«

»Sag es ihm«, drängte Jane sie. »Sag uns beiden genau, warum dein Chef deine Finanzen checken lassen will.«

»Deine Finanzen?«, wiederholte Duncan. Er lehnte sich an die Anrichte, verschränkte die Arme vor der Brust und sah sie eindringlich an. »Was hat Pike gesagt?«

»Er sagte, dass er ein offizielles Dokument vorliegen habe, das ihm anonym zugeschickt worden sei. Es zeigt anscheinend, dass ich eine halbe Million Dollar auf einem Konto im Ausland habe und dass das Geld dort vor drei Wochen eingegangen ist.«

»Und?«, hakte Jane nach. »Willst du damit sagen, dass John diesem anonym gesendeten Dokument Glauben schenkt?«

Willow antwortete Jane, sah dabei jedoch Duncan an. »Er glaubt es mittlerweile. Mit dem Dokument hat er ein Schreiben erhalten, in dem steht, dass das Geld der Lohn dafür sei, in einem Fall zu unterliegen, den ich tatsächlich vor sechs Wochen verloren habe. John konnte solche Anschuldigungen nicht einfach ignorieren. Also hat er am Sonntagnachmittag meine Wohnung durchsuchen lassen. Man hat dort in dem Buchhaltungsprogramm auf meinem Rechner das Konto gefunden. Und in einer Schublade haben sie auf einem Zettel das Passwort zu dem Konto entdeckt. Es sieht so aus, als hätte ich letzte Woche damit den Kontostand geprüft.«

Jane schüttelte den Kopf und sah Duncan an. »Kann man das einfach so machen? Kann irgendjemand im Namen eines anderen ein Konto eröffnen und Geld einzahlen?«

Duncan nickte nur, und Willow wurde klar, dass er fieberhaft nachdachte – über die Auswirkungen des Geschehenen und den nächsten Schritt, den sie nun unternehmen mussten.

Den »sie« unternehmen mussten. Sie war nicht allein. Das war der Grund, warum sie nicht in Panik verfiel, warum sie nicht hysterisch weinte oder John Pike verfluchte, weil er auch nur eine Sekunde lang annehmen konnte, dass sie tatsächlich schuldig sein könnte.

»Duncan. Jetzt sag doch was!«, zischte Jane. »Willow hat keine Bestechungsgelder angenommen.«

»Genau das ist es«, sagte Willow, setzte sich auf und sah von Jane zu Duncan. »Es soll so aussehen, als hätte ich mich bestechen lassen.« Sie wandte sich Jane zu. »Und wen kennen wir, der über Bestechung sehr gut Bescheid weiß?«

Jane keuchte. »Brent Graham«, flüsterte sie und griff sich unwillkürlich an den Hals. Sie verengte die Augen zu schmalen Schlitzen. »Hat er dich auch von der Straße gedrängt?«

Willow zuckte die Achseln. »Wahrscheinlich. Den Alkohol hat man mir auch schon eingeflößt, um mich zu diskreditieren.«

»Aber warum?«, fragte Jane. »Wegen ein bisschen Gift, das nicht legal gelagert wurde?«

Willow nickte. Sie war sich bewusst, dass Duncan noch immer nichts gesagt hatte. »Hast du eine Vorstellung davon, wie viel Geld da langfristig im Spiel ist? Dass sie einer stellvertretenden Generalstaatsanwältin, die gegen sie ermittelt, böse mitspielen, um sie aus dem Weg zu schaffen, ist durchaus denkbar. Und eine halbe Million Dollar bezahlt diese Firma aus der Portokasse. Falls Graham tatsächlich mit drinsteckt, kauft er sich so Zeit, um das Chaos zu beseitigen und seine Spuren zu verwischen. Er stellt sicher, dass mein Fall sich in Wohlgefallen auflöst, bevor ich Zeit habe, genug Beweise zu sammeln, um etwas unternehmen zu können.«

»Aber wie hat er überhaupt davon erfahren, dass du ermittelst und Beweise sammelst?«, fragte Jane.

»Laut Ray Cobb wurden alle Fischer ausgespäht, als durchsickerte, dass die Hummer um Thunder Island herum krank sind und sterben. Jemand muss gesehen haben, wie ich mit Ray rausgefahren bin. Dann wurde mein PC zu Hause durchsucht und Beweismaterial aus meinem Büro entwendet.«

»Das klingt wie aus einem Thriller«, murmelte Jane kopfschüttelnd. »So etwas kommt hier in der Gegend doch nicht vor. Sollte man jedenfalls meinen.«

»Und das ist der Grund, warum es ausgerechnet hier passiert«, sagte Willow. »Der Rest der Welt denkt, dass Maine von Hinterwäldlern bewohnt wird.«

Jane wirkte einfach fassungslos. Sie stand da, die Fäuste in die Hüften gestemmt, das Gesicht rot vor Empörung, doch Duncan lächelte. Willow entspannte sich ein wenig. Alles würde gut werden. Ihr würde nichts Schlimmes zustoßen, weil ein wütender, doch sehr zuversichtlicher Troglodyt ihr zur Seite stand.

Kapitel 16

Sie lenkten den Schoner in einen ruhigen Bereich des Hafens und kamen an den größtenteils verlassenen Anlegestellen vorbei, die davon zeugten, dass so ziemlich jedes seetaugliche Boot auf dem Meer an der Suche nach Cecil Fox beteiligt war. Willow wusste, dass das Haus seiner Familie, das an der Main Street stand, gerade Ort einer jahrhundertealten Tradition war. Die Frauen hatten sich zu einer Nachtwache um Mildred Fox versammelt, um mit ihr gemeinsam auf Nachricht von ihrem Mann zu warten.

Willow konnte sich die Szene bildlich vorstellen, weil sie in der zehnten Klasse der Highschool selbst an einer solchen Nachtwache teilgenommen hatte. Die ganze Nacht lang und den Morgen darauf hatte sie bei Bradley Grants Mutter gesessen. Sie war dabei gewesen, als die Küstenwache und der Hafenmeister schließlich gekommen waren und Mrs. Grant mitgeteilt hatten, dass die Leiche ihres Mannes gefunden worden war – fast zweihundert Meter von seinem Boot entfernt. Sie hatten ihr erklärt, ihr Sohn sei wahrscheinlich in die Tiefe gezogen worden. Irgendwann werde das Meer Bradley vielleicht wieder freigeben. Doch in dem Moment hatten sie ihr nur ihr Beileid aussprechen können.

»Ach, Süße«, sagte Duncan und drückte sie an sich. »Hab Vertrauen. Gramps wird nach Hause zurückkehren und der Hauptzeuge in deinem Fall sein.«

Willow vergrub ihr Gesicht an Duncans warmer, starker Brust. »Er hatte nicht das Recht, seine Nase in Angelegenheiten zu stecken, die ihn nichts angehen.«

Duncan hielt sie fest, legte sein Kinn auf ihren Kopf und wiegte sie sacht in seinen Armen. »Stimmt, kleine Anwältin. Trotzdem hat er es getan. Das hier ist sein Revier, und er hat jedes Recht, sich in alles einzumischen, was die Gewässer hier bedroht.« Als sie den Kopf hob, um ihm zu widersprechen, wischte Duncan ihr mit dem Daumen eine Träne von der Wange. »Du kannst diesem Mann seine Überzeugungen nicht absprechen, Willow. Und genauso wenig kannst du sein Handeln kontrollieren.«

»Ich kann ihm aber die Hölle heißmachen, wenn er wieder zurückkommt.«

Sie spürte sein leises Lachen. »Ja, das kannst du natürlich versuchen. Aber er wird dir wahrscheinlich Paroli bieten.«

Jane lenkte die *7:2* an den Pier von Puffin Harbor, und Jason sprang von Bord. Er sicherte den Schoner mit Tauen. Willow löste sich aus Duncans Umarmung und nickte. »Ich stelle mich der Standpauke von Gramps, solange er sie mir persönlich hält. Vorzugsweise heute, bevor die Nacht hereinbricht.«

Kee war mit seinem Wagen auf den Anleger gefahren. Noch ehe er den Motor abgestellt hatte, war Rachel bereits rausgesprungen. Sie rannte auf ihre Schwester und die Freunde zu. »Wir haben euch kommen sehen und sind gleich hierhergefahren. John Pike versucht seit Sonntagmorgen, dich zu erreichen«, sagte Rachel zu Willow. »Er klang ernst, aber er wollte mir nicht verraten, um was es ging.«

Willow trat auf den Pier und umarmte ihre Schwester. »Ich habe gerade mit John gesprochen. Er hat versucht, mich zu erreichen, um mir zu sagen, dass ich in großen Schwierigkeiten stecke«, sagte sie zu Rachel und ergriff ihre Schultern, um ihre Schwester gegen das zu wappnen, was sie ihr jetzt zu sagen hatte. »Es scheint, als hätte mir jemand eine Falle gestellt, um mich auszuschalten. Jemand hat in meinem Namen ein Konto in Übersee eröffnet, dort eine halbe Million Dollar hinterlegt und behauptet, das Geld sei der Lohn dafür, dass ich vor sechs Wochen einen Fall verloren hätte.«

Rachel keuchte, ihr Gesicht wurde rot vor Wut. »John glaubt das doch nicht etwa, oder?«

Willow schüttelte den Kopf. »Er sagte, er glaube nichts davon, aber die Beweise sind sehr belastend und mein Ruf ist schon schwer geschädigt.« Willow schluckte. »Mabel … Wir müssen sie holen.«

»Deine Vermieterin? Warum?«

Willow wandte sich um, damit sie auch Duncan und Kee mit in das Gespräch einbeziehen konnte. »John erwähnte, die Dokumente seien auch der Presse zugeschickt worden. Er konnte die Sache also nicht zurückhalten. Ich könnte wetten, dass vor meiner Wohnung schon die Presse steht. Wir müssen Mabel da rausholen. Sie wird wegen der Anschuldigungen außer sich sein und vielleicht sogar vor die Tür gehen, um den Presseleuten die Meinung zu sagen.«

»Mikaela, Nick und ich werden sie holen«, sagte Rachel. »Sie kennt uns, sie wird sich bei uns zu Hause wohlfühlen. Oh, und Gramps wird vermisst«, fuhr sie behutsam fort und berührte Willows Arm. »Seit gestern Morgen hat man nichts mehr von ihm gehört oder gesehen.«

»Das wissen wir schon«, entgegnete Willow. »Ich werde jetzt zu Mildred fahren.«

»Tut mir leid, kleine Anwältin«, ergriff Duncan das Wort und drehte sie sanft um, damit sie ihn ansehen musste. »Das Beste, was du in dieser Situation für die Foxes tun kannst, ist, den Fall zu lösen. Die anderen sollen sich um Mildred kümmern und nach Gramps suchen, wir werden das Problem auf unsere Weise angehen. Wir werden die Kisten finden, sie werden uns zu dem Boot führen, das Gramps verfolgt, und zu Gramps selbst.«

Willow dachte nach. Duncan hatte recht. Herumzusitzen und abzuwarten, Mildreds Hand zu halten und sich irgendwie verantwortlich zu fühlen würde sie überhaupt nicht weiterbringen.

»Gut«, sagte sie und wandte sich Rachel zu. »Du fährst nach Augusta und holst Mabel ab, und ich fahre zu Duncan nach Hause und schau mal, ob ich all die Puzzleteile zu einem Ganzen zusammenfügen kann.«

»Apropos Duncans Zuhause«, sagte Kee und blickte von ihr zu Duncan. »Ihr habt Gesellschaft bekommen.«

Duncan erstarrte. »Wer ist gekommen?«

Kee grinste. »Deine Mutter und Camden.«

Willow bemerkte fasziniert, wie Duncan bleich wurde. Er stieß einen Fluch aus.

»Granny Ross hat mir ein Teeservice mitgebracht«, sagte Mikaela durch das geöffnete Fenster des Wagens, »und Nick ein Pony aus Plüsch. Onkel Camden hat jedem von uns eine Flasche Whisky geschenkt.«

Willow starrte zuerst Mikaela an, dann Rachel, wandte sich schließlich um und funkelte Duncan an. Duncan löste sich endlich aus seiner Schockstarre und zuckte die Achseln. »Das sind Geschenke für die Feiern zum einundzwanzigsten Geburtstag«, erklärte er, nahm Willows Hand und machte auf dem Absatz kehrt, um sie über den Anleger zum Parkplatz zu geleiten. »Uns ist ein Flaschenzug kaputtgegangen«, sagte er zu Ahab, als der Captain den Pier entlang in Richtung Schoner eilte. »Wahrscheinlich musste das Teil sowieso ausgewechselt werden.«

Ahab machte sich nicht die Mühe, bei ihnen stehen zu bleiben, sondern rannte weiter zu seinem Segler. Willow blickte zurück, während Duncan sie zum Auto zog. Sie konnte sehen, wie Ahab Jason anstarrte, dann drohend die Faust hob und zu brüllen begann.

Willow wandte ihre Aufmerksamkeit wieder dem

schweigenden, ernsten Mann neben sich zu. »Sieht so aus, als würde ich jetzt deine Familie kennenlernen. Ich kann es kaum erwarten.«

Duncan blieb an seinem Jaguar stehen. »Ich muss dich vor meiner Mutter warnen«, sagte er. »Sie kann ein bisschen … na ja … einschüchternd wirken.«

»Das glaube ich«, entgegnete Willow, hob die Hand und strich mit den Fingerspitzen über seine Wange. »Sie hat dich immerhin großgezogen und es überlebt. Sie muss eine ziemlich toughe Lady sein.«

»Stimmt«, flüsterte Duncan. »Sie ist in der Tat eine Lady. Ihre Durchlaucht, Margaret Went Ross, um genau zu sein. Herzogin von Spierhenge.«

Willow wurde blass. »Herzogin …«, wiederholte sie ehrfürchtig. Er nickte. »Und du bist ihr ältester Sohn, also bist du …«, sie schluckte und setzte noch einmal an, »… bist du ein Herzog«, krächzte sie.

Wieder nickte er und lächelte schließlich. »Nicht schlecht für einen Troglodyten, oder?«

Willows Knie waren auf einmal weich wie Butter. Duncan musste sie festhalten. Lachend öffnete er die Wagentür und half ihr beim Einsteigen. Willow schwirrte der Kopf, als sie nun aus dem Fenster starrte. Duncan legte ihr den Gurt um und schloss die Tür. Sie bekam nur am Rande mit, wie Duncan um den Wagen herumging und sich ans Steuer setzte.

Seine Durchlaucht, Duncan Ross. Ihre Durchlaucht, Margaret Ross. Und was war Molly dann? Lady Ross. Oh, verdammt. Sie hatte einen Angehörigen des britischen Hochadels mit einem Höhlenmenschen verglichen. Sie hatte es ihm sogar auf die Hand geschrieben, damit er es nachschlagen konnte. Kein Wunder, dass er sich mit einem ganzen Satz auf Latein revanchiert hatte! Er war sehr wahrscheinlich weitaus gebildeter als sie.

»Du gemeiner Kerl! Du hast mich die ganze Zeit vorgeführt und über mich gelacht.«

»Ich benutze den Titel nicht, Willow. Ich habe niemanden um den Titel gebeten und will ihn auch gar nicht. An meinem zwanzigsten Geburtstag bin ich von zu Hause weggelaufen und zur Navy gegangen, um alldem zu entfliehen.«

»Warum hast du es mir denn nicht gesagt?«

Duncan startete den Motor und lächelte. »Weil ich wollte, dass du dich in mich verliebst und nicht in meinen Titel.«

»Ich bin nicht käuflich, Ross.«

»Ich weiß«, sagte er schnell, legte die Hand auf ihr lädiertes Handgelenk und streichelte ihre Finger. »Ich weiß, dass du das nicht bist. Aber es hat mir Spaß gemacht, der Troglodyt und nicht der Herzog zu sein. Auch wenn es nur für eine kurze Zeit war.« Er lehnte sich zu ihr herüber und sah ihr in die Augen. Ein ernster Ausdruck stand in seinem Blick. »Ich habe dir gegenüber nie irgendetwas bewusst verheimlicht oder heruntergespielt. Der Mann, den du seit zwei Jahren kennst, bin ich. Du kennst nur mein wahres Ich.« Er zuckte mit den Schultern und legte den ersten Gang ein, bog vom Parkplatz ab auf die Straße. »Dass du beschlossen hast, in mir einen Höhlenmenschen zu sehen, war deine Art, mich auf Abstand zu halten.«

Stimmte das? Hatte sie das getan? Hatte sie Duncan einen Troglodyten genannt, um für sich selbst eine Entschuldigung zu haben, sich nicht in ihn zu verlieben?

Es sah auf jeden Fall so aus. »Warum hast du deinem Erbe den Rücken gekehrt?«, fragte sie leise.

Er warf ihr einen kurzen Blick zu und sah dann wieder auf die Straße. »Wegen eines dummen Streits mit meinem Vater. Er wollte, dass ich in seine Fußstapfen trete, dass ich seinen Platz als Chef der Rosach Distillery übernehme. Ich sah meinen Lebensweg schon vorgezeichnet, und das war nicht der Weg, den ich einschlagen wollte.«

»Du bist ein Abenteurer.«

»Das war ich«, erwiderte er und warf ihr wieder einen kurzen Blick zu. Dieses Mal lächelte er. »Aber die Zeiten habe ich inzwischen hinter mir gelassen. Ich möchte zur Ruhe kommen und mich irgendwo niederlassen.«

»Also wirst du nach Schottland zurückkehren, die Brennerei übernehmen und deinen Titel annehmen?«

»Nein. Camden hat sich mit Leib und Seele der Herstellung von Whisky verschrieben. Mir liegt nichts an dem Geschäft. Ich wünsche mir, einen malerischen kleinen Pub an der Küste Maines zu besitzen.«

»Bist du … Bist du reich?«

»Ich schätze, schon.« Wieder warf er ihr ein kleines Lächeln zu. »Der Großteil des Geldes steckt allerdings in der

Destillerie und im Grundbesitz der Familie. Deshalb mussten wir auch einen Kredit aufnehmen, um Mikaelas Mutter nach der Geburt der Kleinen auszuzahlen. Ich wollte damals einen Teil von meinem Geld darauf verwenden, aber das konnte ich Camden nicht antun. Ist es denn genauso schlimm, reich zu sein, wie ein Troglodyt zu sein?«

Endlich fand auch Willow ihr Lächeln wieder. »Fast.«

»Stimmt. Du hast dein eigenes Erbe ja auch weggegeben. Fünf Millionen Dollar anonym an Wohltätigkeitsorganisationen …«

»Ein paar Jahre nahm ich an, dass Blut an dem Geld klebt, und als ich die Wahrheit herausfand, war es zu spät. Ich brachte es trotzdem nicht übers Herz, das Geld zu behalten. Also verschenkte ich es. Hast du dich mit deinem Vater versöhnt, bevor er starb?«

Ihre Frage schien ihn zu überraschen. Er nickte. »So gut wie. Wir waren nicht mehr zerstritten, aber ich glaube, er war trotz allem enttäuscht, dass ich nicht mehr nach Hause zurückgekehrt bin.«

»Wir können unseren Eltern nicht immer gefallen«, entgegnete Willow und starrte auf ihre Hände. »Gott weiß, dass ich versucht habe, den Traum meines Vaters zu erfüllen. Er war entschlossen, mich eines Tages als Gouverneur von Maine zu sehen.«

»Aber kannst du das nicht immer noch werden? Rachel glaubt zumindest an dich.«

Willow schüttelte den Kopf. »Ich weiß. Und ich bringe es nicht über mich, sie zu enttäuschen.«

Duncan fuhr an den Straßenrand und stellte den Motor ab. Er wandte sich Willow zu. Eindringlich sah er sie an. »Wenn du keine politische Karriere anstrebst, was willst du dann?«

Sie warf ihm ein zittriges Lächeln zu. »Ich möchte hier an der Küste eine eigene Kanzlei eröffnen und Leuten helfen, mit den Problemen fertigzuwerden, die für sie von großer Bedeutung sind.«

»Aber ich dachte, dir würde die Arbeit im Büro des Generalstaatsanwalts Spaß machen.«

»Das tut sie auch. Manchmal. Doch meistens vertrete ich mit Sammelklagen irgendwelche gesichtslose Gruppen. Der Staat gegen die Bösen. Du weißt schon. Ich will die Menschen, für die ich arbeite, persönlich kennenlernen und nicht durch die Bürokratie daran gehindert werden. Als stellvertretende Generalstaatsanwältin muss ich mich genau an die Regeln halten – und diese Regeln sind mir ab und zu im Weg. Kannst du das verstehen, Duncan? Manchmal möchte ich unsauber kämpfen, und wenn man ein öffentliches Amt bekleidet, geht das nicht.«

Er lächelte schief, in seinen Augen stand ein warmherziger Ausdruck. »O ja, das verstehe ich. Aber nur, weil ich weiß, dass in dir das Herz einer aufmüpfigen jungen Frau schlägt. Und in dieses Herz habe ich mich verliebt.«

»Ach, Duncan«, flüsterte sie und wollte sich in seine Arme werfen, doch der Gurt hielt sie mit einem unsanften Ruck zurück, und sie stieß einen erschrockenen Laut aus.

»Benimm dich«, sagte er lachend und tätschelte ihr Knie. »Ich habe versucht, in diesem Wagen rumzumachen, als ich ihn bekommen habe. Die Narbe, die beweist, dass es nicht funktioniert, habe ich immer noch. Spar dir die Küsse auf für die Zeit nach dem Treffen mit meiner Mutter. Dann werde ich sie nämlich definitiv brauchen.«

Willow versuchte, nicht rot zu werden. »Ach, so schlimm kann sie nicht sein«, sagte sie. »Immerhin hat sie dich und Molly großgezogen.«

Angesichts der Tatsache, dass Duncan ihr gesundes Handgelenk fest umklammert hielt, blieb Willow nichts anderes übrig, als ihm in die Küche zu folgen. Als sie den Raum betraten, herrschte ein solch angespanntes Schweigen, dass es fast mit Händen greifbar war. Das Erste, was ihr durch den Kopf ging, als sie Margaret Went Ross erblickte, war »Drachenlady«. Es fehlten nur noch die Flügel und ein bisschen Rauch, der aus ihrer majestätisch erhobenen Nase quoll.

Duncan hatte gehört, wie diese … diese Person einen ganzen Sommer lang fast jeden Abend mit seinem Vater Sex gehabt hatte? Entweder hatte Margaret Ross sich in den vergangenen sechsundzwanzig Jahren drastisch verändert, oder Willow konnte sich glücklich schätzen, Galen Ross niemals kennenlernen zu müssen. Duncans Vater musste wohl ebenfalls ein Drache gewesen sein – oder ein wirklich tapferer Mann.

Willow sah zu Luke, der am Kühlschrank lehnte, und

weiter zu Molly, die an der Spüle stand und Geschirr abwusch. Schließlich erblickte sie einen Mann, der genau wie Duncan aussah – nur ein paar Jahre jünger. Camden Ross sah einfach umwerfend aus. Er war fast so groß und muskulös wie Duncan und hatte die gleichen grünen Augen – mit denen er sie gerade mit unverhohlenem Interesse musterte. Sein welliges Haar war ein bisschen blonder als Mollys Haar. Unter den Vorfahren der Dynastie Ross musste ein Wikinger gewesen sein.

Die Anspannung in der Küche wurde noch unerträglicher, als Duncan Willow schweigend zur Kochinsel führte, einen der Barhocker heranzog und wartete, bis sie Platz genommen hatte. Dann ging er zu seiner Mutter, die auf der gegenüberliegenden Seite der Kochinsel saß und Willow ebenfalls interessiert, aber deutlich kritischer musterte, und gab ihr einen Kuss auf die Wange.

»Guten Tag, Mutter«, sagte er ruhig. »Wie schön von dir, zu Besuch zu kommen. Wenn du vorher Bescheid gegeben hättest, hätte ich ein bisschen Staub geputzt und etwas für uns gekocht.«

»Du wusstest ganz genau, dass ich Molly hinterherreisen würde«, erwiderte Margaret mit einem eher britischen als schottischen Akzent und neigte den Kopf, um Duncan anzufunkeln.

Doch Willow bemerkte auch die Freude einer Mutter, ihren Sohn endlich wiederzusehen. Einen vermeintlich unbeobachteten Moment lang sah Willow Stolz, Zärtlichkeit und bedingungslose Liebe in Margarets wunderschönen lebhaften grünen Augen, die auf Duncans Gesicht gerichtet waren.

Mit einem stummen Seufzen lehnte Willow sich auf ihrem Barhocker zurück. Diese Frau war nicht wirklich ein Drache. Sie wirkte vielleicht nach außen hin streng und sehr vornehm, doch hinter dieser scheinbar gefühllosen Fassade schlug ein weiches Herz. Die Herzogin Margaret Went Ross war auch nur eine liebende Mutter, die keine Ahnung hatte, wie sie mit ihren großartigen unabhängigen Kindern umgehen sollte.

»Guten Tag, Mrs. Ross«, sagte Willow mit einem warmherzigen Lächeln. »Ich bin Mikaelas Tante, Willow Foster«, fügte sie hinzu. Das war ihrer Meinung nach der beste Weg, um zu erklären, wer sie war. »Ist das Ihr erster Besuch hier in Maine?«

Margaret löste den Blick von ihrem ältesten Sohn, und mit einem Schlag wurde der Ausdruck in ihren Augen, die Duncans so ähnlich waren, abschätzig. »Ja, Miss Foster. Das ist mein erster Besuch hier in Maine. Und es heißt ›Eure Durchlaucht‹ und nicht ›Mrs.‹.«

Willow wischte die Bemerkung beiseite. »Hier bei uns legen wir nicht so viel Wert auf Förmlichkeiten. Das ist einfach viel zu kompliziert. Sie können mich Willow nennen.« Willow ignorierte Lukes, Mollys und Duncans fassungsloses Schweigen und erst recht das »Ihrer Durchlaucht«. Stattdessen wandte sie ihre Aufmerksamkeit Camden zu. »Mikaela meinte, Sie hätten ihr eine Flasche Whisky mitgebracht. Was für ein ungewöhnliches

Geschenk für eine Siebenjährige. Erst neulich haben wir über Kinder und Alkohol gesprochen. Sie müssen Camden sein. Duncan hat schon ein wenig von Ihnen erzählt.«

Camden, der an der Anrichte neben Molly lehnte, nickte ihr zu. Sein Lächeln wirkte warmherzig und ein bisschen so, als würde er mit dem Teufel im Bunde stehen. »Ich habe schon einiges von Ihnen gehört, kleine Anwältin«, sagte er. Anscheinend telefonierte er des Öfteren mit seinem Bruder. »Und machen Sie sich keine Sorgen: Ich habe Mikaela erklärt, dass der Whisky für ihren einundzwanzigsten Geburtstag sein soll. Er stammt aus dem Fass, das in dem Jahr angezapft wurde, als sie geboren wurde.«

»Das ist Tradition bei uns, Miss Foster«, mischte sich Margaret ein. »Jedes Kind in unserer Familie bekommt eine Flasche Whisky aus dem Jahrgang seiner Geburt.«

»Wie schön, dass Sie Mikaela zu Ihrer Familie zählen«, erwiderte Willow an Margaret gewandt, bevor sie wieder Camden ansah. Er sah einfach zu gut aus, es war eine Freude, ihn anzublicken. »Und es war auch nett von Ihnen, an Nick zu denken. Also«, sagte sie, faltete die Hände und lehnte sich auf die Kochinsel. »Was für eine wundervolle kleine Familienzusammenführung. Ich weiß, dass Duncan sich darauf gefreut hat, dass Sie alle nach Puffin Harbor kommen, um ihn zu besuchen. Das sollten wir heute Abend im Rosach Pub feiern.«

Ihr Vorschlag wurde mit eisigem Schweigen beantwortet. Schließlich seufzte Duncan laut genug, dass seine

Mutter zusammenzuckte. »Wolltest du nicht an den Computer?«, rief er Willow in Erinnerung und wies mit einem Kopfnicken in Richtung seines Arbeitszimmers.

»Ach, das kann warten, Dunky. Ich würde viel lieber mit deiner Mutter eine Tasse Tee trinken«, sagte sie und deutete mit dem Kinn auf die Teetasse, die vor Margaret stand.

Duncans Blick hätte sie vom Hocker werfen müssen, doch Willow stützte sich mit den Ellbogen auf der Kochinsel ab, legte das Kinn in die gesunde Hand und lächelte seine Mutter an. »Trinken Sie in Schottland jeden Nachmittag Tee, Margaret? Mit Gebäck? Wir haben vieles gemeinsam, Sie und ich … Wussten Sie das?«

»Ist das so?«, entgegnete Margaret leise. Es klang ein wenig, als wäre ihr Hals zu zugeschnürt, um lauter zu reden.

Willow nickte. »Es gibt Momente, in denen wir beide Duncan gern einen Schuh an den Kopf werfen würden.« Sie legte den Kopf schräg, ohne das Kinn von der Hand zu nehmen. »Ich bin mir sicher, dass Sie wissen, was ich meine.«

»Ich würde niemals … einen Schuh nach einem meiner Kinder werfen. Was ist mit Ihrem Gesicht passiert, Miss Foster? Ist das ein blauer Fleck? Und was haben Sie mit Ihrer Hand gemacht?«

Willow sprang vom Hocker, ging an Molly, die sie mit offenem Mund anstarrte, vorbei zur Warmhalteplatte des Herdes und nahm die Porzellanteekanne, die dort stand.

»Ich hatte einen Unfall. Ein Krimineller, gegen den ich gerade ermittle, hat mich mit seinem Auto von der Straße gedrängt.« Sie wedelte mit der Hand. »Mein Handgelenk ist nur angebrochen. Die Schiene muss ich noch eine Woche tragen. Und Sie waren also niemals versucht, Duncan übers Knie zu legen? Auch nicht, als er ein Teenager war?«

»Selbstverständlich nicht. Ich dachte, Sie wären Anwältin. Wie kommt es, dass Sie gegen Kriminelle ermitteln? Haben Sie denn keine Ermittler, die das für Sie übernehmen?«

»Also hat Duncan Ihnen von mir erzählt«, sagte Willow und schenkte Margaret Tee nach. »Es waren keine offiziellen Ermittlungen, ich habe nur für einen Freund ein paar Dinge recherchiert. Molly, willst du dich nicht zu uns setzen? Und Duncan, Luke und Camden, habt ihr euch nicht einiges zu erzählen?«, fragte Willow und sah auf die Uhr an der Wand. »Wir gehen um sieben ins Rosach. Wir laden auch Rachel, Kee und die Kinder ein. Ach, und Mabel. Sie wird bestimmt die Hummerrolle probieren wollen.«

»Wer ist Mabel?«, wollte Margaret wissen.

»Sie ist meine Vermieterin in Augusta. Rachel holt sie gerade hierher, weil die Presse vermutlich vor meiner Wohnung stehen wird und ich nicht möchte, dass diese Leute Mabel belästigen.«

»Warum steht die Presse vor Ihrer Wohnung?«

»Weil ich wegen Bestechlichkeit angeklagt werde. Ganz

zu schweigen davon, dass ich bei dem Unfall unter Alkoholeinfluss stand«, entgegnete Willow mit einem Lächeln und schenkte Tee in zwei weitere Tassen, die Molly inzwischen auf die Kochinsel gestellt hatte. »Das ist ganz entzückendes Porzellan.« Sie sah Duncan an. »Du hast wirklich einen ausgesprochen weiblichen Geschmack, was einige Dinge betrifft, Duncan.«

»Ich habe ihm das Porzellan geschickt«, sagte Margaret und hielt ihre zierliche Tasse hoch. »Mein Geschenk zur Hauseinweihung. Das ist ein Teil des Services meiner Mutter, das er einmal erben wird. Der Rest ist eingelagert, bis Duncan irgendwann heiratet.«

Willow zog eine Augenbraue hoch. »Der Rest?«, fragte sie, warf einen Blick auf den Geschirrschrank an der gegenüberliegenden Wand und sah dann wieder zu Margaret.

Margaret nickte. »Es ist ein Service für einhundertzwanzig Personen. Ich wollte ihn nicht überfordern, also habe ich ihm erst mal nur so viel geschickt, dass er ein Dinner für zwölf Personen ausrichten kann.«

Stirnrunzelnd sah Willow Duncan an. »Du hast elf Freunde?«

Der arme Mann sah aus, als wollte er sie verprügeln. Entweder das oder die Hand gegen sich selbst erheben, weil er die dämliche Idee gehabt hatte, sie mit zu sich nach Hause zu nehmen, damit sie seine Mutter kennenlernte. Willow scheuchte ihn vor sich her, als sie nun zurück zu ihrem Hocker ging. »Ihr drei könnt ja jetzt einmal die Köpfe zusammenstecken und euch überlegen, wie wir heute Abend unbemerkt auf das Gelände der Mülldeponie kommen. Wir müssen diese Kisten finden.«

»Du bist von dem ›Wir‹ ausgenommen, kleine Anwältin«, sagte Duncan über die Schulter hinweg, als Willow ihn aus der Küche schob. »Du wirst dich nämlich nirgends hineinschleichen, außer vielleicht ins interne Netzwerk eures Büros.«

»Ach, das wird meiner Sekretärin gefallen«, erwiderte Willow und bedeutete Luke, Duncan zu folgen. Sie hielt Camden an seinem Ärmel zurück. »Sie stellen übrigens wunderbaren Whisky her, Camden. Ich habe am nächsten Tag nie Kopfschmerzen.«

Camden beugte sich zu ihr und gab ihr einen Kuss auf die Wange. »Es ist unser Ziel zu gefallen, Willow. Behandle meine Mutter mit Nachsicht«, flüsterte er und ging wie selbstverständlich zum Du über. »Ihr gefällt es nicht, dass ihre Kinder in alle vier Himmelsrichtungen verstreut sind.«

»Nennen die Leute sie eigentlich Maggie?«, fragte Willow genauso leise zurück.

Wieder stand ein verschmitzter Ausdruck in Camdens Augen. »Nur ihre Cousine, die Queen«, antwortete er gedämpft, ehe er sich wieder aufrichtete, um seinem Bruder und Luke den Flur entlang zu folgen.

Willow starrte ihm wie versteinert hinterher. Ihre Cousine? Die Queen? Von England? Oh, sie würde Duncan vermöbeln, sobald sie einen ungestörten Augenblick mit ihm erwischte. Der Mann war wirklich ein Troglodyt, sein Sinn für Humor bewies das.

Schließlich drehte Willow sich mit einem Lächeln im Gesicht um und kehrte zu ihrem Barhocker an der Kochinsel zurück. Molly stellte einen Teller mit frisch gebackenen Brownies auf die Kochinsel, Willow hätte Duncans Schwester küssen können.

»Hmmm!«, rief sie. »Genau das brauche ich jetzt.« Sie nahm sich einen Brownie und wandte sich wieder Duncans Mutter zu. »Mrs. Ross, Sie müssen außer sich vor Freude sein, dass Ihre Tochter demnächst heiratet. Haben Sie schon mit der Mutter des Schafzüchters gesprochen, um die Hochzeit zu planen?«

Kapitel 17

Angesichts der verschiedenen Stimmungen der Anwesenden war es am Abend eine ausgesprochen ruhige Feier im Rosach. Nur Mabel bemerkte die unterschwellige Anspannung in dem kleinen Separee im Obergeschoss von Duncans Pub nicht. Willows Vermieterin war damit beschäftigt, Hummer zu essen und zu entdecken, dass sie auch guten Scotch gern mochte.

Margaret Ross schien sich noch von dem Frauengespräch in Duncans Küche erholen zu müssen. Doch zumindest sprach die Lady wieder mit ihrer Tochter, nachdem diese zugegeben hatte, dass Ben Zane nur das Mittel zum Zweck gewesen sei, um endlich ernst genommen zu werden. Mutter und Tochter saßen beieinander neben dem Kamin, in dem ein Feuer prasselte.

Die Männer – Duncan, Kee, Luke, Jason, Camden und Ahab – saßen an einem Ende des langen Tisches, tranken Scotch und unterhielten sich über was auch immer. Willow vermutete, dass sie über das Pestizid und über den vermissten Cecil Fox sprachen, denn ihre Mienen waren ernst.

Rachel, Jane, Mikaela und Nick saßen mit Willow zusammen am anderen Ende des Tisches, tranken Sodawasser und stocherten in ihrem Essen herum. Sie redeten nicht viel, denn ihre Gedanken waren bei Cecil Fox. Sie erklärten Mikaela so viel, wie ein kleines Mädchen verstehen konnte, aber sie versuchten, ihr keine Angst zu machen. Nick bekam von ihren Sorgen nichts mit, er stopfte sich selig Pommes frites in den Mund und war über und über mit Ketchup beschmiert.

Die Treppe, die von unten heraufführte, knarrte unvermittelt. Alle wandten sie den Kopf in Richtung des groß gewachsenen, kräftigen Mannes, der auf dem oberen Absatz stehen blieb. »Ich suche nach einer jungen Frau namens Molly Ross«, sagte er verlegen, zog die Mütze vom Kopf und klemmte sie sich unter den Arm. »Mir wurde gesagt, dass sie hier oben ist. Mein Name ist Benjamin Zane. Ich bin aus Neuseeland hierhergekommen, um meine Braut abzuholen.« Er brachte seine Worte mit voller Überzeugung heraus.

Im Zimmer herrschte absolute Stille. Benjamin Zane sah aus, als wäre er nicht älter als siebzehn.

Die Männer erhoben sich beinahe augenblicklich und wandten sich dem jungen Mann zu. Molly stand ebenfalls auf. Ihre Augen hatten die Größe von Untertassen, sie wirkte, als suchte sie nach dem berühmten Loch im Boden, in das sie versinken konnte. Ihre Mutter hatte ganz offensichtlich vor, ihr dabei Gesellschaft zu leisten. Doch dann straffte Molly plötzlich die Schultern.

»Ich bin Molly«, sagte sie.

Die Männer stellten sich Ben Zane in den Weg, als er zu Molly gehen wollte. Der junge Mann blieb notgedrungen stehen. »Sind Sie alle Mollys Brüder?«, fragte er, ohne auch nur mit der Wimper zu zucken. »Wer von Ihnen hat denn die Nachricht auf meinem Anrufbeantworter hinterlassen?«

Willow konnte Ben wegen seines starken Akzents kaum verstehen. Das männliche Gehabe – vor allem von Duncan und Camden – war allerdings nicht falsch zu verstehen. Luke sah auch nicht gerade begeistert aus.

»Ich bin Duncan Ross, Mollys ältester Bruder und derjenige, der Ihnen auf den Anrufbeantworter gesprochen hat.« Mit einer hochgezogenen Augenbraue sah Duncan Ben an. »Ich habe Sie eigentlich gebeten zurückzurufen, nicht hierherzukommen.«

Ben streckte die Hand aus. »Ihre Nachricht hat mich an meine Manieren erinnert, Mr. Ross. Mir ist bewusst geworden, dass meine arme Mutter sich vermutlich im Grabe herumdreht, weil ich noch nicht zu Ihnen gekommen bin und ganz offiziell um Mollys Hand angehalten habe.«

Duncan schüttelte Bens Hand, bevor er die Hände hinter dem Rücken verschränkte und sich zu seiner vollen Größe aufrichtete. »Wie alt sind Sie, Mr. Zane?«, fragte er.

»Ich bin im März achtzehn geworden«, antwortete der Neuseeländer und sah an Duncan vorbei zu Molly. In seinen Augen blitzte Entzücken auf, als er den Anblick der

Frau in sich aufnahm, für die er um die halbe Welt gereist war.

Jetzt baute Camden sich vor ihm auf. »Ich bin Mollys anderer Bruder. Camden Ross. Erwarten Sie, dass wir Ihnen unsere Schwester überlassen, weil Sie in ein Flugzeug gestiegen sind, um sie ›abzuholen‹?«

Ben sah Camden treuherzig in die Augen. »In meiner Heimat bin ich ein angesehener Grundbesitzer«, begann er. »Mit meinem Bruder zusammen besitze ich eine Herde von viertausend Schafen und zweihundert Rindern. Wir haben unsere Ranch geerbt, als unsere Eltern im letzten Sommer verstorben sind. Die Ranch ist schuldenfrei. Ich trinke nicht übermäßig, rauche nicht und prügele mich nie. Wenn es geht, besuche ich sonntags die Messe, ich schlage keine Frauen, und in der Stadt laufen keine Kinder von mir herum.«

Ben ging zu Duncan. »Mit einer Ehefrau an meiner Seite könnten wir die Ranch aufteilen. Ich könnte dann meine Herde verdoppeln, um genug Geld für uns beide zu verdienen. Ich gebe Ihnen mein Wort, Mr. Ross: Ich werde mich gut um Ihre Schwester kümmern.«

Jeder im Raum hielt den Atem an, während Duncan die Arme vor der Brust verschränkte und Ben Zane schweigend betrachtete. Schließlich streckte er den Arm aus und schlug Ben auf die Schulter.

»Meinen Segen haben Sie«, sagte er und schob Ben in Richtung Molly.

Alle im Raum keuchten auf. Margaret Ross stieß einen

winzigen Laut des Entsetzens aus. Molly, die so weiß wie frisch gefallener Schnee war, wich einige Schritte zurück, bis sie mit dem Rücken an der Wand stand.

»Duncan!«, zischte Margaret.

Duncan hob die Hand. »Soweit ich weiß, bin ich hier noch immer der Hausherr.« Damit setzte Duncan sich ganz ruhig zurück an den Tisch, nahm sein Glas Scotch und trank einen Schluck.

Alle, sogar Mabel, starrten zu dem jungen Paar und beobachteten, wie Ben Zane der versteinerten Molly ein in braunes Packpapier eingeschlagenes Päckchen entgegenstreckte.

»Ich habe mich daran erinnert, dass du Spitze magst. Das hast du mir einmal geschrieben.« Behutsam fing er an, das Geschenk für sie zu öffnen, da Molly sich anscheinend nicht rühren konnte. »Das hier gehörte meiner Mom. Sie hat unsere eigene Wolle gesponnen und dann verhäkelt. Das ist mein Brautgeschenk für dich, Molly.«

»Ich … Ich habe nicht … Du hast mich gefragt, aber ich … Ich habe nicht Ja gesagt, Ben«, flüsterte Molly so leise, dass jeder im Raum sich ein Stückchen vorbeugte, um sie verstehen zu können.

Selbst Mikaela und Nick schienen zu begreifen, dass hier gerade etwas Bedeutendes passierte, sie waren still wie die Kirchenmäuse.

»Oh, ich weiß, dass du nicht Ja gesagt hast«, erwiderte Ben. »Deshalb bin ich hergekommen, um dich zu umwerben.«

Willow konnte sehen, wie Mollys Hand zitterte, als sie die hübsche Spitze aus dem Paket nahm. Sie wandte sich zu ihrer Mutter um. In ihren grünen Augen stand ein flehentlicher Ausdruck.

»Mr. Zane«, sagte Margaret. »Ich bin Mollys Mutter. Margaret Went Ross, Herzogin von Spierhenge.«

Bens Blick, der auf Margaret gerichtet war, ging abrupt zurück zu Molly. »Du bist eine *Lady?*«, flüsterte er. Zum ersten Mal schien er unsicher zu werden. Er machte einen Schritt zurück. »Das hast du in deinen Mails gar nicht erwähnt.«

»Ich … Ich fand das nicht so wichtig«, entgegnete Molly leise.

»Das ist es auch nicht«, sagte Duncan vom Tisch aus. »Liebe kennt keine Titel. Stimmt's nicht, Mom?«, fragte er und hob den Kopf, um seine Mutter anzusehen. Margaret Ross wurde bis in die Spitzen ihrer naturblonden Haare rot und senkte dann den Blick auf den kleinen Diamanten an ihrem linken Ringfinger. Duncan drehte sich auf seinem Stuhl etwas, um Ben besser anblicken zu können. »Unser Vater war ein Bürgerlicher. Er braute Whisky, als er meiner Mutter an einem stürmischen Tag auf einer Straße in Spierhenge zum ersten Mal begegnete. Also machen Sie sich keine Sorgen. Sie haben sich in eine Lady verliebt, deren Familie sich nicht der Tradition beugt. Stattdessen beugt sie die Tradition, damit sie ihr dienlich ist. Sie lieben Molly doch, oder, Ben?«

»Ich … äh … Ich habe sie gerade erst kennengelernt,

Sir«, stammelte Ben. Kleine Schweißperlen glitzerten auf seiner sonnengebräunten Stirn. »Wir schreiben uns erst seit sechs Wochen.«

Der arme Ben sah aus, als würde er sich wünschen, niemals einen Computer besessen zu haben. Willow tat er wahnsinnig leid. Offenbar war der Titel nicht das Einzige, was Molly vergessen hatte, Ben gegenüber zu erwähnen. Es schien, dass keiner der beiden daran gedacht hatte, sich nach dem Alter des anderen zu erkundigen.

Willow fragte sich, ob Margaret nun endlich bereit war, ihren Schuh auszuziehen und nach Duncan zu werfen. Die Herzogin saß wie versteinert in dem Polstersessel am Kamin. Willow wusste nicht genau, ob sie vor Verlegenheit errötet war oder ob sie an ihren bürgerlichen Ehemann dachte.

Wieder knarrte die Treppe. Dieses Mal konnte man hören, wie sich schnelle Schritte näherten. Eine junge Frau stürmte zu ihnen in den Raum, die Augen weit aufgerissen vor Aufregung.

Sie lief direkt zu Duncan. »Unten stehen zwei Polizisten«, wisperte sie atemlos. »Sie haben nach Willow Foster gefragt.«

Willow schloss die Augen und ließ den Kopf in die Hände sinken. Verdammt. Sie hatte gewusst, dass es so kommen würde. John hatte sie davor gewarnt, dass es nur eine Frage der Zeit sein würde, bevor sie genügend Beweise zusammengetragen hätten, um sie zu verhaften.

»Du kannst jetzt nach deinen Anwaltsregeln spielen,

kleine Anwältin, oder du kannst sie brechen«, sagte Duncan leise.

Seine Worte brachten Willow dazu, ihn über den Tisch hinweg anzusehen. Er war todernst und Unheil verkündend ruhig.

Bedeutete das, dass er wütend war? Auf sie? Auf John Pike? »Es ist eine reine Formalität«, entgegnete sie. »Sie müssen mich verhaften, aber ich werde mit Sicherheit auf Kaution entlassen.«

»Wie lange wird das dauern? Kann ich dich heute Abend noch nach Hause holen?«

Willow wägte ihre Möglichkeiten ab. Wenn sie jetzt verhaftet werden würde, konnte man sie zwischen vierundzwanzig und achtundvierzig Stunden im Gefängnis festhalten. Außer man hatte beschlossen, sie zum Verhör zu bringen – dann konnte es noch länger dauern. Das war eine durchaus gängige Praxis, wenn mehr Zeit gebraucht wurde, um die Beweissuche abzuschließen. Doch würde John ihr das antun? Und konnte sie es sich leisten, das zuzulassen? Gerade jetzt?

»Sie könnten mich ein paar Tage festsetzen. Also, Eure Durchlaucht, durch welches Fenster gelange ich auf die Feuertreppe?«, fragte sie, ohne auf Rachels entsetztes Aufkeuchen zu achten, und warf Duncan ein breites Lächeln zu. »Das hier scheint eine Regel zu sein, die ich gern brechen möchte.« Sie zuckte die Achseln. »Obwohl ich genau genommen nichts Verbotenes tue. Ich habe hier schließlich keine Polizisten gesehen.«

Duncan wandte sich an die junge Frau, die nach oben gekommen war. »Sag den beiden, dass Willow Foster schon vor einer halben Stunde gegangen ist. Würdest du das tun, Colleen? Sag ihnen, dass du glaubst, sie hätte erwähnt, zurück in ihre Wohnung nach Augusta fahren zu wollen.«

Colleen, bei deren Familie Willow früher einmal als Babysitterin gearbeitet hatte, nickte Duncan zu und sah dann zu Willow. »Du hast mich immer um neun Uhr ins Bett geschickt«, sagte sie und grinste schief. »Ich tue das hier nur, weil ich das gesamte Trinkgeld der letzten Woche auf Duncan gesetzt habe. Und ich brauche unbedingt ein neues Smartphone.«

»Ich habe dich vielleicht so früh ins Bett geschickt, aber du bist nie im Bett geblieben«, entgegnete Willow, stand auf und trat an eines der hinteren Fenster. »Danke, Colleen. Falls du dein Trinkgeld bei der Wette verlieren solltest, kaufe ich dir das Smartphone.«

»Vorsicht, kleine Anwältin«, sagte Duncan, kam zu ihr und öffnete das Fenster. »Das ist schon fast Behinderung der Justiz.«

»Ich werde ihr natürlich kein neues Smartphone kaufen«, erklärte Willow hastig. »Bleib einfach noch ein paar Minuten hier oben, Colleen. Du kannst mein Essen haben. Ich habe es noch nicht angerührt.« Sie wies auf den Teller, der neben Rachel stand.

»Luke, geh raus und check, ob sie die Rückseite des Pubs überwachen«, sagte Duncan und winkte ihn zu sich ans Fenster. Dann sah er Kee an. »Wir treffen uns in zwei Stunden.«

»Willow«, meldete Rachel sich zu Wort. »Das kannst du nicht machen.«

»Klar kann ich das, Schwesterherz. Mir ist kein Haftbefehl überbracht worden.« Sie ging zu Rachel, umarmte sie und gab ihr einen Kuss auf die Wange. »Ich werde mich stellen, sobald ich aus der Geschichte schlau geworden bin. Bitte, mach dir keine Sorgen um mich. Du weißt, dass ich bei Duncan in guten Händen bin.«

»Warum steigst du aus dem Fenster?«, wollte Mikaela wissen. »Weil du nicht schon wieder betrunken am Steuer geschnappt werden willst? Du hattest doch nur Soda.«

Willow seufzte.

»Ich werde ihr erklären, was hier los ist«, versprach Rachel und gab Willow einen kleinen Schubs in Richtung der Fenster. »Jetzt verschwinde.«

»Die Luft ist rein«, sagte Luke, der durchs Fenster hereinblickte. »Ich werde die Luft aus ihren Reifen lassen, sobald ihr hier raus seid. Nehmt meinen Wagen.« Luke reichte Duncan den Schlüssel und wartete, bis dieser seinen eigenen Schlüssel aus der Hosentasche gefischt hatte und ihn seinem Freund reichte.

Duncan schwang ein Bein über den Sims, hielt jedoch inne und sah noch einmal in den Raum. »Kee, könntest du Ben für heute in einem Hotel unterbringen? Und, Mom, ich erwarte, dass du hier in Puffin Harbor bleibst, bis ich alles geregelt habe.«

Margaret schnappte empört nach Luft. »Du bist nicht mein Vormund, Duncan Ross.«

»Nein, aber ich bin in Besitz deines Passes«, erwiderte er mit einem teuflischen Grinsen. »Jane, du entfernst dich nicht weiter als drei Meter von Jason, verstanden? Es wäre ungut, wenn wir jetzt auch noch nach dir suchen müssten.«

»Ja, Sir!«, entgegnete Jane mit einem Salut. Sie drehte sich um und lächelte Jason an. »Ich werde wie eine Klette an ihm hängen.«

Willow sah, wie Duncan in die Runde blickte, als wollte er sichergehen, dass er auch wirklich allen einen Befehl erteilt hatte. »Sie kommen schon ohne dich zurecht, Dunky«, sagte sie und schob ihn aus dem Fenster. Aber dann hielt sie inne, drehte sich ein letztes Mal um und lächelte den anderen zu. »Tut mir leid, diese aufregende Party verlassen zu müssen. Aber, bitte, macht einfach weiter, ohne ...«

Bevor sie den Satz beenden konnte, hob Duncan sie durchs Fenster hinaus auf die Feuertreppe.

Sie flüchteten in Lukes Wagen zu Luke nach Hause. Willow konnte sich nicht daran erinnern, schon einmal ein so unwirkliches Abenteuer erlebt zu haben – nicht einmal in der Highschool. Das Adrenalin putschte sie auf, und sie wurde von Schuldgefühlen geplagt, als ihr klar wurde, dass das hier kein Spiel, sondern Ernst war. Von Cecil und den Kisten fehlte immer noch jede Spur. Sie versteckte sich vor beiden Seiten des Gesetzes, und Duncan riskierte Kopf und Kragen, um einer Kriminellen, die sie ja jetzt war, zu helfen. Zu allem Übel wussten sie noch nicht mal genau, worum es eigentlich ging.

»Gibt es einen besonderen Grund dafür, dass du und Kee in schönen Häusern lebt und Luke in einer Baracke haust?«, fragte Willow und ließ sich auf die ramponierte Couch im Wohnzimmer des verfallenen Farmhauses sinken.

Duncan ging zum Fenster und spähte in die Dunkelheit. »Weil Luke das hier für ein Anwesen hält«, antwortete er und drehte sich grinsend zu ihr um. »Er weiß einfach nicht, wie man irgendwo Wurzeln schlägt und sich häuslich niederlässt. Er ist in den Straßen New Yorks aufgewachsen und ist schon zufrieden, wenn das Dach über seinem Kopf kein Leck hat und die Toilettenspülung funktioniert.«

»*So* unzivilisiert ist er nun auch wieder nicht«, entgegnete Willow lachend. »Meistens benimmt er sich kultivierter als du.«

»Weil er die harte Schule des Lebens mitgemacht hat. Und weil er vier Jahre an der Columbia University studiert hat.« Duncan zuckte mit den Schultern. »Obwohl man ja kein Diplom bekommt, wenn man die Studiengebühren nicht bezahlt.«

»Willst du damit sagen, dass er seine Ausbildung … illegal erworben hat?«

»Nicht nur das. Er hat seinen Lebensunterhalt damit

verdient, dass er die Semesterarbeiten für andere Studenten geschrieben hat.«

Willow starrte Duncan verblüfft an, bis sie merkte, dass sie an irgendetwas Hartem lehnte. Sie griff hinter sich und zog einen Sneaker hervor. »Scheint so, als hätte er nicht oft Gäste hier«, sagte sie und lachte wieder. Unvermittelt wurde sie wieder ernst und kam zum eigentlichen Thema zurück. »Warum, glaubst du, haben diese Leute die Kisten in dem alten gefluteten Steinbruch gelagert? Das Pestizid wurde vor vier Jahren verboten.«

»Es wurde in diesem Land verboten«, gab Duncan zu bedenken. Er setzte sich ihr gegenüber in einen Sessel. »Es ist möglich, dass die Kingston Corporation einen Vertrag zur legalen Entsorgung des Pestizids unterschrieben hat. Doch statt das Pestizid auf der Deponie zu entsorgen, lagern sie es, um es in ein anderes Land zu verkaufen, in dem es nicht verboten ist.«

»Aber seit vier Jahren? Die Kids kommen jeden Sommer zum alten Steinbruch, um dort zu schwimmen. Wie kommt es, dass noch niemand die Kisten entdeckt hat? Jane glaubt, dass seit dem letzten Winter Meerwasser in den Steinbruch dringt. Vorher hätten die Kisten doch gut sichtbar sein müssen.«

Duncan dachte kurz nach. »Was, wenn das hier nur einer von vielen Seetransporten gewesen ist?«, fragte er dann. »Was, wenn sie diese speziellen Kisten hier im Herbst abgelegt und geplant haben, sie in diesem Frühling, vor den Schulferien, fortzuschaffen? Ich bin mir sicher, dass im Winter niemand einen Fuß auf die Insel setzt. Zu der Zeit ist die Insel nur ein gefrorener Felsen im Meer.«

Willow nickte nachdenklich. Unvermittelt setzte sie sich auf. »Dann würde in den Unterlagen der Kingston Corporation stehen, dass sie seit Jahren regelmäßig dieses Pestizid zur Entsorgung annehmen. Wenn wir es jedoch nicht auf der Deponie finden können, ist das ein Hinweis darauf, dass sie das Zeug weiterverkauft haben.«

»Hast du vor, selbst zu graben, oder überlässt du diesen Job mir?« Er schüttelte den Kopf. »Wie zur Hölle willst du herausfinden, ob auf der Deponie Pestizide vergraben sind oder nicht?«

»Es ist eine Deponie für gefährliche Giftstoffe. Die Betreiber müssen Protokoll darüber führen, wo sich auf dem Gelände welche Stoffe befinden. Sie können schließlich nicht riskieren, bestimmte Chemikalien nebeneinander zu entsorgen, die miteinander reagieren. Es gäbe eine Katastrophe.«

Duncan erhob sich. »Also sollen wir in das Büro der Kingston Corporation einbrechen, die Akten durchsuchen und dann an der Stelle graben, wo wir glauben, dass das Pestizid sein könnte?«

»Nein«, erwiderte Willow. »Wir brechen ein, durchsuchen die Akten und schauen nach, ob es einen Bericht über die Entsorgung des Pestizids gibt. Falls es einen solchen Bericht gibt, rufen wir meinen Chef an und lassen ihn das Graben übernehmen.«

»Sobald er deine Stimme hört, wird Pike von dir verlangen, dich zu stellen. Oder hast du schon vergessen, dass du auf einem Bankkonto im Ausland eine halbe Million Dollar hast?«

Willow wischte Duncans Einwand beiseite. »Ich kenne unzählige gute Anwälte. Ich habe den Fall nicht absichtlich verloren, das kann ich beweisen.«

»Wie?«

»Ich führe peinlich genau Buch.«

»Das kann ich mir vorstellen, kleine Anwältin. Ein guter Staatsanwalt wird deine Berichte in der Luft zerreißen.«

Willow ließ den Kopf hängen. Er hatte recht. Genau das würde sie auch tun, wenn sie jemanden in ihrer Position strafrechtlich verfolgen würde. »Das Konto in Übersee muss mit der Kingston-Sache zusammenhängen.« Sie sah Duncan an. »Warum sonst hätte es plötzlich unter meinem Namen und zusammen mit einem anonymen Schreiben an John und an die Presse auftauchen sollen? Ich wette, dass das Konto schon länger existiert – als eine Art Versicherung: Um einen unliebsamen Gegner aus dem Weg zu räumen und zu diskreditieren, reicht es, das Konto einfach auf denjenigen zu überschreiben und das publik zu machen.«

»Richtig. Aber das zu beweisen wird ein hartes Stück Arbeit.«

Willow schüttelte den Kopf. »Wir brauchen nur einen glaubhaften Zeugen«, sagte sie, lehnte sich auf der Couch zurück und verschränkte die Arme vor der Brust. »Für eine solche Operation braucht man Helfer. Viele Helfer. Es reichen nicht nur ein paar Angestellte, die Unterlagen manipulieren. Man braucht Männer, die bereit sind, ihr Leben zu riskieren, einen Zwischenhändler, der sich um die Verkäufe im Ausland kümmert, und jemanden im Büro der Kingston Corporation, der bereitwillig in die andere Richtung blickt, wenn Lieferscheine ohne die dazugehörige Ware auftauchen.«

»Okay«, entgegnete Duncan. »Mal angenommen, wir finden heraus, dass die Firma in den letzten vier Jahren tatsächlich illegal Pestizide verkauft hat. Das könnte bedeuten, dass das Boot, das gestern Morgen Thunder Island verlassen hat, nicht nur die Küste entlanggefahren ist, sondern wahrscheinlich aufs offene Meer hinaus.«

»Und wenn Gramps dem Boot gefolgt ist …« Willows Stimme erstarb. Sie konnte den Satz nicht zu Ende bringen.

Duncan kam zu ihr auf die Couch und ergriff ihre Hände. »Du musst dich auf das Schlimmste einstellen, Süße. Gramps wäre ihnen nur eine bestimmte Zeit lang gefolgt, um mit dem verbliebenen Treibstoff sicher wieder zurück nach Hause zu kommen. Und er hätte mit irgendjemandem über Funk Kontakt gehalten.«

»Du glaubst, dass er tot ist, oder?«

»Ich halte das zumindest für möglich, Willow. Wenn er nicht mechanische Probleme bekommen hat, die einen Ausfall der Elektrizität an Bord bedingt haben, hätten wir längst von ihm gehört. Und der Golf von Maine ist in dieser Jahreszeit stark befahren. Wenn Gramps Boot nur manövrierunfähig auf See getrieben wäre, hätte ihn bestimmt schon jemand gefunden.«

Willow vergrub ihr Gesicht an Duncans Brust. Als er sie in seine starken tröstenden Arme schloss, seufzte sie zitternd. »Das würde alles ändern«, sagte sie. »Wir hätten es dann nicht mehr mit einem Umweltverbrechen, sondern mit Mord zu tun.«

Sacht hob Duncan ihr Kinn an, sodass sie ihn im schummrigen Licht ansehen musste. »Ja. Aber nur, wenn wir Gramps' Boot finden und beweisen können, dass bei seinem Verschwinden etwas nicht mit rechten Dingen zugegangen ist.« Er lächelte. »Andererseits wäre es gut möglich, dass der alte Seebär nach Hause rudert. Ich habe damals auf dem Pier sein Boot gesehen – darin lag eine komplette Survival-Ausrüstung. Ich will damit sagen, Süße, dass du dich auf das Schlimmste gefasst machen, dass du die Hoffnung aber noch nicht aufgeben solltest.«

Duncan schloss sie noch etwas fester in die Arme und seufzte zufrieden. Er küsste sie und drängte sie, die Lippen zu öffnen. Verlangen machte sich in ihr breit. Es fühlte sich an wie die statische Aufladung in der Luft, bevor ein Sturm hereinbrach. Willow setzte sich auf Duncans Schoß. Wie konnte es sein, dass in der Nähe dieses Mannes – dieses überfürsorglichen, besitzergreifenden, gefährlich leidenschaftlichen Mannes – ihre Entschlossenheit immer wieder ins Wanken geriet?

»Wir müssen aufhören«, knurrte er und strich mit den Lippen über ihre Wangen. »Sie sind hier.«

»Sie?«, flüsterte sie und fuhr mit dem Mund seine Wange entlang bis zu seinem Ohr.

Er legte seine Hände auf ihre Schultern und hielt Willow ein Stück von sich entfernt. »Unsere Komplizen sind gerade vorgefahren.« Er hatte die Worte gerade ausgesprochen, als Willow auch schon eine Autotür schlagen hörte. Sie versuchte, von Duncans Schoß zu rutschen, doch er zog sie wieder an sich und legte sein Kinn auf ihren Scheitel. »Pst. Lass sie ruhig denken, dass wir rumgemacht haben. Ich liebe es, Janes Gesicht zu sehen, wenn sie daran erinnert wird, dass du etwas bekommst, das sie nicht hat.«

Willow boxte ihn. »Du bist so gemein. Jane ist meine Freundin. Es ist nicht nett, ihren Frust zu genießen.«

»Sie könnte den Frust jederzeit beenden. Jason ist bereit, willig und fähig.«

»Aber respektiert er auch ihren Verstand?«

Duncan hob den Kopf. »Ihren Verstand?«, wiederholte er und rollte mit den Augen. »Für Jason ist der Verstand das Sinnlichste an einem Menschen.«

Willow strahlte. »Und für dich?«, fragte sie schnell, als sie hörte, wie die Küchentür geöffnet wurde. »Was macht dich an, Herzog?«

»Wenn eine Frau mir das Wort ›Troglodyt‹ in die Handfläche kritzelt«, entgegnete er lachend und küsste sie erneut.

Das Licht im Wohnzimmer wurde eingeschaltet, und aus der Tür zur Küche erklang ein verächtliches Schnauben. »Ihr zwei seid schlimmer als zwei liebeskranke Kaninchen«, sagte Jane. »Kommt schon, es gibt da ein Büro, in das wir einbrechen müssen.«

Duncan ließ Willow nicht los.

»Sie haben Gramps' Boot gefunden«, sagte Kee ernst. »Oder vielmehr: Sie haben das gefunden, was davon übrig ist. Es scheint so, als hätte die *Pretty Woman* gebrannt.«

Willow keuchte erschrocken auf, und Duncan drückte sanft ihren Kopf an seine Brust, als könnte er sie so vor dem Schmerz bewahren, den diese Nachricht bedeutete.

»Und Gramps?«, fragte er.

»Von ihm fehlt jede Spur«, antwortete Kee. »Sie haben nur seine aufgeblasene Rettungsinsel gefunden und seinen Kaltwasserüberlebensanzug.«

»Ich muss zu Mildred«, sagte Willow und wollte sich aus Duncans Umarmung befreien.

Doch Duncan ließ sie nicht los. »Nein, Süße. Du musst das hier zu Ende bringen. Wir müssen herausfinden, wohin das Boot will, sodass es noch mit der Ladung an Bord abgefangen werden kann.«

»Sie haben das Wrack von Gramps' Boot gut hundert Kilometer östlich von hier gefunden«, sagte Kee. »Wenn man eine Verbindungslinie zieht, sieht es so aus, als wäre Gramps in Richtung Südostspitze von Neuschottland gefahren.«

»Da gibt es nichts bis auf ein paar spärlich besiedelte Fischerdörfer«, fügte Jason hinzu, ging zu Jane, die zu weinen begonnen hatte, und legte den Arm um ihre Schultern. »Allerdings führt von dort die direkteste Route nach St. John's, Neufundland. Und der St. John's International Airport eignet sich hervorragend, um Waren per Flugzeug auf den Weg zu bringen.«

»Das ist ein ziemlich umständlicher Weg, nur um Fracht zu verschiffen«, sagte Duncan, der Willow noch immer im Arm hielt. »Aber vielleicht nutzen sie auch eines der Fischerdörfer oder eine verlassene alte Fischfabrik oder so etwas in Neuschottland.«

Willow begann vor Wut zu zittern. Diese Männer hatten keinen Grund gehabt, einen wehrlosen alten Mann zu töten. Und falls sie sie jemals erwischen sollte, würde sie sie über Bord werfen, sodass das Meer ihre seelenlosen Körper mit sich reißen konnte – so wie sie es mit Cecil Fox getan hatten.

Willow wusste, dass es alles andere als passend für eine stellvertretende Generalstaatsanwältin war, so zu denken, doch andererseits war sie es leid, ständig politisch korrekt zu sein, wenn es um Kriminelle ging. Manchmal wünschte sie sich insgeheim, die Gesellschaft würde die Prügelstrafe wieder einführen.

Duncan ergriff ihre Schultern und blickte ihr in die Augen. »Wir werden diese Mistkerle finden, Willow«, sagte er sanft. »Und dann bekommst du vor Gericht Gerechtigkeit.«

»Ich habe nicht die Absicht, sie strafrechtlich zu verfolgen«, entgegnete sie. »Ich werde dafür sorgen, dass sie jämmerlich umkommen.«

Er umgriff ihr Kinn. Sein Lächeln war zärtlich, seine Augen funkelten. »Das wollte ich hören, meine kleine Anwältin. Also, bist du jetzt bereit, den Fluchtwagen zu fahren?«

»Ich will mit euch reingehen.«

»Nein«, erwiderte Duncan. »Du und Jane, ihr werdet Schmiere stehen. Wir brechen ein.« Ein finsteres Lächeln blitzte in seinem Gesicht auf. »Wir sind gut darin. Du wirst schon sehen.«

»Ihr wisst doch gar nicht, wonach ihr suchen müsst.«

»Ich weiß genauso viel wie du«, versetzte er. »Jason und ich gehen rein, du und Jane, ihr haltet Ausschau, und dann werden wir die Karten ausspielen, die wir bekommen. Vielleicht entdecken wir ja Unterlagen, aus denen ein Schiffsname hervorgeht oder ein Kontakt.«

»Edward Simmons kann nicht mit diesen Kriminellen unter einer Decke stecken«, sagte Willow und sah zu Jane. »Die Sache muss sich ohne sein Wissen abspielen.«

Duncan drehte sacht ihren Kopf, sodass sie ihn wieder ansehen musste. »Wer ist Edward Simmons?«

»Er ist einer der Inhaber der Kingston Corporation. Und er ist hier im Bundesstaat ein bekannter Anwalt. Er hat bei der vorletzten Wahl für das Amt des Gouverneurs kandidiert. Er ist ein guter Mensch. Vielleicht können wir ihn überzeugen, uns zu helfen.«

Sofort schüttelte Duncan den Kopf. »Falls Simmons nicht weiß, was los ist, ist er aus der Verantwortung genommen. Bis wir nicht alle Mitspieler und ihre Rollen kennen, vertrauen wir niemandem. Verstanden?«

»Ich werde das Fluchtauto fahren«, sagte Jane.

»Warum du?«, wollte Willow wissen und kletterte von Duncans Schoß.

»Weil ich nicht gerade erst meinen Wagen zu Schrott gefahren habe.«

Willow warf ihr einen vernichtenden Blick zu und ging dann zu Kee. »Du kommst nicht mit«, sagte sie zu ihm. »Ich will nicht dafür verantwortlich sein, dass meine Schwester vor Sorge um dich krank wird. Geh nach Hause.«

Kee sah aus, als würde er mühsam ein Lachen unterdrücken. Duncan seufzte, erhob sich, ging zu Willow und sah sie an. »Falls du noch mal zur Toilette musst, dann geh jetzt«, sagte er und schloss mit einem Blick auch Jane ein. »Ihr könnt nicht in die Büsche verschwinden, wenn ihr den Fluchtwagen lenkt. Ihr müsst bereit sein, jederzeit loszufahren.«

»Kee kommt nicht mit.«

»Er tut etwas anderes für uns«, sagte Duncan.

»Was denn?«

Duncan lächelte nur und schob Willow in Richtung Flur. »Wir treffen uns beim Wagen. Ihr habt drei Minuten, dann fahren wir los – notfalls ohne euch.«

Willow blieb in der Badezimmertür noch einmal stehen

und blickte an Jane vorbei, die ihr gefolgt war. »Ihr wisst nicht einmal, wo es langgeht.«

»Ich kann eine Straßenkarte lesen«, entgegnete Duncan. »Und Jane fährt.«

Kapitel 18

»Er küsst ziemlich gut«, flüsterte Jane.

Willow, die aus dem Fenster Richtung Wald geblickt hatte, in dem Duncan und Jason eine halbe Stunde zuvor verschwunden waren, wandte sich um und sah ihre Freundin an. »Duncan hat dich geküsst?«

Einen Moment lang starrte Jane sie überrascht an, bevor sie den Kopf schüttelte. »Nicht Duncan. Jason«, wisperte sie. »Auf der *7:2*. Nachdem du und Duncan gegangen seid und Ahab damit fertig war, uns wegen des kaputten Flaschenzugs anzuschreien. Ich war unter Deck, um die Ausrüstung zu holen, als Jason zu mir kam und …«

Erstaunt blinzelte Willow ihre Freundin an. »Wirst du gerade rot?«, fragte sie und versuchte, in der Fahrerkabine, die nur vom Mondlicht erhellt wurde, irgendetwas zu erkennen. Hatte schon mal irgendjemand gehört, dass man in einer sternenklaren und mondhellen Nacht irgendwo einstieg? »Jane Huntley errötet wie ein Schulmädchen, weil ein Typ sie geküsst hat?«

Jane hob das Kinn. »Es geht nicht darum, dass er mich geküsst hat, sondern *wie* er mich geküsst hat. Und … und darum, was er anschließend gesagt hat.«

Willow wusste nicht, was sie zuerst wissen wollte: wie Jason sie geküsst oder was er gesagt hatte. »Was hat er denn gesagt?«

»Er sagte, es sei in Ordnung, wenn ich Angst hätte. Und dass wir, wenn ich keine Angst hätte, auch gleich wieder auseinandergehen könnten.«

Willow blickte Jane in die Augen. »Was meinte er damit? Du hast doch keine Angst vor Jason, oder?«

»Doch, natürlich habe ich Angst«, entgegnete Jane und rollte mit den Augen. »Jason weiß das auch. Und er weiß ebenfalls, dass Angst zu haben bedeutet, dass ich klug genug bin, um zu erkennen, dass ich meinen Meister gefunden habe.«

»Mein Gott, du magst ihn wirklich, stimmt's?«, bemerkte Willow erstaunt. »Nicht nur, weil du glaubst, mit ihm Spaß haben zu können, sondern … Du kennst ihn kaum. So stark können deine Gefühle für ihn noch nicht sein.«

Doch Jane nickte, und das Mondlicht strich über ihre Wangen. »Zwischen uns ist irgendetwas passiert, als er in Duncans Küche kam. Warum, glaubst du, würde ich sonst so neben mir stehen?«

»Na gut«, entgegnete Willow und nickte ebenfalls. »Wie hat er dich geküsst?«

»Als würde er *mich* küssen und nicht meinen Mund«, flüsterte Jane, und die Röte auf ihren Wangen wurde noch tiefer. »Er hat eine Kostprobe von mir genommen.« Willow konnte ihre Freundin nur anstarren. »Und das hat mich zu Tode erschreckt«, gab Jane leise zu. »Jason weiß, dass ich Angst habe, und er wird sich daran festbeißen wie ein Hund an einem Knochen.«

»Weil er das Gleiche empfunden hat, als er in Duncans Küche gekommen ist und dich zum ersten Mal gesehen hat?«, wollte Willow wissen.

Wieder nickte Jane und wandte dann den Blick auf ihre Armbanduhr. »Sind sie jetzt nicht schon lange genug weg?«, fragte sie. Ganz offensichtlich wollte sie das Thema wechseln. »Eine halbe Stunde ist ganz schön lang.«

»Duncan meinte, wir sollten ihnen eine Stunde Zeit geben. Er hat ein Handy und meinte, er werde anrufen, falls sie Schwierigkeiten bekommen sollten.«

»Es dürfte allerdings schwierig werden anzurufen, wenn die ›Schwierigkeiten‹ eine Waffe auf sie richten«, gab Jane zu bedenken. »Und was ist, falls sie in einer Stunde nicht wieder zurück sind und auch nicht anrufen? Was sollen wir dann tun?«

»Duncan meinte, ich solle in dem Fall Kee anrufen.«

»›Duncan meinte …‹«, wiederholte Jane. »Meine Güte, du klingst wie ein Papagei.«

»Ich teile dir nur mit, was er gesagt hat. Ich wollte damit nicht sagen, dass ich einfach so auf ihn hören werde.«

»Ist er wirklich ein Herzog?«, wollte Jane wissen.

Willow nickte. »Es scheint so. Duncan hat mir erklärt, dass die Familie den Adelstitel seiner Mutter zu verdanken hat, nicht seinem Vater. Anscheinend war Margaret das einzige Kind ihrer Eltern. Und Camden hat mir erzählt, dass sie eine Cousine der Queen ist.«

»Von England?«, brachte Jane mit piepsiger Stimme hervor.

Plötzlich wurden ihre Augen groß.

Willow folgte ihrem Blick und sah direkt in den Lauf einer Pistole, die durch das Fenster auf sie gerichtet wurde. Der Typ, der die Waffe in der Hand hielt und den Finger am Abzug hatte, sah aus, als würde er es genießen, sie zu Tode zu erschrecken. Und der Kerl, der neben ihm stand und mit einer Handfeuerwaffe auf den Wagen zielte, grinste noch bösartiger.

»Was sollen wir jetzt machen?«, wisperte Jane.

»Was auch immer sie von uns verlangen«, erwiderte Willow genauso leise, ohne den Blick von dem Mann am Fenster zu wenden.

Er winkte mit dem Lauf seiner Waffe und bedeutete Jane und Willow, die Hände hochzunehmen. Willow gehorchte augenblicklich und hoffte nur, dass Jane es ihr gleichtat.

»Meinst du, die Jungs sind erwischt worden?«, flüsterte Jane.

»Aussteigen«, befahl der andere Mann. »Eine nach der anderen. Beide durch diese Tür«, befahl er und wies mit einem Kopfnicken auf Willows Beifahrertür.

Langsam öffnete Willow die Tür, die Pistole war unablässig auf sie und Jane gerichtet. Unsanft packte der Typ Willows Arm, zog sie aus dem Auto und stieß sie gegen den Kotflügel. Jane wurde ebenfalls aus dem Wagen gezerrt und so brutal dagegen geschleudert, dass sie aufschrie.

»Kein Grund, uns so grob zu behandeln«, sagte Willow ruhig und legte den Arm um ihre Freundin, die sich die Seite hielt und versuchte, wieder zu Luft zu kommen. »Wir kooperieren ja.«

»Was wollt ihr hier?«, fragte der Mann mit der Handfeuerwaffe. »Unbefugten ist der Zutritt verboten. Ihr befindet euch auf dem Gebiet der Kingston-Corporation-Mülldeponie.«

Willow machte große Augen. »Das hier ist eine Mülldeponie?«, fragte sie und blickte sich überrascht um. »Wir haben keine Schilder gesehen. Wir sind nur diese unbefestigte Straße entlanggefahren und haben nach ein bisschen … nach einem ruhigen Plätzchen gesucht, um ungestört zu sein.«

Der Mann mit der Pistole wirkte erstaunt. »Ungestört?«, wiederholte er und sah von Willow zu Jane und dann wieder zu Willow zurück. Im hellen Mondlicht sah man, wie er die Augen zu zwei schmalen Schlitzen verengte. »Wozu ungestört?«

Willow schmiegte sich an Jane, neigte den Kopf und warf dem Kerl ein verlegenes Lächeln zu. »Na ja, meine Mutter ist zu Besuch, schon über eine Woche, und wir hatten seit ihrer Ankunft keinen Moment mehr für uns. Mom kann sich mit meinem Lebensstil nicht anfreunden, und wir wollen unsere Liebe vor ihr nicht unbedingt offen zur Schau stellen. Also wollten wir … Sie wissen schon … Wir suchen einen ruhigen Platz, um … äh … allein zu sein.« Jane sah Willow mit einem ungläubigen Ausdruck in den Augen an. Willow nahm Janes Gesicht in beide Hände und gab ihr einen Kuss auf die Wange. »Ist schon okay, Süße. Wenn deine Rippen geprellt sind, werden wir denjenigen, der diese Deponie betreibt, verklagen.« Willow sah wieder zu den Männern, die sie in ihrer Gewalt hatten. Sie starrten sie mit offenem Mund an. Der mit der Pistole hatte seine Waffe sinken lassen. Er versuchte wohl zu verstehen, was es bedeutete, dass zwei Frauen in einer sternenklaren Nacht auf der Suche nach einem lauschigen Plätzchen waren. Der Mann mit der Handfeuerwaffe wirkte jedoch eher misstrauisch als fasziniert. »Ich möchte gern, dass Sie den Namen des Betreibers dieser Mülldeponie und Ihre beiden Namen für uns aufschreiben«, fuhr Willow fort, um ihren derzeitigen Vorteil weiter zu nutzen. »Sie werden für den Arztbesuch meiner Freundin bezahlen müssen.« Willow legte die Hand an Janes Wange und sah ihrer Freundin tief in die Augen. »Kannst du atmen, Süße? Wo tut es genau weh?«

Jane beugte sich vor und fing an zu keuchen. »Meine … meine linke Seite tut höllisch weh«, krächzte sie. »Ich glaube, eine meiner Rippen könnte gebrochen sein.«

Willow zog sie an sich, drehte den Kopf zu den beiden Kerlen um und funkelte sie wütend an. »Sie ist zart und zerbrechlich«, sagte sie. »Seit sie im letzten Jahr die Chemotherapie hinter sich gebracht hat, ist sie sehr anfällig.«

Der Mann mit der Pistole wurde blass, sein misstrauischer Kumpel steckte seine Handfeuerwaffe in sein Holster. »Hey, es tut uns leid«, sagte er, ging zum Wagen und hielt Willow und Jane die Tür auf. »In letzter Zeit hatten wir einigen Ärger mit Teenagern, die hier herumgelungert haben.«

Willow half Jane vorsichtig ins Auto und wandte sich dann zu den beiden Kerlen um. Sie streckte die Hand aus. »Ihre Namen bitte«, sagte sie. »Und schreiben Sie auch den Namen des Besitzers der Mülldeponie auf.«

»Ach, verdammt, Lady«, erwiderte der Mann und schob die Hand in seine Hemdtasche. Doch unvermittelt hielt er inne. »Hey, was ist das für ein Geräusch?« Es war Duncans Handy. Es vibrierte so heftig, dass das Kleingeld in ihrer Hosentasche klackerte. »Das ist ein Handy oder ein Pieper«, sagte er, trat zurück und zog die Waffe wieder hervor.

Willow wich ebenfalls zurück, bis sie am Kotflügel des Wagens stand, und hob erschrocken die Hand an den Hals. »Was haben Sie jetzt vor? Wollen Sie mein Handy erschießen? Ich hab Ihnen doch gesagt, dass meine Mutter uns keine Sekunde Ruhe lässt.«

»Wollen Sie nicht rangehen?«, fragte sein Kumpel.

Willow schüttelte den Kopf. »Das ist mit Sicherheit meine Mutter«, presste sie zwischen zusammengebissenen Zähnen hervor.

Der Typ mit der Handfeuerwaffe streckte die Hand aus. »Geben Sie es mir«, sagte er. »Ich werde rangehen. Und wenn es Ihre Mutter ist, werde ich ihr sagen, dass ich Ihr neuer Freund bin.«

Willow schüttelte den Kopf.

Der Mann machte einen Schritt nach vorn, und ehe sie wusste, wie ihr geschah, steckte er die Hand in ihre Hosentasche und zog das immer noch vibrierende Handy heraus. Willow war vollkommen verdattert, schlug nach ihm und versuchte, es ihm aus der Hand zu schlagen. Es gelang ihr jedoch nicht.

Willow zuckte zusammen, als sie Duncans Stimme hören konnte. »Heute Abend war der totale Reinfall, kleine Anwältin. Im Büro sind Leute. Möglicherweise sind wir sogar gesehen worden. Verschwindet«, befahl Duncan. »Wir treffen uns an der Hauptstraße.«

»Das wird nicht möglich sein, Mister«, sagte der Mann. »Ihre beiden Freundinnen blicken gerade in den Lauf einer Pistole.«

Willow schloss die Augen und ließ den Kopf hängen. Sie bemerkte, dass am anderen Ende der Leitung Stille herrschte. Verdammt, sie wären beinahe mit der Geschichte durchgekommen. Sie sah hoch, tatsächlich war die Pistole erneut auf sie gerichtet.

So knapp. So knapp hatte sie davorgestanden, diese Kerle davon zu überzeugen, sie gehen zu lassen. Willow wusste, dass Duncan gerade sprach, auch wenn sie den Wortlaut nicht verstehen konnte, weil der Mann, der das Handy hielt, sich abwandte. Sie sah, dass Duncans Worte Wirkung zeigten. Ihr Peiniger riss die Augen auf.

»Nein, ich schlage vor, Sie kommen zu Ihrem Wagen«, schnauzte er und blickte von Willow zu Jane. »Beide. Ich weiß, dass Sie nicht allein da draußen sind.« Er lauschte wieder und schüttelte dann den Kopf. »Sie haben fünf Minuten, Mister, oder eine der Damen wird mehr als nur eine geprellte Rippe davontragen.« Mit einem Mal streckte er den Arm aus und riss Willow an den Haaren zu sich heran. Sie schrie erschrocken auf. »Haben Sie das gehört? Das war die Frau mit der Schiene am Handgelenk. Sie scheint ziemlich empfindlich zu sein.« Willow versuchte, sich aus seinem Griff zu befreien, als der Mann sie plötzlich losließ. »Fünf Minuten«, knurrte er ins Handy, bevor er das Gespräch beendete und es einsteckte. Mit einer Hand zog er seine Handfeuerwaffe wieder aus dem Holster, mit der anderen Hand nahm er ein Walkie-Talkie von seinem Gürtel. »Hier schnüffeln zwei Männer und zwei Frauen herum. Was soll ich mit ihnen machen?«

»Wir werden Joe und Mike rausschicken«, ertönte eine Stimme aus dem Walkie-Talkie. »Bringen Sie sie dann alle ins Büro. Wo sind Sie gerade?«

»Wir sind auf der westlichen Straße. Kurz hinter dem Reifenhaufen. Sagen Sie Joe und Mike, dass sie nach zwei Männern Ausschau halten sollen. Sie sind auf dem Gelände – in der Nähe des Büros vermutlich. Ich habe ihnen gesagt, dass sie hierherkommen sollen.«

»Gut. Ich werde ihnen Bescheid geben.«

»Fragen Sie die Frauen nach ihren Namen«, drang eine andere Stimme aus dem Walkie-Talkie.

Der Kerl mit der Handfeuerwaffe nickte Willow zu. »Wie heißt ihr, Zuckerpüppchen?«

»Mary Bingham«, antwortete Willow.

»Paula Wright«, sagte Jane, als er sie ansah.

»Mary Bingham und Paula Wright«, knurrte er in das Walkie-Talkie. »Aber einer der Männer hat eine der beiden Ladys ›kleine Anwältin‹ genannt.«

Einen Moment lang herrschte Stille am anderen Ende. »Überprüfen Sie die Ausweise«, forderte die Stimme.

Der Kerl mit der Handfeuerwaffe sah zu seinem Kumpel, um sicherzugehen, dass er die Frauen im Griff hatte, ging um den Wagen herum, öffnete die Fahrertür und durchsuchte das Wageninnere.

»Wo sind eure Handtaschen?«, wollte er von Jane wissen.

»Wir haben keine Handtaschen. Wir sind emanzipierte Frauen.«

Er funkelte Jane im Licht der Fahrerkabine an, klappte dann die Sonnenblende herunter und holte den Fahrzeugschein hervor. »Ihr habt keine Ausweise dabei, aber der Wagen ist zugelassen auf … Luke Skywalker«, sagte er in das Funkgerät. Er verstummte, als er den Namen ausgesprochen hatte.

Willow bemühte sich, sich nichts anmerken zu lassen und möglichst neutral zu wirken. Luke *Skywalker?* Jane dagegen konnte sich ein Grinsen nicht verkneifen.

Und wieder herrschte am anderen Ende des Walkie-Talkies einen Augenblick lang Schweigen, bevor sie die Stimme erneut hörten.

»Bringen Sie sie her!«

Der Kerl mit der Handfeuerwaffe warf den Fahrzeugschein auf den Sitz und schob Jane wieder aus dem Wagen. »Gehen wir«, knurrte er, nahm erneut die Waffe und lief um das Auto herum. Er packte Willow am Arm und zog sie hinter sich her die schwach beleuchtete Straße entlang. »Wir haben euch erwartet«, sagte er stolz. »Wir haben die Wachen verdoppelt.«

»Glückwunsch«, erwiderte Willow und versuchte, mit dem Kerl Schritt zu halten, der sie schmerzhaft fest gepackt hatte. »Sie haben zwei wehrlose, unbewaffnete Frauen gefangen. Man wird Ihnen wahrscheinlich diese Woche eine Extraprämie bezahlen.«

»Sie haben *in der Tat* versprochen, dass es sich auszahlen wird«, gab er zu. Ihre Worte hatten ihn offenbar getroffen.

»Haben ›sie‹ auch einen Namen?«

»Der Geschäftsführer ist Al Heron, aber es waren Mr. Simmons und Mr. Graham, die vor drei Tagen aufgetaucht sind und uns gesagt haben, dass wir die Augen offen halten sollen, weil Sie wahrscheinlich aufkreuzen würden. Die beiden haben auch eine Prämie für denjenigen ausgelobt, der sie erwischt.«

Willow blieb stehen, auch wenn ihr Arm schmerzte, als sie den Mann durch einen Ruck ebenfalls zum Anhalten zwang. Jane stieß von hinten gegen sie und schrie auf, als *Ugly Face* seine Pistole in ihre ohnehin schon schmerzende Seite rammte.

»Edward Simmons und Brent Graham sind hier im Büro?« Sie sah ihn mit leicht zusammengekniffenen Augen an. »Und Sie sagten gerade, es gebe eine Belohnung für denjenigen, der ›*sie* erwischt‹. Wen genau haben Sie denn erwartet?«

Der Kerl mit der Handfeuerwaffe zuckte mit den Schultern. »Mr. Graham meinte, wir sollten damit rechnen, dass eine Frau und ein riesiger Schotte hierherkommen und herumschnüffeln würden. Und der Typ am Handy hatte einen Akzent, also müssen Sie ›sie‹ sein«, schloss er sarkastisch und zog sie weiter hinter sich her.

Edward Simmons steckte mit in der Sache drin? Das nannte man wohl desillusionierend. Willow hatte Edward schon auf einigen Dinnerpartys in Augusta getroffen, an denen sie gemeinsam teilgenommen hatten. Sie hatte ihn immer als anständigen, höflichen und intelligenten Mann erlebt, der eine hübsche Ehefrau und eine vielversprechende Zukunft hatte.

Schweigend gingen sie weiter, verließen die Straße und kamen auf einen Pfad, der im Dunkeln lag. Sie passierten ein Tor und erreichten kurz darauf das Büro. Der Typ mit der Handfeuerwaffe schob Willow durch die Tür. Im nächsten Moment stand sie einem besorgt wirkenden Edward Simmons gegenüber.

»Miss Foster«, sagte er traurig. »Ich hatte so gehofft, dass ich nicht ausgerechnet *Sie* hier treffe.«

»Mr. Simmons«, entgegnete sie und nickte ihm zu, während sie ihren schmerzenden Arm rieb. »Nicht so sehr wie ich gehofft hatte, dass ich *Sie* nicht hier treffe.«

»Und Sie müssen Dr. Jane Huntley sein«, sagte ein anderer Mann, der am Schreibtisch saß und sich nun erhob. Er kam zu ihnen, blickte Jane an und schüttelte den Kopf. »So eine Verschwendung. Ich weiß nicht, warum Sie beide nicht in Ihren Büros geblieben sind, weiter Papierkram erledigt und Experimente gemacht haben.«

»Brent Graham nehme ich an?« Willow lächelte kühl, als er nickte. »Wie viel Bestechungsgeld ist über den Tisch gegangen, damit Sie Ihre kleine Mülldeponie hier in Maine eröffnen durften?«

Statt ihr zu antworten, warf Graham seinem Geschäftspartner Simmons einen vernichtenden Blick zu. »Ich habe Ihnen gesagt, dass man sie nicht unterschätzen sollte. Sehen Sie jetzt ein, warum wir keine Zeit verlieren dürfen? Wir können nicht wissen, mit wem sie schon darüber gesprochen hat.«

»Mit allen«, sagte Willow und konnte sich damit seiner Aufmerksamkeit sicher ein. »Von John Pike bis hin zu allen ortsansässigen Fischern. Ich habe sogar Informationen an die Presse geschickt.«

»Sie lügt«, sagte Edward Simmons. »Ich habe erst heute Nachmittag mit Pike geredet. Er hat ihre Behauptungen zwar zur Kenntnis genommen, ermittelt aber nicht einmal.« Er blickte zu Willow. »Es scheint, dass sie vor ihrem Chef auf der Flucht ist. Er hat einen Haftbefehl ausgestellt.« Er sah wieder Graham an. »Die Sache mit dem Alkohol am Steuer und der Plan mit dem angeblichen Schmiergeld, den Sie ausgeheckt haben, scheinen funktioniert zu haben. Ihr Ruf ist ruiniert.«

»Wo ist Ross?«, wollte Graham wissen und blickte von Willow zu dem Typ mit der Handfeuerwaffe. »Stokes, Sie meinten doch, er sei auf dem Gelände.«

»Ich habe jedenfalls über ihr Handy mit ihm geredet«, erklärte Stokes. »Ich habe ihm gesagt, dass wir, wenn er sich nicht stellen sollte, seine Freundin in die Mangel nehmen würden.«

Graham streckte die Hand aus. »Geben Sie mir das Handy.« Stokes reichte es ihm, und Graham gab es Willow. »Rufen Sie ihn an, Miss Foster. Erzählen Sie ihm, wo Sie sind. Ich will, dass er in fünf Minuten hier ist, sonst erschießen wir Dr. Huntley.«

»Graham!«, stieß Edward hervor.

Graham winkte ab. Seine gesamte Aufmerksamkeit galt Willow. »Rufen Sie ihn an«, wiederholte er eindringlich.

Willow starrte auf das Handy in ihrer Hand. Ihr wurde klar, dass sie keine andere Wahl hatte. Sie blickte auf das Display. »Ich … äh … Ich kenne die Nummer nicht«, flüsterte sie und sah Brent Graham an. »Ich weiß nicht, wessen Handy er gerade dabei hat. Dies hier ist seins«, erklärte sie und hielt es hoch.

»Dann schauen Sie in der Anruferliste nach«, sagte er ungeduldig.

Willow versuchte, das Zittern ihrer Hände zu unterdrücken, als sie die Liste aufrief und die letzte Nummer, die angerufen hatte, antippte.

Es klingelte ein-, zweimal, bevor die Verbindung hergestellt war. Duncan sagte jedoch nichts. »Duncan«, flüsterte Willow. »Ich … Jane und ich sind im Büro. Wir sind hier mit Edward Simmons und Brent …«

Graham riss ihr das Handy aus der Hand. »Jane Huntley wird eine Kugel ins Bein bekommen, wenn Sie nicht in fünf Minuten hier sind, Ross.«

Willow konnte nur ein Murmeln verstehen, als Duncan antwortete. Brent Graham unterbrach die Verbindung und warf das Handy auf den Schreibtisch. Er trat hinter den Schreibtisch und setzte sich. Die Hände im Nacken verschränkt, wippte er mit dem Schreibtischstuhl, während er sie musterte.

»Also, Miss Foster, was haben Sie herausgefunden?«

»Das meiste«, entgegnete sie. »Ich habe herausgefunden, dass es Unterlagen darüber gibt, dass Sie hier ein verbotenes Pestizid annehmen, um es vorschriftsmäßig zu entsorgen. Aber wenn wir danach suchen würden, dann würden wir nichts finden, habe ich recht? Stattdessen bringt das Zeug in irgendeinem Dritte-Welt-Land langsam die Menschen um – so wie es hier unsere Hummer und Krabben getötet hat.«

»Miss Foster«, sagte Edward Simmons und machte einen Schritt auf sie zu. »Willow … Bei der richtigen Anwendung ist das Pestizid nicht wirklich tödlich. Das Verbot durch die FDA, die Behörde für Lebensmittel- und Arzneimittelsicherheit, war eher eine politische Entscheidung. Das Pestizid wurde nicht hier hergestellt, also wollten unsere Hersteller, dass es verboten wird.«

»Das ist Ihre Rechtfertigung, Simmons?«, fragte sie und zog eine Augenbraue hoch. »Es ist ›nicht wirklich tödlich‹, also dürfen wir damit in anderen Ländern Geld machen?« Sie drehte sich um, damit sie ihn direkt ansehen musste, und verschränkte die Arme vor der Brust. »Sie haben den Vorrat des Pestizids in den letzten vier Jahren also gesammelt, bekamen für die Entsorgung eine enorme Summe bezahlt und haben dann noch mal abkassiert, als Sie das Zeug ins Ausland verkauft haben. Und Sie finden nicht, dass das irgendwie verwerflich ist, Simmons? Sie haben da keine moralischen oder ethischen Bedenken?« Mit einer Handbewegung wies sie auf Brent Graham. »Obwohl Sie mit einem vor Gericht gestellten und verurteilten Kriminellen gemeinsame Sache machen, können Sie nachts noch schlafen?« Sie ballte die Hände zu Fäusten und machte einen Schritt auf Edward Simmons zu. »Und der Mord an einem alten Mann?«, fragte sie leise. »Klingt das noch so, als wäre durch Ihre Gier niemand zu Schaden gekommen?«

Edward Simmons wich ganz offensichtlich überrascht zurück. »Wir haben niemanden umgebracht«, erwiderte er. Er warf einen nervösen Blick zu Brent Graham und sah dann wieder Willow an. »Die Abmachung lautete, dass niemand zu Schaden kommt. Wir wollten Sie nur noch zwei Tage lang ruhigstellen und so daran hindern, etwas zu unternehmen.«

»Erzählen Sie das Mildred Fox. Sie haben gerade gut hundert Kilometer von hier entfernt die Überreste des Fischerbootes ihres Mannes gefunden – abgebrannt. Von Gramps fehlt jede Spur.«

»Wie kommen Sie darauf, dass wir etwas damit zu tun haben könnten?«, fragte Simmons und wurde blass.

»Gramps hat das Boot verfolgt, das Sie nach Thunder Island geschickt haben, um Ihre letzte Ladung Gift zu holen. Was passiert denn in zwei Tagen, Mr. Simmons?«, fragte sie und sah ihn eindringlich an. Es war ihr bisher nie aufgefallen, doch Edward Simmons hatte kleine Knopfaugen.

»Das geht Sie nichts an«, meldete Graham sich zu Wort.

»Wir verkaufen die Kingston Corporation«, sagte Edward Simmons, ohne auf Grahams warnende Worte zu achten. »Wir müssen nur noch die Papiere unterzeichnen. Und dann setze ich mich in den Flieger – raus aus diesem hinterwäldlerischen Bundesstaat. Ich habe vor zu verschwinden.«

»Duncan Ross wird Sie jagen und finden«, erwiderte Willow ruhig. »Auf dieser Welt gibt es keinen Ort, an dem Sie sich vor ihm verstecken können.«

»Ross wird niemanden jagen und finden können«, entgegnete Graham, stand auf und kam um den Schreibtisch herum.

Willow wandte sich ihm zu. »Dann gibt es fünf weitere Männer, die an seine Stelle treten«, sagte sie zu Graham. »Sie verdienen ihren Lebensunterhalt damit, Kriminelle wie Sie zu jagen.«

»Sie werden nicht hinter uns her sein, solange niemand zu Schaden kommt«, sagte Edward Simmons zu Brent Graham. »Wir müssen dieses kleine Problem nur noch zwei weitere Tage aufschieben. Sie haben mir versprochen, dass niemand getötet wird. Verbotene Stoffe zu verkaufen ist eine Sache, Graham, aber bei Mord hört es auf.«

Die beiden Männer, die Willow und Jane geschnappt und bis jetzt ruhig in einer Ecke gestanden hatten, wirkten plötzlich unsicher. »Von Mord stand nichts in unseren Verträgen«, sagte Stokes und wurde bleich. »Wir sind nur Security-Leute.«

»Wir bringen niemanden um«, knurrte Graham und winkte ungeduldig ab. »Wir halten sie nur zwei oder drei Tage fest.«

Die Tür ging auf, und der Typ mit der Handfeuerwaffe drehte sich um. Er richtete seine Pistole auf Duncan und Jason. Die beiden Männer wirkten auf Willow außergewöhnlich ruhig.

»Da sind wir«, sagte Duncan gedehnt und sah alle, die sich in dem kleinen Büro versammelt hatten, der Reihe nach an. Sein Blick blieb schließlich an Willow hängen. »Geht es dir gut, Süße?«, erkundigte er sich.

»Ja. Ich bin nur wütend. Duncan, das hier ist Edward Simmons. Und das«, sagte sie und wies mit einer Hand auf Graham, »ist Brent Graham. Seit vier Jahren verkaufen sie das verbotene Pestizid ins Ausland, und sie haben Gramps umgebracht.«

»Das haben wir nicht …« Simmons warf Duncan einen

ängstlichen Blick zu. »Ich weiß nicht, was ihm zugestoßen ist, aber wir sind keine Mörder.«

»Nur gewöhnliche Diebe«, sagte Duncan ruhig, trat zu Willow und legte ihr behutsam einen Arm um die Schultern. Er richtete seinen Blick auf Graham. Offenbar hatte er für sich entschieden, dass dieser die eigentliche Bedrohung darstellte. »Und, meine Herren? Was nun?«

»Jetzt unternehmen Sie einen kleinen Ausflug«, antwortete Graham und nahm das Walkie-Talkie in die Hand. »Ich hoffe, dass niemand von Ihnen seekrank wird. Joe, Mike«, sagte er in das Funkgerät. »Kommen Sie mit dem Wagen zum Büro und holen Sie Ihre Fracht ab.«

»Wir werden keinem von Ihnen etwas antun, Willow … Miss Foster«, versicherte Edward, sah zu Duncan und machte unwillkürlich einen Schritt zurück, ehe er fortfuhr. »In ein paar Tagen ist alles vorbei. Die Kingston Corporation wird an eine ganz seriöse Firma aus Utah verkauft, die Pestizide sind weg, die Hummer werden sich erholen, und Graham und ich werden untertauchen.«

»Und Cecil Fox wird noch immer tot sein«, flüsterte Willow.

Kapitel 19

Sie überstanden eine extrem holprige, schmerzhafte Fahrt auf der Ladefläche eines Lkw, wurden anschließend an einem abgeschiedenen Anleger auf einen Hummerfänger gezerrt und rasten damit durch den Golf von Maine. Mitten im Nichts trafen sie sich mit einem Fisch-Trawler und wurden in den stinkenden Frachtraum gestoßen.

Schon im Büro der Kingston Corporation waren ihnen die Taschen ausgeleert worden. Anschließend hatte man sie nach allen Regeln der Kunst gefesselt. Jason hatte eine geschwollene Wange und ein blaues Auge seit einer kleinen Auseinandersetzung mit Mike, der Janes Fesseln viel zu fest gebunden hatte. Sie hatte vor Schmerz aufgestöhnt.

Abgesehen davon waren Jason und Duncan ungewöhnlich ruhig, dass Willow Mühe hatte, nicht in Panik zu geraten. Trotz Edwards mehrfacher Versicherung konnten die beiden nicht ernsthaft glauben, dass sie das hier überleben würden. Es gab nur ein wahrscheinliches Motiv, warum diese Leute sich die Mühe machten, sie so weit aufs Meer hinauszubringen: Sie wollten sie über Bord werfen, damit man ihre Leichen niemals finden würde.

Genau so, wie sie es mit Cecil Fox gemacht hatten.

Willow war es so vorgekommen, als wollte Brent Graham sie möglichst schnell vom Grundstück der Kingston Corporation und von Edward Simmons weglotsen. Dieser hatte, dabei blieb sie, auch wenn er gerade gegenteilig handelte, eigentlich nicht das Zeug zum Kriminellen. Der Mann war viel zu nervös und redete viel zu viel – vor allem, wenn man ihn geschickt mit Fragen bearbeitete.

So hatte sie Edward dazu gebracht zu erklären, wie sie im Laufe der Jahre fünf unterschiedliche Inseln dazu genutzt hatten, den verbotenen Stoff zu lagern. Er hatte erzählt, dass es Pech gewesen sei, dass im vergangenen Winter Meerwasser in den alten Steinbruch gedrungen war, denn sonst hätte niemals irgendjemand von der harmlosen kleinen Aktion erfahren. Ja, Edward klammerte sich noch immer an die Illusion, dass durch den Weiterverkauf des verbotenen Pestizids niemand zu Schaden kam. Während er nervös beobachtet hatte, wie Mike Willows Hände mit Rücksicht auf ihr geschientes Handgelenk vor ihrem Körper gefesselt hatte, war ihm außerdem herausgerutscht, dass die Pestizide nicht die einzigen Waren waren, die sie nach Übersee verkauften.

In dem Moment hatte Brent Graham die Geduld verloren, sie alle aus dem Büro gescheucht und sie auf diese qualvolle Reise geschickt, die in dem kalten, feuchten, stinkenden Frachtraum geendet hatte.

»Wie geht es dir, Süße?«, fragte Duncan, der irgendwo rechts von ihr hocken musste. Sie konnte in der Dunkelheit nichts erkennen. Das war das erste Mal, dass man sie allein gelassen hatte und dass sie sich unterhalten konnten. Der dumpf brummende Dieselmotor des Schiffes machte es ihnen nicht gerade leicht. »Haben sie das Seil zu fest um dein verletztes Handgelenk gebunden?«

»Nein«, antwortete Willow und bewegte die Hand in der Schiene.

Das Seil war nicht nur um ihre Handgelenke, sondern zusätzlich um ihren Bauch geschlungen, sodass sie den Knoten nicht mit den Zähnen lösen konnte.

»Kannst du irgendwie die Hand aus der Schiene ziehen, Willow?«, fragte Duncan.

Endlich konnten sie etwas tun, um sich aus ihrer misslichen Lage zu befreien. »Es wird aber auch Zeit, dass du einen Plan präsentierst«, zischte sie und wackelte mit den Fingern, um den Klettverschluss abzuziehen. »Du *hast* doch einen Plan, oder, Dunky?«

Sein leises Lachen hallte in der Dunkelheit wider. »Yep, ich nenne ihn Plan B, da ihr euch ja habt erwischen lassen und damit unser Plan A durchkreuzt wurde.«

»Wir wären beinahe in Sicherheit gewesen«, entgegnete sie mit zusammengebissenen Zähnen, als sie Stück für Stück ihre Hand aus der Schiene zog. »Wir hatten die beiden Kerle davon überzeugt, dass Jane und ich ein Pärchen sind, das in einer sternenklaren Nacht nach einem ruhigen Plätzchen sucht. Aber dann fing dein blödes Handy an zu vibrieren, und dieser Stokes hat das mitbekommen. Wie sieht Plan B aus?«

Zu ihrer Linken ertönte ein Schnauben. »Ein Pärchen?«, wiederholte Jason.

Im nächsten Moment stöhnte er auf. Es hörte sich an, als hätte Jane ihn mit ihren gefesselten Füßen getreten.

»Es war ein richtig guter Trick«, fuhr Willow fort. »Es hat sie völlig überrascht. Als ich dann gedroht habe, sie zu verklagen, weil sie meiner Freundin möglicherweise eine Rippe gebrochen hatten, wollten sie uns sogar helfen, schnell zu verschwinden.« Sie stieß einen unterdrückten Schrei aus, als sie mit einem letzten schmerzhaften Ruck die verletzte Hand aus der Schiene zog. »Beinhaltet Plan B Treten, Beißen und Kratzen? Weil ich gerade so richtig dazu in Stimmung bin und meine Hände jetzt frei sind«, sagte sie und begann, den Knoten hinter ihrem Rücken zu lösen. »Hast du kein Messer in deinem Stiefel, Dunky? Oder lässt sich deine Gürtelschnalle in eine tödliche Waffe umfunktionieren?«

Wieder erklang ein leises Lachen. »Nein, Süße. Ich hab nur meine Hände.«

Sie verschnaufte kurz und keuchte, weil die Finger, die sie so lange nicht bewegt hatte, wehtaten. »Was für ein Held bist du eigentlich? Du musst doch noch ein Ass im Ärmel haben, Dunky.«

»Hände können auch tödliche Waffen sein, kleine Anwältin«, entgegnete er ruhig. Ein gefährlicher Unterton schwang in seiner Stimme mit. »Und sie haben den Vorteil, dass man sie vollkommen lautlos einsetzen kann.«

Willow fühlte, wie ihr ein Schauer über den Rücken

rieselte. Sie wusste, dass Duncan nicht übertrieb. Sie erinnerte sich wieder daran, wie er in das Haus eingedrungen war, in dem dieser Kerl sie gefangen gehalten hatte. Duncan hatte damals auch keine Waffe bei sich getragen. Und der Typ, der sie festgehalten hatte, war, ohne einen Laut von sich zu geben, zu Boden gesackt, noch ehe ihm bewusst gewesen war, dass sein Spiel zu Ende sein könnte.

»Wie läuft es mit den Knoten?«, fragte Duncan sanft.

Und ruhig. Er war so verdammt ruhig, als wären sie auf einer Karibikkreuzfahrt. Willow versuchte, geduldig zu bleiben. Sie bemühte sich, daran zu glauben, dass es gut war, wenn Duncan nach außen hin so zuversichtlich wirkte.

»Ich bin gleich frei«, sagte sie.

»Sobald du dich befreit hast, musst du die Schiene wieder anlegen. Und dann kriechst du zu mir und löst meine Fesseln. Ich will nicht, dass du dir das Handgelenk am Ende doch noch brichst. Vielleicht wirst du beide Hände benötigen, um nach Hause zu schwimmen.«

Wieder hielt sie inne, blinzelte in der Dunkelheit in seine Richtung und versuchte herauszufinden, ob es sein Ernst war oder ob er einen Scherz machte. Jane quietschte vor Entsetzen.

»Ist schon gut«, sagte Jason angespannt. »Meine Gürtelschnalle ist tatsächlich ein Peilsender. Und mein Ring hat gerade eine Nachricht empfangen, dass Hilfe unterwegs ist.« Unvermittelt ächzte er wieder. »Wirst du das wohl lassen«, knurrte er in Janes Richtung. Offenbar hatte Jane ihn schon wieder getreten. »Ich will damit nur sagen, dass Plan B schon läuft.«

»Ich hab's«, sagte Willow und begann, die Fesseln an ihren Knöcheln zu lösen.

»Leg die Schiene wieder an«, erinnerte Duncan sie. »Und pass auf die Fässer auf, wenn du zu mir krabbelst. Ich glaube, eines der Dinger hat ein Leck. Es stinkt fürchterlich.«

»Genau genommen, riecht es nach Lösungsmitteln«, meldete Jane sich zu Wort.

Willow schnalzte mit der Zunge. »Graham wollte nie eine Deponie betreiben, um Müll zu entsorgen. Er wollte lediglich einen unerschöpflichen Vorrat an Chemikalien lagern können, um sie auf der ganzen Welt zu verkaufen«, murmelte sie und tastete sich vorsichtig bis zu Duncan vor. »Sag etwas Nettes zu mir, Dunky, damit ich weiß, wo du bist.«

»Habe ich schon erwähnt, wie beeindruckt ich von deiner Gelassenheit bin?«

»Von meiner Gelassenheit? Nicht von meinem süßen Hintern? Oder von meinen tollen Brüsten?«

»Also, *ich* bin beeindruckt von *Janes* tollen Brüsten«, hörte sie Jason sagen. Und dann hörte sie ihn wieder unterdrückt stöhnen.

»Also, wie sieht Plan B aus?«, fragte Willow und tastete sich zwischen den Fässern hindurch zu Duncan. Sie fragte sich, warum Jason und Jane so nah beieinandersaßen und warum die Männer Duncan an die gegenüberliegende Seite des Frachtraums gesetzt hatten.

»Kee, Luke und Camden sind Plan B«, sagte Duncan.

Willow hielt an. »Kee ist doch bei Rachel und sorgt dafür, dass sie nicht umkommt vor Angst.«

»Das war *dein* Vorschlag«, sagte Duncan und lachte leise. »Kee hat sich aber nicht darum gekümmert. Er und Luke sind von hinten auf die Deponie gekommen, um uns den Rücken freizuhalten. Camden und Ahab standen derweil mit deinen Freunden Ray Cobb und Frank Porter mit Cobbs Boot im Hafen von Trunk Harbor bereit.«

Während die Frauen zu Hause vor Sorge fast krank geworden wären, dachte Willow. Sie kroch weiter und stieß schließlich gegen Duncans Beine. »Sie sind alle Teil dieser Aktion?«, fragte sie ungläubig und versuchte, ihn von dem Seil um die Knöchel zu befreien. »Ray und Frank auch?«

»Wir brauchten jemanden mit einem schnellen Boot – wir dachten uns schon, dass die Geschichte auf See weitergehen würde. Cobb war sofort bereit mitzumachen, und Porter wollte auch nicht außen vor sein. Er meinte zu Luke, er habe noch ein Hühnchen mit demjenigen zu rupfen, der sein Boot versenkt hat.«

»Fertig«, sagte Willow. »Jetzt die Hände, Dunky.« Sie stieß ihm in die Seite, damit er sich umdrehte.

»Ich bin frei«, sagte Jason plötzlich.

»Wie das denn?«, fragte Jane.

»Im Gegensatz zu meinem dümmlichen Partner hier

habe ich immer ein Messer im Absatz meines Stiefels«, sagte er. »Bin ich jetzt dein Held, Einstein?«, fragte er.

Jane murmelte etwas, das wie ein Schimpfwort klang. »Wir sind vielleicht nicht mehr gefesselt, aber wir befinden uns noch immer in der Gewalt bewaffneter Männer auf hoher See«, gab sie dann zu bedenken. »Mir ist egal, wie schnell Rays Boot ist – die Aussicht, uns hier zu finden, ist so gering wie die Überlebenschancen eines Schneeballs im Höllenfeuer.«

»Aber du vergisst meine Gürtelschnalle. Darin verbirgt sich *wirklich* ein Peilsender«, sagte Jason. Willow konnte hören, dass er Janes Fesseln löste. »Kee hat uns seit Verlassen der Mülldeponie per Ortungsgerät auf dem Schirm«, fuhr Jason fort. »Er und Luke sind wahrscheinlich schon in Richtung Trunk Harbor gefahren, als sie gehört haben, wie Graham sagte, er hoffe, dass niemand seekrank werden würde. Habe ich erwähnt, dass in meine Armbanduhr ein Mikrofon integriert ist?«

Duncan erhob sich in dem Moment, als Willow den letzten Knoten geöffnet hatte. Er zog sie auf die Beine, legte den Arm um sie und hob sacht ihr Kinn an. »Tut dir das Handgelenk wieder weh?«, fragte er. Seine Lippen waren nur Zentimeter von ihrem Mund entfernt. »Es tut mir leid, dass ich dich in diese Lage gebracht habe, Süße.«

»Mir tut es nicht leid. Ich bin lieber hier bei dir, als zu Hause zu sitzen und mir Sorgen zu machen«, flüsterte sie. Sie stellte sich auf die Zehenspitzen und küsste ihn sanft. »Und jetzt?«

»Jetzt warten wir auf die Navy und versuchen, ihnen, so gut es geht, zu helfen.«

»Du hast nicht zufällig eine kleine Lampe in deinem anderen Schuh, oder, 007?«, wandte Jane sich an Jason.

Ein Rascheln ertönte, und im nächsten Moment wurde das Innere des Frachtraums durch das schummrige Licht eines Einwegfeuerzeugs erhellt.

»Oh«, sagte Jane, hob die Hand und strich liebevoll über Jasons Gesicht. Sie drehte seinen Kopf, um sein linkes Auge sehen zu können. »Mein armes Baby. Dieser Feigling hat dich erwischt, als deine Hände gefesselt waren.«

»Aber er ist gehumpelt, als er uns zum Wagen gebracht hat«, entgegnete Jason, und seine Augen – sogar das blutunterlaufene – funkelten im schummrigen Licht, als er Jane nun ansah.

»Leuchte mal hierher«, wies Duncan ihn an. »Schau, ob du entziffern kannst, was in diesen Fässern ist.«

Die vier gingen neben den Fässern in die Hocke. »Das ist Reinigungsflüssigkeit«, sagte Jane, als sie das Etikett las. »Und das hier ist Düngemittel«, fügte sie hinzu und bewegte Jasons Hand mit dem Feuerzeug zu einer Kiste, die danebenstand. »Mein Gott, sie haben die Behälter viel zu dicht nebeneinandergestellt. Wenn die Stoffe sich mischen, können die giftigen Gase zu einer Explosion führen. Das ganze Boot kann in die Luft fliegen.«

»O mein Gott!« Willow keuchte auf.

Die beiden Männer richteten sich auf und sahen sich

weiter in ihrem Gefängnis um. Jason leuchtete ihnen mit dem kleinen Feuerzeug. Willow konnte erkennen, dass der Frachtraum zur Hälfte mit Fässern und Kisten gefüllt war.

»Sie befördern einen chemischen Cocktail«, sagte Jane, nahm Willow an die Hand und ging mit ihr zur anderen Seite des Frachtraums. Dort setzten die beiden Frauen sich auf den Boden. »Ist diesen Kerlen nicht klar, dass sie keine Gelegenheit mehr haben werden, das Geld einzustreichen, das Graham ihnen zahlt, wenn sie in einen Sturm geraten und die Fässer bersten?«

»Offenbar ist es ihnen egal«, entgegnete Willow und rieb die Finger ihrer verletzten Hand. »Es tut mir leid, dass ich dich in diese Lage gebracht habe«, sagte sie und wiederholte damit Duncans Worte.

Jane legte den Arm um Willows Schultern. »Hier geht es um den Ort, an dem auch ich in meiner Jugend gern war. Und Gramps war mein Freund. Das hier ist ein Abenteuer. Jason und Duncan werden uns schon beschützen.«

Willow schüttelte den Kopf und starrte auf ihre Hand. »Sie sind auch keine Superhelden. Luke wäre vor zwei Jahren bei dem Versuch, Rachel und mich vor einer Entführung zu bewahren, beinahe getötet worden.«

»Ich erinnere mich daran, du hast mir die Geschichte erzählt. Luke Skywalker ist zurück und macht genau das inzwischen wieder, oder?«, sagte Jane.

Willow konnte sich ein Lächeln nicht verkneifen. »Das kann nicht sein echter Name sein. Duncan hat mir erzählt, dass Luke in den Straßen von New York aufgewachsen ist. Er muss sich den Namen selbst gegeben haben.«

»Und dann hat er ihn benutzt, um seinen Wagen darauf zuzulassen?«, entgegnete Jane und lachte leise. »Jason, wie lautet Lukes Nachname?«, fragte sie.

Jason drehte sich um und fluchte. Das Feuerzeug erlosch, und mit einem Mal waren sie wieder von totaler Dunkelheit umgeben. »Verdammt, hab mich verbrannt«, brummte er. »Skywalker. Weshalb?«

»Wir wollen wissen, wie sein richtiger Name ist«, erklärte Willow.

»Skywalker«, wiederholte Duncan. »Warum?«

»Äh … Kommt euch daran nichts komisch vor?«

Das permanente Dröhnen des Dieselmotors ließ unvermittelt nach, und der Fisch-Trawler verlor spürbar an Geschwindigkeit. Über ihren Köpfen waren hastige Schritte zu hören. Jason machte das Feuerzeug wieder an und setzte sich neben Jane. Duncan kam ebenfalls zu ihnen, zog Willow hoch und führte sie dorthin, wo sie zuvor gesessen hatte.

»Tu so, als wärst du noch gefesselt«, flüsterte er, da das Brummen des Motors ihre Unterhaltung nun nicht mehr übertönte.

Dann verschwand er hinter den Fässern. Willow fand das Seil, mit dem sie gefesselt worden war, und schlang es zuerst um ihre Beine und dann um die Handgelenke. Plötzlich erklang ein ohrenbetäubender Lärm, und das gesamte Schiff erzitterte.

»Sie haben den Anker geworfen«, sagte Jason. »Wir sind nicht mehr auf offener See, da der Anker nicht besonders tief gefallen ist.«

Der Motor sprang wieder an, und der Trawler fuhr langsam ein Stück rückwärts, um den Anker auf dem Grund zu sichern. Willow wurde klar, dass sie eine Weile hier im Wasser liegen würden. »Glaubt ihr, sie wollen noch mehr Fracht aufnehmen?«, fragte sie.

»Was können wir mit diesen Chemikalien anfangen, Einstein?«, wollte Jason wissen. »Können wir ein Feuer machen oder für Rauch sorgen, um sie abzulenken?«

»Klar, wenn wir nichts dagegen haben, in die Luft zu fliegen«, erwiderte Jane. »Oder zu ersticken. Die Stoffe sind toxisch.«

»Wenn sie *vermischt* werden«, wandte Jason ein. »Aber was kann man mit einem der Stoffe allein ausrichten?«

Jane schwieg einen Moment. »Na ja, die Reinigungsflüssigkeit ist extrem leicht brennbar. Du könntest dein Hemd darin tränken, es anzünden und aufs Deck werfen. Wie bei einem Molotowcocktail.«

Jason gab Jane einen Kuss. »Was meinst du, Duncan?«, fragte er, Janes Protest ignorierend. »Sollen wir das Schiff einfach anzünden, wie sie es mit dem Boot von Gramps gemacht haben, und dann zur Insel schwimmen?«

»Das würde voraussetzen, dass wir uns in der Nähe einer Insel befinden und nicht neben einem riesigen Frachter mitten auf See liegen«, entgegnete Duncan.

Willow war von Jasons Plan nicht überzeugt. »Die Wassertemperatur beträgt keine zehn Grad«, rief sie ihm in Erinnerung. »Ich bin absolut dafür, etwas zu unternehmen, aber könnten wir nicht statt zu schwimmen eine Rettungsinsel benutzen?«

»Oder auf Ray und Frank und eure Freunde warten?«, schlug Jane vor.

Doch Willow konnte hören, dass Jason bereits versuchte, eines der Fässer mit der Reinigungsflüssigkeit zu öffnen. »Igitt, das stinkt ja furchtbar«, sagte er angewidert.

»Du wirst dir die Hände verätzen«, schimpfte Jane. »Es reicht, wenn du einen Zipfel deines Hemdes in die Flüssigkeit tauchst und es dann fest zusammenwickelst. Achte darauf, die Flüssigkeit nicht zu berühren.«

Doch bevor es dazu kam, wurde über ihren Köpfen eine Ladeluke geöffnet, und der Frachtraum war in helles Licht getaucht. Willow wurde klar, dass die Sonne längst aufgegangen war. Jason sprintete zurück an seinen Platz, setzte sich und verbarg die Arme hinter seinem Rücken, als wäre er noch gefesselt.

Die Typen, die Graham Joe und Mike genannt hatte, kletterten die Treppe herunter in den Frachtraum.

Mike humpelte tatsächlich, wie Jason gesagt hatte. »Endstation, Leute«, sagte er und ging an Willow vorbei zu Duncan. »Zeit, dem verrückten alten Kauz Gesellschaft zu leisten, der diesem Trawler gefolgt ist.«

Willow konnte nicht anders. Sie fauchte »Bastard!«, streckte die Beine aus und brachte den Mann zu Fall. Mit dem Kopf voran fiel er gegen eines der Fässer. »Er war ein wehrloser alter Fischer!«

»Als wir auf sein Boot kamen, war er alles andere als wehrlos«, stieß Joe aus und trat ihre Beine aus dem Weg. »Der Mistkerl hatte eine Waffe und hat sich ganz schön zur Wehr gesetzt.«

Willow konnte sich nicht vorstellen, warum ein Hummerfischer im Besitz einer Waffe sein sollte. »Ich hoffe, er hat einen von euch erwischt«, zischte sie.

Mit zusammengekniffenen Augen blickte Joe sie an. »Du bist ein blutrünstiges kleines Ding, stimmt's?«, murmelte er, ging um sie herum und half Mike wieder auf die Beine.

In diesem Moment setzten sich Jason und Duncan in Bewegung. Jason zog blitzschnell sein Hemd über den Kopf und schlang es Joe ums Gesicht, ehe der Mann auch nur aufschreien konnte. Dann rammte er ihm seine Faust in den Bauch. Joe sackte wie ein nasser Sack zusammen. Duncan stürzte sich im selben Moment auf Mike, trat ihm gegen das ohnehin schon verletzte Knie und versetzte ihm dann mit einer solchen Wucht einen Kinnhaken, dass Willow sich sicher war, Knochen brechen zu hören. Sie konnte nur hoffen, dass es der Kiefer des Kerls war und nicht Duncans Fingerknöchel. Joe lag jedenfalls reglos am Boden.

»Komm«, rief Duncan, zog Willow auf die Beine und lief mit ihr in Richtung Bug. Jason half Jane auf die Beine. »Warum laufen wir zum Bug?«, fragte Willow.

»Hier können wir nicht hoch. Da oben stehen jede

Menge zwielichtiger Typen, die uns sofort erwischen würden. Im Bug ist noch eine Luke, durch die wir klettern können«, entgegnete er und blieb an einer schmalen Leiter stehen. »Es ist etwas glitschig, also pass auf. Schaffst du das mit deiner Armschiene?«

»Klar«, versicherte Willow, packte beherzt eine der Sprossen und zuckte unwillkürlich zusammen, als sie den Fischschleim unter ihren Fingern spürte.

»Ich gehe vor«, sagte Duncan und schob sie zur Seite. »Dann kommt Jason, dann du. Jane, pass auf, dass sie es nach oben schafft. Notfalls musst du ihr helfen.«

»Ich schaffe das schon«, murmelte Willow und sah zu, wie Duncan die Leiter hinaufkletterte, bis er vorsichtig den Riegel an der Luke lösen konnte. Er öffnete die kleine Tür einen Spaltbreit und spähte hinaus.

»Joe! Kommt schon, ihr vergeudet wertvolle Zeit!«, rief jemand durch die Ladeluke. »Der Captain meint, uns bleiben noch zwei Stunden, um zu laden, bevor die Ebbe kommt. Joe! Mike! Wo bleibt ihr?«

»Steigt schon hoch!«, zischte Jason Jane und Willow zu und eilte zurück in den Frachtraum. Er packte eine der gestapelten Kisten und riss sie herunter, sodass sie auf den Boden krachte. Durch die Wucht des Aufpralls zerbarst sie. Das Düngemittel trat in einer giftigen Wolke aus, die Joe und Mike binnen Sekunden einhüllte und auch den Blick auf Jason verdeckte. »Hier gab es einen Unfall!«, brüllte Jason in Richtung der hinteren Ladeluke. »Eine der Kisten ist heruntergefallen!«

Damit drehte er sich schnell um und rannte zu Jane und Willow. »Beeilt euch«, knurrte er, packte Willow an der Taille und hob sie hoch, bis sie die oberste Sprosse erreichen konnte.

Duncan war schon oben und ergriff ihre gesunde Hand, zog sie hoch und brachte sie gleich zu der riesigen Winde, an der das Ankerseil hing. Dort bedeutete er ihr, sich hinzuhocken. »Rühr dich nicht von der Stelle«, sagte er, sah sich um und lief dann zur Luke zurück.

Er zog auch Jane aufs Deck und schob sie in Willows Richtung. Dann schlich er sich zum Ruderhaus, kauerte sich hin und blickte in Richtung Heck. Willow konnte vier Männer erkennen, die alle durcheinanderschrien. Zwei von ihnen kletterten trotz der Wolke aus weißem Pulver in den Frachtraum hinunter.

»Einstein!«, rief Jason plötzlich. Jane und Willow rannten geduckt zu der kleinen Luke und blickten hinunter. »Sind wir in der Nähe einer Insel?«, fragte er. »Und wenn ja, wie weit sind wir entfernt?«

Jane schaute nach Steuerbord und dann wieder zu Jason. »Wir sind vielleicht zweihundertfünfzig Meter von der Insel entfernt«, rief sie ihm zu.

Unvermittelt erschien ein Grinsen auf seinem Gesicht. »Macht euch bereit zu springen.«

»Nein!«, schrie Jane, als er wieder in der Pulverwolke verschwand.

Duncan zog die beiden Frauen von der Luke weg. »Jetzt oder nie, Ladys«, zischte er und zerrte sie hinter sich her zur Reling. Er drückte Jane eine Rettungsweste in die Hand. »Ich konnte nur eine finden. Teilt sie euch.«

»Das ist glatter Selbstmord«, entgegnete Jane. »Sie werden zur Insel kommen und uns dort umbringen.«

»Sie werden viel zu beschäftigt damit sein, ihre eigene Haut zu retten«, sagte er. »Wir springen zusammen.«

Plötzlich erklang vom Heck des Trawlers ein heftiger Knall. Für einige Sekunden stoppte das Geschrei, bevor es wieder einsetzte. Die Stimmen wurden hektisch, als Flammen aus der Ladeluke schlugen. Jason war noch immer nicht an Deck.

»Seht doch. Da ist die *Corncobb Lady!*«, rief Jane und wies auf die hintere Backbordseite. »Sie kommen, um uns zu retten!«

Willow wäre vor Erleichterung beinahe in Tränen ausgebrochen. Der Hummerfänger jagte mit Vollgas durch die Wellen. Er war nahe genug, dass man Kee, Luke und Camden erkennen konnte, die am Ruderhaus lehnten. Frank und Ahab standen am Heck und hantierten mit etwas herum, das aussah wie eine Rettungskapsel.

»Wir müssen jetzt springen«, drängte Duncan. »Der Kahn fliegt bald in die Luft.«

»Aber Jason …«

»Ich bin hier!«, rief er und rannte auf sie zu. »Ich musste noch warten, bis sie Mike und Joe hochgeholt hatten, ehe ich das Feuer entfachen konnte.« Eine seiner Augenbrauen war angesengt, die Haare auf der einen Seite waren deutlich kürzer als auf der anderen.

Jane boxte ihn. »Du Verrückter«, fauchte sie.

In seinem rußverschmierten Gesicht blitzte ein Grinsen auf. »Du hattest recht, Einstein. Das Zeug ist wirklich leicht entflammbar.«

Jason hob Jane kurzerhand hoch und warf sie über Bord. Er grinste, bis ihr wütender Schrei mit einem lauten »Platsch« verstummte. Dann sprang er ihr hinterher.

Willow sah zum Heck. Der Crew schien ebenfalls klar geworden zu sein, dass sie das Boot besser verlassen sollte. Sie blickte gerade rechtzeitig zur *Corncobb Lady* zurück, um zu sehen, wie Frank und Ahab die Rettungskapsel über Bord warfen, als sie sich der schwimmenden Crew näherten. Ray schaltete in den Leerlauf. Sie hatten Jane und Jason fast erreicht.

»Glaubst du, dass das Wasser wärmer wird, wenn du nur lange genug wartest?«, fragte Duncan und schob Willow in Richtung Reling. »Wir müssen jetzt springen, kleine Anwältin.«

»Ich … Ich war nicht mehr im Wasser, seit mein Kajak vor zwei Jahren gerammt worden ist.«

»Ach, Süße«, sagte er und hob ihre Beine über das Geländer. Voller Angst klammerte sie sich an dem kalten Metall fest und starrte in die Wellen. »Ich verspreche dir, dich nicht runterzustoßen. Aber du musst mir einen Vertrauensvorschuss geben. Glaub mir, dass ich an deiner Seite sein werde. Halte deine Handschiene an den Oberkörper gedrückt und schütze sie mit dem anderen Arm. Auf drei springen wir gemeinsam, ja?«

Willow konnte die Hitze des Feuers hinter sich spüren. Beißender Rauch hüllte sie ein, während sie zusah, wie Jane und Jason an Bord der *Corncobb Lady* gezogen wurden. Sie blickte zu Duncan und lächelte.

»Ich werde mit dir springen, Dunky. Und du wirst bei mir sein. Jederzeit und für immer.«

Einige Sekunden lang sah er sie an, versuchte offenbar, ihr Lächeln einzuordnen. Dann nickte er und begann zu zählen. »Ein. Zwei. Drei!«

Ohne zu zögern, stieß Willow sich ab, hielt ihre verletzte Hand an sich gedrückt und sprang mit einem Fluch hinunter. Das eisige Wasser fühlte sich auf der Haut wie unzählige schmerzhafte Nadelstiche an. Sie tauchte tiefer, als sie gedacht hätte, doch schon packten starke Hände ihre Taille und zogen sie nach oben. Mit einem weiteren Fluch, der diesmal an das Meer gerichtet war, durchbrach sie die Wasseroberfläche.

Duncan tauchte neben ihr auf und lachte. Er ergriff ihre gesunde Hand und schwamm mit ihr zur *Corncobb Lady*. »Dreh dich einfach auf den Rücken und tritt mit den Beinen«, wies er sie an. »Und schimpf weiter, damit ich mir sicher sein kann, dass du noch atmest.«

In diesem Augenblick gab es im Bauch des Trawlers eine heftige Explosion. Duncan tauchte sofort unter und zog Willow mit sich, um der ersten Druckwelle zu entgehen. Ein paar Sekunden später kamen sie wieder an die Wasseroberfläche. »Noch einmal!«, schrie er, als ein Feuerball sich über ihre Köpfe erhob. »Du musst unter Wasser bleiben, bis die Trümmerteile herunterfallen. Verstanden?«

Er holte tief Luft und zog Willow wieder unter Wasser. Ihr blieb kaum Zeit, um selbst Luft zu holen, und erst recht nicht, um ihm zu antworten. Metallstücke krachten um sie herum ins Wasser. Es klang wie dumpfe Kanonenschläge. Duncan tauchte tiefer, bis Willow das Gefühl hatte, dass ihre Trommelfelle platzen würden. Sie kämpfte und wand sich, wollte zurück an die Oberfläche, doch Duncan hielt sie fest in den Armen und drückte sie an sich.

Sie hörte auf, sich gegen ihn zu wehren, und zusammen sanken sie langsam in die kalte Tiefe. Über ihnen und um sie herum schien der Regen tödlicher Geschosse kein Ende zu nehmen. Willow fühlte sich einer Ohnmacht nah.

Nach einer scheinbaren Ewigkeit nahm das Trommelfeuer ab, und Duncan fing an, kraftvoll mit den Beinen zu treten. Gemeinsam tauchten sie kurz darauf auf. Willow japste nach Luft und fluchte erneut.

Und wieder lachte Duncan. »So schlimm kann es nicht gewesen sein, wenn du noch immer wie ein betrunkener Matrose fluchen kannst«, sagte er und zog sie in Richtung der *Corncobb Lady*.

Frank und Ahab löschten eilig ein paar kleinere Brände, die durch herabfallende Trümmerteile entfacht worden waren. Camden legte gerade seinen Mantel um die halb nackte Jane, zog dann seinen Pullover aus und reichte ihn Jason. Willows Zähne klapperten so heftig, dass sie fürchtete, sie würden in tausend Teile zerspringen. Kee beugte sich über die Reling und packte sie unter den Armen, als Duncan sie ihm entgegen aus dem Wasser hob. Luke half ihm, sie an Deck zu ziehen. Wie ein gefangener Fisch fiel sie auf die Planken und schnappte keuchend nach Luft.

»Die giftigen Dämpfe scheinen Jason das Hirn vernebelt zu haben?«, schimpfte Jane. Ihre klappernden Zähne raubten ihrer Wut allerdings ein wenig die Überzeugungskraft. »Warum zur Hölle hast du die Ladung in Brand gesteckt?«

»Als Ablenkung«, erwiderte Jason und grinste Duncan an, der sich in diesem Moment über die Reling hievte und sich neben Willow fallen ließ. Jason legte den Arm um Jane. »Wir mussten etwas machen, das überzeugend genug war, um die Crew in Panik zu versetzen und Chaos zu schaffen. Und wir waren der Meinung, eher einem Feuer entgehen als Pistolenkugeln ausweichen zu können.« Er drückte Jane einen dicken Schmatzer auf die blasse Stirn und fing geistesgegenwärtig ihre Hand ab, als sie ihm daraufhin eine Ohrfeige verpassen wollte. »Es hat funktioniert, Einstein. Ich habe jedenfalls nicht einen Schuss gehört.«

»Aber auch nur, weil wir durch die Explosion kurzzeitig taub waren«, fauchte sie und löste sich aus seinem Griff. »Du hättest uns beinahe umgebracht.«

»›Beinahe‹ zählt nur bei Hufeisen und Handgranaten«, erwiderte er und zog Jane an sich, sodass ihr Kopf an seiner Brust lag. Er legte seine Hand an ihre Wange und hielt sie fest in seinen Armen. Sanft drückte er ihr einen Kuss auf das nasse Haar. »Du hast dich wacker geschlagen, Einstein. Du darfst mir jederzeit wieder Rückendeckung geben.«

Willow wandte den Blick von den beiden. Sie erblickte Duncan, der sich bis auf die Boxershorts ausgezogen hatte und gerade in Kees Jacke schlüpfte. »Zieh dich aus, kleine Anwältin«, sagte er, nahm die Decke, die Kee ihm reichte, und ging zu Willow. »Dir wird schnell warm, wenn du aus den nassen Klamotten raus bist.«

Ray lenkte die *Corncobb Lady* weg von dem brennenden Wrack des Trawlers und wich geschickt den Trümmerteilen aus. Willow schlüpfte aus ihren nassen Sachen, Duncan hob die Decke, um sie vor den Blicken der anderen zu schützen. Als sie fertig war, legte er die Decke um sie, setzte sich hin und zog sie auf seinen Schoß.

»Hey, wartet mal!«, schrie Frank, der ganz vorn am Bug stand. »Was ist das?« Alle blickten in die Richtung, in die Frank zeigte. Willow sah die Insel, sonst konnte sie nichts Besonderes entdecken. »Da, am Strand«, rief Frank. »Ray, gib mir mal das Fernglas.« Ray schaltete in den Leerlauf, nahm das Fernglas von einem Regal neben dem Steuer und gab es Camden, der es dann über das Dach des Ruderhauses hinweg Frank reichte. Frank stand breitbeinig am Bug, hielt das Fernglas vor die Augen und stellte es scharf. »Mein Gott«, schrie Frank. »Ich glaube, das ist Gramps!«

»Was?«, keuchte Willow, rutschte von Duncans Schoß und sprang auf. »Bist du dir sicher?«

»Der alte Halunke winkt uns zu«, rief Frank. Vor Erleichterung zitterte seine Stimme. »Es ist Gramps. Er lebt!«

Ray drehte das Steuer, lenkte die *Corncobb Lady* zur Insel und betätigte das Horn, um Cecil Fox zu signalisieren, dass sie ihn entdeckt hatten. Frank kletterte hinunter aufs Deck, gab Camden das Fernglas und umarmte Willow. »Er lebt«, flüsterte er und schloss auch Jane in die Umarmung mit ein, als sie zu ihnen gerannt kam. »Der verrückte alte Halunke lebt.« Willow lächelte in sich hinein. Frank war nur ein paar Jahre jünger als Cecil. »Ray«, rief er dann. »Das ist Pink Rock Island. Am östlichen Ufer gibt es eine Kiesbank. Dort kannst du das Boot auflaufen lassen«, sagte er zu Ray. »Achte nur auf die Felsen.«

Ray fuhr längsseits an der kleinen Insel aus Granitfels entlang, die mit Kiefern bewachsen war. Willow blickte zurück zu dem brennenden Trawler und fragte sich, ob die Crew sich auch in Sicherheit bringen konnte. »Was ist mit den Kerlen vom Trawler?«, erkundigte sie sich und ging zu Duncan. »Schwimmen sie zur Insel?«

»Nein, sie hocken in der Rettungsinsel, die Frank ihnen zugeworfen hat«, sagte er und wies auf einen kleinen, leuchtend orangefarbenen Punkt einige Hundert Meter hinter dem Trawler. »Ein Teil der Rettungsinsel ist versengt, und es ist Luft entwichen. Sie ist von Trümmern getroffen worden, sagt Ahab.«

Willow kniff die Augen zusammen. Sie glaubte erkennen zu können, dass die Männer sich über den Rand der

Rettungsinsel gelegt hatten und mit bloßen Händen hastig in Richtung Insel ruderten. Allerdings konnten sie gegen das ablaufende Wasser nicht viel ausrichten.

»Wir haben die Küstenwache benachrichtigt, bevor wir in Trunk Harbor losgefahren sind«, erklärte Kee, der die Rettungsinsel ebenfalls beobachtete. »Wir rufen sie noch mal an und sagen ihnen, was passiert ist. Sie können die Crew des Trawlers dann an Bord nehmen.« Er drehte sich um und sah zu, wie Gramps am Ufer entlang zu der Stelle ging, an der sie ihr Boot auf die Kiesbank laufen lassen würden. »Vielleicht lassen wir sie noch einen oder zwei Tage auf See treiben, bevor wir der Küstenwache ihre genauen Koordinaten zukommen lassen. Wir werden mal Gramps fragen, was er von der Idee hält.«

»Wie kommt es, dass sie ihn nicht einfach mit seiner *Pretty Woman* zusammen haben untergehen lassen?«, flüsterte Willow. »Ist er nicht ein Zeuge?«

Duncan hatte von hinten die Arme um sie geschlungen und hielt sie fest. »Mörder und gewöhnliche Kriminelle lassen sich nicht vergleichen, meine kleine Anwältin. Und der Plan, einen gemeinschaftlichen Mord zu begehen, ist nicht leicht durchzusetzen – vor allem nicht, wenn es eine Alternative gibt. Simmons meinte, er habe nur ein paar Tage Zeit gewinnen wollen, bis der Verkauf unter Dach und Fach gewesen sei.« Er zuckte die Schultern. »Es war einfacher, Gramps auf der Insel auszusetzen und erst nach dem Deal jemandem seinen Aufenthaltsort zu verraten.«

»Eine Gang von Verbrechern mit einem Gewissen?«, fragte Willow, wandte den Kopf und lächelte Duncan an.

»Yep«, sagte er und hauchte ihr einen Kuss auf ihre noch immer zitternde Nasenspitze. »Danke, dass du mir vertraut hast und gesprungen bist. Und dafür, dass du dich unter Wasser nicht gewehrt hast.«

Sie drehte sich in seinen Armen um. Dann schlang sie ihre Arme um seine Taille und gab ihm einen Kuss auf die Brust. Mit einem strahlenden Lächeln sah sie ihn an. »Danke, dass du darauf vertraut hast, dass ich dir vertraue«, entgegnete sie und drückte ihn, als er sie verwirrt ansah. »Nur eines würde ich noch gern wissen: Warum hast du Ben Zane und Molly deinen Segen gegeben?«

Falls es überhaupt möglich war, wirkte Duncan noch verwirrter. »Wie kommst du denn jetzt darauf?«, fragte er.

Willow zuckte die Achseln. »Ach, ich weiß nicht. Es hat mich einfach beschäftigt. Wir sind gegangen, kurz nachdem du Ben Zane erlaubt hast, Molly den Hof zu machen. Weshalb hast du das getan?«

»Weil er mit den besten Absichten den weiten Weg hierher auf sich genommen hat, um das Mädchen zu umwerben. Er ist ganz offensichtlich zu jung für Molly, sie wird ihn um den kleinen Finger wickeln, doch ich würde jedem meinen Segen geben, der mutig genug ist, sich freiwillig meine kleine Schwester aufzuhalsen. Selbst Luke hab ich meinen Segen gegeben.«

»Du hast *was* getan?«

Er nickte. »Er hat mich kurz vor der Ankunft meiner Mutter gefragt, ob ich etwas dagegen hätte, wenn er sich in meine Schwester verlieben würde.«

Das Boot hielt unvermittelt an, und Frank ließ es auf die Kiesbank laufen, die in einer kleinen Bucht der kleinen Insel lag. Ray hatte dem Erfahrensten von ihnen das Ruder überlassen.

»Heiliger Bimbam! Ich hatte schon Angst, ihr würdet mich für einen von denen halten und einfach weiterfahren«, sagte Cecil und kam über die Felsen zu ihnen auf den schmalen Strand. »Bin ich froh, euch zu sehen!«

Ray rannte zum Bug und sprang an Land. Er lief zu dem alten Fischer und umarmte ihn so stürmisch, dass er ins Stolpern geriet. Frank tat es ihm nach. Duncan hielt Willow zurück, die den beiden Männern folgen wollte.

»Für einen Ausflug an den Strand bist du nicht passend gekleidet, kleine Anwältin. Du kannst ihn den ganzen Heimweg über herzen und drücken.«

Sie hüpfte vor Aufregung und Freude auf und ab und sah zu, wie Frank und Ray Cecil an Bord halfen. Im nächsten Moment sah es auf der *Corncobb Lady* aus, als hätte der Bauernverband zum Fest geladen. Jane und Willow tanzten um ihren geliebten Gramps herum und umarmten ihn abwechselnd. Sein schmutziges Hemd war feucht von ihren Tränen, und auf seinem wettergegerbten Gesicht stand ein strahlendes Lächeln.

»Sie meinten, sie würden mich mit nach Mittelamerika nehmen«, erzählte Cecil schließlich, nachdem er sich über die feuchten Augen gewischt hatte. »Sie haben mein Boot abgebrannt. Sie haben mich gezwungen, dabei zuzusehen.« Er sah zu dem brennenden Trawler und schüttelte den Kopf. »Ich finde nicht, dass wir quitt sind. Der alte Kutter da hätte schon vor Jahren verschrottet werden müssen. Meine *Pretty Woman* war einzigartig.«

»Wir werden dir helfen, sie zu ersetzen, Gramps«, versprach Willow. »Wir versprechen es, auch wenn wir dafür eine Wohltätigkeitsveranstaltung organisieren müssen.«

Grinsend blickte er sie an. »Ich bin vielleicht alt, Kleines, aber ich bin nicht dumm. Ich hab sie zum Wiederverkaufswert versichern lassen. Sie war meine Altersvorsorge.«

Willow wurde rot und merkte, dass die Wärme in ihrem Gesicht guttat. »Wir müssen Mildred anrufen«, beeilte sie sich zu sagen. Sanft schob sie Cecil in Richtung Funkgerät. »Sofort. Sie glaubt, du wärst tot.«

Jane und Willow fingen an zu weinen, als Mildreds ungläubige, tränenerstickte Stimme durch das Funkgerät drang. Und sie lächelten mit Tränen in den Augen, als die alte Fischersfrau den Mann, mit dem sie seit über vierzig Jahren verheiratet war, schließlich vor Erleichterung ausschimpfte, weil er sie immer wieder in solche Angst versetzte.

Ray übergab Frank wieder das Ruder der *Corncobb Lady*, damit er sie sicher in tiefere Gewässer lenken konnte. Willow, Jane, Duncan und Jason kuschelten sich in dem winzigen Ruderhaus eng aneinander. Sie hatten sich mit allen Kleidungsstücken eingepackt, die die anderen entbehren konnten. Müde und nachdenklich fuhren sie nach Hause. Während der gesamten Heimfahrt sprach keiner ein Wort. Willow hatte viel Zeit nachzudenken. Was den Vertrauensvorschuss betraf, musste sie sich einen guten Plan überlegen.

Kapitel 20

Als sie in Trunk Harbor an den Anleger fuhren, sah es aus, als würden die ganze Stadt und halb Puffin Harbor am Pier auf ihre Ankunft warten. Blaulichter zuckten, Willow sah einen Feuerwehrwagen, einen Krankenwagen, den Wagen des Sheriffs und ein Auto der Staatspolizei. Sie wäre jede Wette eingegangen, dass irgendwo zudem ein möglichst unauffälliger Wagen der Sicherheitsbehörde stand.

Sie konnte sich vorstellen, was in dem Moment passiert war, als Mildred Fox das Funkgespräch mit ihrem Mann beendet hatte. Alle, die bei ihr zu Hause gesessen und getrauert hatten, hatten ihre Handys hervorgekramt, waren in ihre Autos gesprungen und hatten die frohe Kunde in null Komma nichts verbreitet. Die Einwohner von Trunk Harbor hießen einen von ihnen willkommen, den man voreilig für tot erklärt hatte. Es kam nicht oft vor, dass das Meer eine Seele, die drei Tage lang vermisst worden war, wieder freigab – gesund und wohlbehalten.

Obwohl Cecil Fox nicht überrascht war, weil er selbst im Laufe der Jahre schon die eine oder andere Heimkehr miterlebt hatte, wirkte er doch ein bisschen überwältigt von der Anteilnahme der Leute. Frank musste den zitternden alten Mann stützen, als Ray die *Corncobb Lady* an den Anleger lenkte. Eifrige Hände halfen dem Fischer an Land und auf festen Boden. In diesem Augenblick schien sich die Menge auf wundersame Weise zu teilen, sie gab den Blick auf Mildred frei, die unkontrollierbar weinte und die Arme ausbreitete, um ihren Cecil endlich wieder spüren zu können. Erneut schossen Willow Tränen in die Augen.

»Ach, Willow«, rief Rachel schluchzend, sprang ins Boot und warf sich ihrer Schwester in die Arme. »Ich hatte noch nie so viel Angst. Ich hab die ganze Nacht am Funkgerät gesessen.« Sie funkelte ihren Mann an und sah dann wieder zu Willow. »Kee hat mir nur gesagt, dass ihr mit auf See genommen worden wärt und dass Ray Cobb ihm helfen würde, euch zurückzuholen. Und dann hat er sich heute Morgen gemeldet und Bescheid gegeben, dass er mit euch zusammen auf dem Rückweg sei und dass es allen gut gehe.«

Willow umarmte sie fest. »Mir geht es gut, Rae. Ich hab keinen Kratzer abbekommen. Uns allen geht es gut, zumal wir sogar Gramps gefunden haben.«

»Miss Foster, ich fürchte, Sie müssen uns begleiten«, sagte plötzlich ein Mann, der am Anleger stand.

Willow blickte hoch und sah zwei Männer in Zivil. Polizeibeamte, wie sie vermutete. Sie sah sie an, bis Duncan sich vor sie stellte.

»Sie muss zuerst heiß duschen und sich umziehen. Und außerdem muss sie etwas essen«, erklärte Duncan.

Die Männer schüttelten den Kopf. »Jemand kann ihr Kleidung vorbeibringen. Aber sie wird diesen Pier nur in unserer Begleitung verlassen.«

Willow zog an Duncans Jacke. »Es ist schon in Ordnung«, sagte sie, ging um ihn herum und blickte ihn an. »Ich bring es besser gleich hinter mich.« Sie lächelte ihn an. »Ich weiß, dass es schwer für dich ist, die übertriebene Fürsorge abzulegen, doch du musst mir vertrauen, dass ich die Dinge von jetzt an allein regeln kann. Ich werde mit John reden und dafür sorgen, dass alle gefasst werden.«

»Du hattest eine harte Nacht, Süße. Ich kann dich doch auch heute Nachmittag ins Präsidium bringen. Ruf deinen Chef an und erklär ihm alles.«

»Das kann ich nicht, Duncan. Ich muss jetzt mit ihnen gehen. Sie machen hier nur ihre Arbeit, also zwing sie nicht dazu, dich auch noch festzunehmen.« Sie stellte sich auf die Zehenspitzen und gab ihm einen Kuss auf die Wange. »Ich möchte dich bitten, Mabel nach Hause zu bringen. Du kannst in meiner Wohnung in Augusta bleiben und mich in der Untersuchungshaft besuchen.« Sie spielte mit dem Knopf an seiner Jacke. »Wirst du die Kaution für mich hinterlegen? Ich verspreche dir auch, nicht einfach so die Stadt zu verlassen.«

Er seufzte tief. »Okay«, sagte er, schlang die Arme um sie und gab ihr einen Kuss auf das noch immer feuchte Haar. »Du wirst mich nicht sitzen lassen.«

»Ich hab dir und Jane ein paar trockene Sachen mitgebracht«, meldete Rachel sich zu Wort, sprang auf den

Anleger und rannte dann zu ihrem Auto. »Bin gleich wieder da.«

»Detective Plum, habe ich recht?«, fragte Willow an den Beamten gewandt, der gesprochen hatte. »Ich glaube, Sie haben im vergangenen Jahr für mich in einem Fall ermittelt.«

Plums Wangen wurden rot. Er nickte und verlagerte sichtlich unbehaglich das Gewicht von einem Bein auf das andere. »Hören Sie, es tut mir leid, Miss Foster. Ich befolge hier nur einen Befehl.«

»Ich weiß«, entgegnete sie und griff nach den Kleidungsstücken, die Rachel ihr nun reichte. Sie sah zu der Menschenmenge. Alle schienen sie zu beobachten und gespannt darauf zu sein, was nun passierte. »Ich … äh … Ich gehe nur schnell ins Ruderhaus und ziehe mich um«, sagte sie zu Detective Plum. »Jane, komm, wir holen uns sonst noch den Tod.« Damit drehte sie sich um und verschwand mit der Freundin in dem kleinen Ruderhaus, ohne eine Antwort abzuwarten. Rachel ging mit ihnen.

»Sie müssen noch kurz am Krankenhaus in Ellsworth halten, damit der Arzt dort einen Blick auf ihr Handgelenk werfen kann«, hörte sie Duncan zu Plum sagen. »Und besorgen Sie ihr etwas zu essen.«

»Das können wir machen«, ertönte Plums Antwort.

Willow hängte einen Sichtschutz vor die Fensterchen. Rachel baute sich als Wache an der Tür auf.

»Soll ich was tun?«, wollte Jane wissen, während sie sich rasch umzogen. »Wie kann ich helfen?«

»Vielleicht solltest du dich weiter in Jasons Nähe aufhalten«, schlug Willow vor. »Zumindest so lange, bis wir sicher sein können, dass alle Mittäter gefasst worden sind. Denn dann brauche ich dich als Zeugin.«

»Sie … Das hier wird doch nicht vor Gericht gehen, oder?«, fragte Jane und setzte sich, um sich Socken und Sneakers anzuziehen. »Ich meine die Sache mit dem Konto in Übersee. Du kannst das doch aufklären, stimmt's?«

»Falls Graham in seinen Unterlagen eine Spur zu dem Konto hinterlassen hat, kann ich das. Oder falls Edward Simmons sich entschließen sollte, als Kronzeuge für uns aufzutreten. In dem Fall werden die Anklagen gegen mich fallen gelassen – inklusive des angeblichen Fahrens unter Alkoholeinfluss.«

Willow sah ihre Schwester an. »Es ist vorbei, Rachel«, sagte sie. »Bitte, hör auf, dir Sorgen zu machen, ja?«

»Nein. Ich werde mir Sorgen machen, solange du lebst«, entgegnete Rachel mit einem Lächeln, streckte die Arme aus und zog Willow wieder an sich, um sie zu drücken. »Selbst wenn du irgendwann einmal in der Villa des Gouverneurs wohnst und unzählige Bodyguards hast.«

»Ach … deswegen.« Willow erwiderte Rachels Lächeln. »Sobald das hier vorbei ist, werden wir beide uns zusammensetzen und uns unterhalten.« Sie sah zu Jane. »Bis dann, Jane. Versuch, nett zu Jason zu sein.« Sie befreite sich aus Rachels Umarmung und trat aus dem Ruderhäuschen. Vor Ray und Frank blieb sie stehen. »Danke, Jungs, dass ihr uns gerettet habt. Die Küstenwache hätte es nicht besser machen können. Ihr seid meine Helden«, schloss sie und gab jedem von ihnen einen Kuss auf die Wange. Als Nächstes wandte sie sich Kee, Luke, Camden und Ahab zu. »Ihr seid umwerfend. Danke«, sagte sie einfach, umarmte die vier und gab jedem einen Kuss, bevor sie Duncan ansah. »Ich werde dich in Augusta anrufen, sobald ich weiß, was los ist.« Sie stellte sich auf die Zehenspitzen und zog ihn gleichzeitig an seiner Jacke zu sich herunter, sodass sie ihm ins Ohr flüstern konnte. »Du hast übrigens echt tolle Beine, Dunky. Wenn wir nicht so viele Zuschauer hätten, würde ich dir zeigen, wie sehr sie mir gefallen.« Damit hauchte sie ihm einen kleinen Kuss auf die Wange, drehte sich um und streckte Detective Plum ihren gesunden Arm entgegen, damit er ihr vom Boot auf den Anleger helfen konnte. Doch Duncan hob sie kurzerhand hoch und stellte sie vor Plum wieder ab. Willow wandte sich um und wies auf Jason. »Mit dir will ich keine Abenteuer mehr erleben, Jason. Du hast zwar einige sehr interessante und nützliche Dinge dabei, aber du wirst ein bisschen übereifrig, wenn es darum geht, bösen Jungs einen Strich durch die Rechnung zu machen.«

Jason nickte nur und legte den Arm um Jane, die gerade zu ihm getreten war. »Aber Einstein hier wird mich wieder begleiten.« Er drückte Jane zur Bekräftigung einen Schmatzer auf die Stirn. »Oder?«, fragte er und lachte, als sie ihm in die Rippen boxte.

Willow ging zwischen den beiden Detectives den Pier entlang. Die Zuschauer, von denen sie die meisten kannte, teilten sich wie das Rote Meer. Sie bildeten einen Gang bis zum Parkplatz. Willow blieb stehen, als sie Margaret und Molly neben Rachels SUV erblickte. Molly hatte Nick auf dem Arm, und Margaret hielt Mikaela an der Hand. Mickey saß neben ihnen und wedelte mit dem Schwanz.

»Kann ich mich bitte noch von meiner Nichte und meinem Neffen verabschieden?«, fragte sie Detective Plum. »Sie hatten solche Angst um mich. Ich möchte, dass sie mit eigenen Augen sehen, dass es mir gut geht.«

Plum nickte, und Willow ging zu den anderen. Sie küsste Nick auf die klebrige Wange, hockte sich dann hin und umarmte Mikaela. »Ich muss für ein paar Tage nach Augusta. Aber wenn ich dort fertig bin, komme ich zurück und trainiere dich für das Kajakrennen.«

»Bis dahin sind es nur noch zwei Wochen«, flüsterte Mikaela und hielt sie fest in ihren Armen. »Und ... Und du bist seit zwei Jahren nicht mehr Kajak gefahren.«

Willow lehnte sich etwas zurück, damit Mikaela ihr Lächeln sehen konnte. »Ja, aber ich werde wieder damit anfangen. Während ich weg bin, kannst du dein Kajak schon wachsen und regelmäßig Dehnübungen machen. Okay?« Mikaela nickte und drückte Willow dann noch einmal so fest, dass sie beide quietschten. Schließlich stand Willow auf, nickte Molly zu und sagte dann zu Margaret: »Könnte ich kurz mit Ihnen unter vier Augen sprechen?«

Molly nahm Mikaelas Hand, und Margaret ging mit Willow ein paar Schritte zur Seite. Die beiden sprachen eine ganze Weile miteinander. Vielmehr sprach Willow die meiste Zeit über, und Margaret hörte ihr zu.

Mit wachsamer Haltung und ernster Miene nickte Margaret schließlich. »Also gut, Miss … Willow. Ich werde bis zum 4. Juli bleiben.«

»Danke, Maggie«, entgegnete Willow und nahm Duncans Mutter in die Arme. »Danke. Das bedeutet mir sehr viel.«

Phase 1 vom Plan »Vertrauensvorschuss« war erledigt. Willow drehte sich um, lächelte die Polizeibeamten an und gab ihnen ein Zeichen, dass sie bereit war, sich von ihnen zu ihrem Wagen geleiten zu lassen.

Kapitel 21

Zwei Wochen konnten für jemanden, der darauf wartete, dass ein aufregendes und wundervolles neues Leben begann, eine Ewigkeit sein. Andererseits konnten zwei Wochen auch im Handumdrehen verfliegen, wenn jemand dabei das Leben der anderen durcheinanderbrachte. Willow erlebte beide Launen der Zeit, als sie ihr altes Leben aufräumte und sorgfältig ihr neues vorbereitete.

Und, ja, dabei brachte sie das Leben einiger anderer Menschen definitiv durcheinander.

Sie fing mit Edward Simmons und Brent Graham an. Wie sie vermutet hatte, knickte Simmons sofort ein, als er mit der Liste der Verbrechen konfrontiert wurde, die von Betrug über Einbruch bis Entführung reichte. Er bot sich als Kronzeuge an und war nicht nur dabei behilflich, Brent Graham für sehr lange Zeit hinter Gitter zu bringen, sondern auch dabei, die falsche Anschuldigung aus dem Weg zu räumen, Willow hätte Geld dafür genommen, absichtlich einen Fall verloren zu haben. Die Anklagen gegen Willow wurden fallen gelassen, die Anklagepunkte gegen Simmons deutlich reduziert. Brent Graham würde auch seinen siebzigsten Geburtstag aller Wahrscheinlichkeit nach hinter Gittern begehen. Der Giftmüll, der noch auf einigen abgelegenen Inseln lagerte, wurde entsorgt, das Lobster Institute überwachte, wie die Meeresflora und -fauna um Thunder Island herum sich langsam erholten, und die Crew des Fisch-Trawlers wurde in das Land zurückgeführt, aus dem sie gekommen war. Mike und Joe saßen in Untersuchungshaft und warteten auf ihren Prozess. Sie waren es, die Willow von der Straße gedrängt, Frank Porters Boot versenkt und Zucker in Ray Cobbs Tank gefüllt hatten.

Ach, und John Pike war außer sich. Er sah es gar nicht gern, dass seine beste (seine Worte) stellvertretende Generalstaatsanwältin ihn verließ. Willow brachte das Fass zum Überlaufen, indem sie ihm mitteilte, dass sie ihre Sekretärin mitnehmen wolle, um ihre eigene kleine Kanzlei in Puffin Harbor zu eröffnen.

Dieses Kunststück gelang ihr, indem sie Karen völlige Freiheit in der Führung des Büros versprach, die Einrichtung und Ausstattung mit modernster Bürocomputertechnik inklusive. Außerdem erzählte sie ihr, dass es an der Küste unglaublich viele einsame, anständige und extrem männliche Männer gebe und dass die meisten von ihnen schnelle Boote besaßen. Sie verschwieg Karen, dass viele dieser Boote wertvoller waren als die Häuser, in denen die Männer lebten.

Das Schwierigste, was sie in Augusta zu erledigen hatte, war schließlich das Gespräch Mabel. Doch was sie für eine sehr schwierige Aufgabe gehalten hatte, entpuppte sich am Ende als völlig unkompliziert. Willow sagte Mabel, dass sie fast wie eine Mutter für sie sei und dass Mikaela und Nick sich daran gewöhnen könnten, eine Großmutter in der Nähe zu haben, und dass sie deshalb überlegt habe, ob sie nicht zu ihnen an die Küste ziehen wolle. Daraufhin erklärte die alte Dame, dass sie gar nicht gewusst habe, dass die Küste Maines so schön sei. Sie war sich sicher, dass es dort unglaublich viele Frauen ihres Alters gab, mit denen sie Zeit würde verbringen können. Das »Zu verkaufen«-Schild stand nach wenigen Tagen schon vor Mabels Haus, und sie begann zu packen. Sie wollte nicht zu Willow ziehen, sondern sich eine eigene kleine Wohnung mitten im Ort kaufen – von der aus man die Geschäfte, aber vor allem den Rosach Pub zu Fuß erreichen konnte.

Nachdem Willow in Augusta alles geregelt hatte, konnte sie sich endlich einen Vorgeschmack auf ihr neues Leben verschaffen. Einen Tag vor dem jährlichen Kajakrennen und den Feiern zum 4. Juli kam sie bei ihrer Schwester zu Hause an.

Es war nicht so sehr eine Party, die Rachel an dem Samstagnachmittag gab, sondern vielmehr eine Familienzusammenführung. Am Abend zuvor waren vollkommen unerwartet Matt und Peter aufgetaucht. Alle Gäste, die in Rachels Küche keinen Platz mehr fanden, standen auf der Veranda oder im Garten zusammen und unterhielten sich.

Willow war überrascht zu sehen, dass Ben Zane noch

immer da war. Weit mehr überraschte es sie jedoch zu sehen, dass er es anscheinend nicht besonders traurig fand, dass Molly Ross und Luke Skywalker unzertrennlich schienen. Margaret war wie versprochen geblieben, doch Camden war bereits nach Schottland zurückgekehrt, weil er sich um die Destillerie kümmern musste. Ray Cobb kam mit Patty am Arm zur Feier, und Frank und seine Frau schauten ebenfalls vorbei. Cecil und Mildred Fox waren auch da, und der alte Mann verkündete allen, dass er der Partner von Ray Cobb werden würde, weil irgendjemand dem jungen Kerl schließlich zeigen müsse, wie man die Fangkörbe richtig einholte.

Ahab saß am Küchentisch, eine Schüssel mit gezuckerten Erdbeeren vor sich. Nick kniete mit einem Löffel in der Hand auf einem Stuhl neben ihm, sein Gesicht war voller pinkfarbener Zuckerkrümel. Er brabbelte unablässig, um Ahab davon zu überzeugen, die köstlichen Erdbeeren mit ihm zu teilen. Mickey hatte die Schnauze auf den Küchentisch gelegt und hoffte, dass einige der Erdbeeren in seine Richtung kullerten. Willow war nie in den Sinn gekommen, dass Wölfe Früchte mögen könnten.

Mikaela rannte in ihrem Neoprenanzug und einer Rettungsweste herum und versuchte, Munky und Punky zu überreden, mit ihr Kajak zu fahren. Sie führte an, dass sie schließlich noch für das morgige Rennen trainieren müsse und dass niemand ihr dabei besser helfen könne.

»Wir sind übrigens für heute Nacht gerüstet«, flüsterte Rachel Willow zu, als sie gemeinsam an der Spüle standen und Gläser wuschen. »Bist du dir sicher, dass das eine gute Idee ist? Es ist noch nicht zu spät, einen Rückzieher zu machen. Ich kann ihn umarbeiten, dann können wir ihn auch woanders aufstellen.«

Willow warf einen Blick zu Duncan, der an der Kochinsel stand, und flüsterte ihrer Schwester zu: »Ich habe es mir nicht anders überlegt. Du hast tolle Arbeit geleistet. Danke.« Sie sah ihre Schwester an. »Wie hast du das geschafft, ohne dass unsere kleine Miss Vorlaut es jedem erzählt hat?«

»Ich habe bei Duncan zu Hause daran gearbeitet. Margaret hat mir geholfen.«

»Bei Duncan?«, zischte Willow. »Bist du verrückt geworden?«

Rachel winkte ab. »Er geht nie in seine Werkstatt. Es war der sicherste und ungestörteste Ort, um zu arbeiten, ohne erwischt zu werden.«

»Dann lass uns heute um Mitternacht aufbrechen«, sagte Willow und warf wieder einen verstohlenen Blick zu Duncan, um sicherzugehen, dass er sich nicht von der Stelle rührte. »Du musst Kee sagen, dass Nick quengelig ist, und ihn bitten, heute bei dem Kleinen zu schlafen. Sonst kannst du dich nicht rausschleichen. Und bring Mickey mit«, schlug Willow vor. Sie wischte sich kurz die Hände trocken, legte eine Hand auf Rachels Schulter und drückte sie. »Es wird wie früher … Nur du und ich auf einem unserer nächtlichen Ausflüge. Keine Kinder, keine Männer.«

»Was ist denn falsch an Männern?«, fragte Kee, kam zu Rachel, legte den Arm um ihre Schultern und sah Willow stirnrunzelnd an. »Wir sind sehr nützliche Kreaturen.«

»Yep«, stimmte Duncan ihm zu, der plötzlich neben Willow stand und ebenfalls die Stirn runzelte. »Wir heben zum Beispiel schwere Dinge für euch.«

»Und das macht ihr auch wirklich prima«, versicherte Willow und tätschelte mit ihrer vom Spülen seifigen Hand seine Brust. »Danke, dass du mein neues Kajak abgeholt hast. Ich kann es kaum erwarten, es zu Wasser zu lassen.«

Duncan blickte sie skeptisch an. »An einem Rennen teilzunehmen, wenn man zwei Jahre nicht trainiert hat, ist nicht gerade deine beste Idee.«

»Ich habe in Augusta in den letzten zwei Wochen jeden Abend in einem Fitnessstudio trainiert«, rief Willow ihm in Erinnerung. »Und Paddeln ist wie Fahrradfahren. Ich werde mir den Titel morgen zurückholen.«

»Er wird dir aber ganz bestimmt nicht kampflos überlassen«, sagte Jane und trat Arm in Arm mit Jason zu den anderen.

»Was ist eigentlich mit euch Typen los?«, fragte Willow lachend, zog eine Augenbraue hoch und sah Kee, Duncan und Jason an, ehe sie mit einem Kopfnicken auf Luke wies, der in der anderen Ecke der Küche stand und den Arm um Molly gelegt hatte. »Könnt ihr nicht aufrecht stehen, wenn ihr euch nicht auf eine Frau stützt?«

»Wir tun das nicht, um aufrecht stehen zu können,

meine kleine Anwältin, sondern, damit ihr nicht weglauft und euch in Schwierigkeiten bringt.«

Willow schnaubte. »Als wären wir das Problem«, sagte sie und rollte mit den Augen. Sie schubste seinen Arm von ihren Schultern und scheuchte Duncan weg. Dann jagte sie auch die anderen Männer davon. »Verschwindet. Wir Frauen wollen uns unterhalten. Rettet lieber Ahab aus Margarets Fängen. Sie flirtet schon wieder mit ihm.«

Duncan stöhnte. Sein Blick fiel auf den Tisch, wo Margaret sich neben Ahab gesetzt hatte. Nick saß auf ihrem Schoß, stopfte sich eine saftige Erdbeere in den Mund und wischte seine klebrige kleine Hand an Margarets Blusenärmel ab. Die Herzogin schien das gar nicht zu bemerken. Genau genommen, schien sie außer Ahab überhaupt nichts mehr zu bemerken.

»Kannst du mir mal erklären, was sie in diesem alten Seebären sieht?«, murmelte Duncan und funkelte Willow missmutig an. »Das ist deine Schuld. Sie hat mir erzählt, dass du sie gebeten hast, bis zum 4. Juli zu bleiben.« Er zog die Augenbrauen zusammen. »Sie will mir allerdings den Grund dafür nicht verraten. Was heckt ihr beide aus?«

Willow lächelte ihn unschuldig an. »Nichts, Dunky. Ich wollte deine Mutter nur besser kennenlernen. Das ist alles.«

Ganz offensichtlich glaubte er ihr nicht, aber er fand es anscheinend im Moment wichtiger, seine Mutter von Ahab wegzubringen, statt mit Willow zu streiten. Duncan,

Kee und Jason kamen Ahab als männliche Unterstützer zu Hilfe.

Rachel legte die Hand vor den Mund, um ein Kichern zu verbergen. »Und Duncan dachte immer, Margaret wäre so konservativ. In den letzten zwei Wochen hat sie bewiesen, dass er mit der Annahme total falschliegt.«

»Er konnte nicht mal zwei Nächte mit mir in Augusta verbringen«, sagte Willow mit einem Seufzen. »Er meinte, er müsse möglichst schnell hierher zurückkehren, um auf seine Schwester und seine Mutter aufzupassen. Er hatte Angst, sie würden bei der nächstbesten Gelegenheit durchbrennen und heiraten.«

»Was ist mit Ben Zane?«, fragte Willow Rachel. »Wie kommt es, dass er noch immer hier ist? Und weshalb umwirbt er Molly nicht mehr?«

Rachel schüttelte lächelnd den Kopf. »Luke, dieser verschlagene Teufel, hat Ben davon überzeugt, dass er zu jung ist, um sich mit einer Ehefrau häuslich niederzulassen. Er hat Ben gesagt, dass Matt und Peter nach einem neuen Mitarbeiter für ihr Bergungsunternehmen suchen würden und dass ein pfiffiger junger Mann wie er sich die Welt ansehen und Abenteuer erleben solle.«

»Und Ben ist darauf eingegangen?«

Rachel nickte. »Er ist hiergeblieben, um Matt und Peter persönlich kennenzulernen. Offenbar war die Reise nach Puffin Harbor die erste seines Lebens. Er hat seinen Heimatort noch nie zuvor verlassen. Und jetzt hat er beschlossen, dass es mehr im Leben gibt, als Schafe mit einem Mittel gegen Schafsräude zu behandeln und sich von Rindern gegen die Schienbeine treten zu lassen.«

»Was ist mit seiner Ranch?«, fragte Willow.

»Er hat mit seinem Bruder James in Neuseeland gesprochen. Anscheinend hat James schon eine Familie und ist froh darüber, Bens Anteile an der Farm zu übernehmen, sollte er sich entscheiden hierzubleiben. James hat Ben ermutigt zu tun, was er tun möchte.«

Willow blickte aus dem Küchenfenster zu Ben Zane, der sich gerade angeregt mit Matt und Peter unterhielt. Das Gesicht des jungen Mannes leuchtete vor Aufregung. »Gut«, sagte Willow und nickte. »Ich denke, das ist eine gute Idee.«

»Das sind nicht die einzigen Neuigkeiten«, entgegnete Rachel und lenkte Willows Aufmerksamkeit so wieder auf sich. »Luke überlegt, nach Schottland zu ziehen, um mit Molly die Geschäftsführung der Rosach Distillery zu übernehmen.«

»Und was ist mit Camden?«

»Camden will hier in Maine eine neue Destillerie eröffnen. Anscheinend denken Duncan und Camden schon seit ein paar Monaten intensiv darüber nach. In Schottland gibt es wohl ein Problem mit der Quelle, die das Wasser für die Destillerie liefert. Sie trocknet allmählich aus. Camden denkt, dass die Produktion eingeschränkt werden muss.«

»Aber es ist kein Scotch mehr, wenn er hier gebrannt wird«, warf Willow ein.

Rachel zuckte mit den Schultern. »Ich sage dir nur, was Duncan zu Kee gesagt hat. Ich schätze, das Produkt heißt hier dann Whiskey – mit einem e. Camden wird versuchen, den neuen Whiskey als ›in der Tradition schottischen Whiskys gebraut‹ zu vermarkten. Er wird jedoch den typischen Geschmack unseres Torfbodens haben«, sagte sie. »Das Wasser hier in Maine ist tadellos. Die Farmer im Norden könnten Gerste anbauen, wenn Camden Verträge mit ihnen schließt. Kee meinte, Duncan habe ihm gesagt, dass hier das perfekte Klima herrsche. Camden hat ein altes Familienrezept, das er den Bedingungen Maines anpassen will. Er regelt nur noch alles Nötige in Schottland und wird dann im Herbst hierher zurückkehren, um sich nach einem geeigneten Grundstück umzusehen, das er kaufen kann.«

»Wow!«, war alles, was Willow hervorbrachte.

»Äh … Ich hab auch noch Neuigkeiten«, meldete Jane sich leise zu Wort. Sie errötete, als Rachel und Willow sie erwartungsvoll anblickten. »Jason hat einen Job an der University of Maine bekommen«, sagte sie. »Er wird in der Informatikabteilung arbeiten.«

»Jason und ein Schreibtischjob?«, fragte Willow ungläubig.

»Er wird in der Feldforschung tätig sein«, sagte Jane. »Er wird zu Forschungsstandorten reisen und sicherstellen, dass die entsprechenden Computerprogramme die eingegebenen Daten verarbeiten können.«

»Du meinst zum Beispiel die Daten, die eine Meeresbiologin in der Praxis benötigt?«, fragte Willow und zog eine Augenbraue hoch.

Jane lächelte verlegen. »Unser Labor hat die Informatikabteilung schon vor einigen Monaten gebeten, uns einen Spezialisten zu schicken. Das war lange bevor ich Jason kennengelernt habe. Er wird außerdem zu archäologischen Ausgrabungsstätten und an forstwirtschaftliche Standorte fahren.«

Willow hob beschwichtigend die Hände. »Hey, ich wollte dir damit nichts unterstellen.« Sie warf Jane ein strahlendes Lächeln zu, sah sich kurz um und zog dann sie und Rachel mit sich die Treppe hinauf in ihr altes Schlafzimmer. »Ich wollte euch noch einmal auf meinen kleinen Plan für morgen ansprechen. Ihr wisst schon … die Feier auf dem Marktplatz«, sagte sie und schloss die Zimmertür. »Sind wir da alle einer Meinung?«

Jane nickte unsicher.

Rachel nickte ebenfalls, doch sie sah sehr besorgt aus. »Der Schuss könnte auch nach hinten losgehen, Willow«, flüsterte Rachel. »Du könntest einen Aufruhr auslösen.«

»Oder du könntest mit faulem Obst beworfen werden«, meldete Jane sich zu Wort.

»Oder«, sagte Willow, streckte die Arme aus, ließ sich rückwärts auf ihr Bett fallen und blickte grinsend an die Decke, »ich könnte zur Bürgermeisterin von Puffin Harbor gewählt werden.«

Angesichts dieser unwahrscheinlichen Prophezeiung brachen Rachel und Jane in Lachen aus.

Kapitel 22

Willow gewann nicht den Titel im Kajakrennen, aber sie belegte bei sieben Teilnehmern einen respektablen sechsten Platz. Der Mann, der den siebten Platz machte, war allerdings schon Anfang siebzig. Jane ergatterte den ersten Platz – sie hatte allerdings auch den ganzen Frühling über trainiert, wie ihre Muskeln bewiesen.

Willow wusste, dass sie für ihre übermenschlichen Anstrengungen dieses Tages mindestens eine Woche lang bezahlen würde. Schon jetzt schmerzte jeder Muskel ihres Körpers. Sie übernachtete in ihrem alten Zimmer in Rachels und Kees Haus, weil Duncans Mutter noch immer bei ihm wohnte und sie Rücksicht nehmen wollten. Willow hatte ihm gesagt, dass sie eben daran arbeiten müssten, es noch leiser zu tun …

Molly störte sich nicht an Luke Skywalkers einfachem Haus. Sie zog bei ihm ein und zeigte so, dass auch eine Lady anpassungsfähig sein konnte. Oder dass Liebe blind machte.

Fast alle Bewohner Puffin Harbors waren auf dem Marktplatz des Ortes zusammengekommen, um den abendlichen Feierlichkeiten beizuwohnen. Sie vertrieben sich die Zeit bis zum Feuerwerk mit Hummerröllchen und Pommes frites. Auf der Ladefläche eines Sattelschleppers, der an einem Ende des Parks abgestellt worden war, spielte eine Band. Außerdem standen dort Jahrmarktsbuden – unter anderem ein Wasserbottich, in dem man per Ballwurf Deputy Sheriff Larry Jenkins versenken konnte.

Mikaela war beim Kinderrennen Dritte geworden. Sie hatte Janes Nichte um ein paar Zentimeter geschlagen. Nun schlenderte die Siebenjährige, ihre rote Schärpe über der Schulter, mit Margaret zusammen durch die Menschenmenge, war stolz wie Oskar und aß eine Portion Zuckerwatte, die größer als ihr Kopf war. Margaret schob den Kinderwagen mit Nick. Nick aß Pommes frites. Mickey folgte den dreien und war gern bereit zu verschlingen, was herunterfiel. Erst jetzt wurde Willow bewusst, wie gut Mickey und Nick zusammenpassten.

Kee, Rachel, Duncan und Willow schlenderten durch die Menge und unterhielten sich über die Hummerfängerrennen, die am Nachmittag stattgefunden hatten. Die *Corncobb Lady* hatte im Schaulauf und beim Zehnkilometerrennen den ersten Platz belegt. Cecil erzählte allen Leuten, die es hören wollten, dass sie nur gewonnen hätten, weil er neben Ray gestanden und dem jungen Kerl erklärt habe, wie er die anderen Boote ausmanövrieren könnte.

Die Musik verklang. Frank Porter kletterte mit einem Mikrofon in der Hand auf die Ladefläche des Sattelschleppers und bat die Zuschauer um ihre Aufmerksamkeit.

»Kommt zusammen, Leute«, rief er ins Mikro und zuckte zusammen, als es eine ohrenbetäubende Rückkopplung gab. »Das Feuerwerk beginnt in zehn Minuten. Aber vorher gibt es hier noch jemanden, der eine Ankündigung zu machen hat. Willow?« Er wies mit dem Mikro auf sie.

Willow holte noch einmal tief Luft, lächelte dem offensichtlich verwirrten Duncan zu, stellte sich auf die Zehenspitzen und gab ihm einen Kuss. »Geh nicht weg. Ich glaube, du willst das hier auch hören«, sagte sie, drehte sich um und eilte durch die Menge.

Sie stieg die Treppe aus gestapelten Kisten zur Ladefläche hinauf, nahm das Mikrofon von Frank entgegen, stellte sich auf die Zehenspitzen und gab auch ihm einen Kuss – auf die Wange natürlich. Dann drehte sie sich zu der Zuschauermenge um, die sie erwartungsvoll anblickte, lächelte und atmete noch einmal tief durch.

»Zuerst einmal einen warmherzigen Applaus für Frank Porter, Ray Cobb und unseren guten alten Gramps bitte. Dank ihnen ist unsere örtliche Hummerfischerei wieder sicher, und einige sehr böse Menschen werden viele, viele Jahre im Gefängnis verbringen. Diese drei mutigen Männer sind wahre Helden«, schloss sie, steckte sich das Mikro unter den Arm und fing an zu klatschen. Frank wurde röter als ein gekochter Hummer.

Ray wurde von den Leuten Richtung Bühne geschoben. Er zog Cecil hinter sich her. Die Bewohner von Puffin Harbor rasteten für fünf Minuten aus. Sie klatschten, pfiffen und jubelten lautstark. Frank konnte es schließlich nicht mehr aushalten, stieg von der Bühne und versteckte sich hinter seiner Frau. Cecil und Ray verschwanden ebenfalls in der Menge. Irgendwann verstummte der Beifall, und die Blicke richteten sich wieder auf Willow.

»Okay. Das war der erste Tagesordnungspunkt. Der zweite Punkt ist folgender: Ich möchte euch, ehe ihr es durch Gerüchte hört, persönlich davon in Kenntnis setzen, dass ich im September wieder nach Puffin Harbor ziehen und eine kleine Anwaltskanzlei eröffnen werde.«

»Was ist mit deinem Job als stellvertretende Generalstaatsanwältin?«, rief jemand aus der Menge. »Wir dachten, du wolltest in ein paar Jahren für das Amt des Gouverneurs kandidieren.«

»Na ja, das dachte ich eigentlich auch«, gab Willow zu. »Aber ich habe beschlossen, dass ich den Menschen lieber persönlich und individuell helfen möchte. Vielleicht kandidiere ich stattdessen für das Amt des Bürgermeisters von Puffin Harbor.« Sie warf den Leuten ein strahlendes Lächeln zu. »Ich verspreche, dass ich, falls ihr mich zu eurer Bürgermeisterin wählen solltet, ein für alle Mal klären werde, wer sich da ständig an den Briefkästen irgendwelcher Bewohner vergreift. Das ist kein Kavaliersdelikt, die Täter sollten eine gerechte Strafe bekommen. Und der Papageientaucher«, fuhr sie fort und wies auf die knallbunte Statue, die mitten im Park stand, »stellt eine offenkundige Missachtung des Eigentums der Stadt dar. Wie gesagt, ich werde das Geheimnis lüften.«

Die Leute fingen an, leise miteinander zu reden. »Wir

wollen gar nicht wissen, wer dahintersteckt«, rief jemand. »Ich habe noch keinen neuen Briefkasten bekommen. Wenn die Leute gefasst werden, hört es auf. Wir mögen die Briefkastenüberraschungen.«

Das Gemurmel wurde lauter.

»Gestern Nacht hat er wieder zugeschlagen«, schrie jemand anders. »Ich habe gehört, dass Duncan Ross einen neuen Briefkasten bekommen hat, der wie ein Schloss aussieht.«

»Warum sieht er aus wie ein Schloss?«, wollte ein anderer wissen. Alle Augen richteten sich auf Duncan.

»Weil er Schotte ist«, antwortete jemand aus der Menge. »Sie haben dort unglaublich viele Schlösser.«

»Uns ist es egal, dass es kein Kavaliersdelikt ist. Wir werden keinen Bürgermeister wählen, der vorhat, das Geheimnis zu lüften«, brüllte jemand inmitten des Publikums.

»Okay, okay«, sagte Willow ins Mikro und nickte lächelnd. »Dann werde ich als eure Bürgermeisterin stattdessen eine Spendenaktion ins Leben rufen, um für Puffy einen Sockel aus Granit arbeiten zu lassen. Wie kommt es denn, dass er noch keinen richtigen Sockel hat, wenn ihr ihn alle so mögt?«

»Der Grund dafür ist, dass wir den Erbauer nicht beleidigen wollten«, schrie ein anderer. »Wir mögen Puffy so, wie er ist. Jemand hat allerdings seinen Namen mit Blattgold auf dem Holzsockel aufgebracht. Noch nicht bemerkt?«

Wieder nickte Willow. »Also gut. Wir können den Sockel auch behalten. Wie wäre es, wenn wir stattdessen ein Granitdenkmal für unsere Fischer aufstellen würden?«

»Das klingt schon besser«, brüllte jemand, und die anderen stimmten klatschend zu.

»Gut. Jetzt gibt es noch etwas, das ich gern mit euch besprechen möchte«, sagte Willow ins Mikro. »Es geht um diese Wette, an der ihr euch fast alle beteiligt habt.« Die Menge wurde still. Willow rollte mit den Augen. »Ja, ja … Natürlich weiß ich darüber Bescheid. Und ihr solltet euch schämen. Diese Art Wette ist illegal.«

Jemand schnaubte. »Ich habe gehört, dass du selbst gewettet hast.«

Willow grinste verlegen. »Okay, das habe ich getan«, gab sie zu. »Aber nur, weil ich gehofft habe, euch allen eine Lektion erteilen zu können.« Sie bedeutete den Leuten, ruhig zu sein und ihr zuzuhören, doch es dauerte gute zwei Minuten, bis sie endlich aufhörten zu lachen. »Jetzt hört mal zu: Der Wettpool ist offiziell geschlossen. Ab …«

»Das geht nicht! Es ist noch nicht entschieden, wer gewonnen hat!«, ertönte eine weitere Stimme aus der Menge.

Willow hob die Hand. »Ich werde gleich verkünden, wer gewonnen hat«, sagte sie. »Und diejenigen von euch, die auf die falsche Person getippt haben, sollten besser keine schlechten Verlierer sein.«

»Also, wer hat denn nun gewonnen?«, rief Cecil Fox.

»Immerhin steht bei mir ein guter Teil meiner Altersvorsorge auf dem Spiel.«

»Was?«, stieß Willow ungläubig hervor und starrte den alten Mann an. »Cecil, bist du wahnsinnig?«

Unvermittelt grinste er sie an. »Nicht wahnsinniger als andere, mein Mädchen. Komm schon, spuck es aus. Wirst du den Mann heiraten oder nicht?«

Willow spürte, wie ihr die Hitze in die Wangen schoss, als sie nun Duncan in der Menge suchte.

»Jemand hat mir mal gesagt, dass es einen Antrag geben muss, bevor man heiratet«, sagte sie leise, holte tief Luft und sah Duncan zärtlich an. »Also, Duncan Ross, würdest du mir die Ehre erweisen, mich zu heiraten?«

Ein paar Sekunden herrschte Stille. Alle drehten den Kopf, um Duncan anzusehen, und hielten unwillkürlich die Luft an. Von seiner Antwort hing viel Geld ab.

Es waren die längsten Sekunden in Willows Leben.

»Yep«, kam Duncans Antwort. »Ich werde dich heiraten, kleine Anwältin.«

Wieder herrschte ein paar Herzschläge lang Stille. Dann brach die Menge in lauten Jubel aus. Die Leute fingen tatsächlich an, auf und ab zu hüpfen und sich gegenseitig um den Hals zu fallen. Einige von ihnen schoben Duncan in Richtung der improvisierten Bühne, klopften ihm auf die Schultern und gratulierten ihm. Er rannte die improvisierte Treppe hinauf, schloss Willow in die Arme und küsste sie stürmisch. Vor Gott und der Welt, vor allen Leuten und … vor seiner Mutter.

Die Menge tobte, pfiff und feuerte Duncan an. Die Leute klatschten so laut, dass es wie Donner klang.

Dann wandte Willow sich wieder dem Publikum zu und hob das Mikro an den Mund. »Hey! Einen Moment mal«, rief sie missmutig. »Weshalb jubelt ihr alle? Die meisten von euch haben den Einsatz doch verloren.« Die Menschen hörten auf zu klatschen, wurden still und starrten Willow einfach nur an. Einige scharrten verlegen mit den Füßen und blickten überallhin, nur nicht zu Willow. Willow keuchte auf. »Hat überhaupt irgendjemand von euch auf mich gesetzt?«, fauchte sie. Sie pochte mit dem Daumen gegen ihre Brust. »Ich bin eine Tochter der Stadt, und ihr habt nicht an mich geglaubt?«

»Aber dass wir gewonnen haben, heißt doch, dass du auch gewonnen hast, Willow«, rief jemand, den sie nicht erkannte. »Du bekommst Duncan.«

»Wir werden dich immer noch wählen, wenn du für den Posten des Bürgermeisters kandidierst«, meldete ein anderer sich zu Wort. »Du kannst doch nicht wütend auf uns sein.«

»Stimmt«, sagte jemand anders. »Wir haben zwei Menschen gesehen, die zusammen sein sollten. Wir wussten, dass es nur eine Frage der Zeit war, bis auch du das begreifen würdest.«

Irgendjemand lachte. »Nur die Dummköpfe aus Trunk Harbor haben an dich geglaubt. Es ist ihr Geld, das wir uns jetzt teilen.«

Willow war sprachlos. Es gab keinen einzigen Verlierer

in der Stadt. Kein einziger Bewohner von Puffin Harbor hatte sein Geld auf sie gesetzt. Sie war sich nicht sicher, ob das eine Beleidigung war oder ein Zeichen dafür, dass sie sie wirklich gern hatten.

Bedächtig nahm Duncan ihr das Mikrofon aus der Hand, die sie hatte sinken lassen. Er legte es auf den Boden und schloss Willow wieder in seine Arme. Dem Publikum warf er ein sehr männliches, sehr selbstsicheres Lächeln zu und beugte sich dann vor, um Willow zu küssen. Es war ein Kuss, bei dem die Menge zu raunen begann. In diesem Moment schoss über dem Hafendamm von Puffin Harbor der erste Feuerwerkskörper in die Luft.

Der Plan »Vertrauensvorschuss« endet mit einem echten Knall, dachte Willow. Und mit der Zustimmung einiger sehr glücklicher und jetzt um einige Dollar reicherer Einwohner von Puffin Harbor.

– Ende –

Danksagung

Ich möchte mich bei Dr. Robert Bayer bedanken, Professor für Tier- und Veterinärmedizin und Leiter des Lobster Institute an der University of Maine. Er hat mit mir sein Wissen über Hummer und Fischer geteilt und mich über die Chemikalien aufgeklärt, die eine Bedrohung für beide darstellen können. Dr. Bayer und seine Kollegen leisten großartige Arbeit in ihrem Institut und sind für diejenigen, die vom Meer leben, und für die, die sich an seinen Geschenken erfreuen, von unschätzbarem Wert. Ihre Mission ist so simpel wie weitreichend: *Das Lobster Institute möchte mit Unterstützung der Fischer und aller Mitglieder der Hummerindustrie in einem sowohl gemeinschaftlichen als auch globalen Zusammenhang Forschung betreiben und zugleich dafür sorgen, dass Informationen weitergetragen werden, die dem Schutz, dem Erhalt und der Stärkung und Förderung von Hummer und Hummerfang als Industrie und als Lebensart dienen.*

Informieren Sie sich auf der Homepage, um nur einige der Gründe zu erfahren, warum ich so gern hier in Maine lebe: www.lobsterinstitute.org.